ENTRE
DOS
AGUAS

ENTRE

DOS
AGUAS

CRISTINA HENRÍQUEZ

TRADUCCIÓN DE MARTHA CELIS-MENDOZA

HarperCollins *Español*

ENTRE DOS AGUAS. Copyright © 2024 de Cristina Henríquez. Todos los derechos reservados. Impreso en los Estados Unidos de América. Ninguna sección de este libro podrá ser utilizada ni reproducida bajo ningún concepto sin autorización previa y por escrito, salvo citas breves para artículos y reseñas en revistas. Para más información, póngase en contacto con HarperCollins Publishers, 195 Broadway, New York, NY 10007.

Los libros de HarperCollins Español pueden ser adquiridos con fines educativos, empresariales o promocionales. Para más información, envíe un correo electrónico a SPsales@harpercollins.com.

Título original: *The Great Divide*

Publicado en inglés por Ecco, un sello de HarperCollins Publishers, en los Estados Unidos, 2024

Copyright de la traducción de HarperCollins Español

PRIMERA EDICIÓN EN ESPAÑOL, 2024

Traducción: Martha Celis-Mendoza
Ilustración del mapa: Mike Hall

Este libro ha sido debidamente catalogado en la Biblioteca del Congreso de los Estados Unidos.

ISBN 978-0-06-329221-5

24 25 26 27 28 LBC 5 4 3 2 1

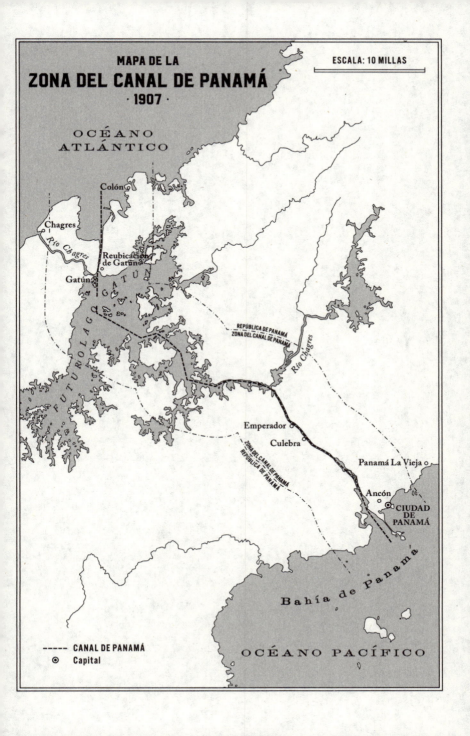

MAPA DE LA
ZONA DEL CANAL DE PANAMÁ
· 1907 ·

ESCALA: 10 MILLAS

OCÉANO ATLÁNTICO

Colón

Chagres

Río Chagres

Reubicación de Gatún

Gatún

FUTURO LAGO GATÚN

REPÚBLICA DE PANAMÁ
ZONA DEL CANAL DE PANAMÁ

Río Chagres

Emperador

Culebra

ZONA DEL CANAL DE PANAMÁ
REPÚBLICA DE PANAMÁ

Panamá La Vieja

Ancón

CIUDAD DE PANAMÁ

Bahía de Panamá

OCÉANO PACÍFICO

----- CANAL DE PANAMÁ
⊙ Capital

¡se BUSCAN!

LA COMISIÓN DEL CANAL DEL ISTMO BUSCA

4000 TRABAJADORES FUERTES PARA IR A PANAMÁ.

CONTRATO DE DOS AÑOS.

TRANSPORTE GRATUITO DE IDA Y VUELTA A LA ZONA DEL CANAL.

ALOJAMIENTO Y ATENCIÓN MÉDICA GRATUITOS.

¡TRABAJE EN EL PARAÍSO!

TARIFA DE 10-20 ¢ LA HORA.

SE RECIBE EL SALARIO CADA QUINCENA.

PRESENTAR SOLICITUD EN LA ESTACIÓN DE RECLUTAMIENTO EN TRAFALGAR SQUARE.

TODOS LOS SOLICITANTES DEBERÁN SOMETERSE A LOS EXÁMENES MÉDICOS Y RECIBIR LAS VACUNAS EXIGIDAS.

J. M. Grassley
Agente, C. C. I.
1907

1

EN UN LUGAR CERCA DE LA COSTA PACÍFICA DE PANAMÁ, EN LAS TRANQUILAS
aguas azules de la bahía, se hallaba solo en su bote Francisco
Aquino. Lo había construido él mismo, con el tronco de un
cedro al que le había quitado la corteza. Lo había construido
solamente con una azuela de piedra y un cuchillo mellado.
Lo tallaba y lo alisaba, recorriendo con su mano cada curva y
cada superficie; lo tallaba y lo alisaba una y otra vez hasta que
logró convertir ese único tronco en lo que a él le parecía la más
magnífica embarcación en todo el ancho mar.

Francisco estaba en cuclillas con el remo sobre las piernas,
los pies descalzos sobre el casco del bote junto a su carrete de
pesca y a un balde de madera, que usaba para sacar el agua
que se metía. Su red estaba amarrada a un costado.

Todos los días, a excepción de los domingos, Francisco se
levantaba antes del amanecer, caminaba hasta la playa y desataba su bote del poste. Cruzaba las olas remando y, cuando
alcanzaba una distancia suficiente, aseguraba los nudos de
su red y la dejaba caer. Luego volvía a remar, lentamente,
escuchando el gorgoteo del agua cada vez que sacaba el remo
a la superficie y lo deslizaba de nuevo hacia adentro. Debía
avanzar a la velocidad justa para que la red generara arras-
tre. Demasiado lento, no conseguiría engañar a los peces.

Demasiado rápido, los peces huirían. Era un equilibrio preciso, pero Francisco había pescado con su red en estas aguas la mayor parte de su vida y sabía qué tenía que hacer.

La brisa del este sopló levantando el ala de su sombrero. El bote comenzó a mecerse con suavidad. Francisco estaba esperando el mejor momento para empezar. El agua le diría cuándo. Con el pie, le dio un empujoncito al balde hacia delante, luego hacia atrás. Las aves se lanzaban en picada a su alrededor. Abrió las manos y observó con cuidado su piel áspera y callosa. Hacía mucho tiempo, una tarde lluviosa salpicada de sol, Esme había tomado sus manos entre las suyas, poniéndolas palmas arriba. Hay un mapa en las líneas de tus manos, le había dicho. ¿Un mapa de qué?, preguntó él. ¿Qué había respondido ella? Francisco siempre trataba de acordarse, pero nunca lo lograba.

Cerró los puños y suspiró. El brillo del océano bajo el sol de la mañana se extendía hasta el infinito. En medio del silencio, el bote se balanceaba hacia uno y otro lado.

Por desgracia, su vista ya no era la de antes. Francisco entrecerró los ojos y miró al horizonte, hacia el lugar en donde, supuestamente, se alinearían embarcaciones cien veces más grandes que la suya a la espera de su turno para cruzar Panamá. Se le escapó una carcajada. Era una idea ridícula, imposible de creer. Cada navegante y explorador que había atracado alguna vez en estas playas había soñado que, un día, los barcos viajarían de océano a océano a través de Panamá, aunque habría que adivinar cómo pretendían llegar al otro lado. Al fin y al cabo, en el camino se interponía el espinazo de la Cordillera, que corría a lo largo del istmo, y entre todos los milagros de los que había escuchado en su vida, Francisco nunca había oído hablar de un barco que pudiera navegar a través de una montaña. Entonces habrá que cortar las montañas, decían, tendrán que romper el espinazo y el agua de ambos océanos va a fluir a borbotones desde ambos lados para juntarse y crear una ruta a través. Un sueño de locos. Meter no uno, sino dos océanos en un lugar donde solo ha habido tierra durante millones de años. ¿Quién se puede creer algo así?

Francisco se levantó el ala del sombrero y frunció aún más los ojos para tratar de atisbar las siluetas fantasmales de los barcos de vapor y las goletas, los buques de guerra y los botes; todas las naves que juraban que iban a cruzar. Observaba con atención, pero en lugar de barcos, todo lo que veía sobre la superficie del agua era el brillante cielo azul. Tal vez el problema sea, pensó, que una persona necesita tener fe para poder ver las cosas que no existen, para imaginar un mundo que aún no ha sido construido. Francisco había perdido la fe hacía mucho tiempo, entre tantas otras cosas.

2

EN EL LADO ATLÁNTICO DE PANAMÁ, HACIA EL PUNTO MEDIO DE LA COSTA
serpenteante, un barco entró al puerto de Colón. Se trataba de
un vapor a ruedas del Correo Real, con altos mástiles blancos,
que había partido de Barbados con unas veintitrés mil cartas
bajo cubierta y unos ochocientos pasajeros sobre ella. Se trataba de hombres en su mayoría, procedentes de Santa Lucía,
Saint John, Christ Church y de cada una de las parroquias
en el camino. Vestían sus mejores trajes, agolpados sobre la
cubierta y, apretujados entre sí, se aferraban a sus maletas,
baúles de hojalata y esperanzas febriles.

Entre ellos se encontraba Ada Bunting, de dieciséis años,
sentada sobre la cubierta con las rodillas entre los brazos. Era
la primera vez que se subía a un barco y, los seis días que duró
la travesía, estuvo arrebujada detrás de dos huacales de gallinas apilados encima de un baúl negro, rogándole a Dios que
no la fueran a encontrar. La mañana en que se fue de su casa
escribió una nota en su tablilla escolar y la dejó sobre la mesa
de la cocina; estaba segura de que allí su madre la vería al
levantarse. La nota apenas decía que se iba a Panamá y poco
más. Al salir el sol, Ada se puso su ropa de jardinería: unos
pantalones viejos y una blusa de botones. Tomó el saco de tela
que había empacado y lo cargó hasta llegar al muelle. Allí, en

medio del barullo y de la multitud, se las arregló para subir al barco sin ser vista.

Los pollos en los huacales jamás habían dejado de cacarear, de cloquear y de chillar; Ada se dio cuenta de que, si intentaba callarlos, solo hacía que cacarearan más. Pensó que quizá tendrían hambre, así que, al segundo día, dejó caer algunas boronas de las galletas que había traído entre las rendijas de los huacales y observó cómo las gallinas las recogían con el pico. Eso las aplacó un poco. Al tercer día, Ada les volvió a dar y escuchó cómo gorjeaban de tan contentas. Al cuarto día, les compartió un poco de la manzana que había empacado, sin olvidarse de quitarle antes las semillas minuciosamente. Al quinto día, destapó una lata de sardinas y, tras comerse la mayoría y lamerse lo salado de los dedos al terminar, les dio el resto a las gallinas. Al llegar el sexto día, ya se le había terminado toda la comida que había traído y lo único que podía ofrecerles a las gallinas era el mismo consuelo que su mamá siempre le daba: Dios proveerá. Tenía que creer que era cierto.

En cuanto el barco se detuvo, todos se apresuraron a bajar. Ada esperó a que se dispersara parte del avispero, pero incluso estando ya de pie, nadie le prestó ni la más mínima atención, gracias a Dios. La gente estaba demasiado ocupada recogiendo sus cosas y esforzándose por ver, más allá de los veleros y las palmeras que bordeaban la costa, cómo lucía Panamá ahora que por fin estaban aquí. A los ojos de Ada, la parte del pueblo que alcanzaba a avistar más allá de donde terminaba el muelle era muy parecida a Bridgetown: una hilera de edificios de madera, de dos y tres pisos, sobre la calle principal, tiendas con toldos y edificios con anuncios.

El hecho de que le resultara tan familiar era al mismo tiempo una desilusión y un alivio.

Ada se fue abriendo paso hacia el puerto junto con todos los demás, mientras acunaba su bolsa entre los brazos. La parte trasera de sus pantalones estaba húmeda, pero los pantalones, que le había cosido su madre, habían cumplido con su misión de ayudarla a pasar desapercibida entre la multitud, compuesta principalmente por hombres. Apenas y había visto a unas cuantas mujeres durante todo este tiempo, y todas eran mayores que ella. Ada también había llevado botas para el viaje; unas botas negras de cuero, regalo de un hombre llamado Willoughby Dalton, que le había estado haciendo la corte a su madre durante el último año, poco más o menos. De vez en cuando, por lo general los domingos, cuando sabía que ellas estarían en casa, Willoughby llegaba cojeando lentamente hasta su puerta con algo nuevo que ofrecer entre las manos: flores silvestres, frutipán o un tazoncito de barro. Unos meses atrás, había llegado con un par de botas negras. Las suelas estaban gastadas en los talones y las agujetas estaban deshilachadas, pero cuando Willoughby se las ofreció a la madre de Ada, ella las tomó y le dio las gracias como todas las veces que Willoughby llegaba con un regalo. Y como todas las veces, Willoughby dijo: «No ha de qué darlas», y se quedaba en el porche, como esperando a que lo invitaran a pasar. Siempre era la misma rutina, lamentable. Su madre asentía y empezaba a cerrar la puerta con delicadeza. Solo cuando la cerraba por completo, Willoughby se daba la media vuelta en dirección a su casa.

Las cuerdas que trepaban por los mástiles se azotaban con

el viento mientras la gente empujaba y se atropellaba entre sí. Al llegar a la plancha de desembarco, Ada se agachó detrás de un hombre que había traído su propia silla plegable; esperaba que esta le sirviera de escudo para evitar que la vieran los dos oficiales blancos sobre el muelle. En la base de la plancha gritaban: «¡Tren para trabajadores! ¡Tren para trabajadores hacia allá!», mientras señalaban hacia el pueblo. La gente salía del barco a borbotones en dirección a donde señalaban los oficiales. A Ada le pareció que la mejor manera de pasar inadvertida sería simplemente fluir con la corriente. Había logrado llegar hasta aquí, pero todavía corría peligro de que a uno de los oficiales le pareciera sospechosa una joven que viajaba por su cuenta. Si la separaban del grupo y se enteraban de que no había pagado, casi con seguridad la meterían en el barco y la enviarían de regreso a casa. Ada apretó la bolsa contra su pecho mientras descendía al embarcadero y pasó de largo frente a los oficiales. Incluso detrás de la silla plegable alcanzaba a escucharlos. «Avísale al capitán que ya llegó la mercancía», le dijo uno al otro. Apenas tenía dieciséis años, pero sabía lo suficiente como para comprender que no se referían al correo.

||||||||

CUANDO ADA SUBIÓ al tren (que en realidad no era mucho más que una cadena de vagones para ganado, sin techo y de madera), ya estaba atiborrado de los pasajeros del barco, que llevaban maletas, canastas, plantas y huacales. Ada se abrió paso hasta uno de los rincones traseros del vagón y se aferró a un poste con un brazo, mientras con el otro asía su bolsa. Además de las sardinas, las galletas y las manzanas dulces, había empacado dos juegos de ropa interior, un vestido, un frasquito de aceite de almendras para alisar su cabello, una colcha de retazos de algodón que había sacado de su cama y tres coronas. Ojalá se le hubiera ocurrido traer algo más de comer, pero no había sido así. Su madre siempre le decía que tenía una mente que le ganaba a su sensatez. Ada sonrió al escucharla regañándola en su cabeza, con ese tono suyo tan particular. Para esos momentos, sin duda, su madre ya habría visto la nota que le había dejado. Ada casi podía escuchar su voz, esta vez mucho más severa, reprendiéndola por eso también; por haberse ido a Panamá ella sola, aunque hubiera sido por una buena razón.

Millicent, su hermana, estaba enferma y necesitaba una cirugía que ellas no podían costear. Su madre no ganaba mucho como costurera y Ada habría buscado trabajo, solo que en esos momentos era difícil conseguir algo en Barbados. En cambio, todo el mundo decía que en Panamá encontrar trabajo era tan fácil como arrancar manzanas de un árbol. Ada pensaba que, si cualquiera podía ir y arrancarlas, ¿por qué no hacerlo ella? Se quedaría solo el tiempo necesario para reunir el dinero de la cirugía de Millicent, luego se regresaría.

Una vez que el tren partió, Ada se fijó en los rostros de quienes la rodeaban: hombres jóvenes, vestidos de traje, que se veían tan tensos y ansiosos como ella se sentía. Tras salir de la ciudad, el tren rechinó al pasar por un puente y atravesó unos árboles tupidos antes de emerger en un campo tan extenso que a lo lejos se podía ver el verde oscuro de las montañas. Cascabeleó al detenerse cerca de un pueblito y unas cuantas personas saltaron del tren y se dirigieron a un puñado de casas de madera construidas sobre pilotes. Un hombre al que le quedaban cortas las mangas del saco se asomó y, sin dirigirse a nadie en particular, preguntó:

—¿Aquí es onde nos quedamos?

Otro hombre, que llevaba unos pantalones enlodados color caqui y una camisa azul de trabajo, soltó una carcajada.

—¿Pues qué esperabas, tú? ¿Un hotel de lujo?

El hombre del traje corto señaló hacia las viviendas que estaban cruzando las vías, una hilera de casas lindas, pintadas de blanco y con moldura gris, y preguntó si no se podían mejor quedar ahí.

El hombre en ropa de trabajo se rio de nuevo.

—Esas son las casas de oro. —Y, señalando hacia los campos, agregó—: Las casas pa nosotros son de plata.

Al ver la sorpresa del hombre de traje corto, el otro le preguntó que si no estaba enterado: todo en la Zona del Canal, las tiendas de comisariato, los vagones del tren, los comedores, las casas, los hospitales, las oficinas de correo, e incluso la paga, estaba dividido en oro y plata. «Oro» se refería a los norteamericanos y «plata», a ellos.

En cada pueblo al que llegaban, se bajaban más hombres del tren, hasta que quedó vacío. Ada no tenía la más remota idea de hacia dónde debía ir. En un momento, un hombre que estaba parado ahí cerca se le acercó y le dijo:

—¿Y tú qué? ¿Tienes dónde dormir? En los campamentos solo admiten mujeres blancas.

Ada se aferró con fuerza a su bolsa.

—Si quieres, tengo un sitio donde puedes reposar la cabeza —agregó el hombre mientras se daba palmaditas en el muslo.

Ada se giró para encararlo.

—Primero reposo en el infierno —replicó ella. Se soltó del poste y se encaminó hacia el otro extremo del vagón. En la siguiente parada, saltó del tren en cuanto pudo. Era un lugar llamado Empire, según lo que había gritado el conductor.

|||||||||

LOS OTROS HOMBRES que también se habían bajado del tren rebasaron a Ada en dirección a los campos. Si acaso era cierto que no podía estar ahí, como le había dicho ese hombre, iba a tener que levantar su propio campamento en medio de los árboles. Ya intentaría buscar trabajo al día siguiente; por ahora estaba tan agotada que lo único que quería era reposar su cabeza y descansar. Su madre, Millicent y ella compartían la única habitación en el fondo de su casa; cada una tenía su propio colchón, relleno de rastrojo, colocado sobre unos cajones que había construido su madre. Imaginaba lo bien que se sentiría recostarse en esa cama, extender todo su cuerpo y cruzar los brazos sobre la cabeza mientras estiraba los dedos de los pies. Pero se iba a tener que conformar con tender la colcha sobre el piso, si es que podía encontrar un claro tan grande como para extenderla.

Al adentrarse solo un poco en el bosque, el aire se sentía más frío y olía a cosas vivas. Ada escuchó cosas que reptaban, silbaban, crujían y golpeaban. Adonde quiera que fuese, el suelo estaba cubierto de ramas y musgo, arbustos en flor y troncos. Se abrió camino entre la fronda solo para encontrar charcos y lodo. No había ni un lugar seco a la vista. Caía la noche y estaba tan cansada que había contemplado tirarse simplemente entre los arbustos, cuando atisbó algo que parecía un furgón en medio de los árboles. Estaba oxidado y podrido, medio cubierto de yedras y maleza, con las ruedas traseras hundidas en el lodo y todo retorcido. Se quedó observando por un rato, para comprobar que no había nadie más por ahí, pero solo oyó el roce de los animales entre los árboles.

—¿Hola? —dijo con voz fuerte al acercarse.

Como nadie respondió, subió hasta donde estaba la entrada abierta, que quedaba al nivel de su cabeza, y repitió el saludo. Se agachó y tocó tres veces en el piso. Nada. «Bueno, Dios proveerá», pensó, y se recostó.

||||||||

EN LA MAÑANA, los zumbidos y siseos de los insectos llenaron los oídos de Ada. Poco a poco se incorporó y miró a su alrededor intentando reconocer dónde estaba. Los rayos del sol que se filtraban por entre los tablones le permitían apreciar el interior del furgón. No había mucho que ver, excepto telarañas y montones de hojas secas.

Ada se había quedado dormida con la ropa que llevaba puesta desde el barco; ahora estaba empapada por el aire, tan húmedo y denso que se le pegaba a la piel. De la bolsa, que había dejado en el piso, sacó el vestido que había traído de casa (un vestido que le había confeccionado su madre con pedazos de tela cafés y amarillos) y se cambió de ropa. Se puso de pie, estiró las mangas hacia sus muñecas, alisó los tablones de la falda sobre sus caderas. Se calzó las botas y escupió en la palma de la mano para quitarle el lodo a las puntas. Tomó su bolsa. Un vestido seco y unas botas limpias ya era algo. Ahora debía conseguir comida y trabajo.

||||||||

LLOVIZNABA EN EL BOSQUE. En el aire flotaba una brisa suave. «En algún sitio por aquí, debe haber algo de comer», pensaba Ada. A la luz del día, podía ver cosas que no había alcanzado a percibir la noche anterior. Enredaderas y plantas trepadoras que colgaban de los árboles, hojas con forma de espada enredadas en los helechos. Todo, en todas partes, era de un verde resplandeciente. Verde oliva, verde jade, verde esmeralda, verde lima, verde perdido entre las sombras, verde iluminado por el sol. Caminó entre cortinas verdes y sobre alfombras verdes con la esperanza de encontrar algo conocido, yaca o banano del bosque o uva de mar, que fuera comestible. Había escuchado que en Panamá había plátanos por doquier y se asomó entre los árboles por si podía ver alguno. En casa habría sido mucho más fácil. En casa, Ada sabía qué árboles daban fruta y qué arbustos daban unas bayas tan maduras que las podía hacer explotar entre sus dientes. En la parcela que tenían detrás de su casa sembraban maíz y arrurruz, tapioca y hierbas, y se alimentaban de lo que cultivaban o de lo que a veces intercambiaban con sus vecinos. Lo mejor era cuando su madre intercambiaba mazorcas por las cerezas que la señora Callender cultivaba en un árbol de su jardín. La señora Callender decía que eran las cerezas más jugosas y dulces de todo Barbados, y cuando Ada las comía no le cabía duda de que así era. Se le hizo agua la boca al pensar en esas cerezas. Tenía que haber algo de comer ahí en el bosque y con seguridad podría encontrarlo si buscaba lo suficiente. Pero su estómago ya rugía de hambre y su vestido, que se había sentido tan bien en cuanto se lo puso, todavía seco, estaba empapado de lluvia, y sus botas otra vez estaban cubiertas de lodo, y había perdido la paciencia, uno de sus peores defectos, según su madre, quien decía que Ada nunca esperaba lo suficiente a que le llegaran las cosas.

||||||||

EN EL PUEBLO había mucha gente. Ada atravesó las vías del ferrocarril, que dividían Empire en dos, y recorrió las calles pavimentadas de la parte norteamericana, pensando que por ahí sería más probable ver algún anuncio de trabajo mientras buscaba algo de comer. Las banderas, que colgaban de los balcones y ondeaban con la brisa, le hicieron saber a quién pertenecía esa parte del pueblo. Nunca había visto una bandera de Estados Unidos en persona, aunque sí una imagen en un atlas en la escuela para señoritas adonde habían asistido ella y Millicent. Dentro de ese mismo atlas, un librito de páginas cosidas, Ada había visto también por primera vez un mapa de Barbados. El mapa de Estados Unidos se extendía en dos páginas enteras, mientras que todo Barbados ocupaba solo la mitad inferior de la página de la izquierda. Hasta ese momento no le había pasado por la mente que Barbados pudiera ser más pequeño que cualquier otro lugar del mundo, pero una vez que lo vio no pudo dejar de preguntarse cómo sería ir a otro lugar. Hasta donde ella sabía, todos en su familia habían nacido en Barbados y se habían quedado ahí. Poco después de

que Ada naciera, su madre se había alejado de la plantación
de caña de azúcar donde había pasado toda su vida. Les había
contado a Ada y a Millicent la historia de esa partida muchas
veces, siempre con orgullo. Cada vez que la escuchaba, Ada
pensaba lo mismo: su madre podía haber ido a cualquier parte. Cuando dejó la plantación, podría haber caminado hasta
el otro extremo de Barbados o haber navegado hasta el otro
extremo del mundo. Pero en el momento en que se habían
abierto todas las posibilidades, en el momento en que podía
haber ocurrido cualquier cosa, su madre caminó justo hasta
donde se encontraba el límite oficial de Bridgetown y allí se
asentó de nuevo. Había cruzado el límite, pero tan solo por
lo que mide un dedo. Había mantenido su mundo como algo
pequeño y ahora, tantos años después, su madre no poseía
nada más allá de ese mundo, ni siquiera un sueño, hasta donde
Ada sabía.

La calle, flanqueada por edificios de dos pisos y tiendas,
estaba atestada de carruajes, carros de mulas y personas que
caminaban a paso rápido entre la llovizna. Las mujeres llevaban sombrillas y los hombres, sombrero. Ada no tenía ni
lo uno ni lo otro, y aunque traía el cabello recogido en un
chongo, como era su costumbre, no se había molestado en
arreglárselo al despertar; con eso, más la llovizna, debía verse
como un esperpento. De niña, era ella la que siempre tenía
tierra en el vestido, costras en los codos y ese cabello, que se
negaba a peinar a menos que fuera domingo y tocara ir a la
iglesia. Aun entonces, no lo hacía porque pensara que a Dios
le importaba, sino más bien a su madre.

Para cuando había pasado por una imprenta, una barbería

y una herrería, todos los negocios uno tras otro, ya había dejado de llover. Su estómago gruñía. Tenía que haber un mercado cerca, quizá del otro lado de las vías. Se había detenido a mitad de la calle, con la bolsa entre los brazos, mientras decidía si cruzar de vuelta y buscar uno, cuando un hombre que estaba parado a la entrada de un callejón le silbó. Ada habría dado media vuelta para irse si él no hubiera señalado un barril de madera, lleno de fruta, a su lado. «¡Papaya, mango, piña, mamey!» gritaba el hombre en español mientras ella se aproximaba. Tomó un mango y se lo ofreció a Ada.

Tenía tanta hambre que se hubiera comido todo lo que había en el barril. Aún en la penumbra del callejón, alcanzaba a ver tantas frutas brillantes y reventonas que empezó a relamerse.

—*You say mammee?* —preguntó Ada en inglés—. *Mammee apple?*

El hombre cambió el mango por una fruta de cáscara que estaba cortada de un lado, donde se veía el hueso.

—Mamey de tierra —respondió.

Sí se parecía a un *mammee apple*. En esa época todavía no maduraban en Barbados, pero Ada los esperaba con ansias cada año en abril. Su madre remojaba la pulpa en agua salada para quitarle lo amargo y luego Millicent y ella se la comían fresca, o si no, su madre la usaba para hacer jalea de manzana.

—*How much for one?* —preguntó Ada.

—¿Quieres?

—*How much money?*

Pero el hombre sólo le sonreía.

Ada puso la bolsa en el piso y buscó las monedas que

había traído. Tres monedas de una corona que su madre tenía bien guardadas. Ada las había descubierto un día que andaba curioseando y, cada vez que había regresado a buscar después, ahí seguían, sin que nadie las hubiera movido. Tal vez su madre estaría ahorrando ese dinero, pero Ada se lo había traído con la esperanza de recuperarlo muy pronto y ganar algo más. Entonces Ada sacó una de las monedas y se la mostró al hombre. Una corona era demasiado para una sola fruta, pero en ese momento no le importó. Necesitaba comer algo. Podía casi saborear el mamey, casi podía sentir cómo se escurría el jugo de la fruta entre sus encías.

El hombre tomó la moneda y le dio la vuelta hacia uno y otro lado mientras la sostenía entre sus dedos para examinarla. Hizo un gesto de aprobación, se guardó la moneda en el bolsillo y le entregó la fruta a Ada, quien inmediatamente le quitó la cáscara rugosa con la uña y la telilla blanca y esponjosa para luego darle una buena mordida a la pulpa. Estaba tan suave que le dieron ganas de llorar. Arrancó la fruta con los dientes mientras seguía de pie a la entrada del callejón con la bolsa a sus pies y el hombre la observaba. Se comió cada pedacito de la pulpa hasta llegar al hueso, y hasta ese se lo metió en la boca y lo succionó hasta que le quitó todo el sabor. Luego lo escupió al piso y se limpió la boca con el dorso de la mano.

Junto al barril, el hombre la contemplaba admirado, con los ojos como platos.

—*Thank you* —le dijo Ada sonriendo de oreja a oreja, mientras se agachaba a recoger su bolsa del suelo.

Ya se sentía mejor ahora con algo de comida en el estómago. En cuanto pudiera, debía encontrar el modo de enviar una carta a casa. Si su madre estaba preocupada, como Ada suponía, la carta la ayudaría a apaciguar su espíritu. Si su madre estaba enojada, lo cual también suponía Ada, no había gran cosa que pudiera hacer al respecto.

3

OCHO MESES ANTES DE QUE ADA BUNTING ABORDARA EL BARCO POSTAL
que la alejó del único hogar que había conocido hasta entonces, Marian Oswald y su esposo, John Oswald, se embarcaban
ansiosos en un vapor de la United Fruit Company, que
partía de Nueva Orleans rumbo a Panamá. Antes de subirse
al barco, Marian y John habían tomado un tren de pasajeros
en Bryson City, Tennessee, cerca de donde vivían; ese viaje
les llevó casi un día entero que Marian, muy feliz, dedicó a
observar, con las manos en el regazo, cómo el mundo pasaba
velozmente por la ventana, mientras John leía a su lado. En el
tren había un vagón-comedor con manteles blancos almidona-
dos y un carro-bar atendido por dos empleados que le insistían
a John para que tomara un *whiskey sour*, aunque él no bebía, y
se quedaban sorprendidos de que solo pidiera un agua mine-
ral. Había otro vagón en el tren donde John aprovechó para
que un botones negro le lustrara los zapatos; Marian le había
sugerido darle una propina, pero John se limitó a decir: «Hace
su trabajo; no hay razón para recompensar a un hombre por
cumplir con sus obligaciones». Marian no traía dinero, pero si
hubiera tenido, se dijo, se las habría arreglado para dejarle al
botones una o dos monedas.

El alojamiento del barco también era de lujo. La nave,

que formaba parte de lo que se conocería como «La gran flota blanca», transportaba treinta y cinco mil pencas de plátano en su interior y cincuenta y tres pasajeros en los camarotes superiores. En el camarote donde se alojaron los Oswald cabían dos camas gemelas con un buró entre ellas y tenía dos escotillas por las que habrían podido contemplar cómo se extendía el océano, si no fuera porque John había cerrado las cortinillas, so pretexto de que ver el sube y baja constante de las olas con toda seguridad les iba a provocar mareo. No obstante, las cortinas cerradas no ayudaron. O, ayudaron solo a John, pero no a Marian. Ella nunca había estado en el mar y tuvo que pasar la mayor parte de los cinco días que duró el trayecto vomitando en una cubeta de hojalata que el médico de a bordo, que la estaba atendiendo, tiraba por la borda cada vez que se llenaba. El doctor le traía agua, pero Marian no la lograba mantener dentro. Ella quería explicarle que, precisamente, el agua era el problema. Estaba desesperada por tocar tierra. Marian nunca había estado tan agradecida en la vida como en el momento en que lanzaron la señal de que se aproximaban a la costa panameña.

Para las demás personas del barco, la visión de la ciudad portuaria de Colón era una razón más que obvia para quejarse. Marian, por su parte, no sabía qué esperar, pero al estirar el cuello desde la cubierta, vio a la distancia una hilera de edificios cafés de madera, y en la calle frente a ellos, gente que caminaba, hombres que cargaban vigas sobre los hombros y mujeres que llevaban cestas de fruta sobre la cabeza. Niños medio desnudos en cuclillas. Había burros y carros de mulas, gallinas errantes y perros callejeros. El agua que bordeaba el muelle era del mismo tono parduzco que todo lo demás. Escuchó a una mujer decir que era «una mescolanza desoladora», pero a ella no le parecía justo. Sentía curiosidad más que otra cosa, y lo único que le molestó mientras el barco anclaba fue el mal olor del aire, exageradamente húmedo. En cuanto lo olió, vomitó de nuevo por la borda. John, a su lado, la vio y frunció el ceño. A ella le habría gustado que su esposo le ofreciera su pañuelo, pero no lo hizo y, en vez de eso, tuvo que limpiarse la boca con su propia mano.

Un marino pelirrojo de Luisiana, que se había hecho amigo de John durante el viaje —según él, habían jugado una partida salvaje de damas mientras Marian estaba enferma en su camarote— esperaba con ellos en el barandal del barco.

—Vaya, vaya, llegamos a un pantano —dijo.

—Así es —asintió John—. Y nos vamos a encargar de limpiarlo.

||||||||

LOS OSWALD TOMARON un carruaje para ir a la casa. Con el tiempo se enterarían de que, para llegar a cualquier parte alrededor del canal, era mucho más fácil transportarse en tren. Pero ese día, el día que llegaron, viajaron en carruaje. Los dos caballos grises que los llevaban estaban débiles y esqueléticos. El conductor era un muchacho panameño que los azotaba una y otra vez con una vara larga, como si fuera el castigo, y no un mejor cuidado, lo que los haría ir más rápido. Marian se encogía cada vez que sonaba la vara. Los Oswald tenían caballos en Tennessee, dos sementales majestuosos que vivían en los establos de su propiedad. Los caballos habían sido un regalo de bodas del padre de John, que creía que todo hombre debería saber montar. Durante la boda, su padre le había contado entre risas a la multitud que, cuando era niño, John jamás había mostrado el menor interés en aprender a montar, ni a medio galope ni a toda velocidad. «Es un defecto que le pienso corregir». Pero aun cuando los caballos ya eran suyos, John nunca los disfrutó. Más bien era Marian quien iba todos los días a los establos a cepillarlos con una almohaza y a darles manzanas de premio. Los había bautizado Horacio y Charles, en honor a sus escritores favoritos, y a menos que estuviera diluviando, cada día ensillaba uno de los caballos y salía a pasear por las exuberantes hectáreas de los Oswald, flanqueadas por las Grandes Montañas Humeantes. Cuando montaba, Marian se sentía libre, aunque nunca fue más allá de su propiedad.

Poco después de recibir los caballos, Marian convenció a John de que fuera a montar con ella. Una sola vez. Era temprano por la mañana y el sol iluminaba la parte baja de las nubes. En cuanto los caballos comenzaron a trotar, John perdió el equilibrio y cayó de espaldas al suelo. Charles, el caballo en el que iba, galopó un poco más y se detuvo.

Marian dio la vuelta y desmontó a Horacio, sosteniendo las riendas con una mano. Levantó los anteojos de John, que estaban en el suelo, y se arrodilló junto a él. Le preguntó si estaba bien; le preocupaba que se hubiera roto algo. Más tarde, el doctor les confirmó que John se había roto dos costillas. Sin embargo, John se limitó a responder: «Mis anteojos, por favor», y tan pronto ella se los dio, él desvió la mirada, como si se sintiera avergonzado.

Marian lo llevó de regreso a la casa. John caminaba con lentitud a su lado mientras ella tiraba de las riendas de Horacio y de Charles. Ninguno dijo ni una palabra. Después de dejar a

los caballos en el establo, Marian fue a la habitación donde John
se había recostado.

—¿Dónde te duele?

Él se señaló el pecho.

Para ese entonces llevaban seis meses de casados.

—¿Puedo? —preguntó Marian mientras rozaba uno de
los botones de su camisa.

John asintió.

Marian le desabotonó toda la camisa y observó. No estaba
acostumbrada a ver su pecho desnudo, en especial durante el
día. Normalmente, John dormía en ropa interior, que le cubría
desde el cuello hasta los tobillos. Como John dormía vestido,
ella también. Todas las noches, después de que él apagaba la
lámpara, se quedaban recostados uno al lado del otro en la
oscuridad. Ella esperaba que las manos de él la buscaran, que
le desabotonaran el camisón y le hicieran esas cosas que un
esposo debe hacerle a su esposa, esas cosas que Marian estaba
desesperada por que le hiciera. Pero John no la rodeaba con
el brazo siquiera, no le mordisqueaba la oreja ni recorría su
cuello con las puntas de sus dedos; noche tras noche, ella se
quedaba esperando. Pasaron semanas. Meses. Cuando se cansó
de esperar, Marian se acercó a él; pasaba sus dedos por debajo
del cuello de su camisa, sintiendo la piel suave y fina de su
garganta. Así se acostumbraron. En ocasiones, ella le metía la
mano entre las piernas; solo así lograba despertar lo suficiente
su interés para que la tomara en una especie de carrera ciega,
toda brusquedad y rapidez, como si corriera hacia la línea de
meta, y de repente tenía una rudeza, una rudeza que la emo-
cionaba. Eran una tormenta en la noche, agitados y estruen-

dosos, aunque en un instante todo terminara y John regresara a su lado de la cama.

El día que John se cayó del caballo, Marian no pudo detectar ninguna herida evidente. Aun así, fue al baño por un rollo de gasa de algodón y regresó a la habitación. Deslizó la mano por la espalda baja de John y envolvió con la gasa todo su torso.

John se encogió.

—¿Te duele? —preguntó.

John levantó la mirada, pero no hacia ella. Desde que lo conocía, siempre había habido algo inescrutable en él; algo que no lograba desentrañar.

—No —respondió al fin—. Perdón —agregó poco después.

En silencio y con cuidado, Marian ató el vendaje y lo ajustó apenas lo suficiente, con la esperanza de que ayudara a sanar lo que pudiera estar roto adentro.

||||||||

EL CARRUAJE SE DETUVO al pie de una colina. No había manera de que los caballos subieran por la pendiente tan inclinada, así que John y Marian tuvieron que bajar y caminar bajo el sol abrasador del día. Ya alguien les llevaría más tarde sus maletas.

Siguieron el sendero que se había formado en el pasto a punta de pisadas, por entre los platanales y los limoneros, con sus capullos pequeños y afilados. Unas chozas de tablones sin pintar y techos de paja se dispersaban entre los árboles por toda la colina. Algunas tenían barriles de agua al frente y ropa que colgaba de unas varas encajadas en el suelo. Un hombre negro vestido de overol que estaba parado afuera observó a la pareja al pasar.

—Apresúrate —le dijo John a Marian—. La casa está allá arriba.

Señaló hacia la cima de la colina, donde había una sola casa enorme, de color blanco, que refulgía bajo sol. Tenía dos pisos y una veranda amplia, cubierta de mosquiteros, que se extendía desde la fachada hasta los costados de la casa.

—Es demasiado grande —observó Marian.

—Es nuestra propia casa sobre la colina —dijo John. Theodore Roosevelt, a quien él admiraba, tenía una casa en Oyster Bay a la que se refería con esas mismas palabras—. Es nuestro pedacito de paraíso por encima de todo.

||||||||

LA TARDE DESPUÉS de que John recibiera el cable solicitando su presencia en Panamá, Marian lo encontró detrás de la casa, observando el azul grisáceo de las montañas surcadas de sombras. Salió para hacerle compañía. Los grillos elevaban su canto al frotar las patas; el aire estaba agradable, fresco y seco.

—Quieren que vaya a Panamá —dijo John sin voltear a verla.

Era una solicitud que John deseaba recibir. Marian creía que su llegada era solo cuestión de tiempo.

Ella también dirigió su mirada las montañas. Había pasado toda su vida en Tennessee; de cuatro hijos, había sido la única que logró superar los cinco años de vida. Su madre había sido una mujer remilgada, preocupada siempre por tener la casa impecable y que lo máximo que se permitía era un trocito esporádico de raíz de orozuz, que masticaba por las tardes hasta que se deshacía de tan suave. Su padre, con quien Marian tenía una mejor relación, había sido leñador y solía llevarla a caminar por la orilla del río mientras le señalaba los árboles: nogal, roble, álamo, pino, abeto. En las noches, en lugar de practicar el punto de cruz que había aprendido en la escuela, pasaba horas a la luz de las velas leyendo el almanaque, que era el único libro que sus padres tenían en casa, además de la Biblia. Hacía años que sus padres habían fallecido, pero Marian seguía amando su terruño: el laurel de la montaña que florecía en junio, los rododendros que se agolpaba a la orilla del camino, el deambular del alce y la cicuta que proliferaba.

—Oficialmente, estaría a cargo de supervisar los laboratorios del Ministerio de Salud, pero me darían vía libre para ir tras la malaria y erradicarla de una vez por todas. Como pudieron hacerlo con la fiebre amarilla, por supuesto. —John caviló por un momento—. Estás familiarizada con los datos científicos, Marian. ¿Tú qué crees? ¿Se podría lograr?

Ella bien sabía que John había pasado los últimos años en los márgenes, contemplando con envidia cómo otros hombres habían logrado controlar la fiebre amarilla en Panamá. Y tenía razón: ella estaba familiarizada con los estudios y los reportes.

—No veo por qué no —respondió volteando a verlo.

John asintió, pero siguió con la vista clavada en los árboles. Marian conocía muy bien el contorno de su silueta: la curva de su nariz, su barbilla puntiaguda.

Para ese entonces, llevaban casados diez años. Se conocieron en Knoxville. Marian había ido a estudiar Botánica en el Instituto Femenino y consiguió un empleo para ayudarse a pagar la colegiatura. En esa época, Tennessee estaba pasando por un auge maderero. Los árboles caían a lo largo y ancho de los Apalaches, y el sonido que emitían, ese estruendo impresionante, era como un mensaje reconfigurado por los humanos para significar algo bueno. La industria estaba tan en boga, y había tantos aserraderos y fábricas, que la demanda de empleados era muy alta; no solo de leñadores, sino de personal administrativo que ayudara a mantener a flote las compañías. Había sido fácil conseguir empleo en la Maderera Oswald. Los Oswald también tenían granjas y una empresa de maquinaria. Algunos decían que eran dueños de medio Knoxville. Cada uno de los hijos de la familia Oswald había elegido una de estas tres empresas, y eso les aseguraba un futuro. Marian había trabajado como mecanógrafa en la maderera durante tres años, preparando conocimientos de embarque y órdenes de compra, cuando reparó en John Oswald: el más joven de los tres hijos, el marginado, el único que, según los rumores, tenía sus propias ambiciones. Marian admiraba eso, incluso cuando no sabía nada más de él. Un día, John entró a la oficina a hablar con su padre y, en lugar de eso, se fijó en ella. Fue una mirada larga, que le hizo sentir a Marian cómo se le erizaba la piel. Sentada tras un escritorio de roble sin barnizar, era consciente de su apariencia: considerablemente simple y poco atractiva. Sin embargo, él se quedó mirándola fijamente desde la entrada de la oficina, caminó hacia ella, y casi antes de detenerse le dijo: «Si está usted libre, ¿podría invitarla a salir esta noche?».

Era la primera vez que un hombre había mostrado el más mínimo interés en ella. El resto de su vida, Marian se preguntaría qué había visto John en ella ese día. Una vez se lo preguntó a él, pero la mirada de perpleja incomprensión de John le destrozó el alma. Simplemente estaba sentada ahí, supuso.

Si otra muchacha hubiera estado ahí en ese momento, con seguridad la habría invitado a ella. Esa chica pudo haber dicho que sí, o que no, y la vida de Marian, en una esfera paralela, habría seguido intacta. Pero no, le había tocado a ella y sabía que tenía que haber una razón para ello.

La invitó a una elegante heladería en Market Square y esa noche Marian descubrió que John podía conversar sobre una amplia variedad de temas, muy distintos entre sí. Le habló de Oscar Hammerstein, que se estaba preparando para abrir un teatro en la ciudad de Nueva York, y del trabajo de Louis Sullivan en el Medio Oeste. Tenía una opinión formada sobre el presidente Cleveland y sobre el Impuesto Wilson-Gorman que este había autorizado. Le preguntó entonces si había escuchado hablar de un hombre de apellido Nansen, que estaba intentando navegar al Ártico, a lo que Marian respondió: «Por supuesto. ¿Sabía usted que el nombre de su navío, Fram, significa "adelante" en noruego?». John la miró como si estuviera sorprendido e impresionado a la vez.

En menos de un año, ya se habían casado. Marian se graduó y pensó que podría conseguir empleo en su campo de estudio, como asistente científica tal vez, pero cuando se lo mencionó a John, él respondió: «¿Para qué? ¿Qué ventaja habría? Además, no hay necesidad, Marian. Ya no». Aunque su intención era tranquilizarla, a ella le irritaba la idea de que fuera tan difícil para una mujer tener algún valor fuera del matrimonio, y más bien le parecía agobiante.

Compraron una casa grande en un pueblito del condado de Sevier, Tennessee, a unos cincuenta kilómetros de Knoxville. Las aspiraciones profesionales de John iban más allá de la empresa maderera y quería tomar distancia de su familia y de su influencia. El pueblo le recordaba a Marian la manera en la que había crecido, con la tienda, la herrería, la escuela y la iglesia. Pasaba los días sola. Aprendía a cocinar y a hornear, paseaba por los ríos y arroyos, respiraba el aire fresco de la montaña, se perdía entre las alfombras de flores silvestres y caminaba sobre las agujas de los pinos que cubrían el suelo del bosque, suave como una esponja después de la lluvia. Muchas tardes se dedicaba a leer afuera, a la luz del sol. *Manual de Botánica*, de Gray; *Principios de Botánica científica* de Schleiden; *Ecología de las plantas*, de Eugenius Warming; *Experimentos de hibridación de las plantas*, de Mendel. Cuando se cansaba de leer, llevaba a Horacio y a Charles de paseo. Con frecuencia, el único momento del día en que escuchaba su propia voz era cuando hablaba con ellos.

John había comenzado a trabajar en un pequeño laboratorio, investigando la teoría de que los mosquitos eran responsables de la propagación de enfermedades. Se trataba de un descubrimiento que había hecho un médico cubano llamado Carlos Juan Finlay diecisiete años atrás, y que había comprobado después un doctor estadounidense de nombre Walter Reed. No obstante, en pleno cambio de siglo, a mucha gente todavía le parecía difícil de creer. ¿Cómo era posible que un insecto tan pequeño y frágil, que no pesaba más que una telaraña, pudiera propagar enfermedades que derribaban hombres? Ese escepticismo solo hizo que John perseverara. «Es un hecho irrefutable y lo vamos a demostrar», le había dicho una vez a Marian.

Con frecuencia, John trabajaba hasta muy tarde, y las noches de Marian eran tan solitarias como sus días. Se había casado con pocas expectativas. Más que nada, estaba agradecida de que alguien se hubiera querido casar con ella. Era hija única y no tenía muchos amigos, por eso, su esperanza era que el matrimonio significara al menos el fin de su soledad. Pero no fue así. Incluso en la casa, la mente de John seguía en su trabajo. Siempre estaba distraído, perdido en sus pensamientos; se encontraba ahí presente, en su sillón, pero su mente estaba en otra parte. Si Marian quería conversar con él, tenía que preguntarle sobre el trabajo. Solo así se iluminaba. Con el tiempo descubrió que, si traía a colación los libros que estaba leyendo, John conversaba sobre ellos también. Le interesaba la ciencia, aun cuando no estaba interesado en Marian.

Aquella tarde detrás de la casa, cuando le contó sobre el empleo en Panamá, él pareció aliviado al escucharla expresar su confianza en su posible éxito.

—Tienes razón. Panamá bien puede ser la última frontera de la malaria. Y quien sea responsable de su erradicación... bueno, ya sabes, esos serán los hombres que pasarán a la historia.

Con los ojos aún fijos en el horizonte, de pronto, John tomó su mano. Marian se sorprendió, pero dejó que lo hiciera. Esa era su súplica. Ella sabía de qué se trataba. Rara vez la tocaba. Que lo hiciera, entonces, indicaba cuán profunda era su determinación. Tal vez, pensó, serían más felices allí. Tal vez el cambio despertaría algo en él.

—Lo sé —dijo Marian con la mirada fija en el horizonte—. Y no hay nadie mejor preparado que tú para dirigir a esos hombres.

John se volteó y la miró con tal gratitud que, por un instante, ella confundió su mirada con una de amor.

||||||||

DOS SEMANAS DESPUÉS de llegar a Panamá, en una de las tantas reuniones nocturnas a las que, Marian pronto descubrió, John y ella estaban obligados a asistir, supo que, aunque su «casa sobre la colina» le parecía un exceso, había al menos una residencia aún más grande en el istmo. Se trataba de una casa en Ancón, construida por un valor de 100 000 dólares para un ingeniero francés de nombre Jules Dingler. Dingler había llegado con su esposa, su hijo, su hija y el prometido de esta durante el otoño de 1883, dos años después de que los franceses empezaran a intentar construir un canal.

—¿Y saben qué dijo justo antes de salir de Francia? —preguntó el hombre que estaba contando la historia.

Esa noche los ocupaba una reunión formal en un salón de baile; el tipo de evento que ni Marian ni John solían disfrutar. De algún modo, se habían visto arrastrados hacia un pequeño grupo con otras seis personas que escuchaban cautivadas al hombre que contaba la historia.

—Dijo: «Solo a los borrachos y a los malvivientes se les pega la fiebre amarilla y se mueren allá».

—Pero es que eso se decía en aquella época —acotó uno de los hombres.

—¡Cuánto hemos avanzado! ¿No es verdad, Oswald?

—Vaya que sí —asintió John, junto a Marian.

—El pobre Dingler se habría beneficiado mucho de los conocimientos de un experto como usted.

—Quiere usted decir que… ¿falleció? —preguntó una mujer con largos guantes de satín.

—No, él no, querida. Pero apenas habían pasado unos

meses desde la llegada de la familia Dingler cuando su hija contrajo la fiebre amarilla y...

La mujer ahogó un grito.

—Exactamente —dijo el hombre—. Poco después, su hijo. Luego, el prometido de su hija. Luego, su esposa.

—¿Todos murieron de fiebre amarilla? —preguntó alguien.

—Sí.

—¿Y qué pasó con Dingler?

—Al final viajó de regreso a Francia, destrozado seguramente.

Todo el mundo se quedó boquiabierto, hasta que uno de los hombres rompió el silencio.

—Vaya que sabes animar una fiesta, Badgeley.

—Pensé que era correcto que nuestros invitados lo supieran.

—¿Saber qué? —dijo alguien más—. ¿Qué todo este lugar está maldito?

Badgeley sonrió y le dio una palmadita a John en el hombro.

—Bueno, quizá así era antes, pero ya no. Se acabó la fiebre amarilla y Oswald va a hacer lo mismo con la malaria, ¿no es verdad?

Marian percibió que John se ruborizaba un poco. Se sentía más cómodo poniendo los mosquitos bajo el reflector que cuando lo ponían a él.

—Sí, de eso se trata —dijo.

—No seas modesto, tu reputación te antecede —agregó Badgeley, todavía con la mano sobre el hombro de John—. Todos sabemos que tú eres el adecuado para semejante empresa. ¿Qué dices? ¿De verdad crees que es posible librar a este agujero inmundo de la malaria de una vez por todas?

John esbozó una sonrisa forzada y, tras un momento, Marian intervino para salvarlo.

—Es completamente posible. Tiene usted razón, él es el hombre adecuado para semejante empresa.

||||||||

EN PANAMÁ SOLO había dos estaciones: la húmeda y la seca. Habían llegado a principios de año, durante la temporada seca, cuando la brisa vespertina era fresca. Para mayo, cuando la lluvia empezó a desbordar el cielo, John le advirtió a Marian que no pasara demasiado tiempo fuera.

—Los mosquitos abundan cuando está húmedo. Son las condiciones óptimas para su desarrollo.

—Pero ¿qué voy a hacer? —preguntó Marian.

John no respondió.

—El clima mejorará en enero —se limitó a agregar.

Marian nunca había visto caer tanta lluvia en su vida. Cuando era niña en Tennessee, solía sumergir sus manos en los charcos de barro que se abrían como grandes bocas en el terreno de su familia, y atrapaba las ranas que encontraba después de la tormenta. Ya fuera que lloviznara o que diluviara, su padre siempre decía lo mismo al asomarse por la ventana: «Al menos los árboles estarán felices». Se preguntaba qué habría pensado su padre de la lluvia de aquí. A menudo llegaba en oleadas. El viento se alzaba y agitaba las copas de los árboles, la lluvia azotaba en el aire. De pronto, se detenía abruptamente, como si el cielo se hubiera cerrado de golpe, y el sol brillaba de nuevo. Sin embargo, ya había aprendido, ese intermedio solía ser breve y duraba lo justo para que las nubes acumularan más lluvia antes de desatarla de nuevo.

Desde el inicio de la estación húmeda, y durante varias semanas, Marian se sentó en la veranda a ver llover. Por entre los biombos cobrizos alcanzaba a atisbar una parte del pueblo allá abajo: unos cuantos edificios y la estación de tren, en donde las negras locomotoras entraban y salían durante todo el día. Hacia donde mirara, había gente que iba y venía, incluso en medio de las tormentas más inclementes, que ella observaba con resentimiento. De verdad, ¿cómo podía John esperar que se quedara adentro todo el tiempo? Los libros que habían traído estaban cubiertos de moho. No había caballos que montar. Y no había venido hasta aquí para quedarse sentada en un porche.

La primera vez que salió, Marian simplemente bajó y subió de nuevo la colina, solo por el gusto de salir de la casa. Al bajar se resbaló en el lodo y aterrizó sobre su trasero; se rio de sí misma y esa risa la hizo sentir casi tan bien como haber salido a caminar. Cuando regresó a casa, enjuagó su ropa en la tina, limpió sus botas y al volver del trabajo, John no se enteró de nada.

Con el tiempo, se aventuró a ir más lejos y pasó la falda de la colina en dirección al pueblo. Allí la vida seguía su curso, incluso con la lluvia. Los hombres recorrían las calles con los sombreros tan empapados que las alas se doblaban bajo el peso del agua. Las mujeres se aferraban a sus sombrillas y trataban de evitar pisar los charcos. Marian simplemente caminaba, feliz de poder ver todo eso.

El pueblo de Empire se hallaba en el punto más eleva-
do de la ruta del canal, casi a medio camino entre el océano
Pacífico y el Atlántico. Estaba encaramado sobre una saliente que dominaba el enorme Corte Culebra, un segmento de
catorce kilómetros de largo bloqueado por las montañas, a
través del cual debían excavar. A veces Marian se asomaba y
miraba hacia abajo, por la pendiente inclinada; cada vez se
mareaba al contemplar las proporciones de la obra, tan colosal
que casi se sentía inhumana. Marian había leído que, tres
millones de años atrás, volcanes submarinos habían entrado
en erupción, lanzando enormes reservas de sedimento hacia
la superficie; así se formó el puente de tierra en el que ahora
estaban parados, conectando dos continentes. Ahora la misión
era, evidentemente, volver a dividirlo, abrir la tierra entre dos
aguas, de un mar al otro. Lo que la naturaleza había unido,
ahora los hombres lo querían separar.

||||||||

YA HABÍAN PASADO varios meses y la lluvia no daba tregua.

Marian entró a la cocina, tomó de la despensa un cuaderno
de la tienda de comisariato y se puso una capa para la lluvia. La
capa le cubría casi todo el vestido, pero solo hasta la rodilla. De
ahí para abajo, tendría que mojarse.

Frente la estufa estaba Antoinette, la cocinera, que des-
tapaba una gran olla de hierro con guiso de pescado. Cuando
Marian le dijo que iba a salir, Antoinette arqueó una ceja; le
preguntó si le parecía prudente, dado que estaba lloviendo tanto.

—A mí me parece bien, por eso traigo esto —dijo Marian
pellizcando un pliegue de la capa.

Antoinette había venido recomendada por otra pareja del istmo, proveniente de Georgia, a la que los Oswald habían conocido en una cena de bienvenida organizada para ellos poco después de su llegada. Marian se había puesto un vestido de gasa de seda con encaje *repoussé* y se había peinado con unos discretos bucles estilo Pompadour, pero John no se había percatado de su esfuerzo; cuando iban de camino, como siempre, solo habló del trabajo. Quería conocer su opinión sobre una anomalía estadística que había llamado su atención aquel día, y aunque ella trató de convencerlo de que solo tenía que recabar más datos, el problema lo mantuvo distraído durante los seis platos de la comida. Tomó sopa de tortuga, comió pavo al horno y todo lo demás que le sirvieron en completo silencio, mientras el resto de los invitados disfrutaban y reían. Hubo un momento en que, al estirarse para tomar su copa, golpeó accidentalmente un candelero e incendió el mantel por un instante, hasta que otro hombre de la mesa se aprestó y lo apagó con el agua de su vaso. John se encogió en su asiento; el anfitrión hizo una broma para suavizar la incomodidad del momento y ya nadie habló de eso después. Sin embargo, Marian sabía muy bien que era el tipo de cosas que hacían que John se flagelara. Lo único bueno de todo eso fue que la mujer sentada al lado de Marian, la que venía de Georgia, le preguntó si ya había conseguido ayuda.

—¿Ayuda? —preguntó Marian.

—Las opciones aquí son terribles —dijo la mujer—. Los negros de aquí no son como los negros allá en casa. No hacen lo que les mandas y pareciera que no hay regaño suficiente que los haga trabajar más rápido.

Pero sí conocía a una buena cocinera, una mujer de Antigua, y le dio a Marian sus señas. Marian nunca había tenido cocinera, ni criada, ni ningún tipo de ayuda por el estilo, ni cuando era joven ni ya de casada, pero John había crecido rodeado de personas así y la convenció de que lo intentara: «Una cosa es Tennessee, pero aquí es muy distinto. No me digas que sabrías qué hacer con un coco. Y a mí me gusta comer bien».

Antoinette volvió a tapar la olla y se limpió las manos en el delantal. Tenía cuarenta y siete años, pero seguía tan bien formada como cuando era joven, aunque su cabello había empezado a encanecer cerca de las sienes y las venas en el dorso de sus manos eran más prominentes que antes. A veces contemplaba esas venas con disgusto, añorando los días en que era más flexible, más fresca. En Antigua se ganaba la vida cocinando guiso de bacalao y agua de cabra con ñame y calalú, que era su especialidad. La gente del pueblo estaba dispuesta a pagar porque su comida era muy buena, pero por muy buena que fuera, no ganaba mucho. Unos años atrás, su esposo, a quien había amado durante veintitrés años, se había ido a cortar alguna flor que tenía la mitad de su edad. Antoinette no lo había creído capaz de algo así, pero lo había hecho, y ella suponía que la razón era que una flor en capullo tenía un aroma más dulce que una que se está marchitando. Le había dado cuatro hijos. Poco después de que su esposo se fuera de la casa, el hermano de Antoinette pasó por una mala racha, de modo que él y sus dos hijos se mudaron también con ella, lo que significaba tres barrigas más que había que llenar. Aunque fuera cocinera, alimentar a ocho personas, incluida ella, además de a todos los otros clientes del vecindario que pagaban por su comida, una docena más o menos, era demasiado para tan poca ganancia. Alguien le había dicho que en Panamá podría cocinar la mitad y ganar el doble. Resultó que los cálculos de esa persona habían estado un poco desfasados. En Panamá, como descubriría después Antoinette, podía cocinar menos de la quinta parte de lo que había estado cocinando hasta ese momento y ganar tres veces más.

El guiso aún debía cocinarse a fuego lento unas cuantas horas más. Lo pensaba servir para la cena esa noche. Después de servir la cena, regresaría al cuarto que rentaba en una atestada vecindad en Ciudad de Panamá y se pondría a pensar en los cuatro hijos que dejó atrás, al cuidado de su hermano, preguntándose si el dinero que mandaba a casa cada dos semanas alcanzaba para que comieran bien; en especial el menor, Arthur, que tenía ocho años y siempre había sido pequeño para su edad.

—Creo que estaré de regreso como en una hora —dijo la señora Oswald y salió antes de que Antoinette le pudiera preguntar cualquier otra cosa.

||||||||

HABÍA UNA TIENDA de comisariato casi en cada pueblo en la línea del canal. El Departamento de Comisariato también supervisaba una fábrica de hielo, servicios de lavandería, una panadería que horneaba más de veinte mil hogazas de pan al día, una imprenta y un tren que salía cada mañana a entregar pedidos directamente a las casas de las personas. Pero las tiendas eran el principal atractivo. Estaban repletas de vegetales en conserva, galletas, fósforos, zapatos, guantes de béisbol, bolas de alcanfor, harina de maíz, carne en conserva, pomada para el cabello, jabón, limas de uñas, toallas, pañuelos, listones de raso, cintas de tafetán, vaselina, sombrillas, telas, encajes, tazoncitos para enjuagarse los dedos, platos para helados, platos para mantequilla, ganchos de ropa, relojes, bacalao, azúcar, jugo de uva Welch's, cigarros, esponjas, alfombras de hierba, aceite para muebles, ratoneras, huevos, salchichas, cordero, cerdo, hígados, bistec, queso crema, queso Neufchâtel, queso Roquefort, queso suizo, queso Gouda, queso Edam, queso Camembert, queso Pinxter, queso MacLaren's, leche evaporada St. Charles, leche condensada Nestlé, avena Quaker, tortitas de maíz Quaker, toronjas, arándanos, remolachas, tomates, apio, espinacas, chucrut, nabos, chirivías, calabazas, berenjenas, cubiertos, cucharones, ralladores, cernidores, pinzas, batidoras, abrigos, medias, botones, sombreros, pipas y todos los artículos habidos y por haber.

Marian no necesitaba nada de ahí. Ir al comisariato era nada más un pretexto para salir de casa.

Para cuando entró a la tienda, la capa de Marian pesaba de tanta agua que le había caído y sus botines de piel de cabritilla estaban empapados hasta adentro. Se retiró la capucha hacia atrás y pisó con fuerza un par de veces. Molly, una cajera joven, levantó la vista y al ver a Marian, sonrió y la saludó. A Marian siempre le había parecido que la chica, que había venido a Panamá con sus padres, era amigable sin excepción. Tenía el cabello rubio, largo y lacio, y al contrario de lo que se acostumbraba, lo llevaba suelto. Quizá no era nada, pero

Marian lo interpretaba como un pequeño acto de rebeldía y Molly le caía bien por ello.

—Buenas tardes, señora. Sigue lloviendo, ¿verdad?

—Me temo que va a seguir lloviendo hasta enero.

Molly sonrió. Antes de venir a Panamá, había vivido en Hawái, donde también llovía, por supuesto, pero no tanto como aquí. También había vivido con sus padres en Cuba y en las Filipinas pero, hasta ahora, a pesar de la lluvia, lo que más le gustaba era Panamá. Tenía una cámara, una gran formato 4 x 5, tan grande como hogaza de pan, que llevaba a todas partes con ella, pero, por desgracia, no había tenido muchas oportunidades para usarla en Panamá. Pensaba que le gustaría ser periodista algún día, incluso fotorreportera, y viajar por todo el mundo con su cámara, pero no se lo había contado a nadie. En todo caso, de momento era solo un pasatiempo.

—¿Puedo ayudarle a encontrar algo el día de hoy, señora? —preguntó Molly al ver que la señora Oswald no se movía de donde se había detenido, justo pasando la puerta.

Marian se había quedado en el umbral porque su capa de lluvia goteaba y no quería dejar un rastro de agua por toda la tienda. Miró a su alrededor. Las cosas que anhelaba en la vida —compañía, conocimiento— no se podían encontrar en ninguna tienda del mundo.

—No lo sé —dijo Marian. —¿Llegó algo nuevo?

—Bueno, recibimos un pedido de papaya apenas esta mañana. Vienen de Florida, creo.

—¿Papaya?

—Sí, señora. Están ahí arriba.

Marian dirigió la mirada hacia donde señalaba Molly:

sobre una mesa había papayas grandes y amarillas, las papayas
más grandes que hubiera visto, acomodadas en filas, como si
fueran las capas de un pastel.

—Pero aquí se cosecha papaya —dijo Marian volteando
a ver a la joven.

—¿Aquí?

—En Panamá.

Como Molly no estaba muy segura de eso, le pareció más
prudente decir que estaba de acuerdo.

—Así es, señora.

—Entonces, ¿por qué las importan desde Florida?

—Yo… yo no sé, señora. Pero lo que sí sé es que la papaya
que tenemos en la tienda es muy fresca. Acaba de llegar.

—De Florida.

—Sí, señora.

Molly se retorcía las manos y Marian se sintió mal de
haber aturdido a la joven.

—En ese caso, me llevo una —dijo Marian, todavía desde
la puerta—. O dos, de hecho. Me llevo dos.

Los ojos de Molly se iluminaron. Se alejó de la caja registradora, recorrió el pasillo hasta donde estaban acomodadas
las papayas y tomó dos de la parte superior. Le gustaba la
papaya, pero, de todas las frutas del trópico, el maracuyá, con
su sabor brillante y amargo, era su favorita. Molly regresó a la
caja registradora y puso las papayas sobre el mostrador mientras las cobraba.

—Son cuarenta centavos, señora.

Marian arrancó el cupón correspondiente de su cuaderno
de comisariato y pagó con él.

Aún llovía cuando Marian salió; mientras caminaba, las gotas tamborileaban sobre su capa. Llevaba una papaya en el hueco de cada codo. Como si fueran bebés, pensó, y de inmediato se detuvo. No sabía de dónde había sacado esa idea. Como si fueran bebés. En medio de una calle lodosa en Panamá, se puso a llorar.

Un año después de casarse, por insistencia suya, John y Marian habían intentado tener hijos. Dentro de la cama, en el momento indicado del mes, Marian se desabotonaba el camisón y John trepaba sobre ella. Cuando al terminar él volvía a su lado, Marian se quedaba acostada de espaldas, con las rodillas dobladas hacia arriba, como había oído que debía hacer para incrementar las posibilidades. Se quedaba perfectamente quieta y esperaba, con el camisón abierto, mientras John se daba la vuelta para dormir. Lo intentaron durante un año sin ningún éxito. En una ocasión, el ciclo de Marian se retrasó y durante dos semanas enteras vivió llena de esperanza, pero luego goteó la sangre, una sangre parduzca que dejó una pequeña mancha.

En ese entonces visitó a tres médicos distintos; hombres que la pinchaban y tocaban solo para llegar a la conclusión de que no había ningún problema. Nadie tocaba a John para averiguar lo mismo. Se daba por hecho que un hombre no podía tener la culpa. Siga intentando, le aconsejaron.

Cuando Marian le contó a John, él respondió:

—¿Eso es lo que quieres?

La pregunta la lastimó un poco.

—Sí —respondió.

Lo intentaron durante varios meses, y luego, la primavera siguiente, Marian se enteró de que estaba embarazada.

Su ciclo se había retrasado cuatro semanas y sus pechos estaban maravillosamente sensibles al tacto. Estaba tan contenta en ese tiempo, llevando la cuenta de cada semana que pasaba en un calendario que tenía escondido en un cajón. Dos días después de que Marian hubiera marcado el paso de la octava semana, dos días después de ocho semanas enteras durante las cuales había tenido algo dentro de ella que se estaba convirtiendo en un bebé, Marian encontró en sus calzones dos puntitos de sangre tan pequeños que tuvo que acercarse antes de darse cuenta de qué se trataba. Sin decirle nada a John, hizo bola los calzones y los tiró. Se dijo que ya estaba lo suficientemente avanzada, que no era lo que temía que pudiera ser. Pero esa noche Marian despertó con unos cólicos tan fuertes que John consiguió de inmediato un carruaje y fue hasta el pueblo para traer al doctor a la casa. En la mañana, el sangrado se había terminado. El bebé ya no estaba.

Todo cambió después de eso. Podían volver a intentar, dijo John, pero Marian dijo que no, y no se volvió a desabotonar el camisón, ni por esa ni por ninguna otra razón. La intimidad más próxima que volverían a tener sería estar lado a lado en la cama, sin que ninguno buscara al otro; nunca más. John hacía su trabajo y se demostraban una cordialidad mutua y, al verlo, a veces Marian sentía un dolor exquisito. Quería amarlo, y quería desesperadamente que él la amara, pero parecía que ninguno de los dos sabía cómo hacerlo.

Para cuando Marian entró por la puerta principal de la casa, había pasado horas bajo la lluvia.

Antoinette estaba poniendo la mesa en el comedor. Al oír que se abría la puerta volteó, aliviada de ver que la señora

Oswald ya había regresado, aunque fuera empapada como un pez, con dos papayas en sus brazos y las mejillas de un color casi escarlata. Las gotas que escurrían de su capa de lluvia formaron un anillo en el suelo.

—¿Ya está aquí? —preguntó Marian jadeante.

—¿El señor Oswald? No, señora.

Marian sintió que su pecho se desataba por el alivio. Respiró y luego tosió.

—¿Señora?

—Estoy bien —respondió Marian—. Me imagino que tengo que quitarme esta ropa, nada más. ¿Te las puedes llevar? —dijo, entregándole las papayas a Antoinette—. Llévatelas y haz con ellas lo que quieras, pero no las quiero volver a ver.

Antoinette asintió. Nunca en su vida había conocido a nadie que sintiera resentimiento hacia una papaya.

Vio a la señora Oswald desprenderse de la capa mojada como si fuera una cáscara.

—Necesito secarme —dijo Marian.

Antoinette le recibió la capa y, aunque no dijo nada más, vio cómo tiritaba la señora Oswald mientras subía las escaleras rumbo a su habitación para cambiarse.

4

BAJANDO DESDE LA COLINA DONDE VIVÍAN LOS OSWALD, MÁS ALLÁ DE LA
estación de tren, pasando el pueblo de Empire, con sus tiendas de máquinas y su club y su comisariato y su oficina postal
y sus almacenes, bajando por una empinada terraza de 154
escalones, abajo, abajo, abajo, hacia las montañas de la Cordillera hasta la base de un canal hecho por el hombre que en ese
momento tenía 12 metros de profundidad y 130 de ancho, y
que crecía cada día, miles de hombres trabajaban bajo la lluvia
paleando barro, envolviendo dinamita, tendiendo los rieles del
ferrocarril y columpiando sus picos contra los muros de roca
cortada.

Cada mañana, estos hombres, que habían llegado desde
todas las orillas del mundo —de lugares como Holanda, España,
Puerto Rico, Francia, Alemania, Cuba, China, India, Turquía,
Inglaterra, Argentina, Perú, Jamaica, Santa Lucía, Martinica,
Antigua, Trinidad, Granada, San Cristóbal, Nieves, Bermudas,
Nassau y en especial desde Barbados— se concentraban en un
único punto: el Corte Culebra. Llenaban los trenes de trabajo
para luego derramarse por los costados de la montaña; cuando
sonaba el silbato, se ponían a trabajar. De la salida a la puesta
del sol penetraban la tierra. El barro les llegaba hasta las rodillas. Inhalaban el humo de carbón de las locomotoras que iban

y venían sin cesar. Sus oídos zumbaban con el martilleo de los taladros de roca que retumbaban en las laderas talladas de las montañas. Sus manos estaban ampolladas y sangraban de tanto aferrarse a los mangos de los picos y palas durante horas sin fin. Les dolían las piernas, les ardían los hombros, sentían como si la espalda se les fuera a romper, a punto de partirse en dos. Siempre estaban mojados. Nunca lograban estar secos. Estaban cubiertos de lodo. Nunca podían estar limpios. Las botas se les deshacían. Tenían escalofríos por la fiebre. Entonaban canciones en la lluvia. Balanceaban los brazos y seguían dando paladas una y otra vez.

||||||||

OMAR AQUINO, DE diecisiete años, parado en el Corte, se secaba la frente con el brazo. Era casi finales de septiembre y la lluvia caía por encima del ala de su sombrero. Sintió que una oleada le recorría la cabeza desde la frente hacia atrás, y se quedó quieto, esperando a que se le pasara. Esas oleadas le habían estado llegando todo el día y lo hacían sentir mareado por unos cuantos segundos.

—¿Tas bien? —le preguntó el hombre que trabajaba a su lado.

—Sí —respondió Omar.

—¿Necesitas descansar?

Su nombre era Berisford. Tenía veinte años y usaba un pañuelo rojo alrededor del cuello. Había llegado de Barbados hacía apenas unos cuantos días.

Una locomotora que tiraba de una serie de vagones de plataforma vacíos pasó retumbando detrás de ellos sobre las vías y luego se detuvo. Las palas mecánicas inclinaban sus cuellos para levantar la roca y el barro que los hombres habían aflojado, después giraban hasta que sus mandíbulas se detenían sobre las plataformas de los vagones, que esperaban pacientes, y soltaban todo su contenido con un gran estruendo. Cuando las plataformas ya estaban llenas, el jefe de patio daba la señal y la locomotora arrastraba de nuevo los vagones para llevarse los desechos. Sin descanso y con eficiencia, un nuevo grupo de vagones vacíos llegaban listos para llevarse más. Ese era el ritmo todo el día. Hombres que se balanceaban, palas mecánicas que recogían, trenes que llegaban, trenes que se iban.

Omar solía pensar que era como una música extraña, que, sin embargo, le gustaba. Hacía seis meses había entrado en las oficinas administrativas del canal para pedir trabajo. Durante todo el trayecto, estuvo practicando lo que iba a decir: «Quiero ayudarles a construir su canal». Omar había aprendido por sí mismo el inglés suficiente como para leer lo que encontraba en los libros, pero rara vez lo hablaba. El hombre de la oficina administrativa le preguntó de dónde era y se quedó perplejo cuando Omar respondió «Panamá».

—No nos llegan muchos panameños por aquí.

Omar no sabía qué responder, así que mejor repitió lo que había ensayado:

—Quiero ayudarles a construir su canal.

El hombre cruzó los brazos y se reclinó en la silla para evaluarlo.

Omar era delgado y no demasiado fuerte, pero tenía determinación. Si el hombre le hubiera preguntado por qué quería el trabajo, Omar estaba listo para responder que creía que el canal iba a ser el futuro de Panamá. Que, al tener una vía marítima tan importante, su país estaría conectado para siempre con el resto del mundo. Pero la verdadera razón por la que Omar quería el empleo, la razón que nunca le habría dicho en voz alta a ese hombre, era que, hasta ese momento, su vida había sido insignificante y solitaria. Todos los días se levantaba sin un lugar adónde ir y sin nadie a quien ver. Quería darles un propósito a sus días, que carecían de él; quería estar rodeado de personas y dejar de sentirse tan solo la mayoría del tiempo. ¿Qué mejor manera de hacerlo que al incorporarse al proyecto más grande conocido por el hombre, al cual habían acudido miles de personas y que sucedía justo en el lugar donde él vivía?

El hombre, sin embargo, no preguntó nada. Se limitó a encogerse de hombros y dijo:

—¡Qué demonios, intentémoslo!

Esa noche, cuando Omar le contó a su padre lo que había hecho, este se echó a reír, como si se tratara de un chiste. Pero al mostrarle la placa de identificación de bronce que le habían dado, con el número 14721 grabado en ella, se puso serio.

—¿No es broma? —preguntó, y de inmediato su expresión pasó de la seriedad al pánico.

Observó fijamente mientras Omar se guardaba en silencio la placa en el bolsillo.

—¿Así que ahora eres uno de ellos? —agregó, frunciendo el ceño—. ¡No, no, no!

Caminaba de un lado a otro mientras azotaba las manos con furia. En medio de las palmadas y los gritos, Omar intentaba explicarle. Él solo quería ver cómo era este proyecto del que nadie dejaba de hablar. Quería conocer a otras personas. Quería hacer algo que tuviera algún valor, todos los días. Algo propio, así como su padre tenía la pesca. Pero este no lo escuchaba. Seguía golpeando sus palmas y graznando como un perico enloquecido mientras balbuceaba: «No, definitivamente no. No, no, no». Al fin, Omar comprendió que, sin importar lo que dijera, nada iba a servir. Renunció a tratar de explicarle y se quedó inmóvil mientras su padre seguía palmoteando por otro medio minuto, hasta que azotó las manos por última vez y sentenció:

—¡Ya! ¡Basta! ¡Suficiente! —Esas habían sido las últimas palabras que le dirigió. Habían pasado casi seis meses y ni Omar ni su padre se habían hablado desde entonces.

Omar puso su pico en el barro y se apoyó en el mango. Respiró profundo. Además de las oleadas en su cabeza, sentía escalofríos.

Berisford le preguntó de nuevo si necesitaba descansar. Antes de que Omar pudiera responder, Clement, que estaba junto a ellos, dijo:

—El descanso no existe, de menos no aquí. Nomás descansan los muertos.

Clement, que era de Jamaica, siempre había sido arisco, pero algo en Berisford lo hacía también pendenciero.

Berisford miró a Omar y le dijo:

—¿Quieres mi pañuelo, pa limpiarte la cara?

—Estoy bien —respondió Omar, intentando sonreír. Tenía su propio pañuelo en el bolsillo trasero de los pantalones, pero agradecía la preocupación de Berisford. En los pocos días que llevaba en el trabajo, Berisford había sido más amigable con Omar que el resto.

Omar respiró profundo una vez más y asió el pico. Mientras se balanceaba vio que Miller, el capataz, recorría la fila en medio del lodo con sus botas altas de hule. Iba y venía todo el día, gritándoles en inglés mientras fumaba habanos.

—¡Un millón de metros cúbicos para este mes, muchachos! —gritaba Miller entre el ruido de las palas y el chapoteo de la lluvia—. ¡Esa es la meta!

Junto a Omar, Berisford abrió los ojos con asombro.

—¿Un millón, dijo?

—¿Qué? ¿Es mucho pa ti? —dijo Clement.

—No.

—Este no es trabajo pa débiles —agregó Clement chasqueando la lengua.

Berisford se balanceó con fuerza. Luego se enderezó y, mirando a Clement a los ojos, le dijo:

—¿Ah sí? ¿Entonces cómo lograste que te dejaran hacerlo?

Prince, un chico de Trinidad que trabajaba con ellos, se rio. Clement lo miró con resentimiento y lanzó un nuevo golpe con el pico. Omar levantó el suyo vacilante y lo lanzó hacia atrás. Sintió el peso del mazo de hierro que tiraba por encima de su hombro. Estaba más pesado hoy, o quizá le faltaba la fuerza de otros días.

Quería que su padre volviera a hablarle. Después de todo, no había nadie más en la casa con quién hablar. Su madre había muerto cuando tenía apenas unos cuantos meses de edad. De una enfermedad; eso le había dicho su padre cuando preguntó. De una enfermedad que no tenía cura. Omar no la había alcanzado a conocer, aunque a veces se decía a sí mismo que sí. Había nadado entre sus huesos, al fin y al cabo. La había conocido desde dentro. Pero era verdad que no la recordaba. En vez de eso, todos sus recuerdos de la infancia tenían que ver con su padre: su padre lijando la madera de un tronco, su padre en el patio regando la comida para el gallo, su padre cortándole el pelo sobre el lavamanos, su padre chupándose los dedos después de comer… y, por supuesto, su padre pescando. Eso era lo más importante. La pesca tan parte de su padre que, sin ella, Omar apenas sabría quién era su padre.

Todos los días al amanecer, su padre salía de la casa a la orilla de la bahía, desamarraba su bote, remaba y lanzaba las redes al mar. Para tener algo que hacer y porque quería ayudar, cuando su padre se iba, Omar barría el piso, tendía la ropa, arrancaba la maleza y limpiaba las herramientas. Recogía limones de los árboles y los exprimía hasta que quedaban secos y pulposos.

Le habría gustado ir a la escuela, pero la primaria más cercana quedaba muy lejos, y aunque hubieran tenido una más cerca, su padre no le veía la utilidad. «En la escuela no enseñan a pescar», había dicho su padre. Cada tanto, cuando Omar era chico, su padre se aseguraba de mostrarle cómo enrollar una línea de mano, cómo afilar un anzuelo, cómo preparar la carnada. Esas eran las lecciones que valía la pena aprender. Y todas eran parte de los preparativos para el día en que su padre finalmente llevó a Omar en el bote.

Omar se había levantado temprano esa mañana, emocionado de que hubiera algo nuevo, algo distinto en qué ocupar su tiempo. Pensaba que estaba listo. Pero desde el momento que puso un pie en el bote, se vio abrumado por el terror, un terror innombrable que solo crecía conforme se alejaban. Sabía nadar, pues había crecido en la bahía, pero ahora parecía misteriosamente petrificado por el agua. Al cabo de un rato sus manos temblaban tanto que le costaba obligarlas a hacer lo que él quería. Era evidente por la forma en que había enredado la red, la forma en que, de pronto, era incapaz de atar un nudo, la forma en que se le revolvía el estómago cada vez que el bote se bamboleaba. El terror se apoderó de él hasta que regresaron a la orilla. Y la forma en que su padre lo miró en ese momento, con lástima, era algo que Omar nunca olvidaría. Sabía que había fracasado. Su padre nunca lo llevó a pescar de nuevo.

Cuando no estaba ocupado con los quehaceres, Omar pasaba buena parte de su tiempo paseando fuera, él solo. Conversaba con las ranas que se escondían tras las puntiagudas plantas de sábila o con las mariposas que flotaban entre las hierbas que crecían al lado del camino de tierra. Las ranas se quedaban en el mismo sitio cuando les hablaba; entonces él se agachaba junto a ellas, pero no las levantaba. Las mariposas, sin embargo, eran erráticas; Omar las atrapaba entre las palmas de las manos y sentía cómo revoloteaban mientras les contaba sus secretos o sus cuitas antes de dejarlas escapar.

De vez en cuando, Omar bajaba a la playa y escuchaba el murmullo de las olas y a los cangrejos que escarbaban. Se quedaba de pie sobre la arena y miraba fijamente al horizonte, intentando avistar a su padre en el agua; se esforzaba por atisbar algún destello del bote bajo el sol. A veces creía ver algo, pero siempre estaba demasiado lejos como para estar seguro.

En las noches, cuando su padre regresaba a casa después de

pasar todo el día en el mar, uno de ellos cocinaba los pescados que había atrapado y comían juntos, en la misma mesa; si su padre no estaba demasiado cansado, hablaban. La conversación giraba en torno a cosas ordinarias: las dolencias físicas de su padre, cuántos pescados había logrado atrapar, si Omar había recogido la ropa lavada o no. De vez en cuando, su padre se quejaba de alguien que se había encontrado, alguien que había hecho algo de una manera en que su padre creía que no se debía hacer.

—¿A dónde va a ir a parar este mundo? —preguntaba su padre.

—Yo no sé, papi —respondía Omar.

Pero ahora, cuando ambos estaban en casa por la noche, evitaban encontrarse. Su padre aún traía pescado a casa y lo cocinaba para la cena, pero dejaba la comida de Omar sobre la mesa y se llevaba la suya afuera, donde se sentaba en un barril y comía con los gallos y las gallinas que tenían detrás de la casa. Omar se sentaba en la mesa solo y tan pronto terminaba de comer, se iba en silencio a su cuarto y se recostaba en su colchón relleno de hojas de palma mirando al techo, mientras escuchaba con dolor los sonidos que hacía su padre al recorrer la casa, hasta que se quedaba dormido.

Para cuando Omar despertaba en la mañana, su padre ya se había ido y estaba de nuevo lejos en el mar.

|||||||||

—¡MÁS RÁPIDO! —GRITABA Miller desde el terraplén.

Más abajo, alguien del equipo, Miller no alcanzaba a distinguir quién, empezó a cantar. Podía tratarse de una canción diferente a la que habían estado cantando antes, o podía haber sido la misma. Miller no sabía y no le importaba. Estaba dispuesto a tolerar el canto si eso hacía que los hombres trabajaran más deprisa. No hacía mucho habían tenido un cambio de mando y el tipo nuevo, a cargo de todo, era militar, así que no podían andarse con bromas.

Miller tiró la colilla de su puro y sacó otro del bolsillo de su overol, cubriéndolo con la palma de la mano para encenderlo. La lluvia se había abierto paso hasta sus botas y los dedos de sus pies resbalaban cuando los movía. Le dio unas caladas rápidas al puro antes de volver a gritar.

—Nos queda una semana antes de que acabe el mes. Ahora es cuando hay que apretar, ¿me oyen? Los muchachos en Culebra van cerrando, pero podemos ganarles si lo intentamos.

Cada semana, Miller se aseguraba de revisar *The Canal Record*, donde aparecían impresos los totales de excavación de varios segmentos de la línea para que todos los vieran. Hasta ahora, ninguna división había conseguido hacer un millón de metros cúbicos en un mes, pero era una meta posible de alcanzar y Miller quería ser quien lo lograra. Se imaginaba los elogios y reconocimientos que recibiría si lo hacía. Era posible que *The Canal Record* escribiera un artículo sobre él; incluso, que publicaran su fotografía.

—Dicen que este va a ser el corte más profundo en la tierra que haya hecho el hombre —siguió Miller—. ¡Imagínense! Van a formar parte de la historia, ¿se dan cuenta?

Pensaba que a lo mejor eso los inspiraría para trabajar más rápido. Estaban haciendo historia, ¿no? El propio presidente lo había dicho. El destino de Estados Unidos era construir el canal. Ahora les tocaba a ellos cumplir ese sueño, que había comenzado cuatrocientos años atrás. Si lograban hacerlo, se convertirían en una enorme potencia en el escenario mundial; la mayor potencia, de hecho. Con esta única vía marítima, Estados Unidos sería capaz de controlar las rutas de transporte y, por lo tanto, el comercio y, por lo tanto, casi cualquier maldita cosa alrededor del mundo.

Miller observó de nuevo a los hombres que tenía a cargo, isleños en su gran mayoría. Había oído todo tipo de razones por las que los habían reclutado para trabajar aquí: estaban acostumbrados al clima, hablaban inglés, podían soportar mejor las enfermedades… En realidad, no le importaba, siempre y cuando sacaran adelante el trabajo.

Miller se paseaba por el terraplén y miraba a los hombres que golpeaban con sus picos mientras cantaban. Su trabajo consistía en alimentar las palas mecánicas que rugían detrás de ellos, hambrientas de tierra. Solo los estadounidenses estaban autorizados para manejar las palas; cada una de ellas llevaba a un ingeniero en la cabina y a un gruista que se balanceaba en el brazo de la pala. A Miller le hubiera gustado intentar hacer cualquiera de esos trabajos, que conllevaban cierto prestigio, pero tal como eran las cosas, estaba atrapado aquí abajo, en el suelo.

Antes de venir a Panamá, Miller había sido ferrocarrilero. Su padre había muerto cuando Miller tenía trece años, dejándolos a él y a su madre en medio de estrecheces económicas. Fue su madre quien lo crio, una mujer flaca como un palo de escoba, que hacía el pay de camote más delicioso de los alrededores, famoso en tres condados. Miller no era nada fácil y era el primero en reconocer que su madre había hecho todo lo que estaba a su alcance, pero después de cierto punto ya no había nada más que pudiera hacer. Miller se peleaba en la escuela y agredía a cualquiera que evitara su mirada. Después de la escuela, se peleaba en las calles. Estaba enojado como un perro rabioso; durante un tiempo estúpidamente largo no entendió por qué. Era obvio, por supuesto. La ausencia de su padre era una fuerza, una ráfaga de viento que lo azotaba hasta casi partirlo en dos. Al dejar la escuela, su madre le rogó que regresara, pero Miller estaba convencido de que no era un lugar para un chico como él. Por lo que había visto, se trataba solo de un medio para hacer que la gente se comportara de manera aceptable mientras los convencían de que era para su propio bien. Miller estaba seguro de que la vida le tenía reservadas otras cosas.

Le cayó el empleo en el ferrocarril cuando tenía dieciséis. Andaba sin rumbo fijo y el tren le otorgaba una dirección que podía seguir, un lugar a donde ir. Primero lo llevó a Charleston, donde, empleado por la recién constituida East Shore Terminal Company, colaboró en la construcción de un ramal ferroviario costero. Dos años más tarde, colaboró en la apertura de una arteria para que los trenes algodoneros pudieran llegar a donde requerían. Fue testigo de lo importante que era la arteria. Sin la arteria, no podía correr la sangre. El movimiento era clave. El transporte lo era todo. Esas serían lecciones que Miller nunca olvidaría.

En 1893, Miller sintió que ya era momento de avanzar y se aventuró hacia el oeste, donde llenó sus pulmones de libertad. El país se expandía como lo hacía su pecho. El ferrocarril ofrecía trabajos riesgosos. Había visto morir a algunos mientras trataban de acoplar vagones con eslabón y perno, hombres emparedados, aplastados, con los huesos y el cráneo quebrados como si fueran simples ramas. Pero si la fortuna estaba de tu lado, valía la pena arriesgarse por la buena paga.

El ferrocarril llevó a Miller por todo el Cinturón del Maíz, con sus hectáreas de altos pastizales. La mayoría ahí eran granjeros que trabajaban la tierra y le daban buen uso, que era lo que él sentía que estaba haciendo cuando tendía las vías del ferrocarril. ¿De qué servía la tierra si no era para dar sustento a los hombres que la habitaban?

Eran los días en que la gran rueda de la innovación giraba a toda velocidad. El teléfono de pronto podía transportar la voz de una persona a través del espacio. La electricidad de algún modo recorría los cables e iluminaba los hogares de las personas. Y pronto llegarían los carruajes sin caballos, según había oído Miller. El ingenio americano seguía a la vanguardia.

Miller aterrizó en Dakota del Sur; ahí pasó unos años en medio de las colinas Negras, durmiendo bajo una cuenca de estrellas. Otros ferrocarrileros iban y venían. Por ejemplo, Riley, de Georgia, que cocinaba al fuego alubia caupí casi todas las noches; Lee, de Kansas, que tenía un rifle Winchester con sus iniciales grabadas; un hombre que se presentaba como Bill Jones, aunque todos sabían que se trataba de un alias que usaban los vaqueros cuando no querían revelar su verdadero nombre. La mayoría de esos hombres eran solteros, ya fuera por voluntad propia o de Dios; después de un largo día de trabajo, siempre había algunos, entre ellos Miller, que se lanzaban al pueblo más cercano para encontrar una cantina y gastarse sus ganancias en una bebida bien merecida. Miller fue todavía más hacia el oeste, pero para ese entonces las oportunidades en el ferrocarril iban disminuyendo, pues ya habían tendido la mayor parte de las vías en Estados Unidos. Para cuando alcanzaron California, sintió que había llegado hasta el fin del mundo.

Fue entonces cuando lo llamó Panamá. Todos los hombres que Miller conocía hablaban de eso. El Gobierno de Estados Unidos estaba contratando a cientos de ferrocarrileros para que tendieran las vías que se requerían para transportar la tierra y la maquinaria a través del canal, que iba creciendo. Estar relacionado con la empresa otorgaba cierto caché. Además, la paga era buena y la vivienda estaba incluida.

Miller comenzó haciendo labores de ferrocarril, pero cuando concluyó la mayoría de esas tareas, consiguió un empleo como capataz. La paga era buena, pero había pensado que se trataría de algo más que vigilar a los hombres todo el día, desde el amanecer hasta el anochecer. A eso se reducía su gran contribución al gran Canal de Panamá. Y encima de todo, hacía más calor que en el Hades y había más humedad que en la Tierra durante el Diluvio Universal. A aquel lugar los hombres lo llamaban la Garganta del Infierno; entre el humo negro, el calor, el fango, las rocas y el estruendo permanente y ensordecedor, el nombre era más que apropiado. Nadie le había advertido que las cosas serían así. En vez de eso, lo que había oído decir sobre el canal era toda la algarabía inventada: ¡El logro más grande de la ingeniería que ha visto el mundo hasta ahora! ¡El futuro de la civilización! ¡La salvación del trópico! Se había comprado la historia completita y ahora intentaba vendérsela a los demás.

MUCHO MÁS ARRIBA de donde se hallaba Miller y de donde laboraban los hombres, un grupo de turistas caminaba por la cresta que coronaba el Corte. Las mujeres, en sus vestidos de tonos pastel, traían sombrillas para protegerse de la lluvia.

—¿Las ves? —le preguntó Berisford a Omar.

—Sí —respondió Omar mientras trataba de sacudirse otro escalofrío, que cada vez se hacían más frecuentes.

—Pero no parece que ellas nos vean —dijo Berisford alzando la vista.

—Solo somos parte del paisaje, como todo lo demás —comentó Joseph. Omar sabía que antes de unirse a su cuadrilla había sido predicador en Jamaica.

Desde el terraplén, Miller se fijó en uno de los hombres de la fila, que se había quedado quieto mirando hacia arriba y volteó a ver qué era lo que había captado la atención del hombre. Sobre la cresta, divisó a unas hermosas damas estadounidenses que caminaban bajo la lluvia. Bueno, debería haberlo sabido. Miller dedicó un minuto para admirarlas también antes de descender del terraplén. Sus botas chapoteaban en el barro y le recordaban la desagradable sensación de humedad entre los dedos de los pies. Al plantarse justo frente al hombre, Miller se sacó el puro de la boca y preguntó:

—¿Ves algo que te guste?

Berisford, que todavía estaba mirando a las turistas, se sorprendió tanto que por poco deja caer su pico.

—Son bonitas, ¿no? —continuó diciendo Miller.

Omar balanceó su pico mientras seguía observando por el rabillo del ojo. Clement y Joseph, y todos los demás hombres de la fila, siguieron golpeando con el pico sin pausa, hacia atrás y hacia abajo, hacia atrás y hacia abajo, manteniendo el ritmo. Prince silbaba.

—¿Me oyes que te estoy hablando? —dijo Miller.

—Sí, señor —respondió Berisford.

—Bueno, te hice una pregunta.

—No lo sé, señor.

—¿Qué es lo que no sabes? ¿Si son bonitas o no? ¿Que no eras tú el que estaba volteando hacia arriba?

—No recuerdo, señor.

—¿No lo recuerdas? —Miller sacudió la cabeza—. Mira, esas bellezas no son para ti, muchacho. Quítales los ojos de encima y ponte a trabajar.

—Sí, señor.

Omar seguía observando, y vio que Clement giraba la cabeza apenas lo suficiente para alcanzar a dar una ojeada. Berisford estaba ahí parado, bajo la lluvia, con el pico al hombro y su sombrero empapado en la cabeza, y con su pañuelo rojo amarrado al cuello.

—Bueno, pues a darle entonces. Si lo recuerdan, tenemos un millón de metros cúbicos de tierra que sacar este mes —gruñó Miller.

Muy lentamente, sin mirar a Miller o a nadie más, Berisford levantó el pico de su hombro y siguió golpeando.

||||||||

A MEDIA MAÑANA, como todos los días, el Hombre de la Quinina cruzó por el Corte. Omar nunca había estado tan feliz de verlo acercarse. Tenía la esperanza de que una taza de quinina le ayudara a que se le quitaran los escalofríos febriles que había estado sintiendo.

—¡Quinina! —gritó el hombre.

—Ay, Dios santo ¿otra vez? —gruñó Berisford.

Prince dejó de silbar y replicó:

—Viene diario.

—Pero no me gusta lo que trae. Sabe rete feo.

—¿Qué te importa a qué sabe? —contestó Clement—. La quinina tiene a la malaria a raya. Nomás tómatela como si fueras hombre.

—Tas diciendo que no soy un hombre.

—No, nomás que te tomes la quinina, pa que no te enfermes.

—No hay paga si tas enfermo —agregó Prince, solo para corregirse—: A menos que seas gringo.

—Los gringos se enferman, siguen ganando dinero desde la cama del hospital —asintió Clement.

—¿Y nosotros no? —preguntó Berisford.

—Así es la vida aquí en el canal —respondió Prince encogiéndose de hombros.

El Hombre de la Quinina se detuvo frente a Omar y sirvió el amargo líquido de una cantimplora en un vasito de papel. Tiritando en la lluvia, Omar tomó el vaso y se lo bebió tan rápido como pudo. El Hombre de la Quinina sirvió más y le dio una taza a Berisford y otra a Clement, quien tomó la suya y se la bebió de un solo golpe. Hizo toda una faramalla al relamerse los labios, sonriéndole a Berisford en cuanto terminó.

Berisford sostuvo el vaso entre sus dedos y se quedó observándolo con asco.

—Es por tu salud —lo animó el Hombre de la Quinina.

—Tú puedes —le dijo Omar.

—Preferiría que fuera ron —suspiró Berisford.

—Todos lo preferiríamos —dijo Prince riendo.

Joseph asintió enfáticamente.

Berisford seguía observando el vaso y Omar vio con horror que Miller se acercaba.

—¿Hay algún problema? —preguntó Miller sacándose la colilla del puro de la boca.

—No se lo quiere tomar —respondió el Hombre de la Quinina.

—No me digas.

Miller fijó la mirada en el hombre que tenía enfrente y suspiró.

—Con que tú otra vez. ¿Por qué siempre me tienes que estar causando problemas?

Berisford no respondió.

—Tómate la quinina —dijo Miller.

—Ya me la tomé ayer, señor.

—Aleluya, pues resulta que toca todos los días. Ya sé que Dios te pudo haber dado poco entendimiento, pero eso quiere decir que tienes que tomártela hoy otra vez.

Berisford no se movió.

—Maldita sea, apúrate. Estás perdiendo tiempo valioso.

En medio de la lluvia, Berisford seguía con la mirada fija en el vaso que tenía en la mano. En la parroquia de Saint Andrew, de donde venía, había un estanque que solía visitar los domingos después de ir a la iglesia. Cuando nadie lo veía, se quitaba la ropa, se metía al agua y nadaba. El agua, moteada con sombras y sol, tenía algunos espacios frescos y otros cálidos, y disfrutaba la sensación de que su piel desnuda se moviera entre ellos. Era un tipo de mojado distinto a estar parado en la lluvia; se preguntaba si era diferente porque uno era un mojado que había escogido y el otro un mojado que le había caído encima, lo quisiera así o no.

—Tengo que seguir adelante —apuntó el Hombre de la Quinina.

En su mente, Omar le rogó a Berisford que la bebiera. Se imaginaba que Prince y Clement y Joseph seguro estarían pensando exactamente lo mismo.

—Tomate la maldita cosa de una vez —dijo Miller, deteniéndose en cada palabra.

Al final, Berisford alzó la copa hasta sus labios y dio un sorbo.

Miller sonrió.

—Así se hace, ¿ya ves? Te estamos cuidando aquí.

Omar vio a Clement que movía la cabeza mientras el Hombre de la Quinina llenaba otro vaso y seguía recorriendo la fila.

—A trabajar entonces —ordenó Miller antes de alejarse también.

5

CON SU HIJA MAYOR EN CAMA EN LA HABITACIÓN EN EL FONDO DE LA CASA, y su hija menor sola del otro lado del océano, Lucille Bunting se sentó a la mesa de la cocina y con un lápiz tallado a mano trató de escribir. El lápiz había sido un obsequio de Willoughby Dalton, un hombre que de cuando en cuando recorría a pie los casi cinco kilómetros que separaban Carrington Village, donde él vivía, de su casa en Aster Lane, para entregarle obsequios que él mismo fabricaba o cosas que había conseguido de algún modo. La primera vez que Willoughby había venido a su casa, ya hacía un año, llegó cargando flores de casia entre sus brazos. Se había sentado a la orilla de la propiedad y se había quedado mirando hacia la casa como si no estuviera seguro de qué hacer ahora que ya estaba ahí. Lucille lo había visto por la ventana. Lo reconoció de cuando iban a la iglesia —traía el mismo anticuado sombrero de fieltro gris, con el ala doblada, y cojeaba un poco— y se quedó parado tanto tiempo ahí afuera, sin moverse, que al final Lucille se alejó de la ventana y se puso a hacer otras cosas. Una hora después, cuando se estaba poniendo el sol, regresó a la ventana y vio que Willoughby se alejaba, todavía con las flores entre los brazos.

Regresó al día siguiente con otras flores, esta vez con plumerias, y al llegar al límite de la propiedad, se detuvo de nuevo. Desde la ventana, Lucille cruzó los brazos y se alistó para presenciar el mismo espectáculo tan peculiar. Pero entonces Willoughby cruzó el borde, renqueando por todo el camino de tierra hasta llegar a la casa. Lucille inclinó el cuello para ver cómo se agachaba con lentitud enfrente de la puerta, dejaba las flores en el piso y se levantaba con aún más lentitud. Se alejó caminando de nuevo.

Hasta que una tarde, Willoughby tocó a la puerta. Lucille le abrió y lo encontró de pie junto al montón de flores; las de abajo, ya mohosas y marchitas. Quería ver cuánto tiempo más podía durar esa situación, así que no se había molestado en recogerlas.

Willoughby sonrió y se quitó el sombrero de fieltro.

—Buenas tardes —le dijo. Su voz era agradable, untuosa y suave.

Lucille no respondió.

—Le traje unas flores —siguió. Trasladó su peso de un pie al otro, y volvió a intentar—: Me he fijado en usted. Ya desde hace tiempo. Parece que no puedo dejar de hacerlo y mi mente me dice que quizá eso signifique algo.

El hombre esperó.

Lucille nunca había oído a nadie hablar así, de esa manera tan abierta y suplicante. Era casi como si hubiera venido a mostrarle una herida, algo que le dolía y esperaba que ella pudiera sanar. Podría haberlo hecho, si hubiera querido; aparte del sombrero anticuado, parecía lo suficientemente decente. Pero no encontraba ninguna razón que la obligara a hacerlo. «Al parecer, la gente siempre trata de encontrarle significado a las cosas que no tienen mucho de eso», se dijo.

Willoughby se puso lentamente el sombrero, con todas las flores a sus pies. Inclinó la cabeza antes de dar la vuelta, luego bajó hacia la tierra y regresó hasta el camino con las manos vacías, sin nada de lo que pudiera asirse: ni las flores ni la mujer por la que había venido. Por un instante, Lucille sintió pena por él; se veía tan triste… pero ni Willoughby ni ningún otro hombre le provocaba el más mínimo interés. Desde entonces, cada vez que regresaba, Lucille simplemente recibía los obsequios y lo mandaba de regreso, como si devolviera un pez al arroyo. Lo milagroso era que ese viejo pez seguía y seguía nadando hasta el mismo lugar.

Aun así, las cosas que Willoughby le traía con frecuencia eran útiles; el lápiz, que según le dijo había tallado él mismo hasta que quedó lisito y con una buena punta, era un ejemplo de eso. Hasta ahora, Lucille lo había usado principalmente para marcar la tela y trazar piezas de los patrones, lo que hacía la costura más fácil que antes, cuando debía confiar en sus ojos para tomar las medidas y visualizar las formas. Sin embargo, ahora tenía otra utilidad: escribir cartas, si es que lograba acordarse de cómo hacerlo. Lucille sostuvo el lápiz sobre una hoja de papel y meditó sobre qué era exactamente lo que quería decir.

।।।।।।।।।

LUCILLE SE HABÍA criado en Bridgetown, en una plantación de caña de azúcar de medianas proporciones que había sido propiedad de la familia Camby durante ciento ochenta años y en la que su propia familia había trabajado durante casi la mitad de ese tiempo; primero sus bisabuelos, luego sus abuelos, luego

sus padres y luego ella. Dicha continuidad de linaje en una
familia y en un lugar no era común; esa era una de las razones
por las que sus padres, que ya habían nacido totalmente libres,
habían decidido quedarse en la propiedad incluso si podían
haberse ganado la vida en otra parte. Tenían raíces ahí. Gene-
raciones de la familia Bunting estaban sepultadas en esas tierras. Vivían sus vidas ahí porque, para ellos, era simplemente
donde se vivía la vida.

Según la historia que le había llegado a Lucille, cuando la
reina de Inglaterra decretó la liberación de todos los esclavos
en tierras británicas en 1834, sus abuelos, que no conocían
otra vida, alquilaron un terreno en la hacienda de los Camby
y en ese espacio pedregoso, junto a un bosquecillo de mangos, construyeron una casa. Era una casita de madera con una
habitación al frente y otra en el fondo, levantada sobre trozos
de piedra caliza que la mantuvieran alejada del suelo lodoso
y que mantuvieran a los ciempiés a raya. Su madre se reía al
recordar el miedo exagerado que su abuelo les tenía a los ciempiés; y Lucille, que apenas sabía otra cosa de él, siempre se
lo imaginaba trepado en una silla, gritando y saltando, al ver
uno. Esa imagen también la hacía reír a ella.

Tras la emancipación, muchas otras personas de la plantación, amigos que habían trabajado junto a los padres y abuelos
de Lucille, abandonaron la hacienda y salieron al mundo. Algunos de ellos solo habían ido a otros lugares de Barbados, que
con sus 430 kilómetros cuadrados apenas era suficiente mundo
para que cupieran todas esas personas, ahora que eran libres
de ir a donde quisieran y de vivir donde mejor les pareciera.
La madre de Lucille le había contado la historia de una mujer

llamada Becky y de su esposo, Abraham, que empacaron sus pocas posesiones, se despidieron de todos en la plantación y tomaron el largo camino de grava que conducía al ancho mundo, solo para regresar por el mismo camino nueve días después y advertirles que mejor podían quedarse donde estaban porque no había lugar a dónde ir. Toda la tierra estaba ocupada. Querían decir, le explicaba su madre, que casi toda la tierra cultivable de la isla pertenecía a los terratenientes blancos que antes habían sido sus amos. A su regreso, Becky y Abraham decidieron rentar una pequeña porción de terreno en la hacienda de los Camby, el espacio suficiente para construir una casita y cultivar unas cuantas cosas para su propia familia. Durante el día, trabajaban esa misma tierra que habían trabajado antes de ser libres, solo que ahora a cambio de un salario. Era lo más que podían hacer. Era lo que muchas otras personas habían hecho. «Oficialmente desencadenados, pero igual de amarrados», solía decir su madre al terminar la historia.

Para cuando tenía cinco años, Lucille trabajaba quitando las malas hierbas de los campos bajo el sol mañanero. A los diez, ya alimentaba al ganado, y aunque la habían instruido en el arte de la eficiencia, a veces se entretenía con una vaca a la que había bautizado Helena, escuchándola mugir, y se ocupaba de peinar con esmero a un buey que llamó James. Su madre, que no quería que su única hija pasara su vida en los campos, se las arregló para que al cumplir doce años Lucille asistiera a la escuela que tenían los Camby en su tierra. Ya había escuelas gratuitas en Bridgetown para entonces, pero la más cercana estaba al menos a cuarenta y cinco minutos a pie de ida y vuelta, tiempo que los inquilinos podrían aprovechar trabajando. Así que, en vez de desperdiciar ese tiempo, los Camby tenían su propia escuela. De lunes a viernes, madame Camby, que no tenía ninguna otra capacitación fuera de también haber recibido una educación, se sentaba al frente en un cobertizo equipado con bancas que habían construido algunos de los inquilinos y les enseñaba a los niños las letras y los números, así como sus reflexiones personales sobre la naturaleza y asuntos históricos. A veces traía libros de la casa principal y los sostenía para que todos pudieran verlos, aunque cada vez que algún estudiante se acercaba para apreciar mejor las páginas, ella retiraba el libro. No fuera a ser que lo tocaran. Les mostraba muchas cosas prometedoras, que mantenía simplemente fuera de su alcance.

En las tardes, al volver de la escuela y después de la merienda, la madre de Lucille se sentaba con su hija y le enseñaba a coser, una habilidad que le sería útil por el resto de sus días. Cada año, todos los inquilinos de la plantación recibían una larga pieza de lino con la que hacían su ropa. Ese lino era muy valioso, por lo que la madre de Lucille empleaba solo un retazo de tela para enseñarle cómo hacer un punto raso, una puntada invisible, una puntada de hilván y la diferencia entre todas ellas. A la luz de la chimenea, le enseñó a su hija a doblar un pliegue con los dedos, rematar una pinza y descoser correctamente una costura para que, incluso desde el interior, la prenda no se viera deshecha. Tan pronto como ese trozo se llenaba de hilo, le quitaban las puntadas y lo aplanaban con un bloque de madera caliente para reutilizarlo luego. Lucille tenía un don, así que poco después, cuando el retazo de tela ya se caía a pedazos, su madre le dio la pieza de lino entera y, a partir de ella, Lucille confeccionó ropa para toda su familia. Le encantaba coser, la sensación de trabajar la tela con ambas manos, la satisfacción de sentir el hilo pasar de un lado a otro. Tras terminarse el lino, usó una sábana para seguir cosiendo. La peor paliza que le dieron en la vida la recibió de su padre, por haberle quitado el frente a su edredón para hacerse con él un vestido nuevo. Sin embargo, era un vestido bastante llamativo, con cuadros de colores en todo el corpiño y en la falda. Tanto así que un día la joven lo llevó al cobertizo que usaban como escuela y madame Camby le preguntó de dónde lo había sacado. Cuando Lucille respondió, con inquietud, que lo había hecho ella misma, madame Camby frunció el ceño y le ordenó que corriera a su casa a cambiarse. «Y deja el que traes puesto en la escalera de atrás». Lucille hizo lo que le mandaron, pero pensó que era solo cuestión de tiempo antes de que sus padres se enteraran; cuando lo hicieran, le iba a tocar una paliza peor que la que recién le había dado su padre. Pero en vez de un castigo, lo que le llegó a Lucille al día siguiente fue su vestido. Uno de los sirvientes de la casa principal lo llevó muy bien doblado hasta la puerta de su casita; sobre el vestido iba una nota escrita con la bella caligrafía de madame Camby: le encargaba otros dos vestidos para las criadas de la casa, «no hechos de colchas, pero sí con el mismo cuidado». A partir de entonces, a Lucille se le asignó la tarea de confeccionar las prendas de todos los sirvientes de la casa, un esfuerzo por el que no recibía ninguna otra compensación que los rollos de popelina finamente tejida que suministraba madame Camby, con cuyos retazos sin utilizar Lucille tenía permitido quedarse.

Fue así también cómo algunos años más tarde, cuando

tenía diecinueve, Lucille conoció al hijo mayor de los Camby que había ido a la universidad en Inglaterra y regresado de allá con su esposa, Gertrude, para dirigir la hacienda de la familia. Una mañana, Lucille fue hasta la casa principal con un montón de vestidos recién terminados entre los brazos. Como siempre, giró hacia la puerta trasera, lista para entregarle los vestidos a Jennet, la criada, pero en lugar de encontrarla a ella, se topó con un hombre blanco, guapo y bien vestido, que no reconoció, batallando con el picaporte. Lucille se detuvo a unos tres metros de distancia y se quedó mirando. El hombre murmuraba en voz baja. Y entonces, como si hubiera sentido que alguien lo estaba observando, miró por encima del hombro y sus ojos se encontraron con los de Lucille, que vio cómo se sonrojaba. El hombre soltó el picaporte y retrocedió unos pasos.

—Esto lleva atorándose desde que yo era niño. No entiendo cómo nadie lo ha logrado reparar.

Lucille no dijo nada. El hombre se quedó viéndola hasta que Jennet atravesó la puerta y le quitó los vestidos a Lucille. Tan pronto vio al hombre, se quedó congelada.

—Señor.

—Es obvio que solo puede abrirse desde adentro —dijo él amablemente; tenía una sonrisa encantadora.

—¿Señor? —respondió Jennet confundida. El hombre miró más allá de Jennet para encontrarse de nuevo con los ojos de Lucille, esta vez como si solo ellos entendieran el chiste.

Más tarde, Lucille se enteró de que se trataba de Henry Camby; ese sería el primero de muchos otros momentos privados que compartirían.

Poco más de dos años después, Lucille dejaría la hacienda Camby. Para entonces, Millicent, su hija mayor, tenía un año y Ada, la segunda, llevaba solo unas cuantas semanas en este mundo. Así como su madre no había querido que la vida de su hija se quedara confinada a los campos, Lucille no quería que las vidas de sus hijas quedaran confinadas a la hacienda. Esa época había terminado. Quería darles más. Con ella se llevaría la casa, esa que había acogido durante tantas décadas a la familia Bunting. Henry Camby había declarado que esa casa le pertenecía a Lucille por motivos de herencia, una justificación de la que nadie había oído hablar en la hacienda Camby y que nunca más se volvería a usar. Que Henry Camby le hubiera dado la casa a Lucille Bunting de ese modo fue, durante un tiempo, la comidilla entre los inquilinos. Ese gesto, junto con la apariencia de las niñas Bunting, confirmaba lo que la mayoría ya sospechaba. Era algo que pasaba con tanta frecuencia que, más allá de los terrenos de la hacienda, en la isla en general, no llamó la atención de nadie en absoluto.

Una mañana de domingo en 1891, Lucille y unos cuantos inquilinos que conocía desde hacía mucho tiempo desarmaron la casa parte por parte. Separaron las tablas y sacaron la puerta de sus goznes. Aflojaron las ventanas y las sacaron de sus marcos, como ojos de sus órbitas. Desmontaron las piedras del hogar. Luego lo amontonaron todo en carros y carretas, y desfilaron por el camino de grava que conducía a la hacienda; los guijarros blancos del camino soltaban un polvo blancuzco cuando las ruedas les pasaban por encima. Era la primera vez en sus veintiún años en este mundo que Lucille recorría a todo lo largo ese sendero. Caminó con Ada amarrada a su pecho y

Millicent amarrada a su espalda, con la mirada fija al frente. Dado que no sabía qué había allá afuera, no tenía un destino en mente; la procesión siguió rumbo al noreste hasta que el sol se puso y Lucille les pidió que se detuvieran. «Aquí», les dijo. Creía que la puesta del sol era una señal de Dios, una indicación de que estaba donde debía estar. Habían llegado a un camino polvoriento que, según se enteraría Lucille más tarde, se llamaba Aster Lane. En él había solo unas cuantas casas. Bajo las luces de las linternas, sus amigos, inquilinos que a primera hora de la mañana tenían que estar de regreso en el terreno de los Camby para trabajar, empezaron a construir. Primero los cimientos, con montantes en cada una de las cuatro esquinas. Un piso de seis metros de largo por tres de ancho. A partir de ahí, las paredes. Ventanas empotradas. Sabían bien cómo hacerlo. Sus casas les habían sido arrebatadas tan a menudo, por Dios o el hombre, que debían saber cómo reconstruirlas. Les llevó la mayor parte de la noche, pero para cuando salió el sol, ya habían terminado. La misma casita en una vida completamente nueva. Lucille, más agotada de lo que había estado en toda su vida, se quedó bajo el magnífico sol matinal y, henchida de orgullo, contempló la casa y pensó en lo lejos que había llegado. No estaba a más de cinco kilómetros de donde había nacido y pasado toda su vida hasta ahora, cinco miserables kilómetros, pero para ella había un mundo entero de distancia.

|||||||||

NO HABÍA VUELTA ATRÁS. Lucille había sido la primera de los Bunting en irse y una vez lejos, tenía que arreglárselas ella sola, y con dos bebés que alimentar. Se había llevado con ella los rollos de tela que había ido acumulando durante esos años; sobras y retazos que conservó bien ordenados por color y por estampado. Los usó para confeccionar prendas de vestir mientras las niñas dormían; cosía, aunque se le cerraban los ojos del cansancio y a veces se pinchaba con la aguja. A pesar de ser un sitio nuevo, se sentó a la luz de la misma chimenea donde su madre le había enseñado a ella; intentaba oír su voz, indicándole cómo alargar una manga o fruncir una falda. Desde la muerte de su madre hacía ocho años, Lucille podía contar con esa voz, que escuchaba de vez en cuando mientras cosía, como si su madre estuviera con ella. Pero ahora, por más que se esforzaba, Lucille no lograba oírla. No volvería a hacerlo. Ya no tendría quién le ayudara, nadie de quien depender más allá de sí misma. Las circunstancias le exigían que fuera independiente. Le correspondía a ella asegurarse de que sus niñas nunca se fueran a la cama con hambre, ni de alimento ni de amor ni de cualquier otra cosa que hiciera falta en esta vida.

En cuanto tuvieron edad suficiente, Lucille insistió en mandar a las niñas a la escuela, a pesar de que le costaba un chelín a la semana que tenía que sacar de lo poco que ganaba. Ambas eran listas, y Lucille se dio cuenta de que eso significaba que tendrían oportunidad de llegar a ser lo que ella nunca podría. En las noches, entre puntadas, Lucille observaba a sus hijas dibujar las letras con tiza en sus pizarras. Reconocía las letras, las recordaba de sus tardes en el cobertizo, y mientras las niñas las dibujaban, las letras aparecían como viejas amigas. A veces les sonreía, como si fueran a regresarle la sonrisa. Pero más que nada observaba y trataba de llenar los vacíos de las cosas que no sabía, las cosas que no recordaba, las cosas que no le habían enseñado. Millicent era cuidadosa: la tiza chirriaba cuando la arrastraba deliberadamente sobre la pizarra; Ada escribía más rápido: le interesaba más sacar el trabajo que hacerlo bien. Sin importar cuántas veces la reprendiera Lucille, Ada siempre terminaba primero y dejaba a un lado la pizarra para poder salir de nuevo al porche a escuchar a los grillos o a perseguirlos por el prado. Ambas cosas eran un privilegio, tanto ir a la escuela como dejarla a un lado.

Además de la escuela, Lucille se empeñó en enseñarles a Millicent y a Ada ciertas cosas prácticas, justo como lo había hecho su madre antes que ella: coser un dobladillo o remendar un desgarrón, cocer cebada en la olla, clavar un clavo y limar una tabla, calcular el dinero, cortar leña. En casa, Lucille ponía a las niñas a trabajar en el pequeño huerto que había plantado en la parte de atrás y les enseñaba a cosechar mandioca, calabaza, arrurruz, eddo y ñame. Les enseñó sobre hierbas y plantas, lo que podían hacer con el algodoncillo, el guandú o la enredadera de coralillo. Y, mientras tanto, cosía; eso le permitía ganar lo suficiente para salir adelante. En una semana promedio, lograba confeccionar una prenda de primera. Se la pasaba quitándose pedacitos de hilo de encima. Los hacía bolitas con los dedos que alineaba sobre la chimenea, hasta que ya eran tantas que las juntaba todas y las tiraba. Tenía tanto talento que podría haber hecho ropa sobre pedido para las mujeres blancas de Bridgetown, que mandaban a importar sus guardarropas desde Inglaterra o de talleres de Francia, pero Lucille no tenía acceso a las telas que ellas preferían: terciopelo, chifón y encaje de seda. Todo lo que ella hacía era de algodón o de muselina, telas comunes que se esforzaba por mejorar al teñirlas de colores brillantes, usando remolacha o milenrama, o con el modo en que mezclaba los estampados. Eso hacía distintas a sus prendas, y en el mercado las buscaban las mujeres negras o de color que querían lucir lo mejor posible. Solo tenía una regla: no confeccionaba ropa para hombre.

⁝⁝⁝⁝⁝⁝

EL OLOR DE la lluvia la había despertado esa mañana; una tormenta se gestaba hacia el sur. No era el olor de la lluvia que cae, sino de la lluvia que aún no llega. El aire estaba cargado de ese aroma particular. Lucille se quedó todavía unos minutos en la cama después de despertar, inhalándolo y tratando de escuchar los truenos, pero lo único que oía era el sonido de los pájaros, que parecían tan poco preocupados por el clima que se preguntó si estaría equivocada. Quizá no se estaba formando una tormenta. Quizá era solo que ella quería que así fuera. No era la única que esperaba que lloviera. La sequía había durado demasiado y casi nadie en la isla lograba cultivar nada. El trabajo era escaso. La gente tenía hambre. Una buena tormenta podría aliviar un poco la batalla, pensó.

Se quedó ahí unos cinco minutos antes de voltear y darse cuenta de que Ada no estaba en su cama. Millicent estaba ahí, durmiendo tranquila, gracias a Dios, pero ni rastro de Ada. Lucille se incorporó de inmediato y miró a su alrededor. La habitación era pequeña. Tres camas apiñadas no dejaban mucho espacio para otra cosa. La cama de Ada estaba deshecha y el edredón había desaparecido. Lucille se levantó y corrió hacia el cuarto del frente. Todo lo que encontró ahí, en la mesa que estaba junto a la chimenea, fue la pizarra de

Ada, recargada sobre una lata, como si hubiera querido que la vieran. Lucille se acercó y leyó:

Me voy a Panamá a ganar dinero para nosotras.
Enviaré un aviso cuando llegue.

Lucille dio vueltas para examinar la habitación. Mientras buscaba, se imaginó que Ada, a pesar de su edad, estaba jugando a las escondidas y que saldría de atrás de la alacena o de la puerta, con una gran sonrisa. Cuando pasaron diez segundos y Ada no apareció, Lucille se dirigió a la puerta, la abrió y salió al porche en camisón, abatida. Miró al piso, pero la tierra estaba demasiado sedienta para mostrar huellas. Al otro lado de la calle, la vista era la misma de siempre. La casa de los Pennington, con su olla de tres patas en el porche; la de los Callender, con su hilera de cerezos. Todo estaba igual. Su abatimiento se convirtió en temor. No fue sino hasta que Lucille entró de nuevo en la casa, con la mente agitada y el temor tornándose pánico, que se dio cuenta de que el par de botas negras que estaba en el rincón había desaparecido. Unos meses antes, Willoughby había traído las botas, como cualquier otro de sus regalos. Lucille las había dejado en el piso y no las había vuelto a tocar desde entonces. Pero en cuanto se percató de que las botas no estaban ahí, supo que era verdad. Ada, su hija impetuosa y decidida, de verdad se había ido a Panamá sola.

||||||||

LUCILLE TENÍA EL lápiz apoyado sobre el papel. ¿Qué le iba a decir? ¿Que estaba enojada? ¿Que estaba presa de una terrible preocupación? ¿Que, de alguna manera, una manera extraña, la comprendía? Lucille mantuvo el lápiz suspendido en el aire. En cuanto Ada mandara un aviso, si es que lo hacía, quería tener listo algo para enviarle a modo de respuesta. Desde que se había ido de los terrenos de los Camby, la voz de su madre ya no había regresado. No importaba qué tan enojada o preocupada pudiera estar, Lucille quería que Ada supiera que estaba con ella, de alguna manera.

Tenía tanto que decir y no sabía por dónde empezar. Lucille se sentó junto a la lámpara y lo intentó, pero nunca había sido buena para eso de formar letras. Y, de momento, nada de lo que le venía a la mente era lo que en realidad quería decir.

6

CON MÁS COMIDA EN SU PANZA Y MENOS DINERO EN SU BOLSA, ADA SIGUIÓ
recorriendo la calle principal de Empire. Un mamey no era
mucho, pero algo era, y le había sabido tan bien como lo más
rico que hubiera comido en su vida, excepto quizá el pastel
negro, un postre que hacía su madre una vez al año por Navidad y que Ada pasaba los otros 364 días esperando. Tan ham-
brienta como estaba, un mamey maduro se llevaba sin duda el
segundo lugar.

Mientras caminaba, deseó no haber tirado el hueso y
haberlo guardado en su bolsillo para poder chuparlo de nuevo.
Quizá le había quedado algo de sabor, algún resquicio que se
le hubiera pasado. Quizá debería regresar a buscar el hueso,
o comprarse otro mamey; lo pensó, pero no lo hizo. Su estómago estaba tranquilo, de momento al menos, así que mejor
siguió caminando.

A juzgar por el sol debía ser mediodía. El calor de Panamá, según Ada, era igual que el de Barbados, pero el aire era
más húmedo, tan denso que, si estiraba la mano y cerraba el
puño, no le hubiera extrañado haber podido agarrarlo como
un terrón de barro. Pero incluso con el aire aletargado, la calle
estaba tan animada como en Bridgetown. Los carruajes avan-
zaban con el galope de los caballos, cuyos cascos resonaban

contra el suelo, y los carros tirados por mulas y conducidos por hombres traqueteaban y rechinaban. Las mujeres paseaban con cestas a la espalda, en la cabeza o en los brazos. Gente bien vestida se paraba en las esquinas a charlar. Todos los edificios lucían limpios y nuevecitos.

Incluso antes de irse de casa, Ada había escuchado que el trabajo más común para una mujer en Panamá era lavar ropa. No le gustaba lavar la ropa, pero no podía ponerse remilgosa, pensó. Si trabajar como lavandera era el único empleo que podía conseguir, lo aceptaría. Los días de lavado, su madre mandaba a Ada y a Millicent a la pileta que estaba detrás de la casa, donde tenían que refregar sus vestidos hasta que estuvieran limpios. Millicent era muy diligente y restregaba la bastilla y el cuello hasta que les quitaba la mugre acumulada, pero Ada normalmente solo sumergía su vestido en el agua para ver la tela inflarse como un globo con el aire que se quedaba atrapado dentro, y le daba vueltas por la pileta antes de sacarlo de nuevo y anunciar que estaba listo. Millicent a veces movía la cabeza con desaprobación y le decía a Ada que volviera a meter el vestido. Entonces dejaba el suyo de lado y se ponía a lavar el de Ada. Lo remojaba de nuevo, frotando con su pulgar en los espacios entre los botones y mordiéndose el labio mientras trabajaba. Lo hacía con cariño y Ada la dejaba hacerlo. Siempre dejaba que Millicent la cuidara. Ahora Ada quería cuidar a su hermana como su hermana siempre la había cuidado a ella.

||||||||||

AL PRINCIPIO NADIE se preocupó cuando Millicent cayó enferma. Un poco de congestión solo requería de té y de un buen descanso.

Sin embargo, Millicent poco a poco empeoraba. Al cabo de unos días, desarrolló una tos húmeda y floja, y ya no tenía energía ni para levantarse de la cama. Las señoras Pennington y Callender, que vivían cruzando la calle, e incluso la señora Wimple, que vivía más lejos hacia el oeste, vinieron a la casa para ver si podían ayudar en algo. Trajeron tés que habían preparado, pero ninguno de ellos —ni el té de salvia, ni el té de limoncillo, ni el té de laurel— hizo ninguna diferencia. La señora Wimple había sugerido llamar a un hombre obi que conocía, pero la madre de Ada no creía en esas cosas y se lo hizo saber a la señora Wimple, que se limitó a mover la cabeza con desaprobación y aseguró que la madre de Ada no era «una auténtica isleña». Era algo que Ada había oído decir sobre su madre, que no siempre se comportaba o vivía o se vestía según lo que los demás esperaban de ella. Para Ada, esa acusación se reducía a una cosa, y era lo que más le gustaba de su madre: era una mujer de ideas propias. La señora Callender, que ya tenía hijos grandes, había entrado a la habitación a ver a Millicent; cuando salió le puso la mano en el hombro a la madre de Ada y le dijo: «Necesitas un médico ahora mismo». Ada vio asentir a su madre, como si la señora Callender simplemente hubiera dicho en voz alta lo que ella ya sabía.

El doctor tardó una semana en llegar. Era un médico blanco que venía del pueblo y cobraba 10 chelines por consulta a domicilio, además del costo por kilometraje para llegar ahí. Iba vestido muy elegante, de traje y corbata; atravesó la habitación con aire de autoridad y examinó a Millicent rápidamente. El año anterior se había producido un brote de fiebre tifoidea que afectó a más de quinientas almas. Cuatro años antes, un azote de viruela había arrasado la isla. Parecía que siempre pasaba algo. Ada y su madre se sentaron en la habitación, la madre retorciéndose las manos y Ada con el estómago hecho un nudo, esperando a ver cuál era el diagnóstico. Millicent estaba muy débil, acostada de lado sobre la cama con el cuerpo curvado como una guadaña.

Cuando terminó de examinarla, el doctor volteó a verlas y preguntó:

—¿Cuánto lleva la tos?

—Dos semanas —respondió la madre de Ada.

—Desarrolló neumonía. No sé cómo —asintió el doctor como si esperara esa respuesta.

—¿Neumonía?

—La buena noticia es que la sobrevivió. Lo peor de la infección respiratoria propiamente ya pasó. La mala noticia, me temo, es que tiene fluido residual en el pecho. No puede quedarse ahí. La tasa de mortalidad es muy alta en esos casos.

La madre de Ada contuvo un grito, pero el doctor continuó:

—Necesita cirugía. Se llama resección de costilla, para poder retirar el exceso de fluido.

—¿Cirugía? ¿Cuándo?

—Probablemente siga estable unas cuantas semanas, pero mientras más se asiente el fluido, peor se pondrá. Con el tiempo cubrirá el pulmón, lo que casi con seguridad conducirá al colapso. —Y con eso se puso de pie, como si ya hubiera dicho todo lo que tenía que decir.

—¿No lo puede hacer ahora? —preguntó la madre de Ada, que se sobresaltó cuando el médico se puso en pie.

—¿Qué? ¿La cirugía?

—Sí. Le puedo pagar directamente.

—La tarifa por esa cirugía en particular es de quince libras.

Al escuchar la suma, Ada vio que el rostro de su madre se desencajaba.

—Podría llevarla al Hospital General, por supuesto. Muy probablemente la admitan, considerando que ya no está en etapa infecciosa.

—¿Pero usted lo puede hacer solo?

—Sí, pero…

—Entonces prefiero que lo haga aquí.

—Ha habido muchas mejoras en el hospital en los últimos años. Es un lugar perfectamente seguro.

Pero Ada sabía que su madre no confiaba en el hospital, así como tampoco confiaba en el banco ni en ninguna otra institución fuera de la escuela y la iglesia. En su opinión, el hospital, saturado de enfermos, era simplemente el lugar donde la gente iba a morir.

—¿Quince libras? —preguntó su madre de nuevo.

—Sí, además del costo del kilometraje, por supuesto.

Después de que el médico se fuera, Ada se arrodilló junto a la cama de Millicent y acarició la espalda de su hermana. Pensó que se había quedado dormida, pero tras unos minutos Millicent susurró:

—Tengo miedo.

—No hay nada que temer —aseguró Ada, dejando de acariciarla.

—Viene por mí.

Aún sin preguntar, Ada sabía a qué se refería. Se agachó y apretó la mano de Millicent. Ada tragó saliva.

—Todavía está muy lejos —le respondió en voz baja—. No va a venir por mucho tiempo.

Millicent no dijo nada y como ya estaba de rodillas, Ada comenzó a rezar en su mente. Pero a media oración, Ada escuchó por la ventana abierta un sonido extraño y sordo. Su madre no había regresado después de acompañar al doctor a su carruaje; Ada se dio cuenta de que se había quedado en el jardín trasero de la casa, donde creía que nadie la escucharía llorar. Durante sus dieciséis años de vida, Ada nunca había oído llorar a su madre, pero, ahí, de rodillas, estaba segura de que ese era el sonido que había escuchado. Al día siguiente Ada empacó sus cosas y se embarcó.

ADA SIGUIÓ SU camino, todavía buscando anuncios de empleo en los escaparates, cuando más adelante, en medio de la calle, vio un montón de gente que se arremolinaba como abejas en un panal, gritando y gesticulando hacia el suelo. Si Millicent hubiera estado con ella, habría tirado de su brazo para que siguieran adelante y se alejaran de una escena que no tenía absolutamente nada que ver con ellas. Millicent siempre intentaba evitar meterse en problemas, mientras que Ada, según su madre, hacía todo lo contario. Eternamente corriendo hacia algo, decía su madre con frecuencia.

Ada se acercó hasta donde empezaba la multitud y se paró de puntillas para tratar de ver. Había tal vez una docena de personas paradas alrededor, hablando entre ellas y señalando; al centro de todos Ada vio a un joven que yacía en el piso con los ojos cerrados y el sombrero colgando a media cabeza.

—¿Qué sucedió? —preguntó Ada.

Nadie le respondió.

Además del sombrero, el joven traía una camisa sucia de trabajo azul y unos pantalones caqui enlodados.

—¿Ta muerto? —preguntó Ada, pero de nuevo nadie le respondió. Entonces vio que el hombre se estremecía. Miró a todas las personas que estaban junto a él, hombres y mujeres por igual, de rostros oscuros y claros, todos gritando y gesticulando, pero sin que nadie moviera un dedo para ayudar. Sin pensarlo dos veces, Ada se abrió paso entre la multitud y se arrodilló junto al hombre. Alguien ahogó un grito.

—¡No lo toques, está enfermo como un perro! —gritó un hombre.

Más de cerca, Ada podía ver cómo su pecho subía y bajaba. Tenía las manos apretadas a los costados. Su piel oscura estaba resbalosa por el agua de lluvia o el sudor.

—Todo va a estar bien —le dijo Ada mientras se arrodillaba sobre su bolsa.

La multitud seguía gritando a su alrededor: «Déjalo», «no seas tonta», pero Ada los ignoraba. Seguía inclinada sobre él, observando su rostro. Luego comenzó a entonar suavemente un himno que conocía. Su madre con frecuencia les decía a ella y a Millicent que no cantaran delante de otras personas más que en la iglesia. «Solo Dios nos puede perdonar por tener una voz así», decía riendo. Pero escuchar las canciones de la iglesia siempre hacía sentir a Ada mejor y como aquel hombre sufría, pensó que un pedacito de una canción le traería algo de paz. Al ver que el hombre aflojaba los puños, Ada comprobó satisfecha que tenía razón. Miró su pecho. Aparentemente todavía respiraba.

Ada se sentó sobre sus talones y volteó hacia los rostros que la rodeaban.

—Necesita un médico —dijo. Varias personas asintieron, pero nadie se movió—.

Tenemos que llevarlo al hospital —insistió.

—Hay un hospital de campo aquí cerca —gritó alguien.

—No, si ta enfermo con fiebre de Chagres necesita el hospital de Ancón.

—¿Qué tan lejos queda Ancón? —preguntó Ada desde el suelo.

—Demasiado lejos para ir a pie. Tiene que ir en un tren del hospital —intervino un hombre con tirantes que estaba al frente de la multitud—. Pasan regularmente, pero no sabría cuándo llega el próximo —agregó parpadeando con cada palabra que decía.

—El tren del hospital… ¿llega a la estación de aquí? —preguntó Ada.

—Sí.

—Bueno, vamos entonces —dijo Ada. La estación quedaba solo a dos cuadras de ahí.

El hombre dejó de parpadear y abrió los ojos, grandes como dos lunas.

—Yo no lo voy a tocar, no.

—Pero lo acaba de decir usted mismo. Tenemos que llevarlo al tren del hospital.

—Tiene fiebre, por lo que veo —dijo el hombre negando con la cabeza.

Todavía de rodillas, Ada analizó a la multitud, frustrada. Cuando ubicó a dos de los hombres que se veían más fuertes, los señalo con el dedo.

—Vengan, ayúdenme a levantarlo —les dijo.

Los dos hombres eran Albert Laurence de Puerto Príncipe y Wesley Barbier de Fuerte Libertad. Aunque los dos venían de Haití nunca se habían visto —Albert trabajaba en una de las tiendas de maquinaria de Empire y Wesley estaba estacionado en Culebra detonando dinamita—, pero desde ese día se hicieron amigos de por vida y años después se acordarían de la vez en que una jovencita tan decidida como el apóstol Pablo y tan valiente como Ruth los arrancó a ambos de la multitud y los obligó a hacer algo que los dos les aterrorizaba.

Los hombres dieron un paso al frente y levantaron al enfermo. Uno lo tomó por debajo de las axilas, el otro por los pies y empezaron a andar hacia la estación. Ada iba de prisa a su lado. Tuvieron que detenerse un par de veces para volver a acomodarse. Ninguno de ellos hablaba, pero Ada los veía intercambiar miradas silenciosas de vez en cuando. Varias personas de la multitud los seguían.

Pronto llegaron a la estación de ferrocarril, un pequeño depósito de madera donde estaba una locomotora detenida. Había dos vagones de pasajeros acoplados a la locomotora y, detrás, dos vagones de plataforma vacíos. Los hombres subieron al joven a la plataforma de uno de los vagones y Albert, que sabia suficiente inglés para darse a entender, le pidió al maquinista, que estaba sentado en el carro del frente, que llevara al hombre al hospital de Ancón.

—¡Este no es un tren de hospital! —gritó el maquinista.

Ada corrió hacia la máquina mientras el corazón le latía con fuerza.

—Hay un hombre en este tren que necesita ir al hospital ahora mismo.

—Pero ya les dije que este no es un tren de hospital.

—Necesita un médico.

—Lo siento, pero yo no lo soy.

—¡Por favor!

—Va a tener que llegar allá de otra manera. Me temo que este no es un tren de hospital, es un tren de pasajeros.

—Aquí tiene a su pasajero —dijo Ada apretando los dientes. El maquinista se encogió de hombros. Ada resopló y miró hacia el vagón. Todos los que estaban en la calle y habían llegado a pie hasta la estación se amontonaban ahora a su alrededor.

—¡Se le están poniendo azules los labios! —gritó alguien. Ada volteó a ver de nuevo al maquinista, que esperaba sentado en la cabina.

—Se está muriendo —le dijo.

El maquinista asomó la cabeza por la ventana para voltear a ver, pero no dio señales de que se pensara mover. La indignación invadió a Ada. Tenía ganas de abrir de un tirón la puerta de la locomotora y conducir el tren ella misma. En vez de eso, abrió la bolsa y metió la mano hasta el fondo para sacar una de las dos coronas que le quedaban. Respiró profundo y se la mostró.

—¿Lo llevará si le doy esto?

El maquinista miró hacia abajo. Se agachó lo suficiente desde la cabina como para tomar la moneda de la mano de Ada. Por un instante pensó que el hombre había tomado su dinero y aún así se negaría a hacer lo que le pedía, pero en ese momento escuchó el silbido del tren. De pronto, el tren empezó a moverse.

Todavía lo alcanzaban a ver, cuando Albert, cuyo nombre Ada jamás conocería, se aproximó a ella y, sonriente, le estrechó la mano. Ella le devolvió la sonrisa antes de verlo alejarse.

No se había dado cuenta de lo fuerte que le había estado latiendo el corazón hasta que la multitud se hubo dispersado por completo. El sol estaba en lo alto del cielo. En menos de un día ya se había gastado más de la mitad de su dinero; una moneda para salvarse ella misma de la inanición y la otra, confiaba, para salvar la vida de un joven. La falda de su vestido se había ensuciado cuando se arrodilló y sus botas estaban cubiertas de lodo hasta los tobillos.

Ada descendió de la plataforma del tren con su bolsa a cuestas. Justo al otro lado de la calle había un hombre blanco en un impecable traje de lino blanco que la miraba fijamente. Tenía una mano en el bolsillo, a la altura del pecho, detrás de la solapa. La sacó de ahí y se dirigió hacia ella. Ada apretó los dientes, preparándose para lo que viniera, aunque no sabía qué esperar. ¿Un aviso del capitán del barco de que no había pagado su boleto? ¿Otra cosa que hubiera hecho mal?

El hombre cruzó la calle y se detuvo frente a Ada.

—¿No te dio miedo? —le preguntó.

La observó con sus fríos ojos azules a través de unas gafas

de montura de bronce que brillaban bajo el ala de su impoluto sombrero blanco. Era alguien importante. Eso era obvio.

—Estaba enfermo. De malaria, sin duda —continuó el hombre mientras Ada asentía—.¿ No te dio miedo contagiarte?

—No.

—Pero ¿por qué no?

—Creo que el Señor se encargará de eso.

El hombre se subió los anteojos, a pesar de que no se le habían bajado y por ello no tenían a dónde ir.

—¿De dónde eres?

—Bridgetown, Barbados.

—¿Cómo te llamas?

—Ada Bunting.

—¿Y supongo que estás aquí por asuntos relacionados con el canal?

—Estoy aquí por asuntos relacionados con encontrar trabajo. Me enteré de que hay mucho trabajo en Panamá.

—¿Y actualmente tienes empleo?

—Actualmente no, pero estoy buscando uno.

El hombre arqueó una ceja y, por debajo de su bigote bien recortado, dejó escapar una ligera sonrisa.

—Creo que tu búsqueda ha terminado —le dijo—. Ven conmigo.

7

EL HIJO DE FRANCISCO, OMAR, LLEVABA DÍAS SIN VOLVER A CASA. ESO NO
era normal.

La primera noche, Francisco se había quedado esperándolo en el camino de tierra que llevaba a su vivienda; cruzaba los brazos, los descruzaba y los volvía a cruzar con impaciencia, atento por si escuchaba pisadas en la oscuridad. Oyó a los grillos cantar entre la hierba y el murmullo del océano, pero nada que le indicara que el muchacho se acercaba. La luna se ocultaba tras las nubes. Después de un rato, tan cansado que apenas podía mantenerse de pie, regresó a la casa, encendió una vela y esperó en una dura silla de madera. Se quedó dormido allí, con la cabeza reclinada sobre uno de los tablones, y, cuando se despertó por la mañana con el canto de los gallos, tenía un dolor que le llegaba desde la parte superior del cuero cabelludo hasta en medio de los omóplatos. Intentó estirarse pero el dolor solo empeoró. Se frotó el cuello con los dedos, pero tampoco sirvió de nada. Lentamente se levantó y se arrastró hasta la habitación de Omar, en la parte trasera de la casa. Su hijo no estaba allí. Francisco volvió a salir, esta vez al sol claro, radiante, y se quedó otra vez parado en medio del camino, observándolo a lo largo. Estaba bordeado de hierba alta y pequeños árboles frutales, y el lecho estaba enlodado en esta época del año; hoy también estaba enlodado, pero intacto. Su casa era la única que quedaba tan retirada de la bahía y nadie más venía por aquí. Si no había huellas en el barro, era que Omar no había regresado.

Francisco se puso a dar vueltas dentro de la casa. Podía haberse quedado parado afuera todo el día, pero no iba a conseguir nada con eso. Tenía cosas que hacer, peces que atrapar para ir a vender. Podía ir a buscar al muchacho, suponía, pero ¿cómo? ¿Salir sin rumbo llamando a Omar por los campos y las calles de la ciudad? ¿Ir a La Boca y confiar en encontraría a un solo muchacho errante entre miles de hombres? Ambas cosas serían inútiles, y en cuanto a la última, se negaba a poner pie ahí. La Boca era el nombre que Francisco le había puesto al canal; se lo imaginaba así, como una boca, un agujero enorme y voraz que consumía todo a su paso. Como decía su héroe, el gran Belisario Porras: Estados Unidos se estaba devorando a Panamá. Francisco se negaba a ser devorado. Se negaba a entrar en territorio enemigo en medio de ese ejército de invasores. Era una decepción enorme que su hijo decidiera hacer justamente eso día tras día, una humillación que le parecía casi intolerable.

A la mañana siguiente, Francisco salió al mar e hizo lo que había hecho toda su vida: pescar. Lo mismo que había hecho su padre antes que él, una de las profesiones verdaderamente honorables, según Francisco. Los primeros habitantes de estas tierras habían pescado en sus aguas, ríos y mares. El mismísimo nombre de Panamá significaba «abundancia de peces».

Francisco desamarró su bote, que estaba atado a un poste en medio de dos grandes rocas en la playa, y trepó en él.

Se impulsó y batalló con el brusco oleaje hasta que se halló lo suficientemente lejos para lanzar su red al agua, entonces remó lentamente. El bote se bamboleaba. La luz matinal vestía el cielo de tonos rosáceos. Mientras remaba, se quedó observando sus manos, sus dedos que ya no le respondían como antes. Estaban rígidos y necios. Como él mismo, supuso. Últimamente le dolían cuando sostenía el remo. ¿Dónde estaría Omar? ¿Por qué no habría regresado a casa? ¿Le habría pasado algo? Francisco trató de alejar ese pensamiento de su mente. Quizá no era nada. Después de todo, Omar ya era lo suficientemente mayor como para tomar sus propias decisiones, y lo había dejado bien claro. Quizá había encontrado un lugar nuevo donde vivir, un lugar solo para él, y no le había contado nada. Y claro que Omar no le iba a contar nada dado que no se hablaban desde hacía seis meses. Seguro era eso, un nuevo lugar, solo eso. Y, sin embargo, Francisco sentía el aleteo frenético de un colibrí dentro del pecho. Suspiró, miró por encima de la borda hacia el agua profunda y turbia que ondulaba a su paso. Todos los días intentaba ver a través de ella, hasta el fondo, hasta las cosas que había perdido. Pero nunca veía lo que quería ver.

||||||||

EL MERCADO DE pescado estaba al lado de otro mercado más grande donde vendían aves de corral y fruta. Todos los días después de recoger la red con la pesca, Francisco remaba, ataba su bote al muelle y llevaba su bolsa a tierra. La iba cargando en medio del hedor y el ruido del otro mercado hasta llegar al de pescado, donde la posaba en el suelo y la arrastraba por el piso pegajoso de sangre hasta el puesto del único comprador con el que hacía negocios, un hombre llamado Joaquín que vivía en la ciudad y que, según había averiguado Francisco, pagaba mejor que cualquier otro ahí.

Joaquín era un hombre corpulento, de hombros vastos y rotundos, y un cuello tan ancho como su cabeza, aunque su rasgo distintivo era la sonrisa que, por lo general, ostentaba su rostro. Francisco llevaba casi veinte años haciendo negocios con él, y aunque la sonrisa se desvanecía a veces, esta siempre regresaba.

—¿Cómo estás, amigo mío? —saludó Joaquín cuando llegó Francisco.

Como Francisco no respondió, Joaquín se agachó para poderlo ver bien.

—Te ves muy mal —le dijo.

—No dormí bien.

—Déjalos aquí —le dijo señalando la mesa que tenía al lado—. Espero que los pescados luzcan mejor que tú.

La pesca de esa mañana había sido más que nada bacalao y corvina, con una langosta que se había colado por ahí. Todavía estaban vivos, pero tiesos, en ese estado liminal entre la vida y la muerte; se retorcieron cuando Francisco los vació sobre la mesa.

A mano limpia, Joaquín empezó a clasificarlos.

—¿Por qué no dormiste bien? —le preguntó—. ¿Tuviste pesadillas?

—No.

—¿No? Así soy yo. Nunca sueño cosas feas. Tampoco bonitas. Cuando duermo, duermo y punto. Pero Valentina es otro cuento. Mi esposa tiene sueños de esos que la despiertan en mitad de la noche. Pero lo peor es que entonces me despierta a mí para contármelos, como si hubiera una regla que dijera que tenemos que compartir el mismo sueño. Yo quiero mucho a mi esposa, ya lo sabes, y compartimos muchas cosas, pero no creo que sea necesario que compartamos eso. Yo nomás le quisiera decir «¡Déjame dormir, mujer!».

Francisco asintió. Sabía que a Joaquín le encantaba platicar.

—Una vez soñó con un caballo al que le habían cortado las cuatro patas a la altura de las rodillas y, aun así, seguía intentando correr, y se despertó sollozando. «¿No se te hace muy triste?», me preguntaba. «Pero no es un caballo de verdad», le dije. Fue un error. No debí decir eso. Pasó de estar triste por un caballo imaginario a enojarse conmigo por no ponerme triste por el caballo imaginario. Estuvimos despiertos una hora discutiendo por eso —dijo Joaquín moviendo la cabeza—. Últimamente ha tenido pesadillas acerca de la casa. La casa desaparece en una nube de humo, las cucarachas devoran la casa. Ya te dije, ¿verdad?, que anda circulando el rumor de que todos en su pueblo natal se van a tener que mudar. ¡Todos! Incluso su hermana, que todavía vive en la casa de su infancia.

Francisco asintió de nuevo. Joaquín le había contado en numerosas ocasiones que los norteamericanos querían construir una presa en Gatún, desplazando a todos los habitantes de ese pueblo.

—Bueno, sí, yo trato de no juzgar. En primer lugar, ¿por qué vive su hermana en esa casa todavía? ¡Y vive ahí sola! ¿Por qué no se ha casado todavía? No me respondas. Yo sé la respuesta, y si la vieras, tú también la sabrías. Pero tiene que haber algún hombre por ahí a quien no le importe cómo se vea. —Joaquín sonrió—. Como te decía, trato de no juzgar. Y claro que entiendo que tenga cierto apego a la casa donde creció. Aquí entre nos, yo he estado en esa casa y prefiero mi departamento en la ciudad. Aun así, entiendo. La casa es importante, tanto para Valentina como para su hermana. Tienen recuerdos allí. La idea de abandonarla, de que la destruyan… —Joaquín negó con la cabeza. Todo ese tiempo había estado clasificando el pescado, pero entonces se detuvo—. Perdóname. Hablemos de cosas más alegres. ¿Cómo está tu muchacho? No he oído mucho de él últimamente.

Francisco hizo un gesto. Lo último que quería hacer era hablar sobre Omar.

—Oye, ¿sí me oíste? Te pregunté cómo está tu muchacho. ¿A qué se dedica en estos días?

Francisco observó el mercado a su alrededor buscando el modo de cambiar de tema, pero lo único que veía era vendedores haciendo negocios con sus clientes; todos ocupados en sus propios asuntos. El sonido de las voces se mezclaba en el aire en medio del olor salobre del pescado.

—¿Ya le enseñaste a pescar? —preguntó Joaquín.

—No.

—¿De verdad? Pues ¿cuántos años tiene?

—Diecisiete.

—Entonces, ¿qué estás esperando?

Años atrás, Francisco había llevado al chico a pescar. No siempre sabía cómo ser un buen padre, de qué modo guiar a un niño pequeño, pero sí sabía pescar y, al menos eso, aunque más no fuera, era algo que le podía dejar a su hijo. La salida, sin embargo, no resultó como la había planeado. Omar se veía aterrado desde el momento en que se alejaron de la orilla, aferrado a los lados del bote, y cuando Francisco le pidió que extendiera la red en el piso a sus pies, de algún modo, al desenrollarla, Omar se las arregló para enredarla toda. Le llevó a Francisco sus buenos diez minutos desenredarla, y cuando por fin terminó, le mostró a Omar cómo atarla a un costado del bote. Un nudo sencillo, pero incluso con eso había batallado Omar. «Tranquilízate», le había dicho Francisco con cierta preocupación. Quizá el niño no había nacido para pescar. Pero no fue sino hasta que la red mal amarrada se perdió en el océano que Francisco sospechó el verdadero motivo del temor de Omar. El agua era poderosa, y Omar tenía una conexión con ella más allá de lo que conocía. Sin embargo, parecía que el niño podía intuirlo de algún modo. Francisco había sacado la red del agua rápido, antes de que se hundiera. Se sentó sobre sus talones sosteniéndola y le dijo al niño: «¿Ya ves? No pasa nada». Pero Omar estaba sentado muy rígido y parecía a punto de llorar. No se relajó hasta que regresaron a tierra firme. Para entonces, Francisco supo con certeza lo que había visto. Por no querer someter a Omar a un tormento que iba más allá de su comprensión, no volvió a llevar a su hijo a pescar nunca más.

—Bueno, quizá no hay ninguna diferencia —dijo Joaquín, rompiendo el silencio de Francisco.

—¿En qué?

—¿Sabes la cantidad de veces que le he ofrecido a mi hijo Horacio traerlo al mercado para enseñarle mi profesión?

—prosiguió Joaquín mientras empezaba a pesar los pescados—. Pero cada vez que saco el tema me dice que no. «El mundo está cambiando», me dice. «El mundo es más grande que los pescados». Claro que en cierto modo tiene razón. El mundo está cambiando frente a nuestros ojos, ¿o no? Pero siempre ha sido así y la gente sigue necesitando pescado —Joaquín frunció el ceño ante el bacalao que acababa de poner sobre la báscula—. Este no está bueno. Me lo puedo quedar para dárselo a los perros, pero no te lo puedo pagar.

—¿Qué tiene de malo? —preguntó Francisco revisándolo.

—El color no se ve bien.

Joaquín tomó el pescado por la cola y lo arrojó hasta el otro lado del cuarto. Resbaló por el piso y se detuvo hasta chocar con el muro. De inmediato, tres perros se arremolinaron alrededor y empezaron a pelear por él.

—Ahora tienen un banquete —dijo Joaquín sonriendo mientras ponía el siguiente pescado en la báscula—. El problema con los jóvenes es que no nos escuchan. Creen que después de haber pasado la mitad de tiempo que nosotros en este mundo, de alguna manera saben el doble.

Joaquín ya casi había terminado de pesar los pescados. Llevaba diecisiete, según la cuenta de Francisco, sin considerar el que les había tocado a los perros. Diecisiete pescados deberían ser unos 35 centavos, poco más o menos, lo suficiente para comprar otro día de vida. Claro que ahora Omar también ganaba dinero, pero para Francisco era dinero manchado de sangre, y aunque Omar le había ofrecido ayudar a pagar sus gastos, cosas como café o pan, Francisco se había negado.

Joaquín azotó el último pescado sobre la báscula. Satisfecho, lo arrojó al montón brillante junto con los otros. En el piso, bajo la mesa, había un charco de sangre rosado.

—Dieciocho el día de hoy, mi amigo, más la langosta —dijo Joaquín. Contó las monedas y se las entregó a Francisco.

—¿Y entonces qué piensa hacer? —preguntó Francisco.

—¿Quién?

—Horacio.

—No lo sé —dijo Joaquín y puso los ojos en blanco—. Gana su dinero por aquí y por allá, pero no tiene un trabajo en el que pueda confiar. Nada estable, ¿me entiendes? Valentina me dice que solo porque no tiene interés en el mercado de pescados no significa que todo esté perdido. Todavía puede conseguir un trabajo respetable. Mientras no se le ocurra trabajar para los yanquis y su canal, supongo —resopló.

A Francisco le quemaba la cara de vergüenza. Se quedó callado.

—Estos muchachos —dijo Joaquín—. ¿Qué le vas a hacer?

Francisco asintió lentamente. Estando ahí se sentía expuesto, como si Joaquín supiera algo oscuro y deshonroso sobre él, o sobre Omar, que por extensión lo implicaba a él, y de repente quiso salir de ahí, alejarse de su mirada.

Se dio la vuelta para irse. Mientras se alejaba, escuchó que Joaquín le gritaba «hasta mañana, paisa», pero Francisco, que sentía una humillación abrumadora, no respondió. Uno de los perros, de pelaje a manchas blancas y negras, se acercó a olisquearle los pies y Francisco se lo quitó de encima con tal fuerza que el perro se alejó gimiendo. Durante el resto del día se sentiría mal por esto.

|||||||||

LA PRIMERA VEZ que Francisco vio a Esme, hacía veinte años, ella estaba de pie en la plaza enfrente de la Catedral Metropolitana. Tenía un vestido morado brillante con un corpiño con volantes y una falda que colgaba hasta el suelo. Llevaba el cabello, negro como los cuervos, peinado de raya en medio y recogido en un chongo bien apretado en la nuca. En ese entonces, Francisco tenía veintidós años. Había visto muchas mujeres hermosas en su vida, pero nunca una mujer como Esme; aún a la distancia, Francisco podía darse cuenta de que tenía los ojos más oscuros que hubiera visto, hundidos y bordeados por las pestañas más oscuras, como alas de murciélago. Tenía un lunar debajo del rabillo del ojo izquierdo, como una gota de tinta, como si la oscuridad se hubiera desbordado y hubiera dejado una huella.

Francisco estaba hipnotizado. No podía dejar de contemplarla. Esme conversaba con una amiga en la plaza, y al sentir que Francisco la observaba, volteó para encontrarse con su mirada. Francisco sintió cómo se estremecía. Ahora la oscuridad se cernía sobre él. Su amiga también volteó, pero Francisco ni siquiera la notó. Todo fuera de Esme se disolvió. Solo podía verla a ella, grabada en relieve sobre el resto del mundo.

El día estaba encapotado y las nubes enturbiaban el cielo con una promesa de lluvia. Francisco atravesó la plaza como si lo atrajeran. Apenas podía sentir que sus pies tocaban el suelo. Cuando llegó hasta donde estaba Esme, le dijo: «Le ruego me disculpe. Me llamo Francisco. Me daría mucho gusto conocerla». Él extendió su mano. Ella no le dio ni la mano ni su nombre. Olía como una flor. Repitió: «Le ruego me disculpe.

Me llamo Francisco. Me daría mucho gusto conocerla». Ella mantuvo sus ojos oscuros clavados en él. Se sintió extrañamente hechizado. Había algún tipo de magia en la profundidad de aquellos ojos. La amiga de Esme se rio. En ese momento Francisco se dio cuenta de que todavía tenía su mano extendida. Trató de bajar el brazo, pero vio que no podía hacerlo. Simplemente, su brazo no se movía. Era como si se hubiera convertido en piedra. ¿Podría ser? Presa del pánico, Francisco se liberó de la mirada de Esme y miró hacia abajo. En cuanto lo hizo, su brazo cayó a su costado. Movió los dedos para asegurarse de que todavía funcionaban. Sacudió el brazo y luego la cabeza, preguntándose qué le había pasado.

Temeroso de volver a levantar la mirada, retrocedió, dio la media vuelta y atravesó la plaza de prisa. Se escabulló en un callejón y se recargó contra un muro fresco. Un momento después se asomó por la esquina, pero la chica y su amiga ya se habían ido.

|||||||||

SOLO HABÍA SIDO un sueño. Tenía que haberlo sido. Eso es lo que Francisco se repetía en los días que siguieron. Era una locura pensar que la mirada de una mujer podía dejarlo inmóvil, o al menos en parte. Él era un hombre que tenía que ver con el mundo físico. Si podía sostener algo en su mano, entonces sabía que ese algo existía. Si podía oler algo, probarlo, oírlo o verlo, entonces creía que era real. Todo lo demás —el misterio, la fe, la magia, sobre todo— significaba poco para él. Bajando por el camino desde su casa, como a un kilómetro de distancia, había una mujer, doña Ruiz, que decía que podía ver el futuro, que el destino de alguien podía estar escrito en las líneas alrededor de su boca y que podía comunicarse con los muertos. Venía gente de toda la ciudad a verla, y una vez, después del incendio de 1894, que dejó a cinco mil personas sin hogar, la fila para solicitar sus servicios fue tan larga que se extendió a todo lo largo del camino de tierra hasta llegar a la casita de Francisco. Salió de casa y se acercó a la fila de seres desafortunados y se puso a estudiarlos uno por uno: una mujer que tenía un aro de oro en su nariz, un hombre que se mordía las uñas hasta el muñón, una mujer con dos niños de la mano que apenas le llegaban a las rodillas. La fila seguía y seguía. Veía a las personas con compasión y, cuando lo volteaban a ver y le preguntaban, como hacían algunos, qué estaba haciendo, él se reía. ¿Qué hacía él? ¿Qué estaban haciendo ellos más que perder el tiempo? Incluso después de que doña Ruiz saliera al camino y le gritara que dejara en paz a sus clientes, Francisco se rio. Incluso después de que doña Ruiz cruzara los ojos y escupiera en el pasto y le dijera: «Ya vas a ver», e incluso después de que cinco ranas muertas aparecieran panza arriba en su propiedad y de que la mejor de sus gallinas dejara de cacarear y se muriera, Francisco se limitó a encogerse de hombros. Otros quizá hubieran pensado que había algo de mágico en esos acontecimientos, pero él sabía que no era así. Había habido tanta lluvia esa semana que las ranas simplemente se habían ahogado, y la gallina, bueno, solo es que ya estaba vieja.

Pero la chica hizo que Francisco se replanteara todo eso.

Regresó a la plaza, confiando en volver a verla. Se paró justo en el mismo lugar y volteó justo hacia la misma dirección justo a la misma hora, pero ella no apareció.

Y entonces un día, cuando andaba fuera en su bote, vio otro bote a la distancia, no muy lejos. Eso no era raro. Había otros hombres que pescaban en las mismas aguas, por supuesto. Lo que era extraño, lo que le quitó el aliento a Francisco, fue que el bote estuviera acercándose a él, y cuando estaba a unos diez metros de distancia, poco más o menos, vio que era la chica quien iba en el bote. En esta ocasión traía un sencillo vestido blanco, pero su cabello de cuervo estaba recogido en un chongo en la nuca como la vez pasada, tan brillante que resplandecía como vidrio bajo el sol. Francisco la saludó agitando el brazo, pero ella no respondió. Él recogió rápido sus redes y remó hasta donde ella estaba, con el corazón latiendo con fuerza. Remó más y más cerca... Y entonces fue como si hubiera pasado con su bote a través de ella. Volteó por encima del hombro, pero ahora ya no había nada más que la superficie vacía del agua. Se volvió en todas las direcciones, pero ella no estaba ahí. ¡Pero si había estado ahí apenas hacía un momento! ¿Se habría volcado su bote, hundido? Eso parecía imposible, pero ¿cuántas otras explicaciones podía haber? Francisco se sentó sobre sus talones, desconcertado. Ella había estado ahí pero ahora ya no estaba. ¿Acaso se estaba volviendo loco? Hasta ahora había sido un hombre completamente racional. Era como si esta mujer, quienquiera que fuera, lo hubiera hechizado, como si haberla visto directo a los ojos en una sola ocasión hubiera bastado para quedar totalmente poseído.

Francisco la olió antes de volver a verla. Estaba en el mercado de pescado, vendiendo lo que había atrapado ese día, y Joaquín estaba frente a él con las manos en los bolsillos de su delantal manchado, esperando a ver qué le había traído Francisco. En ese entonces llevaban poco de conocerse, dos jóvenes que apenas habían hecho unas cuantas transacciones. Cuando Francisco abrió la bolsa aquel día, en lugar del olor salobre y áspero del pescado, percibió una fragancia delicada, como a talco.

—¿Oliste eso? —preguntó.

—¿Oler qué? —respondió Joaquín—. ¿El pescado?

—No.

—Porque si el pescado ya huele a podrido no lo quiero comprar.

—No me refiero al pescado —dijo Francisco, mientras inhalaba y percibía de nuevo el dulce olor—. Algo... como a flores.

—¿Flores? —se burló Francisco—. ¡Estamos en el mercado de pescado, no en el campo, mi amigo!

Francisco, que mantenía abierta la parte superior de la bolsa para que Joaquín pudiera inspeccionar el pescado por su carnosidad y brillo, se volvió para mirar por encima del hombro. El aroma a talco se hizo más fuerte. El mercado estaba abarrotado. Sobre las tarimas y mesas había pescado crudo, del que escurrían agua de mar y sangre. Los vendedores deambulaban por ahí. Francisco seguía volteando mientras trataba de identificar el origen del dulce aroma cuando vio, del otro lado del mercado, a la chica de ojos oscuros que había estado rondando sus sueños. De inmediato soltó la bolsa. Joaquín le gritó «¡Oye!, ¿a dónde vas? ¡Todavía no acabamos aquí!». Francisco caminó de prisa temiendo que, como le había pasado en el agua, en cuanto llegara a donde estaba ella, desapareciera de nuevo, pero cuando estuvo a unos cuantos metros, ella seguía ahí. Mientras él se lanzaba veloz hacia ella, lo miró alarmada. Él se detuvo justo delante de ella. Ahora el olor a talco era abrumador. Francisco estiró la mano para tocar su brazo, solo para asegurarse de que era real. Ella arqueó sus oscuras cejas y retiró su brazo abruptamente.

—Lo siento. Solo quería ver… —le dijo, y tuvo la sensatez de no decir más y carraspeó—. Le ruego me disculpe. Me llamo Francisco. Me daría mucho gusto conocerla.

Tal como había hecho en la plaza, ella se quedó callada, sin expresión alguna. Al contrario de lo que había hecho en la plaza, Francisco también se quedó callado. Para ese momento, él le había atribuido tanto poder a ella, aunque en realidad no había hecho nada en absoluto, que casi le tenía miedo. Casi. Sin embargo, esta vez se negó a salir corriendo.

—Si me lo permitiese, sería un honor poderla llevar a dar un paseo.

Esperó, mirándola a los ojos, sumergido en el aroma de las flores y con el corazón latiendo con la fuerza del mar embravecido.

Esme lo miró a los ojos y le impresionó percatarse de que, sin importar cuánto tiempo lo mirara, él le sostenía la mirada. Al principio no lo había reconocido cuando se lanzó hacia ella a través del mercado, pero ahora… sí, recordaba su cara. Era guapo. Tenía una barbilla fuerte y unos ojos oscuros y hundidos. Al verlo, pensó en cómo durante toda su vida los hombres le habían tenido miedo, como ratones de campo. Los hombres la veían y se quedaban mirando; ella había aprendido a dejar que lo hicieran porque, por lo general, no llegaban más allá de eso. Se quedaban mirando un rato y luego se apartaban de ahí, sacudiendo la cabeza como si tuvieran un zumbido en los oídos o una telaraña en el cerebro de la que estuvieran intentando liberarse. Los más atrevidos, después de quedársele viendo, decían alguna cosa banal, y Esme se había dado cuenta de que si no hacía absolutamente nada los desconcertaba tanto que preferían escabullirse. Divertida y decepcionada, los veía alejarse. Los hombres eran unos cobardes. De vez en cuando se miraba en una hoja de vidrio que sostenía en cierto ángulo frente al sol para tratar de ver qué era lo que ellos veían. Pero no veía más que a una chica con ojos oscuros y una larga nariz aguileña. No veía ninguna razón para que un hombre saliera huyendo aterrorizado. Y, sin embargo, lo hacían. Y era la última vez que veía a esos hombres. Ninguno tenía el valor para buscarla de nuevo, y ninguno, en sus dieciocho años de vida, había tenido los huevos para invitarla a salir como es debido. Ninguno, hasta ese momento.

||||||||

EL CORTEJO FUE fácil, dentro de todo. Francisco se enteró de que la familia de Esme venía de las montañas en la región de Veraguas. Para Francisco, esto significaba que eran gente tumultuosa. En su sangre había ascenso y descenso, una vida de altibajos abruptos. Y resultó que tenía razón. Esme era una mujer de muchos estados de ánimo, voluble hasta el final. Un día Francisco la veía parada frente a la estufa, revolviendo una olla de sancocho, con una dulce sonrisa y tarareando alguna melodía, y al día siguiente se encerraba en el baño a llorar, o se quedaba sentada en una silla mirando el piso y no había nada que Francisco pudiera hacer o decir que la sacara de esa ciénaga. Pegaba el oído a la puerta del baño y la escuchaba llorar, pero cuando tocaba a la puerta ella no respondía, ni siquiera para decirle que se fuera. Cuando se quedaba mirando el piso, él agarraba una silla y se sentaba junto a ella, esperando que levantara la mirada para verlo, pero ella no lo hacía.

Eran periodos oscuros. Un pequeño estanque en su alma la inundaba, Esme se hundía, y aunque Francisco le ofrecía su mano, ella no podía o no quería tomarla. En esos días era mejor dejarla en paz. Al paso del tiempo, después de unas horas o, en el peor de los casos, unos cuantos días, volvía a la superficie y regresaba con él. En ese aspecto, estar con Esme era un ejercicio de paciencia. Francisco aprendió que, si esperaba, ella siempre regresaba.

Y cuando salía de la oscuridad, Esme despedía una luz increíble. Nadie reía como ella; una risa de cuerpo entero que a veces, incluso, la hacía resoplar y no se avergonzaba de ello. Nadie lo hacía sentir como ella, más consciente de todo, infinitamente más vivo. Con ella experimentaba esa especie de felicidad que se sentía tan desproporcionada a todo lo que Francisco conocía, que en ocasiones se tenía que detener para preguntarse: «¿Es esto la felicidad? ¿Así es como se siente?», solo para estar seguro. Estaba, simplemente, prendado de ella y, para sorpresa de Francisco, ella parecía estar también prendada de él.

Una noche, mientras estaban recostados en la cama, que para entonces olía completamente a violetas, Francisco la besó desde el hombro hasta el cuello.

—El único… —murmuró Esme.

—¿El único qué? —preguntó Francisco.

—¿Mmmmm?

—Dijiste, el único.

—Ah —respondió mientras le acariciaba el cabello—. Tú fuiste el único que tuvo el valor para seguirme.

Pero no se trataba de valor, él lo sabía bien. Había algo más que lo atraía hacia ella, como una ola a la orilla. Había comenzado a creer que se trataba de algo semejante a un destino divino. Casi se reía de sí mismo por pensar así. ¡La divinidad! ¡El destino! Eran ideas de las que se habría burlado en el pasado. Pero Esme había cambiado algo esencial en él. Gracias a ella, ahora creía en cosas en las que no había creído antes. Es más, a principios de esa misma semana había ido hasta la casa de doña Ruiz y la encontró sentada en la terraza, acariciando el lomo de una iguana que tenía sobre el regazo.

—Felicidades —le dijo a Francisco cuando se acercó—. Oí que te casaste.

Francisco se detuvo a medio camino. No era verdad. Sintió que se iba a reír, que hubiera sido su antigua respuesta a las tonterías de doña Ruiz, y se molestó consigo mismo por haber acudido a ella. Había ido para que lo aconsejara, para ver cómo podía manejar el carácter errático de Esme, no para que le diera un mensaje confuso sobre algo que ella había oído… ¿y oído de dónde? Doña Ruiz continuó.

—Disculpa, lo dije muy pronto. Yo lo escuché, pero tú todavía no. Ahora vete y regresa dentro de unos meses y te lo volveré a decir. Tendrá más sentido para ti en ese momento. —Se alzó de hombros—. A veces me adelanto.

Francisco estaba desconcertado. De pie en el camino de tierra, se hallaba bajo el sol implacable mientras veía a esta mujer acariciar una iguana a la sombra de su terraza. ¿De qué estaba hablando? ¿Y de verdad le acababa de decir que se fuera? Había estado a punto de irse por su propia voluntad, pero ya que lo había sugerido ella, casi se quería quedar nada más por llevarle la contraria. Pero al mismo tiempo se quería ir. Quería irse y no regresar jamás. Francisco se quedó ahí en el camino, paralizado por la indecisión. Lo que lo enfurecía era que parecía como si doña Ruiz pudiera reconocer todo lo que estaba pasando por su mente en ese momento, porque le sonrió. Francisco pensó que de manera condescendiente. Si se iba ahora, ella pensaría que era por influencia suya. Si se quedaba, también estaría muy satisfecha por ello. A veces, cuando pescaba, un cardumen de peces nadaba debajo de su bote de un lado a otro. Veía cómo salían disparados, pero, a veces, los perdía de vista. Cuando eso sucedía, según se había dado cuenta, era porque los peces se reunían exactamente abajo del bote y andaban ahí en la sombra, pero para él, que estaba allá arriba, en realidad habían desaparecido. Francisco caminó hasta una gran roca que había al lado del camino y se sentó tras ella. Rodeó sus rodillas con los brazos y se hizo tan pequeño que doña Ruiz no lo alcanzaba a ver. Se sentó muy quieto. Se quedó ahí hasta que cayó la oscuridad, cuando escuchó que doña Ruiz se levantaba de la terraza y entraba a su casa. Solo en ese momento, se puso de pie él también y regresó a su casa.

No le dijo a Esme nada de eso, por supuesto, pero le estuvo dando vueltas en la cabeza. ¿Cómo podía explicar tal comportamiento? Él no era así. Horas encogido detrás de una roca, aquel día en la plaza, lo que le había pasado a su brazo, la tarde en el bote, la fragancia de las violetas en el mercado de pescado. ¿Cómo podía explicarse todo eso si no por la creencia en que una fuerza mayor estaba actuando, que algo deífico lo empujaba hacia ella? Francisco no había pensado nunca que pudiera existir una mujer como Esme, pero incluso después de aceptar que de hecho era muy real, esto no disminuía en nada el misterio que la rodeaba. Siempre fue para él, desde el primer momento en la plaza, el ser más mágico que pudiera haber en el mundo.

|||||||||

LOS CASÓ EN la iglesia católica un sacerdote católico que celebró la misa entera en latín, de modo que Francisco no tenía ni idea de lo que estaba diciendo. Las palabras y los conjuros del sacerdote podían ser una bendición o una maldición, pero Esme mantuvo una sonrisa beatífica durante toda la ceremonia, por lo cual Francisco se inclinó a creer que serían lo primero. Solo después, cuando ya todo había pasado, se preguntaría si había tenido razón.

Lo que le había dicho doña Ruiz en ese día tan extraño ahora tenía todo el sentido, tal y como lo había predicho, pero Francisco no regresó a su casa como ella le había indicado. No había necesidad. Después se preguntó también por eso, si no haber regresado habría sido un error que le había salido caro, si quizá había hecho enojar a doña Ruiz tanto como para que le arrojara una maldición que hubiera determinado su destino.

Después de la boda, Esme se mudó a la casita que daba

a la bahía. El piso de tierra se oscurecía cuando llovía y el tejado de paja goteaba a veces durante los peores aguaceros, pero eso no les preocupaba mucho, sobre todo en aquellos primeros días en que Francisco y Esme se sentían tan fortificados por el amor que les parecía que nada podía salir mal. Cuando dejaban la puerta de la casa abierta, cosa que hacían con frecuencia, el olor del mar entraba y se mezclaba con el olor a violetas, y cuando hacían el amor, Francisco lamía la piel de Esme hasta que le ardía la lengua por la sal.

Vivían demasiado lejos de la ciudad como para ir caminando hasta allá con facilidad, en especial por el calor. Mientras Francisco salía a pescar durante el día, Esme se quedaba en casa. Estaba acostumbrada al bullicio de la ciudad, a salir a caminar con sus amigas y a comprar comida en la calle. En su nueva vida era feliz, pero se aburría. Recogía limones de los árboles y los exprimía hasta dejarlos secos y pulposos. Se bebía el jugo. Guardaba las semillas y cuando había conseguido suficientes, perforó cada una con una aguja y las ensartó en una larga hebra de su cabello hasta formar un collar que se ató al cuello. Bajaba a la playa, donde el mar se extendía como un campo de terciopelo azul hasta los confines del mundo en tres direcciones, y se dejaba caer en la arena, mientras escuchaba el leve suspiro del agua que se acercaba deslizándose y se arrastraba al alejarse. Venía una y otra vez, y sin importar cuánto tiempo escuchara, nunca podía decidir si el suspiro era de tristeza o de alivio, o si ambos eran uno. Cuando el sol quemaba demasiado, se sentaba a la sombra de los bananos a observar procesiones de hormigas. Se mordía las uñas y las escupía. Cocinaba patacones. Los freía una vez, luego los aplastaba entre dos piedras planas y los volvía a freír antes de espolvorearlos con sal. Se los comía y luego preparaba más. Encendía velas y rezaba. Se tocaba, no porque su nuevo marido no satisficiera sus deseos, sino porque no había nada más que hacer y se sentía bien hacerlo. Francisco regresaba en las noches, después de haber ido al mercado a vender lo que había atrapado durante el día. Esme lo esperaba en la playa y observaba cómo amarraba el bote y trepaba las rocas para encontrarse con ella en la frágil luz del anochecer.

||||||||

ESME NO TARDÓ en embarazarse. Durante los nueve meses siguientes, la casita estaba que reventaba de alegría de piso a techo. Y Esme estaba que reventaba de vida de pies a cabeza. Sus ojos oscuros brillaban y su piel parecía resplandecer incluso de noche. Pedía comer pulpo y beber agua de coco. Se recostaba en la cama con los pies en el regazo de Francisco, que le contaba los dedos y ella reía. Su cabello, que era oscuro y denso, creció unos quince centímetros en un mes y no tardó en llegarle hasta las rodillas.

Entre sueños, Francisco oía a veces a Esme, despierta, hablándole al bebé. Le narraba la receta del arroz con pollo o le explicaba cómo calcular cuándo una papaya estaba madura, y, con más frecuencia, le cantaba canciones.

Era posible, pensaría Francisco después, que a cada ser humano le tocara solamente cierta dosis de alegría, y la de ellos había llegado como un vendaval, agotándose toda en esos nueve gloriosos meses. Porque después de que naciera el bebé, cuando debía ser la época más jubilosa de sus vidas, Esme se volvió taciturna de repente. Durante las primeras semanas, no salió de la cama. Una cosa era quedarse en cama. Francisco entendía que su cuerpo necesitaba tiempo para recuperarse después de haber creado una nueva vida. Pero en la cama, su espíritu era melancólico. No hacía otra cosa que mirar la pared. Permanecía desnuda bajo una fina sábana recubierta de una costra amarillenta y con manchas cafés de sangre seca, y aunque Francisco se ofreció a lavar las sábanas y ponerle un camisón, al decírselo Esme no se movió, y mucho menos respondió. Cuando le traía comida, no comía. Francisco le preguntó varias veces si tenía alguna idea para el nombre de su hijo, pero ella guardó silencio. Al final, cansado de decirle «el bebé» todo el tiempo, Francisco propuso que se llamara Omar, para que tuviera que ver con el mar. Esme no lo contradijo.

En esas semanas Francisco no fue a pescar. Desde el primer día, cuando Omar lloraba, Francisco lo acercaba a Esme y lo acunaba contra sus pechos hinchados. Esme yacía inmóvil de lado, mirando la pared bañada por el sol. Omar gemía y lloraba. «Tiene hambre», imploraba Francisco. «Necesita comer». Al fin Francisco se inclinó, tomó el pecho cargado de Esme en su mano y lo levantó apenas unos centímetros para que se encontrara con la boquita de Omar. El bebé se prendió de él. Milagrosamente empezó a succionar. Todo ese tiempo Esme apenas pestañeó.

Los únicos momentos en que Francisco tenía un momento de alivio eran aquellos en los que Omar comía y dormía. Entonces estaba tan agotado que lo único que conseguía era lavarse las axilas y la entrepierna, o cagar, o comer pescado frito o una taza de arroz, las dos únicas cosas que sabía cocinar, y sentarse solo a preocuparse por Esme, por cómo habían salido las cosas, y al siguiente segundo a tratar de no preocuparse. Seguía repitiéndose que todo iba a salir bien. Le pedía a Dios que así fuera.

Y entonces un día, cuando Francisco despertó en la mañana, Esme no estaba. Francisco saltó de la cama en éxtasis, pensando que por fin había logrado salir de su melancolía. Omar, que todavía no cumplía los dos meses, dormía al pie de la cama, envuelto en una cobijita de manera tan meticulosa que hizo que aumentaran las esperanzas de Francisco. Salió de prisa de la habitación esperando encontrar a Esme en la estufa, preparando algo de comer, o bañándose por fin en el agua de violetas que tanto le gustaba, pero sin importar en dónde buscara, no había rastro de ella. Francisco tuvo un presentimiento y salió de la casa. Incluso antes de llegar a la orilla, pudo ver que el bote no estaba. Sintió como una roca en el estómago. Corrió hasta el agua gritando «¡Esme!» bajo el blanco sol matinal. «¡Esme! ¡Esme! ¡Esme!». Francisco se arrojó al océano y comenzó a nadar. Nadó como loco hasta que alcanzó el bote, que se balanceaba lánguidamente sobre el agua. Se sostuvo de un lado y miró a su alrededor. Pero, a diferencia de lo que había ocurrido hacía más de un año, cuando había remado hasta encontrarse con ella, esta vez Esme no solo se había desvanecido: ya no estaba.

||||||||

FRANCISCO VOLVIÓ A pensar en todo esto ahora que Omar no había regresado a la casa. Omar había heredado ciertos rasgos de su madre: sus ojos oscuros y melancólicos, su naturaleza sensible, su esbelta figura. Y, por supuesto, la única vez que había llevado al niño mar adentro había sido testigo de su reacción. Pero Francisco albergaba con todas sus fuerzas la esperanza de que su hijo no fuera como ella en ese aspecto. Si hubiera creído en un Dios benévolo, habría rezado, pero no creía, ya no, así que solo mantuvo la esperanza y no hizo más que esperar a que Omar regresara.

8

OMAR YACÍA DE ESPALDAS, CON LOS OJOS CERRADOS, TEMBLANDO. LE palpitaba la cabeza. Al cerrar los puños, pudo sentir entre los dedos la suavidad de la sábana sobre la que se hallaba y supo que todavía estaba en el hospital, aunque por más que lo intentaba, no lograba recordar cómo había llegado ahí.

Una de las últimas cosas que recordaba era que había ido a caminar después del almuerzo, algo que hacía a diario mientras los otros hombres de su cuadrilla dormitaban en la sombra. Se figuraba que él también podría descansar, pero como era joven tenía la costumbre de salir a caminar él solo; le gustaba ver gente y lugares que lo sacaran de su vida solitaria. Una vez, cuando tenía ocho años, bajaba por el camino que venía desde su casa y doña Ruiz lo llamó:

—¿Por qué siempre andas por acá afuera, chiquillo?

Su padre le había advertido que se alejara de doña Ruiz. «Puede obligar a la gente a hacer cosas muy extrañas», dijo. «¿Cómo qué?», había preguntado Omar. Pero él se reusó a darle más detalles y simplemente le dijo: «Mantente alejado de ella».

Así que ese día, cuando lo llamó, Omar no respondió de inmediato.

—¿Qué? ¿No sabes hablar? —le preguntó doña Ruiz.

Estaba sentada en la terraza frente a su casa con una falda larga que le colgaba entre las rodillas—. Acércate.

Omar no se movió.

—Ya veo —dijo doña Ruiz—. Con que tu padre te llenó la cabeza de mentiras. ¿No? Bueno, conozco a tu padre desde hace mucho tiempo, y hay pocos hombres más tercos en este mundo.

Le sonrió como si estuviera de su parte, y su sonrisa hizo que Omar tuviera menos miedo.

—Ven, jovencito —insistió.

Esa sería la primera vez en su vida que Omar desafiaría a su padre. Caminó hacia la casa, atravesando el patio cubierto de tierra y maleza.

—Siempre estás acá afuera tú solo —dijo doña Ruiz cuando él ya estaba frente a la terraza—. ¿Acaso no vas a la escuela?

Omar negó con la cabeza.

—Me lo imaginaba.

Giró la cabeza para verlo de lado, como si lo estudiara; luego alzó la mano y levantó un dedo.

—Espera aquí —le dijo.

Se levantó con lentitud y entró a su casa tambaleándose; regresó con un libro en la mano y salió hasta la orilla de la terraza.

—¿Sabes leer?

Omar de nuevo sacudió la cabeza.

—Eso me imaginé también. Bueno, entonces siéntate, joven, siéntate.

Omar se sentó en la tierra y doña Ruiz regresó trabajosamente a su silla. Separó sus rodillas de nuevo y abrió el libro en su regazo. Entonces, empezó a leer.

Omar no sabía qué estaba leyendo, pero le gustaba el sonido de su voz. El ritmo de lo que leía era casi como una canción. Era poesía, le dijo, escrita por un autor panameño de nombre Anselmo López, que era de las tierras altas de Chiriquí. López era famoso por escribir sobre el esplendor de la naturaleza, el sol y los árboles. Uno de los poemas que leyó doña Ruiz trataba de un saltamontes; las palabras capturaban su ágil gracia con tal perfección que Omar quedó hechizado.

Omar regresó a diario durante una semana y doña Ruiz le leía un poco más. Él se sentaba en el suelo y ella en su silla. Un día, el viento soplaba tan fuerte que las páginas del libro se agitaban sin importar cuánto se empeñara doña Ruiz en sostenerlas. Frustrada se detuvo y le dijo:

—¿Y si lo haces tú solo?

—¿Qué?

—Te puedo enseñar a leer.

—Pero me gusta escucharla a usted.

—Ah, no. Esto te va a gustar más. Mira.

Doña Ruiz volvió el libro hacia él y fue recorriendo las palabras con su dedo torcido mientras las pronunciaba en voz alta.

—¿Ves? Todas las letras tienen su propio sonido.

Poco a poco le enseño la forma particular de cada letra. Le mostró cómo conectar esas formas a sus sonidos. Luego, cómo juntar los sonidos uno después de otro, como un collar de piedritas, y dejar que tintinearan entre sí para producir nuevos sonidos, sonidos que llenaban una palabra, palabras que llenaban una oración, oraciones que llenaban una página y páginas y más páginas que llenaban su mente.

Cuando logró hacerlo, doña Ruiz sacó otro libro.

—Es la Biblia —dijo, y le explicó cómo en esa edición, por cada página escrita en español, había una página enfrente que estaba en inglés—. No te preocupes por el inglés todavía. Por ahora, llévatela y lee la parte en español cuando puedas.

Omar dudó.

—Evitará que te sientas tan solo.

Aun así, Omar no tomó el libro.

—No le voy a decir nada a tu padre —dijo doña Ruiz.

—Nadie me había dado nunca un regalo —respondió Omar.

—Tómalo. Y cuando hayas leído todas las palabras, ven a buscarme de nuevo —le dijo doña Ruiz con una sonrisa de complicidad.

Omar conservaba el libro cerca de él. Durante el día, se sentaba sobre las rocas, calientes por el sol, y leía. El libro tenía una cubierta de cuero negro y páginas tan delgadas como la membrana que hay bajo la cáscara de un huevo cocido. Las pasaba una a una y usaba una brizna de hierba para señalar dónde iba. No entendía todo lo que leía ni tampoco creía en todo lo que entendía, pero seguía adelante. A veces comparaba las páginas contiguas, una palabra a la vez, para ver cuáles de las palabras en español que ya lograba reconocer correspondían a las palabras en inglés de la página opuesta. Algunas se repetían con suficiente frecuencia como para aprenderse su equivalente en inglés. Con el tiempo, trató de pronunciar las palabras en inglés en voz alta, pero no tenía manera de saber si lo hacía bien.

Meses después, cuando ya había leído cada palabra al menos una vez, Omar regresó al camino con el libro bajo el brazo. Doña Ruiz estaba allí, en su terraza, como si lo hubiera estado esperando.

—Ya terminé —anunció.

Doña Ruiz se persignó y murmuró:

—En el nombre del Padre, y del Hijo, y del Espíritu Santo.

Ya con menos miedo, Omar atravesó el patio y le entregó el libro. Ella le sonrió.

—Ahora necesitas otra cosa, ¿verdad?

—Sí.

Omar pensó que se refería a si necesitaba otro libro, pero en lugar de eso le dijo:

—Bueno, ya ves que me estoy haciendo vieja. Lo que se me hacía fácil en la juventud ya no lo es tanto. A veces tengo cosas que recoger en la ciudad. Antes acostumbraba a ir caminando, pero ahora me lleva demasiado tiempo. Quizá tú podrías ir a la ciudad de vez en cuando a traerme mis cosas.

Así fue como Omar empezó a viajar a la ciudad él solo. Se tardaba hora y media en ir y venir caminando. Doña Ruiz lo mandaba con hojitas de papel que tenía que darle a la persona que le había dicho que buscara. Le enseñó unas cuantas frases en inglés en caso de que algo saliera mal. Las cosas salían mal con mayor frecuencia de la que él hubiera esperado: se le perdía el papelito, o la persona a quien iba dirigido no podía descifrar la caligrafía de doña Ruiz, o tomaba el camino equivocado, y cuando tenía que hablar inglés, los hombres blancos a los que se dirigía siempre parecían atónitos. Con el tiempo, Omar comenzó a ir caminando a la ciudad incluso cuando doña Ruiz no se lo pedía. No iba al mercado o a las corridas de toros. Iba a las zonas donde se congregaban los inmigrantes norteamericanos, como la estación del tren y los hoteles, para escucharlos hablar y luego escribir lo que decían. Así aprendió inglés, poquito a poquito. En casa practicaba pronunciar las palabras en voz alta, diciéndoselas a las ranas y a las mariposas, e incluso en la noche las susurraba para sí mismo, en voz baja para que su padre, que ya sabía que no iba a estar de acuerdo, no lo oyera. Entonces regresaba y aprendía más. Los estadounidenses solían mirarlo raro y con desprecio, pero Omar se dio cuenta de que si se quedaba callado, con las manos en los bolsillos, no lo molestaban demasiado.

Así era como había caminado desde entonces. Callado, con las manos en los bolsillos. Así había estado caminando después del almuerzo por Empire, donde no solo los estadounidenses, sino personas de cada nación del mundo, según le parecía a Omar, caminaban también. Aquí nadie lo veía con desprecio porque con sus botas y su ropa de trabajo era simplemente uno de ellos. Su padre tenía sus reservas acerca de toda esa gente que había llegado a Panamá, pero Omar estaba orgulloso de compartir su país con ellos; de vez en vez, cuando se armaba de valor para hacerlo, les sonreía o alzaba su sombrero, con la esperanza de hacerlos sentir bienvenidos en este lugar al que llamaba hogar.

Tumbado en el hospital se acordó de que, mientras caminaba, había pasado delante de una pequeña repostería; normalmente se habría quedado mirando anhelante los postres azucarados de la vitrina, pero el almuerzo no le había caído bien y sentía demasiadas nauseas para eso. De repente se sintió mareado también. Había visto a una mujer sentada en una mecedora en la acera de enfrente, cosiendo con aguja e hilo, y de pronto la mujer y su silla se habían inclinado hacia un lado.

Después de eso lo único que Omar podía recordar era algo tan peculiar que se preguntaba si se lo habría imaginado. Recordaba la voz de una muchacha que le cantaba.

||||||||

EL MÉDICO EN rotación, el Dr. Pierre Renaud, que había venido desde Francia a Panamá en contra de lo que le aconsejaban casi todos sus conocidos, hacía sus rondas. En el bolsillo derecho de su pantalón guardaba una piedra lisa, color amatista, y la frotaba al caminar. La había encontrado durante un paseo por el río Indrois y desde entonces creía que le daba buena suerte. En todos los años que había ejercido la medicina y la había llevado consigo, la piedra no lo había defraudado ni una vez.

Pierre vivía en Panamá dese hacía poco más de un año, y atendía a los pacientes del Hospital de Ancón. Había otro hospital en la terminal del Atlántico, en Colón, pero el de Ancón era el principal. Se trataba un extenso campus de pabellones, cocinas, baños, dormitorios de enfermeras y casitas de médicos, todo conectado por pasarelas. Los pabellones estaban distribuidos de acuerdo con una combinación de dolencia, sexo y raza, o las tres cosas. De manera un tanto inexplicable, en opinión de Pierre, lo habían asignado al pabellón de hombres de color.

Una cantidad innumerable de franceses habían venido a Panamá antes que él, por supuesto. Unos veintisiete años antes habían venido aquí a construir su propio canal. Pierre, que era solo un adolescente en esa época, no había prestado mucha atención a los detalles, pero sí sabía, como todo el mundo, que ese esfuerzo había terminado en un fracaso espectacular. La derrota de los franceses. Ese era el resumen de la historia tal como se la habían contado. Pierre quería rectificar eso, con sus limitados alcances; demostrar que un francés podía tener éxito en Panamá, en especial un francés brillante como él. Sin embargo, desde que llegó había quedado confinado al pabellón de hombres de color y todavía se preguntaba cómo podía haber sucedido. Claro que una vida es una vida, un paciente es un paciente, claro, por supuesto, y él haría lo correcto, pero aun así era una tarea desmoralizante que hería el orgullo de Pierre.

Los pabellones de norteamericanos eran los mejor ubicados y uno podía salir a las verandas, rodeadas de buganvilias y rosales fragantes, a disfrutar de una vista que llegaba hasta la Ciudad de Panamá. O eso le habían contado. Según sus colegas, era impresionante. La mejor vista de todo el trópico, según decían.

En el pabellón donde trabajaba Pierre, el Pabellón 13, no había ni verandas ni vista de ningún tipo. El espacio adentro era largo y estrecho con camas de metal alineadas a lo largo de las paredes, cada una ocupada por un hombre. Hombres miserables. Uno tras otro. Hombres acurrucados de lado, hombres que jadeaban sedientos, hombres escupiendo sangre.

Un año antes, cuando recién había llegado Pierre, la fiebre amarilla era la principal preocupación. Toda persona con el más ligero escalofrío temía haberla contraído y eso era una muerte segura. Miles murieron. Afortunadamente, la fiebre amarilla ya era cosa del pasado, en gran medida gracias al coronel William Crawford Gorgas, el encanecido médico militar que al parecer les caía bien a todos, incluso a Pierre. Había cenado con Gorgas una vez, junto con otros veinte hombres más o menos, y con sus esposas. Les habían servido una suculenta costilla de cordero, según recordaba Pierre, aunque el vino con el que lo maridaron había dejado mucho que desear. Pierre había salido decepcionado de esa cena por no haber tenido la oportunidad de conversar con Gorgas, pero incluso a lo lejos le había parecido genial y encantador.

Unos años antes, como era bien sabido, Gorgas había logrado vencer a la fiebre amarilla en La Habana, asolada por la enfermedad, y había llegado al inicio del proyecto de Panamá decidido a hacer lo mismo. Su primera instrucción había sido que cada recipiente con agua se vaciara de inmediato, ya que los recipientes abiertos era los lugares preferidos de las hembras de *Stegomyia fasciata*, la especie de mosquito que transmitía la fiebre amarilla, para depositar sus huevos. En toda el área se vació cada plato, barril, lata o cisterna. En las iglesias, las pilas de agua bendita se cambiaban todos los días. A toda el agua que no se podía verter, como la de los charcos o el agua de lluvia que se concentraba en los dobleces de las hojas, se le rociaba aceite en la superficie, para matar a las larvas que pudieran estar retorciéndose en su interior. Poco después era normal ver brigadas de fumigación rondando, pegando tiras de papel periódico en las ventanas y las puertas, poniendo bandejas de azufre dentro de las casas y las tiendas para después encenderlas y dejar que el humo resultante asfixiara a cada mosquito que tocara. Otros hombres de las brigadas se pasaban el día clavando mosquiteros en cada edificio norteamericano, lo que en sí, por lo que entendía Pierre, era una batalla burocrática. Pero Gorgas tuvo éxito. Para fines de 1906 la fiebre amarilla efectivamente se había terminado.

Ahora el reto para Gorgas era la malaria, y estaba demostrando que era más difícil de vencer.

La malaria se propagaba mediante una especie distinta de mosquito, el *Anopheles*, cuyos hábitos eran más difíciles de predecir. En lugar de congregarse cerca de las viviendas, les gustaba volar —y reproducirse— más lejos. Su piquete provocaba hinchazón y comezón mínimas, por lo que con frecuencia las personas no sabían que les había picado y no lo reportaban sino hasta que ya estaban enfermas, de modo que los brotes resultaban más difíciles de rastrear. Además, sus larvas lograban sobrevivir durante horas, incluso bajo una capa de aceite, lo que implicaba que sin importar con cuánta dedicación laboraran las brigadas de fumigación, la malaria simplemente seguía ahí.

La gran esperanza para resolver el problema de la malaria era un hombre llamado John Oswald a quien, según los rumores, el propio Gorgas le había pedido venir. Pierre no sabía mucho de Oswald excepto que, por lo visto, no había nadie en el mundo que entendiera al *Anopheles* como él. Se decía que estaba ahí para implementar nuevas iniciativas que por fin llevarían a la erradicación de la enfermedad. Pierre sabía que, si lo lograba, si era tan bueno como todo el mundo decía, su nombre quedaría por siempre junto al de Gorgas en los libros de historia.

Como médico, Pierre deseaba sinceramente que se pudiera lograr. Lo que había visto de cerca de la malaria era verdaderamente aterrador. Fiebre y escalofríos tan violentos que a veces se oía vibrar las patas de las camas de los pacientes sobre el piso del hospital. El único remedio conocido contra la malaria era la quinina, un líquido tan amargo que las enfermeras lo mezclaban con whiskey para disimular el sabor, pero el truco del alcohol apenas y lo hacía más pasable. Y en muchos casos, la quinina hacía poco efecto. La muerte los alcanzaba al final.

Estar familiarizado con la enfermedad y con la muerte era parte de su profesión, por supuesto, pero antes de venir a Panamá, Pierre nunca había presenciado tantas. Hombres aplastados por rocas, hombres lisiados por los brazos ondulantes de las palas de vapor; hombres cuyas piernas habían sido separadas de sus torsos por trenes a toda velocidad; hombres quemados por un cable que los electrocutaba; hombres que caían de los barrancos; hombres que caían de los puentes; hombres que caían de las grúas. En una ocasión, llegó al pabellón un hombre con el tobillo del tamaño de un coco, asegurando que una serpiente de tres metros de largo lo había atrapado entre sus mandíbulas mientras él caminaba por la maleza. Pierre era el único doctor en la sala y mientras evaluaba qué se podía hacer, una enfermera se apresuró a amarrar un torniquete alrededor de la pantorrilla del hombre. *C'est dommage.* Dos horas después, el hombre había muerto.

La responsabilidad de Pierre era tratar a cada hombre que

llegaba y mandarlo de regreso a trabajar cuanto antes. Por supuesto que a pesar de sus mayores esfuerzos no se podía salvar a todos los hombres. Para esos casos, el hospital tenía una fila de ataúdes en la parte trasera, listos para usar. Pierre sabía que sesenta años antes, cuando los estadounidenses construyeron un ferrocarril que atravesaba Panamá, había habido tantas muertes entre los trabajadores —hombres de China y de las Antillas— que la empresa ferrocarrilera, carente de espacio para enterrarlos a todos, puso los cuerpos en salmuera y envió los cadáveres a las escuelas de medicina para fines de investigación. Sin embargo, ahora colocaban los cuerpos en sencillos ataúdes de pino y los cargaban en los trenes. Si los cuerpos dentro de los ataúdes eran blancos, los trenes los llevaban al cementerio con prados de Ancón. En cambio, si eran de color, los llevaban a un lugar llamado Monkey Hill.

Ahora el Dr. Pierre Renaud observaba al muchacho que yacía ante él —oriundo de Panamá, notó sorprendido— y que había llegado esa mañana en el tren de pasajeros. El muchacho había contraído malaria. Pierre frotó su piedra.

9

ESE DÍA JOAQUÍN HABÍA GANADO DOS DÓLARES COMPRANDO PESCADO Y
vendiéndolo después. Dos dólares no era mucho, y por centésima vez se preguntó si debería pagar menos por el pescado
o si debería revenderlo más caro, pero llegó a la misma conclusión que las noventa y nueve veces anteriores: ninguna de
esas opciones era lo suficientemente atractiva. Si les pagaba
menos a los pescadores, dejarían de hacer negocios con él. Y
si vendía el pescado más caro, los clientes dejarían de comprarle. No, ya había establecido sus precios y ahora estaba
atorado. Y, por centésima vez, pensó que casi con seguridad
era un pésimo hombre de negocios.

Últimamente sus clientes se habían estado yendo con un
vendedor llamado Li Jie que había abierto un puesto junto
al suyo en el mercado. Hasta donde Joaquín sabía, Li Jie era
amable y hablaba perfecto español, pero era difícil no enojarse con alguien que le estaba quitando los clientes. Al fin, se
había armado de valor para preguntarle a una de sus antiguas
clientas, una mujer con una muy poco afortunada sombra de
bigote, qué diablos estaba pasando. La mujer le dijo que, aparentemente, Li Jie sabía por lo menos cincuenta recetas distintas para preparar pescado y cada vez que le comprabas te daba
una nueva. A ella ya le había dado seis recetas, según le contó,

cada una mejor que la anterior, y si los rumores eran ciertos, ¡iba a conseguir cuarenta y cuatro más! Joaquín, que se había asumido víctima de un plan macabro de fijación de precios, se quedó perplejo. ¡Recetas! Eso era algo con lo que él no podía competir. Sí, sí, podía ofrecer una conversación amena y pescado de calidad, pero ¿quién iba a pensar que la gente estaba tan desesperada por descubrir maneras innovadoras de cocinarlo? Se consoló pensando que en algún momento el inventario de recetas de Li Jie tendría que agotarse, y cuando eso ocurriera, con suerte, sus clientes regresarían.

Además de semejantes cavilaciones sobre el trabajo, Joaquín se dirigía a casa por las calles de Ciudad de Panamá con cierto temor. Desde que habían aparecido ciertos rumores sobre la construcción de una presa en Gatún, el estado de ánimo de Valentina era sumamente inestable. No solo temía que ella y su hermana tuvieran que abandonar la casa familiar, sino que todo el mundo tuviera que hacerlo. Que, por causa de la presa, todo el pueblo, tal como lo conocían, dejara de existir.

Cada día, en cuanto entraba en su departamento, Joaquín se preparaba para la posibilidad de que Valentina hubiera escuchado algo nuevo, algún nuevo horror por el que estar indignada o entristecida o ambos. Y no sin razón. Eran tiempos de indignación y tristeza. Él lo entendía, de verdad. Pero al final de un largo día de trabajo Joaquín quería descansar, poder sentarse en silencio, remojarse los pies en una palangana de agua fría, cerrar los ojos y respirar nada más. Quería paz. Solo diez minutos, y luego estaría listo para escuchar todo lo que su esposa le tuviera que decir.

Su departamento estaba fuera de la muralla de la ciudad, en el segundo piso. Joaquín subió la escalera y al abrir la puerta se encontró a Valentina sentada junto a la ventana, con el rostro bañado en lágrimas. Joaquín cerró la puerta con mucho cuidado, tratando de no incomodarla con el ruido.

—Ya se puso peor —dijo Valentina con la vista aún hacia la ventana.

Solo diez minutos. ¿Era mucho pedir? Por lo visto, sí.

—¿Ahora qué pasó? —preguntó Joaquín mientras se quitaba los zapatos.

—Es Eliberto el Cid.

—¿Qué?

—Eliberto el Cid.

Joaquín se quedó quieto, intentando calcular lo que saldría de su boca. No tenía idea de a qué se refería su esposa, pero admitirlo era abrir las puertas a esa mirada de decepción que por lo visto Valentina solamente guardaba para él. Ni Horacio era el destinatario de semejante mirada. Solo él. E intentaba a toda costa evitarla, si le era posible.

El departamento donde vivían desde el día que se casaron era cómodo y fresco. Por las persianas abiertas se colaba el ruido de la calle, es cierto, pero también la brisa. Había dos recámaras y una salita con pisos de madera un poco disparejos y techos altos bajo los que se amontonaban veinte años de objetos acumulados: canastas y libros, periódicos y cuchillos, cazuelas y sartenes, todo apilado a lo largo de las paredes y hasta el alféizar de la ventana. Si uno se agachaba, podía ver, por la esquina inferior izquierda de la ventana un espacio entre los edificios de enfrente que daba hasta la plaza. Un departamento con vista, habían dicho entre risas cuando lo rentaron por primera vez. Por desgracia, ahora nadie se reía.

—Ah, sí, Eliberto el Cid —dijo Joaquín despacio.

Había tenido la precaución de repetirlo exactamente como lo había dicho Valentina, pero cuando volteó, ella tenía el ceño fruncido. Aún con los ojos llorosos le parecía hermosa. Llevaba recogido con pasadores el cabello negro, que últimamente lucía algunas hebras grises. Tenía ojos oscuros y profundos, y a pesar de que su complexión era menuda —apenas superaba el metro cincuenta de estatura— la fuerza de su personalidad definitivamente no lo era, y él lo valoraba. La abrumadora pasión de su esposa era una de las cosas que más amaba en ella.

—¿Sabes al menos de quién se trata? —dijo Valentina.

—Claro que sí, Eliberto el Cid.

—¿Pero quién es? —insistió Valentina frunciendo aún más el ceño.

Durante todo el día en el mercado la gente lo trataba como si fuera toda una autoridad, y a Joaquín lo cautivaba cómo Valentina, el amor de su vida, lograba avergonzarlo.

—Bueno, ya sabes quién.

—*Yo* sí.

—Un tipo interesante —prosiguió Joaquín.

Decir eso le parecía seguro. Eso podía decirse casi de cualquiera, ¿no? Por suerte, Valentina asintió.

—Parece que ya se cansó —dijo Valentina.

—Bueno, sí, todo el mundo.

Joaquín todavía no sabía de qué estaban hablando exactamente, pero confiado de que ya estaba en terreno más seguro, cruzó la habitación hasta la mesa, se asomó debajo de un trapo que cubría un tazón y se encontró, para su satisfacción, con varias empanadas crujientes. Sacó una y la mordió. Carne de res con especias. Tal y como esperaba. Se metió el resto de la empanada en la boca.

Al verlo, Valentina volvió a fruncir el ceño.

—No todo el mundo —dijo. Joaquín se apresuró a tragarse el bocado.

—No, no, claro que no todo el mundo. Cuando dije todo el mundo no me refería a *todo el mundo*.

—Espero que mi hermana no.

Eso ya era un asidero. Ya tenía de dónde agarrarse. La conversación tomó un curso más claro entonces.

—¡Tu hermana! Por supuesto que ella no se ha cansado.

—Recibí una carta de ella hoy.

—¿De verdad?

Una carta era con certeza fuente de noticias nuevas.

—Me dice que alguien fue a la casa con un papel para que lo firmara. Y que Eliberto, que según parece ya se cansó de toda la situación, le recomendó hacerlo.

Joaquín se acordó. Era difícil llevar la cuenta de los conocidos de infancia de Valentina, pero ya había oído mencionar a Eliberto. Vivía cerca de la casa de Valentina cuando era niña, si los recuerdos no lo traicionaban. Se metió otra empanada en la boca.

—Bueno, y ¿qué decía el papel? —preguntó mientras la masticaba.

—No lo sé.

—Sería bueno saberlo. Después de todo, podría ser que Eliberto tenga razón.

Se tragó la empanada. Ahí estaba: la mirada de decepción. Como si se preguntara cómo es que se podía haber casado con ese hombre. Joaquín se estremeció. Ahora se tenía que congraciar.

—Naturalmente puedo equivocarme.

—Creo que tenemos que ir a Gatún —dijo Valentina.

—¿Qué?

—Tenemos que ir a Gatún a averiguar nosotros mismos. Como decías, ni siquiera sabemos qué dice el papel, y sería bueno saberlo, ¿no?

En todos los años que llevaban de matrimonio, Joaquín solo había ido a Gatún unas cuantas veces, y todas a regañadientes. Había regresado aquel año en que Valentina se había empeñado en pasar allí la Navidad; por supuesto había ido para los funerales de sus suegros, enterrados en el cementerio local. Incluso fue cuando una tormenta destruyó la casa del sacerdote, el padre Suárez, y Valentina lo apuntó para ayudar en la reconstrucción. Pero cada vez que iban, Joaquín contaba las horas para irse. Valentina iba de visita cada año, sin falta, pero por lo regular él se las arreglaba para escaparse del viaje por una u otra razón, que por lo general tenía que ver con su trabajo. No es que hubiera nada malo en el pueblo *per se*. Era un buen lugar, con todos los establecimientos de costumbre —una iglesia, una escuela, restaurantes, tiendas y demás—, pero no era la ciudad, que era donde Joaquín se sentía a sus anchas. Y eso sin mencionar que ir a Gatún significaba ver a su cuñada, Renata, que, a decir verdad, no le agradaba mucho, no solo por su apariencia, sino por su sosa personalidad. Sin embargo, era obvio que esta era una visita importante, y ese gesto de decepción, que a Joaquín le afligía ver, seguía dibujado sobre el rostro de Valentina.

—Claro que sí, mi amor —le dijo.

|||||||||

VALENTINA ALCANZABA A oír a Joaquín que se cambiaba de ropa en la recámara. Se sentó frente a la ventana y suspiró al ver que él no recordaba el nombre de un antiguo vecino que ella seguramente había mencionado antes. Nunca lograba decidir si el problema era que su esposo era olvidadizo o que no la escuchaba. Últimamente, para abordar lo segundo, cada vez que él parecía distraído mientras ella le hablaba —afilando un cuchillo, limándose las uñas, abriendo el periódico como si se dispusiera a leer en medio de la conversación—, Valentina guardaba silencio, lo miraba a los ojos y le decía: «Mi amor, me gustaría tener toda tu atención. No me merezco menos que eso». La primera vez que se lo dijo, él la miró con desconcierto, pero ella mantuvo su expresión completamente seria hasta que a Joaquín se le borró la media sonrisa, cruzó los brazos sobre su amplio pecho y dijo: «Continúa». Desde entonces, solo había necesitado decirlo unas cuantas veces. Él ya estaba captando la idea. Por otra parte, si el problema fuera que en realidad era olvidadizo, no había nada qué hacer.

Se habían conocido veinticuatro años atrás por un amigo mutuo, y al principio Valentina no había quedado demasiado impresionada. Sin embargo, le gustó su aspecto, era robusto y fuerte, siempre con una sonrisa, y de inmediato, sin el menor rubor, tuvo una visión de lo hábil que podría ser con ella en la cama. Lo que al final resultó ser cierto. En ese aspecto, él le resultaba emocionante y sus actuaciones en pareja estaban tan cargadas de energía que resultaban casi acrobáticas. Ese vigor con que hacían el amor era en parte lo que había mantenido su matrimonio a flote.

Era eso también lo que había bendecido sus vidas con un hijo, gracias a Dios.

Valentina tenía cuarenta y cuatro años, y había pasado los últimos veinte al servicio de su hijo, Horacio. Veinte años levantándose temprano todas las mañanas a cocer huevos y rebanar la fruta, abotonar sus camisas, alisarle el cabello que se le rizaba detrás de las orejas, limpiarle la barbilla, enseñarle modales, tomarlo de la mano cuando cruzaban la calle, mantenerlo a salvo, estar frente a la estufa cocinando almuerzos y cenas y almuerzos y cenas, maravillarse de cuánto podía comer, tocar su frente para ver si tenía fiebre, acunarlo hasta que se negó a que lo acunaran, desmancharle la ropa, escucharlo reír, verlo cambiar, ver que le salía pelo en lugares donde antes no tenía, preocuparse por él, preguntarle demasiadas cosas, recordarle una y otra vez que recogiera su plato de la mesa, que levantara sus cosas y que se durmiera temprano, decirle que lo amaba aun cuando ponía mala cara y se retorcía con esas palabras. Durante veinte años le había dado todo a Horacio, y ¿ahora qué? Se había ido y se había casado. Ya no la necesitaba. De eso se trataba la maternidad, se decía Valentina. De criar hijos capaces de volar por su cuenta. Aunque había un lado perverso en eso, según ella, porque criar hijos para que vuelen por su cuenta significa que los hijos inevitablemente… volaban por su cuenta.

Sin Horacio, un incómodo sinsentido llenaba sus días. No

era lo mismo cocinar para que solo comieran Joaquín y ella. No era lo mismo caminar por la ciudad ella sola. Conocía a otras mujeres que estaban pasando por la misma situación, y a veces salía con ellas a tomarse un cafecito y a reírse un rato, pero no era lo mismo. Le había dado todo a su hijo y él se lo había llevado, y ahora, ¿qué le quedaba?

Valentina se levantó de su asiento en la ventana y se alisó la falda. Basta. Ya había llorado suficiente hoy. No iba a ponerse a contemplar el vacío de su vida sin Horacio y a sentirse triste por eso ahora, además de todo lo demás. Este no era el momento para lamentarse por todas esas cosas. Tal vez, se consolaba a sí misma, todo sucede por una razón. Quizá el no estar ya al servicio de su hijo le daba tiempo para estar al servicio de algo más. Porque, aunque Horacio ya no la necesitara, parecía que su pueblo sí.

||||||||||

CUANDO EL TREN se detuvo en la estación de Gatún ese sábado por la tarde, Valentina se había preparado para lo que pudieran encontrar a su llegada. Había releído las cartas de su hermana del último año, y aunque Renata podía ser lacónica y las cartas no daban muchos detalles, Valentina las utilizaba para hacerse una idea de lo que había pasado desde la última vez que había estado ahí.

El pueblo había sufrido transformaciones antes. Valentina era lo suficientemente mayor como para acordarse de cuando habían llegado los franceses y habían construido bloques de talleres mecánicos al otro lado del río, frente al pueblo. Los talleres mecánicos arrojaban humo todo el día y, durante años,

todo el mundo en Gatún dijo que los alimentos que cosecha-
ban sabían diferente por su culpa. Cada vez que su padre, que
sembraba plátanos, recogía uno con manchas cafés, le echaba
la culpa al humo.

No era tan mayor como para acordarse del periodo anterior, cuando había llegado el ferrocarril, aunque había oído
historias al respecto. Que había hombres que, con la esperanza
de encontrar oro, atravesaron Panamá como una estampida
salvaje que trataba de llegar a la Alta California lo más rápido
posible. Por lo visto, había tres maneras de ir desde la costa
este de Estados Unidos hasta el oeste. Una de ellas consistía en enganchar un caballo a un carro y recorrer cinco mil
kilómetros por tierras escarpadas, tratando de localizar sen-
deros a medida que se avanzaba. La segunda era embarcarse
en un puerto del este, navegar hacia abajo a lo largo de las
Américas, bordeando su costa, rodear el cabo de Hornos en
el extremo más meridional, y navegar de nuevo hacia arriba y
hacia el oeste, hasta el puerto de San Francisco. Esa ruta era
más segura, pero llevaba tres meses, lo que, para la gente en
estado de urgencia, era insoportablemente largo. La tercera
vía era a través de Panamá. Una persona podía salir de Nueva
York o Nueva Orleans y navegar hacia el sur hasta toparse con
el istmo. Desde allí, continuar a pie y en canoa, recorriendo
ochenta kilómetros a través de ríos, selva y tierra firme, y una
vez al otro lado, subirse a un segundo barco que la llevaría a
través del Pacífico hasta California, a la resplandeciente promesa del oro. La ruta de Panamá tomaba apenas cuarenta días.

«Un verdadero pandemonio», así era como el padre de
Valentina recordaba esa época. Según decía, los barcos lle-

gaban todos los días y los hombres, que estaban demasiado ansiosos como para esperar a que los llevaran a la orilla, brincaban por la borda y cruzaban el agua como extrañas criaturas marinas con las mochilas sobre sus cabezas. Ya en tierra, sacaban sus pistolas y exigían que se les alimentara. Para escapar del calor o de la lluvia, se metían groseramente a las casas de las personas y se tiraban al piso a tomar la siesta. Se robaban las mulas de las granjas para usarlas como transporte. Entraban a la iglesia y prendían sus puros en las velas que estaban ahí como ofrendas a los santos. Escupían saliva con tabaco en el piso. «Tenían la locura de los hombres que se están muriendo de hambre», decía su padre. «Nunca habíamos visto un comportamiento así».

Para cuando nació Valentina, los hombres hambrientos de oro aún cruzaban por ahí, aunque el caos ya no era tan terrible como al principio. Al final, los norteamericanos terminaron de construir un ferrocarril que atravesara su propio vasto territorio. Con él, la gente podía viajar con seguridad y atravesar todo Estados Unidos en tan solo una semana. El tráfico a través del istmo había disminuido de manera natural. Por el momento, los norteamericanos no necesitaban a Panamá para poder cruzar.

Ese día, en el viaje en tren hacia Gatún, Valentina se repetía para tranquilizarse que un pueblo que había sobrevivido todo eso podría sobrevivir lo que viniera, pero tan pronto ella y Joaquín pusieron un pie en Gatún, quedó horrorizada con lo que vio. No fue la imagen de la ciudad en sí. Desde la orilla occidental del río, parecía prácticamente intacta: la iglesia con su campanario, la rectoría al lado, el consultorio del dentista y la oficina de correos; las diferentes tiendas, las casas, la ropa colgada de cuerdas. Tampoco fue la visión, en la orilla oriental, de las seis palas mecánicas con cuerpo de acero, las altas pilas de tablas de madera o el campamento con tiendas de campaña y los numerosos edificios que no estaban allí antes; nada de eso la conmovió. Fue la imagen de los árboles: cientos de los que una vez habían sido frondosos plataneros en el margen oriental del río, donde su padre y otros habían cultivado de manera colectiva. Todos esos árboles habían sido quemados hasta quedar reducidos a palos carbonizados que sobresalían del suelo.

|||||||||

RENATA ABRIÓ LA puerta tan pronto tocaron. Durante el día recogía fruta en una granja cerca de su casa, pero como era sábado por la tarde, estaba ahí.

—¡Hermana! —exclamó Valentina, y se arrojó en sus brazos cariñosamente.

—¿Qué están hacien…? —Renata apenas había tenido oportunidad de empezar a preguntarle, cuando Valentina interrumpió:

—Venimos de visita —le dijo, abriéndose paso hacia la casa.

Sin mucho entusiasmo, Joaquín le dio un beso a su cuñada en cada mejilla y siguió a Valentina.

La casa, una entre alrededor de una docena alineadas a orillas del río, lucía tal como Joaquín la recordaba, con paredes de bambú y arcilla, y un tejado inclinado de paja. Desde dentro, con su suelo de tierra aplanada, siempre le sorprendía lo espaciosa que parecía. Una habitación abierta en el centro estaba flanqueada a cada lado por un dormitorio: el que antes compartían Valentina y Renata, y donde dormían sus padres. De hecho, la primera vez que Joaquín había venido a esta casa había sido para conocer a los padres de Valentina. Su padre sentó a Joaquín a la mesa, que estaba todavía en ese cuarto de en medio, y le preguntó cuáles eran sus intenciones. Joaquín le dio la única respuesta sensata a semejante pregunta: «Casarme con su hija, señor». El padre de Valentina, que era un hombre afable, sonrió y ese día mandó a Joaquín a su casa con su bendición y una brazada de plátanos maduros.

Por desgracia, Renata también se veía tal y como Joaquín la recordaba, con su frente amplia y sus ojos caídos, y una línea de nacimiento del pelo que o estaba demasiado adelante o demasiado atrás, nunca se lograba decidir, pero definitivamente no estaba donde debería. De verdad, que ella y Valentina estuvieran emparentadas era uno de los grandes misterios del universo.

Renata, todavía desconcertada por lo inesperado de su llegada, se las arregló para preparar café y los tres se sentaron. Joaquín daba por hecho que Valentina iba a decirle de inmediato a su hermana la razón de su visita, pero en vez de eso empezó a rememorar le época en que vivía en la casa.

—Hermana, ¿te acuerdas de la vez que tuvimos la gotera en el techo?

—Sí. Todavía se nota dónde está parchado —apuntó Renata.

—Papá podía arreglar cualquier cosa —respondió Valentina, mirando hacia arriba con reverencia.

El café estaba demasiado caliente y Joaquín se quemó la lengua, pero siguió sorbiéndolo; pensaba que hacerlo podría animar a Valentina a beberse el suyo también, y mientras más pronto se acabaran ambos su café, más pronto podrían dedicarse al asunto pendiente —leer la carta, dar su opinión— y, de ese modo, más pronto regresarían a la estación de ferrocarril rumbo a su casa. Sin embargo, Valentina estaba tan concentrada en sus recuerdos que apenas y daba uno que otro sorbo al café.

—¿Te acuerdas del olor en la mañana de Navidad, cuando mamá hacía sus tamales? ¿Y del ponche con ron al que yo siempre trataba de darle un sorbo? Mamá se ponía tan borracha. ¡Se ponía a besar todo lo que tenía a la vista! Las ollas, las cacerolas, los leños. ¡Una vez le dio un beso a la cabra en la punta de la nariz!

Y Valentina seguía y seguía, y después de un rato Joaquín discretamente le acercó la taza de café, como un pequeño recordatorio para su esposa, una sugerencia, nada más.

Sin embargo, al parecer no se dio cuenta. Joaquín carraspeó. Nada. Debajo de la mesa le dio un toquecito con la rodilla, pero eso hizo que ella se sobresaltara y le diera un golpe a la taza, que se volteó. Valentina dio un brinco, avergonzada, y Renata se apresuró a limpiar lo que pudo. Cuando anunció que le serviría a Valentina una nueva taza de café —iniciando todo de nuevo—, Joaquín, que ya no podía más, se aventuró a hablar.

—¿En dónde está el papel que les pidieron firmar?

Renata lo volteó a ver como si se le hubiera olvidado que estaba ahí.

—El papel —insistió—. Nos gustaría leerlo.

—¿El papel sobre la casa? —preguntó Renata.

Joaquín había observado desde hacía tiempo que la mente de su cuñada era tan brillante como una noche oscura. Podía necesitar varias repeticiones antes caer en cuenta de algo.

—Sí, justo ese —dijo él.

Renata entró a la habitación y regresó unos segundos después con una hoja de papel, que le entregó a Joaquín, mientras Valentina se asomaba por encima de su hombro.

El tipo de lenguaje era bastante claro, pero lo que decía la carta en realidad era extremo. Dentro de seis meses, todo el pueblo de Gatún sería trasladado. Cada hombre, cada mujer y cada niño, cada tienda y cada granja tendrían que reubicarse en el lado opuesto del río. Los propietarios tendrían que desmantelar los edificios y las casas ellos mismos, de lo contrario serían destruidos. La Comisión del Canal del Istmo cubriría los costos de transporte de aquellos que firmaran.

Joaquín dejó el papel. Mientras leían, Renata le había servido una segunda taza de café a Valentina y, según se fijó, había vuelto a llenar la suya. Bueno, al menos ahora comprendían la situación. Ya era un avance. Aunque lo que decía el papel no era bueno, nada bueno.

—No puedes firmar esto —le dijo Valentina.

—No lo firmé.

—Pero ¿Eliberto te dijo que lo hicieras?

—Sí.

—¿Entonces él sí lo hizo?

—Supongo que sí —dijo Renata mientras los miraba con los ojos como platos por la ansiedad.

—Es increíble —dijo Valentina sacudiendo la cabeza—. Gatún ha estado en este mismo lugar desde hace siglos. ¿Acaso se dan cuenta? ¿Y ahora qué? ¿Lo van a borrar del mapa? Vaya, ¿esperan que en solo seis meses mudemos todo lo que hemos construido?

—Bueno, *nosotros* no —dijo Joaquín.

Valentina lo fulminó con la mirada.

—Tu hermana sí —dijo con toda la prudencia que pudo—, pero no nosotros. Nosotros vivimos en la ciudad, mi amor.

Joaquín pensó que, como de costumbre, probablemente no había dicho lo correcto, por lo que se asombró un poco al ver que se le iluminaba el rostro a Valentina.

—Eso es —dijo ella.

—¿Qué?

—Deberíamos quedarnos aquí a pelear.

—Yo no dije eso…

—Pero dijiste que no estamos aquí.

—Es cierto, pero…

—Entonces quizá debiéramos estarlo.

Joaquín empezó a ver hacia dónde iba la conversación.

—Pero ¿qué significa eso, pelear?

—No sé. Ya se nos ocurrirá algo.

—Bueno, pero ¿no se nos puede ocurrir en la ciudad?

—Y luego, ¿qué? ¿Vamos a regresar? Eso no me suena muy eficiente.

—Mi amor —dijo Joaquín, tratando de imponer un poco más de firmeza en su voz—, como quiera que se desarrolle esta pelea, creo que podemos luchar desde la ciudad. En una batalla, tienes que dispersar tus tropas.

—No, en una batalla tienes que ubicar a tus tropas donde tengan el mayor impacto. Si peleamos desde la ciudad, no va a ser lo mismo.

—Pero ¿en dónde nos vamos a quedar?

—Aquí —dijo Valentina haciendo un círculo en el aire con el brazo.

«¿Aquí?», pensó Joaquín. «¿En esta casa? ¿Los tres juntos?». Volteó a ver a Renata, que tenía la boca tan abierta que le hubiera cabido un huevo cocido entero.

—Pero, Valentina… —dijo Joaquín en tono suplicante.

Pero Valentina lo ignoró y volteando a ver a su hermana, dijo:

—Nos podemos quedar en el cuarto de mamá y papá, ¿verdad? Apenas y te darás cuenta de que estamos aquí.

Joaquín volteó de nuevo a ver a Renata, esperando que tuviera el buen sentido de poner alguna objeción, pero seguía ahí parada, boquiabierta.

—¿Y mi trabajo? —dijo Joaquín con frustración.

—Puedes ir en tren hasta allá.

—Mi amor… —empezó a decir Joaquín.

—Va a ser solo algo temporal —interrumpió Valentina.

—¿Qué tan temporal?

—Solo hasta que podamos hacer algo al respecto.

—Pero ¿qué podríamos hacer nosotros?

—Ya te dije que todavía no sé.

Valentina observó cómo su marido se pasaba la palma de la mano por la cara y luego por la nuca. Sabía que estaba haciendo un esfuerzo por mantener la compostura. Pero para ella era simple. Veinticuatro años atrás, ella lo había elegido.

Ahora necesitaba que él la eligiera a ella. Necesitaba que él comprendiera que Gatún era ella. Que, aunque viviera en la ciudad, Gatún era el lugar cuyo aire había respirado, en cuya tierra había caminado descalza, cuyas calles podía seguir con los ojos vendados; el lugar donde ella había aprendido a cocinar, a trepar, a discutir y a amar; el lugar que había hecho que ella fuera ella. Esperaba que él entendiera todo esto sin tener que decirlo.

Por fin, Joaquín la miró y dijo:

—Está bien. Temporalmente.

—Por supuesto —respondió Valentina sonriendo.

10

LA CASA BLANCA SOBRE LA COLINA ERA IMPRESIONANTE. ADA, QUE NUNCA
había puesto un pie en una casa tan espléndida, y mucho
menos vivido en una, se despertaba cada mañana sin poder
creer que tuviera tanta suerte. Haber conseguido este empleo
—cuidar a la esposa del señor Oswald, que estaba enferma de
neumonía— había sido un golpe de suerte, y ahora, como se
repetía una y otra vez, era un empleo que tenía que conservar.
No sería fácil conseguir otro y lo más seguro es que el salario
no sería tan bueno. En casa de los Oswald ganaba tanto que,
si no le fallaba la aritmética, en solo seis semanas reuniría lo
suficiente para pagar la cirugía de Millicent. Seis cortas semanas y podría irse a su casa.

La primera impresión de Ada, que el señor Oswald era
alguien importante, se confirmó al contemplar el esplendor de
la casa. Tenía trece habitaciones y la veranda más grande que
Ada hubiera visto, completamente rodeada de biombos. El ves-
tíbulo estaba desierto, salvo por un reloj de pie adornado con
intrincados diseños de flores y hojas talladas. Según le había
dicho el señor Oswald cuando se lo enseñó por primera vez,
el reloj había llegado en una caja desde Tennessee y no había
funcionado bien desde que lo desempacaron, algo relacionado
con la humedad que interfería en sus engranajes internos. El

comedor tenía una reluciente mesa de madera de cerezo con capacidad para doce comensales, y en el centro había un candelabro de latón que sostenía igual número de candeleros. Había un salón decorado con hermosos espejos con marcos dorados de forma oval y una estantería atiborrada de libros que, según el señor Oswald, habían sufrido el mismo destino que el reloj de pie; la humedad los atacaba hasta que las páginas se ondulaban y las tapas se enmohecían, e intentar conservarlos detrás de un cristal tampoco servía de mucho. La cocina, que el señor Oswald describió como territorio de la cocinera, tenía una estufa de hierro fundido y su propia nevera. En los estantes abiertos de la alacena se veían apilados tazones y coladeras, cacerolas y ollas. Sobre una repisa había una báscula, una caja de sal y una máquina con una manivela, cuyo propósito Ada no podía imaginarse . En el mesón de trabajo en medio de la habitación había un portacuchillos y un tazón rebosante de fruta. Y junto a la cocina, según le había informado el señor Oswald, estaba la habitación donde se alojaría de forma gratuita. Permanecer dentro de la propiedad era parte del trabajo. Naturalmente, un doctor vendría a diario para ofrecer cuidados médicos, pero entre sus visitas Ada debía estar disponible a todas horas, ¿quedaba claro? Ada dijo que sí y se asomó al interior. La habitación, pequeña y sin ventanas, apenas tenía espacio para algo más que la cama, pero, a diferencia del vagón de carga, tenía una puerta que sí cerraba. Además, estaba seca, y ella lo agradecía.

⁙

LA SEÑORA OSWALD estaba en cuarentena en una habitación al final del pasillo. Ada comenzaba el día llevándole el desayuno a su cuarto, aunque, igual que Millicent, la señora Oswald apenas quería comer. Entonces Ada se llevaba los alimentos aún intactos de regreso a la cocina, en donde Antoinette, la cocinera, fruncía el entrecejo, como si dejar la comida fuera una afrenta personal. Ada le habría asegurado a Antoinette que no era por su culpa: lo que cocinaba, que Ada tenía oportunidad de disfrutar en virtud de habitar en la casa, era delicioso; la carne siempre estaba blanda, los estofados maravillosamente ricos. Pero desde que se conocieron Antoinette había sido tan poco amigable con ella que Ada se negaba a concederle la satisfacción de semejante certeza. Si Antoinette no quería ser amable con ella, Ada tampoco se iba a esforzar por ser amable. Durante años, Cordelia Bennington, una niña que había ido a la escuela con Ada y con Millicent, había sido grosera con ellas, y aunque Millicent con frecuencia intentaba tener una actitud conciliadora o incluso cordial, a Ada le placía más hacer rabiar a Cordelia. Un día, Ada había llevado un vestido nuevo a la escuela, que su madre le había confeccionado con un estampado rojo y naranja brillante, y Cordelia le había dicho en sus narices: «Para mí, te ves fea». Ada había querido darle un golpe en la panza o arrancarle los moños blancos que traía en el pelo, pero su maestra, la señorita Cook, estaba ahí cerca, por lo que se limitó a responder: «Entonces mira hacia otro lado». Ada estuvo molesta toda la mañana, imaginando qué más le podía haber dicho. Esa misma tarde la señorita Cook explicó en clase que había lugares del mundo que estaban cubiertos de hielo y nieve durante todo el año. Ante semejante idea, Cordelia Bennington aseguró que nunca iría a un sitio así. «Nadie escogería jamás un lugar tan frío». Fue una afirmación tan exasperante y definitiva que Ada levantó la mano y, mirando fijamente a Cordelia, con sus tontos moños blancos, dijo: «Yo creo que debe ser un lugar muy hermoso. Hay gente que no reconoce la belleza aunque la tenga enfrente».

Durante la mayor parte de la mañana, hasta que llegaba el doctor, Ada iba a traer toallas, o le acomodaba la almohada a la señora Oswald, para que pudiera enderezarse, o la arropaba si tenía escalofríos. Ada nunca había cuidado a una mujer blanca antes, pero en lugar de ser exigente, como había dado por sentado que sería, la señora Oswald rara vez le pedía algo y siempre le daba las gracias, aun por las cosas más sencillas que hacía por ella. Parecía agradecer la simple compañía de Ada; el primer día que pasaron juntas no solo le preguntó de dónde era, sino que cuando le contó que venía de Barbados, la señora Oswald le dijo con auténtico interés: «Cuéntame cómo es. Nunca he estado ahí». Ada le describió el suelo calizo, el olor a hibisco, los barcos de vapor en el muelle que llegaban a la costa con troncos apilados sobre la cubierta y los tranvías que recorrían la ciudad, y el sabor de las croquetas de pescado, pero no reveló nada acerca de su madre o de Millicent, ni de su casa y la calle en la que vivían. Aunque todo el tiempo, mientras hablaba, pensaba en esas cosas. Tenía la impresión de que se tenía que guardar para sí esos detalles tan personales. Después de todo, ella estaba ahí para realizar un trabajo. La señora Oswald sonreía apenas y le decía que todo eso le sonaba muy lindo.

Al terminar cada día, después de que la bacinilla estaba enjuagada, la señora Oswald tenía puesto su camisón y el doctor había ido y venido dos veces, Ada se sentaba en la silla con respaldo de caña junto a la cama, escuchando cada una de las agitadas respiraciones de la señora Oswald mientras caía en un sueño intranquilo. No podía dejar de pensar en Millicent, que se encontraba tan lejos. No podía dejar de reconocer cómo se esforzaba, por la gracia de Dios, para que tanto Millicent como la señora Oswald mejoraran.

Hasta ese momento apenas había enviado una carta a su casa, solo para decir que había llegado bien y que había conseguido empleo. Un mensajero del correo, un chico negro y delgado de Estados Unidos, venía todos los días a medio día. Usaba los pantalones del uniforme enrollados arriba de los tobillos y subía la colina hasta la casa de los Oswald para recoger el correo que enviaran y entregar el que llegaba. Una semana no era suficiente como para que su madre pudiera haber enviado su respuesta, pero cada vez que llegaba el mensajero del correo, Ada corría escaleras abajo para recibirlo. El chico, que se había presentado como Michael después de la tercera vez que Ada corriera a recibirlo, siempre sonreía e inclinaba su gorra azul del correo, pero aún no traía nada para ella.

||||||||

EL ÚLTIMO DÍA de septiembre, exactamente a las 11:30 a. m., el Dr. Pierre Renaud subió la colina hasta la casa de los Oswald, cosa que había estado haciendo dos veces al día durante la última semana. Venir a la casa ciertamente era mejor que estar en el pabellón de los negros. Cuando Pierre se enteró de que John Oswald necesitaba un médico, aprovechó la oportunidad para desempeñar un papel más adecuado para un hombre de su estirpe. La casa era más señorial que cualquier otra que hubiera visto en Panamá y cuando se paró en la veranda el primer día, a la espera de que alguien abriera la puerta, una brisa tropical dulce y refrescante acarició el aire, y, por un momento, Pierre se sintió feliz de estar en Panamá sólo para poder experimentarla. Ya se había disipado la sensación de esa primera vez, pero estaba complacido de estar ahí y de tener un trabajo importante que hacer.

Pierre entró sin esperar a que le abrieran y se encaminó hacia la habitación. Desde su lecho, Marian Oswald, que lucía bastante pálida, alzó la vista y Pierre la saludó. La cuidadora estaba sentada en la silla, al parecer leyendo la Biblia que tenía en el regazo. Se detuvo al verlo y dejó la Biblia abierta sobre el buró. Pierre creía que una Biblia se debía cerrar cuando se dejaba en un lugar, pero se limitó a guardar silencio. Tampoco dijo nada sobre lo iluminada que estaba la habitación ese día, aunque le pareció inusual que las cortinas, que por lo general permanecían cerradas, estuvieran abiertas por alguna razón.

Pierre dejó su maletín en el piso y se aproximó junto a la cama donde reposaba Marian. La cuidadora permaneció en la habitación.

—¿Cómo pasó la noche? —le preguntó Pierre a Marian.

—Parece que sobreviví —respondió Marian.

—Tal y como lo suponía. —Pierre sonrió. El buen humor era una señal alentadora.

Le revisó el pulso a Marian y le pidió que abriera la boca mientras raspaba su lengua con un palito de madera. Lo sostuvo frente a la luz para analizar lo que había recolectado antes de depositarlo en una bolsa de papel. Luego sacó su estetoscopio, un elegante tubo de madera y bronce, y colocó un extremo sobre el pecho de Marian Oswald mientras escuchaba por el otro. La primera vez que vino le pidió que dijera «aaaaaaa» mientras escuchaba; el sonido resultante había sido la confirmación que requería para el diagnóstico de neumonía. Hoy intentó escuchar si había algún crujido o chasquido en los pulmones oxidados que latían contra la caja torácica. No se escuchaba mayor cosa y eso también era una buena señal.

—¿Qué es lo que escucha? —preguntó la cuidadora.

Pierre volteó a verla por encima del hombro. La chica siempre andaba por ahí durante la auscultación, torciendo el cuello para alcanzar a ver, haciendo una pregunta tras otra. «¿Qué tan alta está la fiebre hoy?», «¿Encontró algo nuevo en ese palito de madera?». ¿Para qué tenía que saber ella esas cosas? Él, naturalmente, necesitaba saberlas, pero ella solo tenía que saber cómo traer hielo y cómo cambiar las sábanas. Cuando no estaba haciendo preguntas, decía cosas superfluas. «No ha comido hoy en todo el día, pero le pedí a Antoinette que le preparara un poco de caldo». «Fue al baño dos veces durante la noche». Información inútil. A menos que ella le pudiera decir el espesor del revestimiento pleural o la posibilidad de una trombosis cardiaca o cualquier otro dato médico real, debería guardarse sus pensamientos para ella misma. A Pierre no le agradaban las mujeres parlanchinas. Una mujer puede sentirse impulsada a compartir sus opiniones con su diario, pero no debe compartirlas con el resto del mundo.

—Escucho los pulmones —dijo Pierre.

—Pero ¿cómo suenan esta mañana?

—Bien —dijo Pierre con una sonrisa forzada.

Corría el rumor de que John había solicitado una enfermera calificada en el hospital antes de que contratara en su lugar a esta otra chica, impresionado por algún acto de misericordia del que había sido testigo en la calle. Pierre entendía que hubiera una necesidad urgente y que la desesperación puede hacer que un hombre haga cosas extrañas, pero en su opinión, John habría hecho mucho mejor si hubiera esperado a que resolvieran su solicitud.

—Los sistemas están estables. Su organismo está luchando —dijo Pierre, volteando hacia Marian. Tosió unas cuantas veces, y la chica se levantó para acercarle la bacinilla, pero Pierre alzó la mano.

—La tos ya no debería producir nada.

Cuando la tos cedió, se dio cuenta de que había tenido razón. Se agachó para empezar a guardar las cosas en su maletín —naturalmente iba a regresar esa tarde— e inesperadamente John entró en la habitación.

Era la primera vez que Pierre veía a John desde que había empezado a trabajar la semana anterior. Llevaba un impecable traje de lino blanco y el cabello castaño peinado hacia un lado. Traía sus gafas redondas en lo alto de la nariz. Cuando entró, Pierre se puso de pie.

—¿Eres tú, John? —preguntó Marian desde la cama.

—Sí.

—Ya llegaste.

Extendió la mano hacia él, pero John se quedó donde estaba, apenas cruzando la puerta, como si tuviera miedo de acercarse más. Pierre había sido testigo de ese temor muchas veces: la zozobra ante la cercanía de la enfermedad.

—¿Cómo se encuentra?

—No ha habido ninguna mejoría, pero tampoco ningún deterioro. Nada significativo, diría yo. Es lo más que podemos esperar en este momento. Se tomará su tiempo.

—¿Y sus pulmones?

—Igual.

—¿Hay algo más que pueda hacer usted?

—De momento no. Tenerla aquí en reposo.

De hecho, había otros tratamientos que Pierre podía probar, procedimientos como sangrías o debridación con gusanos, pero él no tenía estómago para eso y además dudaba de su efectividad. Había conocido cientos de casos y, por lo que podía observar, el de Marian Oswald era muy similar al resto. Tenía líquido en los pulmones, pero no mucho, y fuera de eso se veía fuerte, lo que era un buen indicio. Todo el mundo buscaba una intervención, pero, en su experiencia, los sistemas naturales del organismo con frecuencia eran los más curativos. Él seguiría al tanto, por supuesto. Si empeoraba, no dudaría en actuar. Sin embargo, por ahora la receta era simplemente reposo. Dentro de unas cuantas semanas Marian Oswald sería la viva imagen de la salud, y cuando eso sucediera, John Oswald estrecharía su mano y todos en la Zona del Canal sabrían del francés que, lejos de ser un fracaso, había sido un éxito rotundo.

Pierre se agachó de nuevo para preparar su maletín, cuando entró a la habitación la cocinera de los Oswald con el delantal atado a la cintura y un pedazo de tela amarrado en la cabeza, llevando una bandeja con un tazón de caldo caliente.

—Buenos días —dijo—. Traigo sopa pa la señora.

—¿Antoinette? —preguntó Marian.

—Sí, señora.

Entró a la habitación y puso la charola en la mesita de noche. Volteó, y al verlos a todos ahí reunidos —Ada, el señor Oswald, la señora Oswald y el doctor—, dijo:

—¿Hay fiesta hoy? ¿Por eso tan las cortinas abiertas?

Quiso decir algo alegre para aliviar el peso que siempre se sentía en el aire en la habitación, pero por el gesto del alto doctor se dio cuenta de que había cometido un error.

—Sí, ¿por qué están abiertas las cortinas? —preguntó el señor Oswald mientras recorría con la vista la habitación.

—Lo mismo me preguntaba yo —dijo el doctor.

—¿Usted no las abrió?

—Por supuesto que no. Ya estaban así cuando llegué.

—La señora Oswald las quería abiertas —intervino Ada, desde la cabecera de la cama.

Antoinette, el doctor y el señor Oswald voltearon a verla todos al mismo tiempo.

—¿Qué dijiste? —preguntó el señor Oswald.

—La señora Oswald quería questén las cortinas abiertas.

—Ah, ¿sí?

—Sí, y pensé… bueno, que la luz a lo mejor le hacía bien.

—¿Pensaste que…? —dijo el señor Oswald frunciendo el ceño y volteó hacia el doctor para preguntarle—. ¿Es cierto? ¿Le hace bien la luz?

Pierre no dijo nada durante un momento. Se sintió avergonzado por John. Primero la cocinera con su chiste inoportuno y ahora la cuidadora que ni siquiera le decía «señor» cuando se dirigía a él. Y más que avergonzado, Pierre se quedó estupefacto al ver que John, a quien conocía como un hombre poderoso, que era un hombre poderoso, no hacía nada por reprender a ninguna de las dos. Pero antes de que Pierre pudiera decir palabra, John continuó:

—Usted dijo que debía guardar reposo. Me imagino que en ese caso las cortinas deberían permanecer cerradas, ¿no es así?

Antoinette esperó, pero nadie en la habitación se movió. Llevaba ocho meses en casa de los Oswald, y durante todo ese tiempo no habían sido más que ellos tres. Sin embargo, ahora había llegado esta quimera mestiza de Barbados. Claro que sí, la chica era bonita: Antoinette había notado con resentimiento la forma en que el vestido se le ceñía a la cintura y se asentaba sobre sus caderas. Pero ¿por qué no usaba pañoleta en la cabeza? ¿Por qué no tenía modales o tacto? Incluso le presumió que había dormido en un vagón la primera noche que pasó aquí; una cosa bastante rara de la que presumir, pensó Antoinette. ¿Sería que así criaban a los niños en Barbados? A decir verdad, no le molestaría si la chica regresaba a su vagón. Entonces las cosas volverían a ser como antes. Lo último que necesitaba era que la remplazaran de nuevo por otra joven flor que creía que era su turno de ser el centro de atención.

Antoinette atravesó la habitación hasta llegar a la ventana y cerró las cortinas de un tirón.

—La oscuridad ayuda a la gente a escansar —afirmó.

Desde la cama, la señora Oswald tosió tan fuerte que tuvo que incorporarse y Ada le frotó la espalda, mientras el doctor y el señor Oswald la miraban alarmados.

Marian se recostó cuando se terminó el ataque de tos. Tenía la garganta en carne viva. Sentía el pecho quebradizo.

Le dolía todo el cuerpo. Esa mañana, antes de que empezara a llover, Ada le había preguntado inocentemente si quería las cortinas abiertas o cerradas.

—Desde que llegué han estado cerradas, pero siempre tuve intención de preguntar.

Ada estaba de pie junto a la ventana, lista para abrir las cortinas si así se lo pedía. La tela era un brocado grueso de color ciruela con dorado. Marian recordaba que John las había cerrado el primer día que se reubicó en esa habitación.

—John prefiere que estén así —había dicho Marian.

Tras una pausa, Ada preguntó:

—Pero ¿eso es lo que usté prefiere?

La pregunta casi había hecho llorar a Marian. Era tan raro que alguien le preguntara qué prefería; tan raro que todavía contara su opinión en su propia vida. Hacía años que John había entrado en su mundo y había proyectado su sombra sobre ella. Delante de todo el mundo, él era más importante, más inteligente, más interesante. Esa siempre sería la verdad. Y saber eso, reconocer su lugar bajo su sombra, la había oscurecido un poco.

—No, no lo es —respondió, y Ada abrió las cortinas. De pronto había entrado la luz.

Ahora, con Ada y Antoinette y Pierre y John alrededor de ella, Marian dijo con la respiración entrecortada:

—Ábrelas, por favor. Prefiero que estén abiertas.

11

EN LAS CONTADAS OCASIONES EN QUE MILLICENT BUNTING SE PERMITÍA pensar en la muerte, se la imaginaba como un tropel de caballos que descendía retumbando por un largo camino de tierra con ella al final, inmovilizada, incapaz de moverse. Eran caballos grises que resoplaban, con cascos grandes como campanas de iglesia. Sus crines se agitaban en el aire. Millicent intentaba cerrar su mente a la posibilidad de esos caballos. Pero, incluso cuando no estaba contemplando aquel largo camino de tierra, podía oír el eco de su estruendo que retumbaba hasta donde ella estaba, y fue entonces cuando le preocupó que la muerte estuviera más cerca de lo que deseaba.

Si Ada hubiera estado ahí, le habría dicho a Millicent que los caballos eran simplemente caballos, que no eran la muerte y que iba a estar bien. Las dos se habrían reído de los caballos como se reían cuando alguien soltaba un gas a la mitad del servicio en la iglesia, o cuando Ada imitaba el tono de voz regañón de su madre, por lo general después de que la acababa de regañar, cuando ya estaba a una distancia prudente para que no la fuera a escuchar. O como aquella vez que un pájaro hizo sus necesidades en el hombro izquierdo de Cordelia Bennington, que gritó tan fuerte que toda una bandada de camachuelos salió volando del árbol, aleteando mientras se dispersaban. A Millicent no le parecía correcto reírse de nadie en su cara, pero tratándose de Cordelia, que se comportaba con tales aires de grandeza que bien podría vivir en las copas de los árboles con esos pájaros, no pudo evitarlo. Era un poco gracioso ver que le bajaran los humos a Cordelia. Reírse ahora podría haber hecho que Millicent se sintiera mejor por un rato. O si no mejor, por lo menos la habría podido distraer y ayudarla a olvidarse de lo terriblemente mal que se sentía, enferma sin apenas ninguna mejoría durante todo el último mes.

Después de que Ada se fue, lo primero que había hecho Millicent fue salir de su cama y meterse en la de Ada. Era la manera de sentirse cerca de ella cuando se encontraba tan lejos. Millicent había arrastrado su edredón, confeccionado y cosido por su madre, que sabía hacer de todo con aguja e hilo, y se había arrebujado debajo como en una madriguera. Le asombraba lo diferente que se veían las cosas desde aquí, en aquella pequeña habitación donde sus tres camas estaban acomodadas como una U alrededor de tres de las paredes. La cama de Millicent se hallaba en la pared trasera de la casa, con una ventana que apenas veía por el rabillo del ojo. La cama de Ada, con los pies orientados hacia la cabecera de Millicent, veía hacia esa misma ventana, y cuando Millicent se acostaba ahí alcanzaba a ver directamente el azul del cielo. Quizá eso explicaba la diferencia entre ellas, pensaba Millicent. Con aquella vista del cielo abierto, ¿quién no pensaría que el mundo lo estaba llamando?

Los caballos eran más ruidosos en la noche, cuando el cielo que se veía por la ventana estaba oscuro, iluminado solo por las estrellas. Tanto su cuerpo como su mente estaban cansados entonces; ambos parecían estar más cerca de rendirse. Esos eran los peores momentos. Mientras su madre dormía, Millicent estaba ahí, acostada en la oscuridad, tratando de entender qué pasaría si llegaba el tropel. ¿Qué le pasaba a una persona cuando se la llevaban de este mundo al otro? ¿Podías sentirlo? ¿Cómo era el momento de la partida? ¿Cómo era cada momento después de eso? Entonces Millicent lloraba porque tenía miedo.

Durante el día era diferente. Cuando su madre le daba de comer sopa de *dumplings* y la fiebre cedía y el cielo estaba azul, Millicent sentía brotes esporádicos de fuerza y pensaba que, si podía aguantar un poco más, quizá lo lograría. El doctor había dicho que una cirugía la podría ayudar, y aunque pensar en eso era casi tan aterrador como todo lo demás, lo haría si fuera necesario. No estaba lista para morir. ¿Qué había hecho de su vida? Durante diecisiete años había ido a la escuela, terminado sus labores, comido sus alimentos y recogido lo que ensuciaba. Siempre responsable. En una ocasión le había gustado un niño que también gustaba de ella, un devaneo del que Millicent no le había contado a nadie, ni siquiera a Ada. Era un chico amable llamado Howard que ceceaba al hablar y eso a Millicent le parecía encantador, sobre todo porque él se cohibía por ello. Se había encontrado con Howard unas cuantas veces en una cueva cerca del mar, y Howard y ella se habían sentado ahí a hablar en secreto; él había tomado su mano tímidamente y una vez le había dado un beso en la boca y luego la había besado en el cuello de un modo que hacía cosquillas. Luego, un día, Millicent lo esperó durante una hora con los brazos alrededor de las rodillas, mirando las elenias sobre la arena, pero Howard no apareció, y la próxima vez que Millicent lo vio, iba con alguien más. Fue algo y luego de repente dejo de serlo, y ella era tan cobarde que nunca le había dicho nada. Simplemente lo dejó ir. Si fuera un poco más como Ada habría hecho un escándalo. Habría enfrentado a Howard y se habría asegurado de que todos supieran que no era tan amable como quería aparentar. Pero solo era ella, y por más que lo intentara, no lograba ser de otra manera. Había veces en que ansiaba ser diferente, pero pensaba que seguramente todo el mundo se sentía así en alguna ocasión; entonces, al todos querer ser diferentes, todo el mundo era igual. En fin, no valía la pena pensar en Howard y su tonto ceceo. Era un escalofrío en el viento. Si acaso, servía para recordarle a Millicent lo que su madre les había dicho a ella y a Ada veinte veces o más: «Una mujer no debe necesitar un hombre». Millicent podía sentarse a la orilla del mar y tomar su propia mano, suponía. Para eso tenía dos.

ıııııııı

LUCILLE ENTRÓ AL cuarto con una taza de té de cerasse y le dijo a Millicent que se lo tomara. Millicent había tomado muchas tazas de té durante las últimas tres semanas, pero ninguna de ellas parecía haber tenido un efecto duradero.

—Tómalo, este tiene hojas frescas de limón —le dijo su madre mientras la ayudaba a incorporarse en la cama.

Lucille alzó la taza hasta los labios de su hija. Había levantado un par de veces la tapa de la lata de metal en donde se estaba fermentando el pastel negro, confiada en que, si dejaba escapar un poco del dulce aroma a ron, el mero olor levantaría a Millicent de su cama. Pero no había sido así. No todavía. El aroma se haría más fuerte con el tiempo y aunque el pastel no estaría listo sino hasta Navidad, Lucille no sabía cuánto tiempo les quedaba. Trataba de no pensar en eso. No pasaba un día sin que pensara en que el doctor le había pedido quince libras por la cirugía. Había ido a la iglesia a preguntar si había algo que pudieran hacer (el reverendo le había dicho que podían rezar), y había estado cosiendo hasta que le dolían los dedos; trataba de vender lo que cosía, buscaba a sus antiguas clientas para ver si se animaban a comprarle algo nuevo, y la señora Callender la había dejado cosechar cerezas de sus hermosos árboles para que las vendiera en el mercado. Pero quince libras, todas juntas, era una cantidad que Lucille nunca había visto en su vida, y sin importar cuánto se esforzara para conseguirla, hasta ese momento todo su esfuerzo solo le había retribuido dos libras y las oraciones.

—¿Ahorita cómo te sientes? —preguntó Lucille después de que Millicent se tomó el té.

—Igual.

—Al menos no tienes fiebre —dijo tras sentir la frente de Millicent con la mano.

—Lee la carta de nuevo —pidió Millicent mientras se hundía de nuevo bajo el edredón.

—Ya te la leí diez veces.

—Quiero oírla de nuevo.

Lucille metió la mano en el bolsillo de parche de su vestido para sacar la pequeña postal que había doblado a la mitad. El papel era grueso y la arruga que lo cruzaba por la mitad parecía una trenza. La carta la había traído un mensajero del correo que subió por el camino gritando, «¡Bunting! ¡Bunting!» porque no había números en las casas que le indicaran exactamente a dónde ir. La carta iba dirigida solo a una calle y un nombre. La primera vez, Lucille tuvo que leerla despacio para descifrar las palabras, pero para entonces ya la había memorizado por completo.

Después de seis días en el gran barco llegué a Panamá. Estoy bien. Ya conseguí trabajo. Es verdad, el trabajo te cae tan fácil como la lluvia (y hay muchísima lluvia). Enviaré dinero la próxima vez... en cuanto pueda. Las extraño muchísimo a las dos.

Ada

Lucille volvió a doblar la postal y se la guardó de nuevo en el bolsillo. *Estoy bien.* Se aferraba a esas palabras. Cada vez que Millicent le rogaba que leyera la carta y ella la abría, le daba miedo que esa frase hubiera desaparecido, que se diera cuenta de que la recordaba mal o que por alguna razón ya no estuviera ahí. Sintió alivio de verla ahí de nuevo.

Millicent también había memorizado la carta. Le gustaba escuchar a su madre leerla en voz alta, pero incluso entre una vez y otra, Millicent la recitaba en su cabeza mientras intentaba imaginarse a Ada en el gran barco, como lo llamó, y luego en la lejana Panamá con su muchísima lluvia. Lo interesante era que Millicent se la podía imaginar con facilidad, a pesar de que lo único que sabía de Panamá eran las historias que había escuchado contar a los hombres que habían vuelto de trabajar ahí; historias sobre cocodrilos en los pantanos y sobre una zanja que estaban cavando y que era más profunda que el océano, y sobre un lago que estaban haciendo y que algún día sería tan grande como Barbados. Tan solo de su iglesia ya habían ido treinta y dos hombres distintos, y a los que regresaban les daban la bienvenida como si fueran héroes. Después del servicio dominical esperaban afuera y contaban historias sobre cómo les había ido, mientras la gente se reunía a su alrededor, ansiosa de escucharlos. Algunos de ellos, como Enos Mann, eran humildes acerca de sus aventuras; Enos se limitaba a decir que había trabajado duro, que había trabajado de día y de noche, y que estaba agradecido de haber sido al menos una parte pequeñita de algo tan grande. Otros, como Edward Wainwright, eran presumidos y pomposos al respecto; venía a la iglesia con un traje nuevo de tres piezas y sacaba su brillante reloj dorado del bolsillo del chaleco cada tanto, de modo que todo el mundo pudiera ver lo dorado y brillante que era. Siempre abría el reloj, asegurándose de que reflejara la luz del sol, y decía la hora, aunque nadie le hubiera preguntado. «¡Ya son las nueve y cuarto!», «Orita ya son las seis». Algunas personas amables a veces le respondían «Así es, señor Wainwright» o «Gracias por avisar», mientras que otras, como la madre de Millicent, ponían los ojos en blanco. El reloj de bolsillo iba acompañado de una nueva colección de sombreros, uno distinto para cada domingo del mes, cada uno con una pluma que le molestaba tanto a su madre que lo llamaba Edward Pavorreal cuando no alcanzaba a oírla. A veces parecía como si la mitad de los hombres de Barbados ya se hubieran ido a Panamá o al menos quisieran ir. Millicent solo había oído de unas cuantas mujeres que hubieran hecho lo mismo, y en todo caso nunca había escuchado que ninguna tan joven como su hermana se hubiera ido sola. Le costaba creer no solo que Ada lo hubiera hecho, sino que lo hubiera hecho por ella.

Tras escuchar a su madre leer la carta de nuevo, Millicent miró por la ventana. Ada estaba en algún lugar ahí afuera y probablemente ni siquiera estaba asustada.

—¿Qué tipo de trabajo crees que tenga? —preguntó Millicent.

—Conociendo a tu hermana, podría ser cualquier cosa.

—Pero no de lavandera.

—No —dijo su madre riendo.

—¿Tú crees que nos extraña? —preguntó Millicent.

—Claro que sí.

Millicent tosió.

—A veces pareciera que estoy aún peor ahora que no está —dijo.

Quizá era por los caballos, porque sentía que estaban cerca. Quizá era porque Ada era valiente y ella quería ser así también. De repente Millicent dijo en voz alta algo que se había preguntado durante mucho tiempo:

—¿Tú crees que él nos extraña?

—¿Quién?

El dolor en el pecho de Millicent era tan fuerte en ese momento que no sabía si era por la enfermedad o por algo más. En estos días siempre le faltaba el aliento, pero inhaló con todas sus fuerzas y respondió:

—Nuestro padre.

A Lucille por poco se le cayó de la mano la taza vacía. Se le aflojaron los hombros y las piernas y las caderas; esa sensación viajó directo hasta su mente. ¿Cómo podía responder semejante pregunta? Cuando Millicent era niña, preguntaba cosas una y otra vez. ¿Cómo se llamaba? ¿Cómo era? ¿Por qué nunca regresó a vernos? Eran preguntas dolorosas, y Lucille siempre había pensado que responderlas sería como dejar que ese dolor lastimara también a las niñas. Entonces Lucille siempre había contestado las preguntas con la mayor ambigüedad posible. «No te preocupes. No lo necesitamos. Estamos bien nomás las tres». Sin embargo, en ese momento, con una hija del otro lado del mundo y la otra, según se temía, sin que le quedara mucho tiempo en él, Lucille pensó en decirle la verdad. ¿Y qué tal si Millicent se iba con el Señor sin saberla? ¿Le había robado a su hija algo que tenía derecho a saber? Pero ¿y qué tal si compartir esa verdad era lo que el Señor estaba esperando, el camino totalmente despejado, y en cuanto Millicent lo supiera, Él desataba a Millicent de este mundo y la conducía al siguiente?

Lucille no pensaba con claridad por lo aflojado y confuso que estaba todo. Posó suavemente su mano sobre la frente de Millicent —solo tibia todavía— y se agachó para darle un beso ahí.

—Me imagino que sí —logró decir, y decidió dejar las cosas así.

Millicent creía saberlo, aunque nunca hablaba en voz alta de sus sospechas. Con frecuencia se preguntaba si Ada intuiría lo mismo, pero cada vez que intentaba traer la idea a colación, de hacer algún comentario relacionado con lo que ella creía que podía ser la verdad, Ada ni siquiera se inmutaba. Millicent observaba. Se lo podría confirmar incluso una rápida mirada compartida. ¿Tú lo sabes? Sí. Siempre lo he sabido. Entonces, ¿es cierto? Sí. Pero Ada nunca mostraba la más mínima expresión de reconocimiento, y Millicent no quería ser quien enturbiara la inocencia de su hermana. A veces pensaba que ella misma estaría mejor sin saberlo. Era más decepcionante pensar que su padre estuviera tan cerca y aun así nunca viniera, a pensar que estuviera completamente ausente. Y lo que le oprimía aún más el corazón era que las hubiera echado de ahí. Eso es lo que ella creía: que su padre no las quería y por eso les había dicho que se fueran.

La hacienda de los Camby se encontraba a unos cinco kilómetros del terreno en Aster Lane donde habían reconstruido su casa. Era una historia que a su madre le gustaba contar, si estaba de humor. Contaba con orgullo cómo fue que ella y unas cuantas personas más habían construido ahí la casa, cómo habían trabajado toda la noche hasta que terminaron. El punto de la historia, según lo entendía Millicent, era mostrarles a Ada y a ella lo capaz que era su madre, enseñarles la lección de que una mujer decidida podía lograr esas cosas, construir una casa desde los cimientos y, al hacerlo, construir su propia vida. Su madre siempre se saltaba la parte que hablaba de irse de la hacienda, y si Millicent le preguntaba, ella simplemente sonreía y le mostraba algo de la casa que le gustaba, como para demostrar que lo que tenían entonces era mejor que lo que habían dejado atrás. Y había muchas cosas que le gustaban. La casa, elevada sobre el suelo, estaba junto un largo camino de tierra; Millicent y Ada habían crecido jugando en el pequeño porche al frente, donde se sentaban a ver el árbol gigante de tamarindo y el pasto moteado por el sol, la olla de tres patas de los Pennington que vaporizaba mientras preparaban estofado y las pilas de madera que la señora Callender tenía en su porche.

Una tarde, casi un año antes de enfermarse y de que Ada se fuera a Panamá, Millicent fue a la hacienda. Quería ver el lugar en el que habían vivido, el lugar en el que Ada y ella habían nacido. Quería ver al hombre que las había engendrado, pues creía saber de quién se trataba.

Con frecuencia salía a pasear sola, se llevaba su vieja pizarra y buscaba donde sentarse fuera a dibujar. Hacía bocetos de pájaros y árboles, y la próxima vez que salía borraba lo que había dibujado la vez pasada y dibujaba algo nuevo. Cuando tomó su pizarra y salió de casa aquel día, ni Ada ni su madre sospecharon nada.

El cielo estaba radiante por el brillo dorado del sol cuando salió. Apretó la pizarra contra su pecho y sintió que el corazón le latía con fuerza ante la idea de lo que iba a hacer. ¿Y si él estaba ahí? ¿Y si lo veía? ¿Y si él la veía? ¿La reconocería? ¿Sabría quién era? Ella observaría su rostro, como observaba a veces el de Ada. ¿Le diría él, con un cambio en su expresión, que tenía razón, que compartían la misma sangre? Ese pensamiento en particular fue el que hizo que a Millicent se le oprimiera el pecho. ¿Y si tenía razón? Entonces, ¿qué?

Su corazón se aceleró mientras caminaba por el pasto crecido. Por lo general, hacía todo con intención, deliberadamente, pero no tenía ningún plan más allá de caminar hasta la hacienda y esperar allí vislumbrar el rostro de un hombre, para ver si eso le daba la respuesta a todas las preguntas que tenía.

Cuando llegó al camino que llevaba hasta los terrenos

de la hacienda, apenas podía respirar. El camino estaba flanqueado a ambos lados con árboles de caoba que se inclinaban hacia ella por la brisa. Pensó que quizá eso era un mensaje de ánimo y siguió adelante. Al doblar una curva, pasando un seto de hibiscos, la casa apareció frente a ella. Era casi como se la había imaginado. Una casa de dos pisos, gris pálido con ribetes blancos. Tenía elegantes balcones que abarcaban todo el ancho de la parte superior y un porche en la parte inferior. A lo lejos se veían las aspas inmóviles del molino de piedra. No vio ni un alma por ninguna parte, y supuso que en algún lugar más allá de la casa estaría el área donde vivían todos los demás trabajadores de la plantación, el área donde alguna vez había estado su propia casa.

Pensó en caminar hacia allá solo para ver, pero ya estaba bastante nerviosa de haber llegado hasta ahí. Estar ahí parada, en ese camino de grava, probablemente era lo único valiente que había hecho en su vida. Millicent dio la vuelta para mirar en la dirección de la que había venido y se permitió un instante de orgullo. Estaba todavía mirando el camino que se alejaba tras la curva cuando detrás se oyó el galope de los cascos de un caballo. Miró por encima del hombro y vio a un cochero, un muchacho negro, sentado en el asiento delantero de un carruaje, sujetando dos riendas de cuero y chasqueándolas contra los ijares del caballo al que este iba atado. Millicent contuvo el aliento. Se ocultó rápidamente detrás de un gran árbol. Apretó la pizarra contra su pecho. Escuchó que el cochero le gritaba «Arreeee» al caballo.

Cuando el carruaje estuvo cerca, Millicent se asomó; en su interior, bajo una capucha plegable de color pardo, había un hombre que pensó que sería Henry Camby. Estaba recién afeitado y traía un sombrero negro que proyectaba una sombra sobre su nariz larga y elegante. Iba solo en el carruaje, mirando hacia la dirección donde Millicent se escondía detrás del tronco de un caobo. La invadió la necesidad de que la viera. Salió de atrás del árbol, a plena vista. Estaba apretando tan fuerte su pizarra que se le saltaron las articulaciones de los dedos. Se quedó observando su expresión. Él se hallaba tal vez a unos cinco metros de ella. Millicent observaba y esperaba, pero el rostro de Henry Camby, cansino y solitario, no cambió, y Millicent sintió el dolor de la decepción en su pecho, mientras se preguntaba si él la habría visto siquiera.

12

HENRY CAMBY IBA A TODA PRISA EN UN CARRUAJE, RETRASADO PARA UNA
reunión. La había visto. Pensó que había visto un fantasma y
le costó trabajo mantenerse impávido. Ya había visto fantasmas antes. Había espíritus en los terrenos de la plantación, era
un hecho sabido por todos. Era en parte la razón por la que
Henry trataba bien a la gente. Creía que, si no la tratas bien
en vida, es casi seguro que regrese y se te aparezca ya muerta.

Durante sus cuarenta y tantos años, Henry Camby había
visto tres apariciones. La primera mientras orinaba detrás de
una hilera de cañas que, según sus cálculos, era lo suficientemente alta como para crear una especie de cortina mientras él
se ocupaba de sus asuntos en el campo del sur. El espíritu, suspendido sobre el suelo, danzaba con el viento, deslizándose sin
seguir el ritmo con el que los tallos de caña se ondulaban; fue
precisamente esa falta de ritmo lo que llamó su atención. Ese
espíritu tenía un rostro que Henry casi pudo distinguir, pero en
cuanto entornó los ojos para ver de quién se trataba, el espíritu
desapareció.

La segunda visión ocurrió en el comedor. Un sitio sorprendente porque ¿qué podía haber pasado ahí que motivara a
un espíritu a regresar? «A menos que tuviera hambre», pensó
Henry, y luego se rio. Gertrude, su esposa, que estaba sentada

a la mesa con él, le lanzó una mirada interrogante. «Tenemos compañía para la cena», habría querido decir Henry, pero se contuvo. No porque le preocupara que Gertrude pensara que estaba loco —estaba seguro de lo que había visto: un niño negro translúcido sentado a la mesa, que desdoblaba una servilleta y esperaba su comida—, sino porque por regla general ninguno de los dos le hablaba al otro más de lo estrictamente necesario, un hábito que habían adquirido desde hacía algunos años. Su matrimonio era contractual, arreglado por dos parejas de padres que pensaban que eran apropiados el uno para el otro, lo cual resultó ser incorrecto. No habían tenido hijos juntos y tenían poco que los uniera aparte de los documentos. Sea como fuere, el niño negro sólo se quedó a comer el primer plato, que era estofado de conejo, antes de desaparecer.

La tercera vez que Henry Camby se encontró con un fantasma en su propiedad fue en el hervidero. Este fantasma tenía más forma que los otros dos. Se trataba de una mujer cuyos bordes y rostro estaban bien definidos. Mejillas redondas y papada, pelo hirsuto, cejas que casi se juntaban en el centro. Henry la reconoció. Era una antigua empleada llamada Roberta que dos meses antes de su avistamiento había estado enferma. Henry se había tardado mucho en mandar traer a un doctor para que la revisara. Demasiado, lamentablemente. Cuando el doctor llegó, le aseguró a Henry que el deceso de la mujer no había sido su culpa, pero a Henry le costaba trabajo perdonárselo. De noche rezaba por ella, súplicas fervientes, pero la culpa seguía aferrándose a su alma. No se la lograba quitar de encima. Pensaba que por eso Roberta había regresado. Él le había hecho daño en vida, así que ella se le aparecía ya muerta. Parecía tener sentido. Los dos primeros, sin embargo, seguían siendo un misterio, y él no se sentía responsable por ellos. La propiedad había pertenecido a su familia durante casi dos siglos. Henry no se había hecho cargo de ella hasta que regresó de la universidad en Londres. Podía haber pasado cualquier cosa antes de que él estuviera a cargo. Creía que a los primeros dos les habían hecho mal antes de su época; esa teoría también explicaría por qué estaban más borrosos.

Pero entonces, ¿la cuarta? Una chica en el camino. Una chica aterradoramente diáfana en todos sus detalles: su vestido de burda tela café, curiosamente bonito, de cuello alto; la pizarra que sostenía contra su pecho. Pero había otra cosa. Se parecía muchísimo a alguien a quien Henry había conocido y había amado. Esa era la parte que lo asustaba más.

Permaneció sentado con todo y su miedo mientras el carruaje trastabillaba por el camino. Transportado por un chico de la Parroquia de Santo Tomás llamado Eli, que para entonces llevaba dos semanas como su chofer (ya que el anterior había renunciado), Henry se dirigía al pueblo para tratar de conseguir un préstamo del banco. Corría el año 1906 y el precio por tonelada de azúcar mascabado, que era el tipo de azúcar que producía, estaba casi en su punto más bajo. Habían sido tiempos difíciles desde que Henry había regresado a casa de Inglaterra. Una sequía castigadora en 1895, durante la cual no lograron cosechar nada. Un huracán tres años después que mató a más de cien almas desafortunadas. Luego, otra vez tres años más tarde, en el mes de julio, una inundación en la que se ahogaron aún más personas. Y ahora Barbados había regresado a la sequía y a la tierra sedienta. Condiciones difíciles para cosechar azúcar. Sin embargo, el clima siempre había sido causa de preocupación, por supuesto. El principal problema ahora era el incremento de azúcares de remolacha en Europa, lo que había llevado a una baja en la demanda del tipo de azúcar refinada que se producía ahí. Otros propietarios que Henry conocía se habían visto obligados a consolidar sus haciendas o a subdividir y vender parte de sus tierras. Algunos se declararon en quiebra. Y los efectos no se limitaron a los propietarios, por supuesto. Las consecuencias del colapso se dejaron sentir en toda la isla. Era casi imposible encontrar trabajo. Todos los días se veían mendigos dignos de lástima en las calles. Dadas las circunstancias, no era de sorprender que todo el mundo estuviera partiendo hacia Panamá. Él había oído historias, como todos los demás, de hombres que habían ido y regresado con suficiente dinero para comprarse un terreno o una casa, el tipo de transformación personal que, si se repetía en masa, bien podría transformar la isla entera. Que era precisamente lo que muchos dueños de haciendas temían. El equilibrio cambiante de la dependencia. Tres de los inquilinos de Henry se habían ido, pero él no podía culparlos. Hoy en día era difícil ganarse la vida.

Cuando pasaron junto al fantasma, Henry por poco le pidió al cochero que se detuviera, pero lo pensó dos veces. Cerró la boca y se quedó con el miedo atorado. Se aferró a la puerta del carruaje. Durante los quince minutos que tardaba el recorrido hasta el banco, Henry se aferró a la puerta y al miedo.

Siguió adelante con la reunión, que fue un éxito desde el

punto de vista del negocio, pero mientras hablaba, estrechaba manos y firmaba papeles, Henry no podía dejar de pensar en la chica que había visto.

Esa noche, en cuanto regresó a casa, Henry llamó a su abogado de toda la vida, J. R. Robinson, que era una de las pocas personas en el mundo en las que podía confiar, para pedirle algo.

—¿Podrías hacerme el favor de rastrear en los periódicos y registros para encontrar algún documento sobre una mujer que puede haber fallecido? Su nombre es Lucille Bunting.

Las noches siguientes, mientras J. R. investigaba, Henry tuvo problemas para dormir. No quería creer que pudiera ser cierto. ¿Acaso Lucille, la mujer a quien había amado tanto que cualquier otro sentimiento palidecía en comparación, podía haber muerto en verdad? ¿Era cierto que su fantasma había vuelto a él? Siempre se había aferrado a la idea de que de alguna manera la volvería a ver. Incluso ahora, dieciséis años después de haber abandonado la hacienda, aún pensaba que podía ocurrir. Nunca en su vida imaginó que esto pasaría al verla como un espíritu. Además, ¿por qué habría de ser así? Había sido bueno con ella, ¿o no? Había sido excesivamente justo. Había dejado que Lucille se llevara la casa y todo lo que había en ella —de hecho, la había animado a hacerlo—, porque comprendió que era una manera de protegerlas a ella y a las niñas. Sabía lo iracunda que podía ser Gertrude. El hecho de que Gertrude hubiera quemado después todas las prendas de ropa que Lucille había cosido alguna vez para los sirvientes de la casa —lanzándolas a una hoguera terrorífica en el campo donde todo el mundo, a lo largo y ancho de los terrenos, pudiera contemplarla— solo reforzaba su opinión. Tenía que dejar que Lucille se fuera. No porque quisiera, sino precisamente porque no quería.

Desde el momento mismo en que Henry había visto a Lucille en la parte trasera de la casa, había quedado prendado. Esa era la única palabra que podía describirlo, prendado. Y desde entonces no había podido dejar de pensar en ella. A la mitad de la noche se escabullía de la casa principal y caminaba por la hierba en medio de la oscuridad los 256 pasos que mediaban entre la casita de dos habitaciones y la suya. Contaba los pasos cada vez dentro de su cabeza, tanto para calcular la distancia como por la emoción creciente. Si alguien lo llegaba a ver ahí fuera, ya estaba prevenido para explicar que sufría lapsos de sonambulismo.

Nunca tocaba a la puerta. Simplemente entraba. Ese era el acuerdo que tenían. Cerraba la puerta tras él y entonces ya solo estaban los dos. La primera vez que fue a verla, reconoció que nunca había hecho algo como esto. Le parecía importante que ella lo supiera. Ella lo miró sorprendida y le dijo:

—¿Nunca has estado con una mujer?

Él se rio y le explicó que le había entendido mal. Eso sí lo había hecho, pero así, con una arrendataria, en su propiedad; nunca.

—¿Eso piensa uté de mí? —le preguntó, y por un momento él se preocupó de haberla ofendido, pero sus cejas arqueadas con coquetería y su boca levantada le dejaron claro que estaba bromeando.

—No, pero sí pienso en ti. Con frecuencia.

—¿Con cuánta frecuencia?

—La suficiente como para que me saque de la cama para venir a verte.

Al oír esto ella frunció el ceño y le echó una mirada de reprimenda, como si le advirtiera.

—Pero estas noches… es todo lo que puede suceder.

Él sabía que ella tenía razón. Y entendía además que esas noches eran todo lo que él quería que fuera. Una relación nocturna, nada más. Cuando llegaba, por lo general ella caminaba hacia él y le desabotonaba la camisa de dormir sin decir una palabra. Incluso cuando Lucille estuvo encinta —de su criatura— mantuvieron su relación confinada a la oscuridad. Henry traía de la casa costalitos de hielo que le ponía en sus pies hinchados. Le traía rebanadas de pan dulce que nadie echaría en falta. Le traía paquetes de azúcar, y cuando él mojaba su dedo y lo hundía en los ásperos cristales, Lucille se inclinaba hacia delante sonriendo y lo lamía.

Cuando llegó la bebé —la llamaron Millicent—, Henry regresó a la casa por las noches una y otra vez. Ya se conocía perfectamente los 256 pasos para ese entonces. Lucille todavía le desabotonaba la camisa, pero ahora Henry se recostaba con la bebé sobre su pecho desnudo. Siempre creyó tener una buena vida, plena de las cosas más maravillosas, pero esas noches en aquella casita de dos cuartos le brindaban una felicidad mayor que cualquier cosa que hubiera tenido antes o que hubiera de tener después.

Por la época en que Lucille se embarazó por segunda vez las cosas cambiaron. Henry no entendería jamás la razón.

Una noche Gertrude se levantó a la mitad de la noche y se sorprendió de no encontrar a su esposo ahí. Por lo general ella dormía como un tronco, pero la cocinera les había preparado algo para cenar que le causó indigestión y se levantó para ir al baño. Después de eso encendió una vela y se la llevó para recorrer todas las habitaciones de la casa solo para descubrir que Henry no se encontraba en ninguna de ellas. Susurró su nombre, pero no obtuvo respuesta. Luego insistió en voz alta, sin importarle si despertaba a alguien, pero la única persona en responder fue una sirvienta que se asomó al pasillo; Gertrude, molesta de que la chica tuviera el descaro de meterse en sus asuntos maritales, le ordenó con brusquedad que regresara a la cama. Luego se dirigió a la puerta principal, todavía en camisón, y vio que estaba sin cerrojo. Eso no estaba bien. La puerta delantera de la casa siempre debía estar cerrada con cerrojo en la noche. No se sabía cuándo podía haber una revuelta y tenían que estar protegidos, por supuesto. Giró el pomo de la puerta para estar segura. Se dijo que el que la puerta no tuviera cerrojo seguramente no era nada más que un simple error, pero en cuanto se lo dijo, supo que estaba equivocada. Henry había salido de la casa. Y conocía a los hombres lo suficiente como para saber que posiblemente solo había una cosa que pudiera estar haciendo fuera a medianoche. Se quedó viendo hacia la oscuridad y dejó escapar un gran suspiro.

En la mañana, cuando Henry apareció en la mesa del desayuno, Gertrude no le preguntó dónde había estado. Quería ver si él mismo se lo contaba. No lo hizo. En silencio, Gertrude se tomó su té y observó cómo Henry, su esposo, le ponía mantequilla a su pan tostado.

A la noche siguiente, Gertrude se forzó a permanecer despierta. Estaba acostada en la cama junto a Henry, fingiendo dormir mientras esperaba para ver qué hacía él. Como a las once de la noche, Henry salió de la cama. Gertrude fingió que se estiraba. Se volteó en la cama mascullando. El resultado fue justo el que esperaba. Henry, sorprendido, regresó a la cama. Había logrado que no se fuera. Tan sencillo como eso. No lo había hecho por amor *per se* —Gertrude nuca había amado a Henry, ella lo sabía—, sino por ser posesiva. Él le pertenecía. Eso era lo que habían declarado en algún momento ante Dios.

Aunque la falta de sueño la ponía de mal humor, en las semanas y meses que siguieron, con tanta frecuencia como le fue posible, Gertrude fingió dormir y luego despertar para lograr tener a Henry donde ella quería. Existía la posibilidad de que él saliera en las noches en que ella no lograba cumplir su propósito, las noches en las que la vencía el sueño, pero una mañana tras otra Henry no decía nada. No fue hasta unas semanas más tarde, cuando Gertrude escuchó que una de las arrendatarias, una mujer negra que había dado a luz a dos niñas en su propiedad, se estaba mudando fuera de los terrenos de la hacienda, y luego cuando supo que el propio Henry le había permitido llevarse su casa con ella, que su esposo le dijo efectivamente todo lo que necesitaba saber.

13

TODOS LOS DÍAS FRANCISCO SE VESTÍA, SALÍA DE SU CASA Y VOLTEABA hacia el suelo buscando huellas en el lodo, pero no había ningunas. Dentro, el tazón con sal seguía en el pretil de la ventana donde lo había dejado la noche anterior. Las sillas en la mesa no se habían movido ni una pulgada. Los huevos que estaban sueltos en la repisa seguían intactos. Aturdido, Francisco caminaba hacia la playa, desamarraba su bote y se subía. Mientras remaba en la austera luz matinal, volteaba a ver hacia tierra, hacia la casa, hacia lo que alcanzaba a ver del camino, pero el muchacho no aparecía.

Al principio, Francisco remaba de regreso a la playa en las tardes con un poquito de esperanza en su corazón. Quizá Omar estaría ahí cuando entrara a la casa. Quizá estaría sentado a la mesa, frotándose los ojos. Quizá estaría junto a la tina, aseándose. Quizá Francisco no viviría solo el resto de su vida, tras haber perdido a las dos únicas personas a las que había amado. Pero cada vez que Francisco entraba esperanzado a la casa, Omar no aparecía por ningún lado. Tras los primeros días de decepción, lo que sentía Francisco cuando regresaba a la playa se acercaba más al pavor. La idea de entrar a la casa sólo para descubrir que su hijo no estaba ahí —otra vez— le provocaba náuseas. Porque, si el chico se había ido,

¿qué le había pasado? ¿En realidad había encontrado, como Francisco pensó al principio, otro lugar donde vivir, lejos de su padre? ¿Sería que los seis meses de prolongado silencio entre ellos por fin lo habían alejado? ¿O era que, como Francisco evitaba pensar, había pasado algo mucho peor? Esta última idea en particular le desataba las oleadas de náuseas, y en esos días Francisco tuvo que inclinarse varias veces por la borda a vomitar. Se le ocurrió que podía ir en busca de su hijo, pero eso le provocaba la misma sensación de terror paralizante. Porque, si buscaba, ¿qué iría a encontrar? No. Francisco había aprendido que era más fácil vivir en un mundo de engaño, que al fin y al cabo no era tan distinto de la esperanza, que enfrentar cara a cara la verdad.

||||||||

TRAS LA DESAPARICIÓN de Esme, Francisco dejó de pescar durante unos años. No tenía opción. No podía llevarse a un bebé todo el día en el barco ni dejarlo solo en la casa. En vez de eso, Francisco compró una cabra patizamba y la ordeñaba y vertía la leche en la manta de cielo que usaba para hacer queso, la cual llenaba de arroz para que Omar pudiera succionar la leche. Machacaba plátano macho, papaya, ñame hervido y verduras, y también lo alimentaba con eso. Cuando se murió la cabra, la destazó y se comió la carne guisada. Mientras Omar dormía, Francisco construía botes como el que había hecho para sí mismo, y con Omar amarrado al pecho arrastraba los botes hasta la ciudad donde los vendía. Así fue como salieron adelante. Pero en cuanto pudo, en cuanto Omar tuvo la edad suficiente para quedarse solo en la casa, Francisco empezó a pescar de nuevo. Descubrió que en el agua se sentía más cerca de ella. Se arrodillaba en la quilla del bote y miraba hacia los lados. Con la mano removía la superficie del agua, que brillaba al sol. Si ella tenía magia —y él creía que sí— entonces podría regresar. «¡Esme!», murmuraba por si lo podía oír. A veces se sumergía en el mar. Apenas podía ver más de lo que había visto desde el bote, pero lo milagroso, lo que hacía que Francisco se zambullera una y otra vez con el paso de los años, no era solo la desesperación y el dolor, sino el hecho de que a veces, cuando estaba bajo el agua, percibía claramente el olor a violetas.

En 1899, nueve años después de que Esme pasara de ser la criatura más mágica que hubiera pisado la tierra a la más trágica que hubiera tratado de pisar el mar, estalló la guerra. En aquella época, Panamá era el departamento más occidental de la República de Colombia, y aunque la guerra empezó como una batalla entre liberales y conservadores en el departamento de Santander, más al este, pronto se extendió como tinta, manchando cada rincón del país. Francisco podía recordar los sonoros disparos de las lanchas cañoneras ancladas en el golfo de Panamá. En las calles de la ciudad veía niños vestidos con uniformes militares que les quedaban tan grandes que aún con los cinturones bien apretados parecían costales arrugados; niños a quienes, sin embargo, habían enlistado para la batalla. Cuando Victoriano Lorenzo, un líder liberal que había luchado valientemente por defender los derechos territoriales de su pueblo, fue ejecutado en la plaza de Chiriquí ante un pelotón de fusilamiento de doce soldados, fue imposible no horrorizarse. Y, sin embargo, de alguna manera, gran parte de la vida continuó. Francisco pescaba e iba al mercado, donde la gente discutía cada acontecimiento de la guerra: un día, los liberales habían ganado una victoria en La Negra Vieja; al día siguiente, los conservadores habían matado a doscientos hombres, de ida y de vuelta, ojo por ojo, hasta que resultaba difícil saber quién llevaba la delantera. Joaquín había empezado a hojear el periódico con avidez; se paraba en su puesto del mercado y compartía lo que había leído con quienes se reunían a su alrededor, Francisco entre ellos. Historias de pueblos incendiados en las montañas, un bloqueo en un río, una escaramuza en lo alto de un puente. La guerra se prolongó durante tres años. Y entonces, un día de noviembre de 1902, llegó un acorazado de Estados Unidos, un barco con el extraño nombre de Wisconsin, que nadie podía pronunciar. Algunos decían que era del tamaño del arca de Noé, pero otros aseguraban que no, que solo parecía tan grande porque Panamá era muy pequeña. Para Francisco, ambas partes decían lo mismo y, para colmo, se desviaban del problema. Estados Unidos había llegado a entrometerse en los asuntos de Panamá. Pero sobre ese barco se firmó un tratado y la guerra más sangrienta en el recuerdo de Francisco por fin se terminó.

Tras el tormento de la guerra, todos en el país estaban exhaustos y enfurecidos. En lugar de discutir sobre batallas y qué tipo de armas se habían enviado en cajas de piano y qué puentes habían sufrido daños y cuántos miles de hombres habían muerto, la gente del mercado de pescado, que era la única que Francisco veía en todo el día, empezó a vociferar sobre la idea de separarse de Colombia. Al principio se hablaba tímidamente de ello. Incluso la palabra, según Francisco, era tímida. Una separación. Como si todo pudiera ser tan cordial. Pero a medida que pasaba el tiempo, la charla se hacía más intensa. Toda su vida había oído soñar a los panameños con que podrían convertirse en un país que se perteneciera a sí mismo. En los cerca de ochenta años transcurridos desde que se habían declarado independientes de España, los panameños habían intentado en numerosas ocasiones separarse de Colombia, con la esperanza de poder controlar sus propios intereses sin tener que responder a los caprichos y exigencias de Bogotá.

La diferencia entre esta conversación sobre La Separación y todas las anteriores era que ahora los panameños tenían a alguien de su lado que podía asegurarles el éxito: Estados Unidos. Estados Unidos, le explicaba Joaquín a quien lo escuchara, quería construir un canal. Algunos de los hombres del mercado de pescado, los que recordaban que veinte años atrás los franceses habían afirmado lo mismo, se rieron. El esfuerzo de los franceses había durado nueve lúgubres años, y cuando volvieron a casa, apenas habían logrado avances menores. Desde los tiempos de Cristóbal Colón se había querido construir un canal a través del istmo, pero nadie lo había conseguido. ¿Qué les hacía pensar a los norteamericanos que ahora podrían hacerlo? Atrevimiento, les respondía Joaquín, y Francisco conocía lo suficiente a su amigo para saber que lo decía como un halago.

Joaquín resumía lo que había leído. Estados Unidos había intentado negociar un tratado con el Gobierno de Bogotá en el que ofrecían pagar 10 millones de dólares, más 250 000 cada

año durante cien años, si Bogotá les cedía los derechos y la
soberanía sobre un área de tierra de diez kilómetros de ancho
a lo largo del canal. Joaquín recitó los términos con cierto aire
melodramático. «¿Y saben qué respondió el Gobierno a esa
oferta?», preguntó. «¡Dijeron que no!», espetó. Francisco lo
escuchaba amablemente. Joaquín compartía el punto de vista de muchos panameños que estaban convencidos de que la
pequeña tira de tierra en la que vivían había sido escogida por
el propio Dios para ser una gran nación, y de que un canal
que cruzara el istmo por fin le traería a la región de Panamá
la prosperidad que merecía. Según ellos, dejar que Bogotá les
negara el destino dado por Dios, así como su riqueza futura,
era un sacrilegio. La opinión de Francisco era que preferiría
que todo se quedara simplemente como estaba.

Los panameños que estaban a favor de la separación se
hicieron oír bastante después de eso. Cada vez que Francisco
iba al mercado, Joaquín estaba hablando de disturbios y levan-
tamientos. El propio Francisco vio barcos nuevos en el muelle
—primero uno que lucía una bandera colombiana y luego otro
en el que ondeaba la bandera de Estados Unidos, como si fuera
una réplica directa—, lo que hacía que pareciera como si algo
serio estuviera a punto de ocurrir. «Estados Unidos no va a
aceptar un *no* como respuesta» decía Joaquín. «Gracias a ellos
puede que tengamos nuestro canal después de todo». No fue
sino más adelante que Joaquín y Francisco entendieron lo que
había hecho Estados Unidos. No se habían limitado a enfrentarse al Gobierno de Bogotá, sino que habían ofrecido tácita-
mente apoyo militar a los separatistas de Panamá. Si se llevaba
a cabo la separación, Estados Unidos podría intentar negociar

un tratado para el canal de nuevo, pero esta vez con un país que lo quería de todos modos. Un día de octubre de 1903, la gente se enteró de que un general colombiano había sido encarcelado, vieron retirarse el barco colombiano del puerto y se corrió la voz de que había nacido la República de Panamá.

En el mercado de pescado, Joaquín se paró sobre un huacal y agitó un periódico en el aire. La junta provisional había publicado algo que llamaban el Manifiesto de Independencia de Panamá.

—Escuchen esto —dijo Joaquín, y todos prestaron atención—. Aquí dice: «El acto trascendental que por movimiento espontáneo acaban de ejecutar los pueblos del Istmo de Panamá es consecuencia inevitable de una situación que ha venido agravándose día con día. El Istmo de Panamá fue gobernado por la República de Colombia con el criterio estrecho que en épocas ya remotas aplicaban a sus colonias las naciones europeas; el pueblo y el territorio istmeños eran fuente de recursos fiscales, y nada más».

Francisco vio cómo la gente a su alrededor asentía.

Tras algunos minutos, Joaquín llegó a una parte que decía: «El pueblo del Istmo, en vista de causas tan notorias, ha decidido recobrar su soberanía y entrar a formar parte de la sociedad de las naciones independientes y libres, para labrar su propia suerte, asegurar su porvenir de modo estable y desempeñar el papel al que está llamado por la situación de su territorio y por sus inmensas riquezas». Todos gritaban. «¡Viva el Istmo Libre!». Francisco pensaba que eran unos tontos. Con el brillo en los ojos, la gente iba de un lado a otro declamando las palabras. ¡Parte de la sociedad de las naciones libres e independientes!

¡Su propio destino! Se las bebían, embriagados. Pero Francisco creía entender algo que ellos no entendían. Ser independiente y ser soberano eran dos cosas distintas. Al separarse de Colombia, Panamá solo había dado un giro de ciento ochenta grados y en su lugar se había unido a Estados Unidos.

En los años venideros, Francisco podría haber tenido incontables motivos para quejarse. Podría haberse quejado de que los inmigrantes norteamericanos, que llegaban por montones a Panamá trayendo su música y su comida extrañas. Podría haberse quejado de que pocos de ellos intentaban aprender español o de que gravaban con impuestos las mercancías importadas a la Zona del Canal, incluso las procedentes de otras partes de Panamá. Nadie había oído hablar de semejante cosa. Un impuesto sobre las mercancías importadas de Panamá a Panamá era sumamente absurdo. Podría haberse quejado de todas las banderas de Estados Unidos que de repente colgaban por todas partes, ondeando en la brisa del mar, o de cómo las calles empedradas estaban siendo pavimentadas, como si su rebeldía tuviera que aplanarse, o de cómo estaban cambiando los nombres que siempre habían tenido tantas de esas calles y plazas, o de cómo, a donde Francisco mirara, había tiendas nuevas, hoteles nuevos, restaurantes nuevos que él no se podía dar el lujo de pagar. Paso a paso, su mundo estaba desapareciendo.

Pero lo que pasó con la tinaja fue la gota que derramó el vaso.

Por el camino que llevaba a donde vivían Francisco y Omar nunca llegaban visitas; por esa razón, Francisco se alarmó cuando un gran escándalo lo despertó en la madrugada, como dieciocho meses después del tratado. Al principio confundió la plétora de sonidos con una plaga de langostas, esos insectos que en ocasiones invadían la costa balando en un coro desquiciado mientras se deshacían de sus corazas resecas. Se incorporó en la cama. El sol todavía no salía, pero estaba acurrucado justo bajo el horizonte y despedía un brillo tan sutil que apenas alcanzaba a ver.

Francisco miró confundido a su alrededor, intentando recordar cuándo habían venido las langostas por última vez. Tendían a apegarse a ciertos periodos, cada tres o siete años. Francisco no lo recordaba, pero lo que sí sabía era que aún no era el momento. Se levantó de la cama y fue hacia el cuarto de Omar, pero el chico dormía. Eso solo aumentó su confusión. ¿Cómo era posible que Omar pudiera dormir en medio de semejante escándalo? ¿Acaso la conmoción solo estaba en la cabeza de Francisco? Se metió un dedo en cada oreja para sacar cualquier rastro de cerilla, por si servía de algo, pero ahora el ruido era más fuerte que antes.

Asustado por lo que pudiera descubrir, Francisco atravesó la casa con cautela y abrió muy despacio la puerta delantera. Lo que vio ahí afuera, en el camino, más allá de las sábilas del patio y de los caracoles y las ranas que holgazaneaban en el suelo, no era un enjambre de langostas, sino de hombres. Apenas lograba distinguirlos en la oscuridad de la mañana, pero eran hombres sin duda, quizá cuatro o cinco, que silbaban, caminaban y cargaban cosas, como si estuvieran desfilando, pero Francisco no veía qué. Los vio marchar hasta el final del camino y detenerse frente a su casa. De nuevo pensó: «¿Me estoy imaginando todo esto? ¿Es solo un sueño?».

Uno de los hombres del enjambre se adelantó.

—Hola, somos brigada de fumigación —le dijo en un español no muy bueno.

El hombre atravesó el patio hacia la puerta, desde donde Francisco los observaba, todavía en ropa interior. Solo cuando el hombre se acercó lo suficiente Francisco se percató de que era blanco. Traía consigo una aceitera de aluminio.

Francisco no sabía qué significaba «brigada de fumigación». Le sonaba como a un operativo militar.

—¿Otra vez estamos en guerra? —preguntó.

—Se podría decir que sí —respondió el hombre riendo—. Una guerra contra los mosquitos.

No era la respuesta que Francisco esperaba. En ese momento, aunque él era quien estaba ahí parado en ropa interior, sintió pena por el hombre que estaba frente a él, bien porque había hecho un chiste muy estúpido o porque estaba tan loco que creía que valía la pena hacerles la guerra a los mosquitos, como si fuera una batalla que pudieran ganar. Unos minutos antes, Francisco había estado asustado y confundido, pero de repente sintió que la dinámica entre ellos se revertía y miró con compasión al pobre hombre desorientado.

Francisco salió al escalón de la entrada y cerró la puerta tras de sí.

—Dígame, ¿en qué lo puedo ayudar? —le preguntó sonriendo al hombre, solo para seguirle la corriente.

Este asintió en lugar de responder y les silbó a los demás miembros de la brigada que estaban esperando en el camino. Eran hombres de piel oscura, pero no parecían ser panameños.

De inmediato se lanzaron hacia la casa, unos en una dirección y otros en otra, pero todos se conducían de manera eficiente y decidida, y se comunicaban en inglés. Francisco los observó, divertido al principio, pero su preocupación fue en aumento al ver que uno de los hombres apoyaba una escalera en el techo de su casa mientras que otro rasgaba largas tiras de periódico para pegarlas en las ventanas, y otro más llenaba la aceitera de aluminio con algún tipo de líquido.

—¿Qué hace? —le gritó Francisco al que estaba en el techo—. ¡Ahí no hay mosquitos!

Era un espectáculo tan extraño, el ver a esos hombres en su inútil remolino de actividad invadiendo su casita, que una parte de él aún se aferraba a la idea de que todo fuera una especie de sueño ridículo.

Entonces el hombre con el que primero había hablado le prendió fuego al líquido de la aceitera y le dijo que tenía que ponerla adentro de la casa. Francisco se lanzó hacia la puerta de la casa y alzó los brazos para bloquearle la entrada.

—No sé qué están haciendo aquí, pero no los voy a dejar entrar a incendiar mi casa.

—El fuego se queda en la lata —respondió el hombre—. Lo que necesitamos es el humo. El humo asfixia a cualquier mosquito que esté ahí adentro.

Eso sonaba tan absurdo como todo lo demás. Además, Omar estaba dentro de la casa, aunque seguramente no seguía dormido, ¿o sí?

—No los dejo entrar —dijo Francisco.

El hombre frunció el ceño. El sol ya estaba saliendo e

iluminaba el entorno, de modo que Francisco podía verlos con claridad. El hombre, recién afeitado, traía la aceitera humeante en la mano.

—Entonces le van a poner una multa —le respondió en español.

—¿Una multa? ¿Por qué razón? ¿Por no dejarlos incendiar mi casa? ¿Con autoridad de quién están ustedes aquí?

—De los americanos.

—¿Se refiere a los «norteamericanos»?

—Me refiero a los americanos.

—Pero eso somos todos.

—¿Quiénes?

—Todos los que somos de las Américas.

El hombre, señalando su pecho con el dedo, dijo muy despacio en español, pronunciando exageradamente cada palabra:

—Yo soy americano. Ellos son de las Indias Occidentales. Usted es panameño.

Francisco, muy molesto, apuntó con el dedo hacia su propio pecho y le respondió al hombre con igual lentitud:

—Yo nací aquí, en América. Por lo tanto, soy americano. —El hombre alzó las cejas—. Nosotros hemos sido americanos desde mucho antes que ustedes.

Hubo una pausa. Luego, el hombre simplemente encogió los hombros ante la mirada fija de Francisco.

—Hasta hace un año, ustedes eran colombianos. Ahora, por favor hágase a un lado.

—¿Me quiere decir que Estados Unidos los envió aquí? ¿Para incendiar mi casa? —replicó Francisco sin moverse de ahí.

—Para acabar con los mosquitos.

—Pero eso no se puede hacer.

—Lo vamos a intentar. Ahora, si se hace a un lado…

Francisco se quedó donde estaba, formando una X con su cuerpo frente a la puerta, desnudo salvo por su delgada ropa interior, mientras el hombre lo miraba con seriedad.

—Esas son mis instrucciones, y si usted no obedece será multado o encarcelado.

Francisco se dio cuenta de que las cosas se habían revertido de nuevo, que los hombres que estaban en su patio y trepando por todas partes en su casa lo veían a *él* como un tonto, como objeto de su compasión; un hombre cuya locura era pensar que se podía enfrentar al poder de Estados Unidos sin ser aplastado como un insecto. Y quizá sí era así.

—No —insistió Francisco.

—¿Sí comprende lo que le estoy diciendo? —dijo el hombre sorprendido.

—No los voy a dejar pasar.

—¿Usted cómo se llama?

Pero Francisco se quedó ahí, con brazos y piernas extendidos sin decir una palabra.

Por fin, el hombre regresó al patio dando un suspiro de frustración, puso la aceitera llameante en el suelo, la bañó con otro líquido que extinguió el fuego e hizo que dejara de humear. Les dio instrucciones en inglés a los hombres para que bajaran del techo; cargaron la escalera en sus hombros y se fueron por donde llegaron. Como gesto de despedida, el hombre blanco se aproximó a la tinaja llena de agua de lluvia que Francisco tenía al lado de la casa. Como era muy pesada como para intentar levantarla, solo la volcó y Francisco vio horrorizado cómo el agua que había recolectado durante meses fluía oscureciendo la tierra.

—No puede haber recipientes abiertos —fue todo lo que el hombre dijo.

La brigada abandonó la propiedad ante los ojos de Francisco. Se dirigieron todos juntos por el camino hacia la casa de doña Ruiz, donde probablemente intentarían hacer lo mismo. Quién sabe. Lo que Francisco sí sabía era que no podían entrar a su casa, y si regresaban iba a detenerlos de nuevo.

Resultó que no regresaron porque hubo una revisión de las fronteras para la campaña de fumigación y la casa de Francisco quedó fuera de los límites. El área de mayor preocupación era la ciudad. Pero Francisco no se enteró de eso. Que nadie regresara fue para él un logro personal. Había conseguido que se marcharan. Arrancó las tiras de periódico de las ventanas y las hizo una bola, quitó el pegamento y lo único que quedó de aquel encuentro fue el amargo sentimiento que Francisco albergaba por esos yanquis entrometidos que, como una plaga de langostas, habían invadido Panamá.

‖‖‖‖‖‖

FRANCISCO SINTIÓ RESURGIR esa misma amarga sensación cuando, muchos meses después, Omar le anunció que había conseguido trabajo en el canal. Ante la mera sugerencia, Francisco se había enfurecido; quería que Omar dejara de decir cosas que él no quería escuchar. El problema era que había funcionado. Fue una solución efectiva más allá de lo razonable. Omar no solo dejó de decir cosas que Francisco no quería escuchar, sino que dejó de decir cualquier otra cosa en absoluto; Francisco, llevado por la ira y la decepción, decidió que iba a hacer lo mismo un día entero. Durante todo un día, pasó por donde estaba Omar como si no lo viera, ignorándolo por completo.

Debió haberlo dejado ahí, después de aclarar su posición, pero al día siguiente, cuando se despertó, la rabia seguía ardiendo y lo hizo de nuevo. Quizá dos días seguidos harían que el muchacho cambiara de opinión, que reconsiderara su error. Para el tercer día, Francisco estaba molesto más que nada porque su protesta silenciosa no había tenido el efecto deseado. Podía sentir la mirada de Omar a veces, pero el muchacho no hablaba, no se disculpaba, no pedía perdón, no decía nada de nada, y Francisco entendió que ambos se habían atrincherado. Era una pelea de gallos en la que los dos lanzaban picotazos al aire y uno daba vueltas alrededor del otro para ver quién caía primero. Francisco decidió que no sería él. Un acto nacido de la justicia pronto se transformó en uno que se sostenía en el orgullo.

No le había dirigido la palabra al muchacho en casi seis meses.

Muchos días, Francisco había despertado con la intención de decirle algo a su hijo. A veces pensaba que podía decir: «Lo siento. Dejémonos de esto» y seguirían adelante. Otras que actuar como si nada hubiera pasado sería una mejor estrategia, y limitarse a decir algo banal como: «Los plátanos son amarillos», para ver cómo Omar respondía. Podían tener una discusión sincera acerca de cómo los plátanos a veces son verdes y a veces son cafés, el tema no era lo importante, siempre y cuando hablaran de *algo*. Otras veces Francisco planeaba decir sólo una palabra, cualquiera, «mariposa», «ventana» o «cuchara», y esa palabra bastaría para derribar la acumulación de silencio. Pero cada vez que abría la boca no lograba que saliera ni una sola palabra. La rabia primigenia aún hervía a fuego lento, pero ni siquiera era por eso. Hablar le resultaba tan imposible que hubiera pensado que se trataba de un problema físico, de no ser porque cada vez que iba al mercado de pescado y hablaba con cualquier otra persona, su voz surgía fuerte y clara. Solo con Omar se hallaba en un callejón sin salida. Hasta que su hijo dejara de trabajar en La Boca, Francisco no podría abrir la suya.

No hablar con alguien era una cosa. Pero no hablar con nadie era otra completamente distinta. En todo el tiempo que Omar estuvo sin regresar a su casa, Francisco no tenía nadie a quien ignorar asiduamente. En algún momento, empezó a sentir que se estaba desmoronando. Se paraba en medio de la casa y gritaba «¡Hola!» solo para escuchar el sonido de su propia voz, que no había oído allí desde hacía casi medio año. Gritaba «¡La lluvia está ahogando a las ranas!». Gritaba «¡No entiendo esta vida!». Y luego se quedaba parado ahí, solo, en medio del eco, y se sentía peor que antes.

En el mercado, interactuaba con Joaquín, pero sus encuentros siempre consistían más en escuchar que en hablar. A Joaquín le gustaba hablar de lo que fuera que pasara por su mente: el clima, su esposa… Un día, Francisco llegó al puesto de Joaquín con la pesca del día y este empezó a hablarle de los sombreros Panamá.

—Tú dime, amigo mío, ¿qué es un sombrero Panamá?

Francisco respondió que no lo sabía.

—¿No has visto los sombreros de paja que usan todos los hombres dizque importantes?

—No.

Joaquín reculó un poco y miró a Francisco con desesperación.

—¿Es que nunca vas a ningún lado?

—Vengo aquí.

—Aquí, sí, de acuerdo, pero hay todo un mundo allá afuera —dijo Joaquín señalando hacia la ciudad a sus espaldas; de hecho, al país entero, que se encontraba más allá del muelle.

Francisco encogió los hombros.

—Bueno, si fueras a algún lado, los verías. Están en todas partes y los usan los hombres de cierto nivel. Son sombreros finamente tejidos de color claro, con un listón negro.

—¿Te refieres a los sombreros de Ecuador?

—Después de todo, no me decepcionas —dijo Joaquín aplaudiendo—. Así es, sombreros de Ecuador. ¿Que acaso los yanquis no saben que esos sombreros los hacen en Ecuador? Pero ahora los llaman sombreros Panamá. Y así los venden.

—Pero ¿por qué?

—¿Tú por qué crees? —dijo Joaquín inclinándose sobre el montón de pescados de ese día para revisarlos. Sus cuerpos plateados se resbalaban unos sobre otros.

—Están usando nuestro nombre.

—Están usando todo lo que quieren de nosotros —replicó Joaquín levantando un pez por la cola—. Es como este pez. Alguien puede usar las escamas para joyería, los ojos para

carnada, la carne para comer y los huesos para sopa, y cuando termine ya no quedará nada —dijo arrojando el pez a un
lado.

Francisco se quedó mirando el espacio vacío que quedaba
en el aire. Se acordaba de que, en la época de La Separación,
Joaquín era el más optimista y esperanzado.

—Yo lo llamo La Boca.

—¿A qué llamas La Boca?

—Al canal, porque nos está comiendo.

Joaquín asintió con solemnidad.

—Así es, amigo mío. Nosotros somos los pescados.

|||||||||

DESPUÉS DE ALREDEDOR de una semana, la desesperación se apoderó de Francisco, que subió por el camino hasta casa de doña
Ruiz. Era domingo, día de descanso, y Francisco la encontró
reposando en una hamaca tendida entre dos cedros. Tenía los
ojos cerrados y las manos sobre el pecho, como si estuviera
muerta.

Francisco se acercó a la hamaca y se quedó ahí, viéndola.
Doña Ruiz traía puesta una bata con bordados coloridos y los
pies descalzos.

—¿Tú qué haces aquí? —le dijo sin abrir los ojos.

Francisco parpadeó y luego hizo un ruido como de burla.

—¿No se supone que usted debería saberlo?

Francisco vio sonreír a doña Ruiz:

—Vaya, sí habla…

Francisco cerró la boca, humillado. Doña Ruiz abrió los

ojos y lo miró fijamente. Asustado por su mirada, Francisco apartó la vista.

—Cinco meses y veintidós días, según mis cuentas —dijo doña Ruiz—. Es mucho tiempo para que un hombre se comporte como una roca.

Francisco no había venido hasta acá para que lo regañaran.

—¿Sabe dónde está?

—Sé dónde no está.

—¿Dónde?

—Aquí.

A Francisco le dieron ganas de escupirle a la vieja. ¿Qué le había hecho pensar que iba a ayudarlo? ¿Solo porque una vez había predicho que se casaría con Esme? Cualquiera podría haberlo predicho. Cualquiera que los hubiera visto juntos podría haber dicho lo mismo. Eso no era ni siquiera una predicción. Era tener dos ojos y sentido común. Hacía mucho tiempo que se había prometido no acercarse a doña Ruiz y debería haber mantenido su promesa. Aquí no. Por supuesto que el muchacho no estaba aquí. Francisco le había advertido también a él que no se acercara a esa vieja mula. Habría hecho bien en seguir su propio consejo.

—¿Ya lo fuiste a buscar?

—No.

—¿No? Pues ¿tú qué crees? ¿Que si se te pierde algo te va a venir a buscar? Abre los ojos, Francisco Aquino. Tu boca es una cosa, pero necesitas abrir los ojos.

Ahora fue ella quien se rio con sorna y ese sonido le causó dolor y repulsión.

Francisco tropezó hacia atrás y doña Ruiz se seguía riendo, y si Francisco no hubiera estado tan ansioso por escapar de su presencia, le habría dicho que, hasta hacía un minuto, era ella la que tenía los ojos cerrados.

||||||||||

DOÑA RUIZ CONTEMPLABA el cielo desde su hamaca entre las ramas que se movían por encima de su cabeza. Hacía quince años que una pobre alma de Portobelo le había dado la hamaca porque no tenía dinero para pagarle por la lectura de la mano; desde entonces había adquirido la costumbre de recostarse en ella los domingos. Por lo general, doña Ruiz no se habría compadecido de alguien que solicitaba sus servicios sabiendo que no tenía ni una moneda de plata en su bolsillo, pero en su juventud doña Ruiz había estado en Portobelo y el pueblo le había dejado huella. Muchos panameños se lanzaban a una peregrinación anual hacia el antiguo pueblo para adorar los pies del Cristo Negro que alojaba su iglesia. La madre de doña Ruiz había insistido en que toda la familia participara. Terminó siendo algo muy distinto al viaje que había planeado su madre. Por lo general, la gente recorría la mayor parte del camino a pie y hacía los dos últimos kilómetros, más o menos, de rodillas. La madre de doña Ruiz, con exagerada devoción, quería que toda la familia fuera de rodillas durante los tres días que duraba el recorrido. Los hermanos de doña Ruiz, Armando e Ismael, no dejaban de darse codazos y manotazos mientras iban de rodillas, y se peleaban tanto que la familia tenía que parar una y otra vez para que su madre pudiera regañarlos y separarlos. Al cabo de un rato, su padre se levantó y

anunció que andaría el resto del camino. Se quejó de que tenía
las rodillas ensangrentadas. «De eso se trata», gruñó su madre.
Pero él se encogió de hombros y caminó erguido al lado de los
demás hasta que la madre de doña Ruiz cedió por fin y mandó
a su marido y a sus hijos a casa. La joven doña Ruiz y su madre
tardaron dos días más en llegar a la iglesia, y al final tenían
las rodillas ensangrentadas casi hasta los huesos. La iglesia
estaba rodeada de tantos fieles bajo el rayo del sol que nadie
podía acercarse lo suficiente para ver al Cristo Negro. «¿Qué
mierda es esta?», dijo su madre. Al poco tiempo, un espíritu
de rebelión se extendió entre la multitud. Se habló de asaltar
la iglesia, de derribar las paredes de madera para que el Cristo
Negro fuera revelado. Hubo empujones y forcejeos. Y entonces, en medio de la agitación, una sombra oscura pasó sobre
la multitud, como si el día se hubiera sumido en la noche, y
todos se detuvieron y miraron a su alrededor confundidos. Al
levantar la vista, la joven doña Ruiz vio en el cielo oscurecido
la figura de un hombre, que en realidad era una nube, pero que
en su mente tomó por el Cristo Negro; como si hubiera salido
de la iglesia y se hubiera revelado a los que tenían la osadía de
mirar hacia arriba. Hasta el día de hoy, recostada en su hamaca, doña Ruiz siempre se aseguraba de hacerlo.

　　Sin embargo, ya era mayor y no era tan fácil salir de la
hamaca como antes. Por eso a veces se quedaba ahí durante
horas. Dormitaba y dejaba divagar la mente mientras planeaba
cómo salir, inclinando el cuerpo hacia un lado y luego hacia
el otro para ganar impulso y anclar una pierna por un lado de
la hamaca.

　　El día que Francisco la vino a ver, doña Ruiz llevaba

recostada como dos horas, disfrutando la brisa antes de la lluvia que llegaría con certeza.

Francisco era un viento ardiente, y cuando sopló a su lado, supo que era él sin tener que abrir los ojos. Doña Ruiz llevaba mucho tiempo de conocer a Francisco. Ella vivía en ese camino cuando él llegó a construir su casita y, aunque nunca fue cordial y rara vez hablaba, había recorrido el camino tantas veces, pasando frente a su casa cada vez, que aún de lejos había tenido oportunidad de sobra para observarlo y leer su energía. Al principio, él tenía mucha determinación, traía los materiales que necesitaba para erigir su casa, y doña Ruiz en ocasiones podía oír desde su terraza el eco del martillo que clavaba los trozos de madera en su lugar. Luego vino el periodo de felicidad sublime, ese tipo de felicidad que solo llega cuando uno se enamora, y no pasó mucho tiempo antes de que doña Ruiz viera a Francisco recorrer el camino con una mujer a su lado, una mujer melancólica de cabello negro como los cuervos llamada Esme. Doña Ruiz predijo su matrimonio incluso antes de que Francisco se diera cuenta de que eso iba a pasar. Por experiencia, sabía que cuando un hombre está tan loco de alegría como Francisco en esos días, solo hay dos posibles salidas: el matrimonio o la decepción amorosa. Y ocurrió que a Francisco le tocaría vivir ambos. El periodo de felicidad terminó un año y medio después de comenzar, y le siguió un periodo de pena intensa y asfixiante. Esme desapareció. Doña Ruiz no la volvió a ver. Lo siguiente que vio fue a Francisco, recorría el camino con un bebé amarrado al pecho y con el peso del resto del mundo sobre la espalda. Con el tiempo, doña Ruiz vio al bebé convertirse en niño y después en un joven. Tenía un temperamento muy distinto al de su padre. Era tímido y callado, pero abierto a las cosas; maleable, flexible, con ansias de aprender. Alguna vez había tenido una mula que la llevaba a la ciudad, pero la mula se murió, y cuando se le hizo más difícil ir a pie hasta la ciudad, le había pedido a Omar que le hiciera recados, un acuerdo que duró algunos años. Siempre era amable y siempre hacía lo que ella le pedía. Doña Ruiz nunca veía juntos a Omar y a Francisco, pero dado que no tenían a nadie más que el uno al otro, seguramente eran unidos. El día que vino Francisco llevaba mucho sin verlo. Le sorprendió que en todo ese tiempo su energía aún no hubiera cambiado. Ahora estaba tan acongojado como lo había visto en los días de su dolor, y se compadeció de él porque estaba claro que durante diecisiete años había estado atrapado en ese dolor. Tumbada en la hamaca, pidió a los dioses que lo librasen de él.

14

OMAR SE ENCONTRÓ CON LOS HOMBRES DE SU CUADRILLA UN POCO MÁS AL
sur de donde solían reunirse, junto a un enorme montón de
arcilla roja y rosada que, según recordaba, no existía la última
vez que había estado allí. Llovía y todos —Clement, Prince,
Joseph y Berisford— estaban parados delante de la arcilla, con
sus picos al costado, esperando a que sonara el silbato de la
mañana. Omar se dirigió hacia ellos entre el lodo.

—¡Mira quién anda por aquí! —dijo Berisford con una
enorme sonrisa cuando vio llegar a Omar.

Prince lo saludó de lejos. Joseph inclinó la cabeza con
solemnidad, tocando el ala de su sombrero. Clement, que estaba de pie con los brazos cruzados, apenas volteó la vista hacia
Omar sin siquiera mover la cabeza.

Berisford le dio una palmada en el hombro.

—Qué gusto verte, mano. Taba preocupao de que yastu-
vieras descansando en paz.

—Estaba en reposo en el hospital —dijo Omar sonriendo.

Berisford lo miró sorprendido.

—Me dio malaria —continuó Omar.

—¿Malaria? ¿Con toa la quinina que tomas?

—¿Ahí vas otra vez? —dijo Clement.

—¿Qué? Eso solo comprueba lo que les he dicho, que la quinina no funciona.

—A ver, dime —le preguntó Clement—. ¿Qué te dieron en el hospital pa que te aliviaras?

—Quinina —contestó Omar.

—Eso comprueba lo que yo les decía —dijo Clement haciéndole un gesto a Berisford, quien volteó la cara para que solo Omar lo pudiera ver y puso los ojos en blanco con dramatismo, a lo que Omar respondió con una sonrisa.

Se sentía bien de estar de regreso, volver a las cosas que ya se habían hecho familiares para él, como el traqueteo de las ruedas del tren, sentir el peso del pico entre sus manos, incluso las discusiones entre Berisford y Clement. Aunque fueran a cavar en un punto distinto, las cosas no habían cambiado mucho y eso lo hacía sentir reconfortado.

—¿Escuchaste del derrumbe? —dijo Berisford mientras hacía un gesto para señalar el montón de arcilla.

Berisford le explicó que la otra noche, mientras todos dormían, parte de la montaña se había derrumbado. Se habían quedado enterradas dos palas de vapor y un buen tramo de vía.

—Estamos luchando contra la tierra —dijo moviendo la cabeza.

—Y la tierra se está defendiendo —agregó Prince estirando el cuello para mirarlos.

Cuando por fin sonó el silbato, Omar levantó el pico y clavó la punta en la gigantesca montaña de arcilla. Todos los de la fila, uno a uno, cada hombre alzó los brazos y empezó a cavar. Omar estaba familiarizado con la sensación de esos movimientos y, entre eso y la manera en que Berisford le dio la bienvenida, sintió ese impulso de pertenencia, aunque fuera leve, que había estado buscando desde que llegó aquí.

Tras dos semanas en el hospital, el día anterior habían dado de alta a Omar, que se fue caminando hasta su casa. Era media tarde, y cuando llegó a la casa el bote de su padre no estaba en la playa. Omar entró, se quitó las botas, la ropa y el sombrero, los lavó y los dejó secar. Se encaminó hacia la cocina en ropa interior y se comió un par de galletas saladas de la lata que tenía su padre en una repisa. Luego deambuló por toda la casa, pasando las puntas de los dedos por encima de todas las cosas que había extrañado: la mesa cuadrada de la cocina, el tazón lleno de sal, el machete oxidado de su padre, los guijarros enterrados en la arcilla de las paredes. Aunque era la única persona ahí, no sentía la casa sola. Por las ventanas podía oír a los pájaros cantando sus canciones, podía percibir el olor a agua salada del océano. Su padre nunca hablaba de su madre, pero Omar sabía que lo había cuidado en esa casa, que lo había alimentado y había caminado con él sobre esos pisos de tierra; a veces Omar imaginaba que sus huellas seguían ahí bajo la superficie y que su aliento permanecía en el aire. Se sentía más cerca de ella cuando estaba en casa, donde sabía que había estado. Se dirigió al cuarto de su padre y se sentó en la cama. El peine de su padre estaba en el pretil de la ventana. Omar se acercó para recogerlo. Recorrió sus dientes con un dedo y sonrió por el ruido que hizo.

Tenía la esperanza de que, al entrar por la puerta, su padre estaría ahí, esperándolo, pero naturalmente había salido al mar. ¿Qué habría pensado su padre en su ausencia? Seguro que estaba preocupado, ¿no? A menos que, por alguna razón, creyera que Omar se había ido por su propia voluntad; que había elegido no regresar a casa. En ese caso, probablemente estaría molesto. Pero él ya estaba molesto, así que no haría gran diferencia con como ya estaban las cosas. Pero, si su padre estaba preocupado, esa noche, cuando cruzara la puerta y volviera a ver a Omar por primera vez en semanas, estaría encantado, ¿no? Omar se imaginó el momento: cómo, tras un momento de sorpresa, su padre sucumbiría al encanto y, sin pensarlo, le diría algo. Así como así, el Reinado del Silencio habría terminado.

Ya había caído la noche cuando su padre entró a la casa. Omar estaba sentado a la mesa y en el momento en que su padre cruzó por la puerta y lo vio, se detuvo. Omar, que toda la tarde se había aferrado a su sueño esperanzador, el sueño en el que su padre, exultante al ver a su hijo, lo abrazaba efusivamente, le preguntaba dónde había estado, qué le había pasado, decía ¡Gracias a Dios!, decía ¡Mi hijo ha vuelto!, decía algo, cualquier cosa, aunque fuera Hola, se sentó a la mesa y observó a su padre, del otro lado del cuarto, que lo miraba a él. Durante un minuto de espera agonizante todo parecía posible, pero mientras Omar esperaba, en algún momento vio que su padre apretaba la mandíbula y levantaba la barbilla; con eso, toda posibilidad había llegado a su fin. Su padre atravesó la habitación y pasó de largo sin decirle a Omar ni una palabra.

||||||||

—¡ESPERO QUE VENGAN listos para trabajar hoy, muchachos!

Omar se asomó por encima del hombro y vio a Miller marchar detrás de ellos con sus botas negras de hule. Algo que

no había extrañado Omar era a Miller. Berisford se enderezó
y gritó:

—¡Siempre tamos listos, señor!

—¿Qué fue eso?

Berisford carraspeó y repitió en voz más baja:

—¡Siempre tamos listos, señor!

Miller se aproximó sin prisa hasta estar tan cerca que,
si hubiera estirado el brazo, las puntas de sus dedos habrían
rozado el pecho de Berisford.

—¿Estás pasándote de listo?

—No, señor.

—No —replicó Miller—. Ni se te ocurra.

Omar volteó a ver el rostro de Berisford, pero estaba incó-
lume como una roca. La lluvia escurría por el ala de su sombrero. Miller no se movió, pero volteó a ver hasta el final de la
fila mientras gritaba:

—Otro día de lluvia, pero ¡tienen que apretar! El primer
obstáculo que hay que vencer es excavar desde el derrumbe.
Una vez hecho esto, aún quedan un millón de metros cúbicos
por excavar.

El mes anterior no habían cumplido con su objetivo, pero
Miller se había jurado que ese mes ni siquiera un derrumbe
iba a interponerse. Lloviera, tronara o relampagueara, esta
división estaría en la cima del tablero, y ese número brillante
—un millón— iba a quedar impreso para que todo el mundo
lo viera. Estaba seguro de que después de eso la gente lo vería
como algo más que un simple hombre que empuja la rueda.

—Y si alguien no puede hacer el trabajo —siguió diciendo
Miller—, lo voy a remplazar con alguien que sí pueda.

—Sí, señor.

Miller volvió a fijar la vista en el hombre que tenía enfrente, el que siempre traía el mismo pañuelo rojo.

—¿Y tú por qué andas tan contento diciendo «Sí, señor»? ¿Crees que estoy bromeando? Hay otros mil allá afuera que estarían felices de hacer este trabajo.

Al decir eso, Miller vio que el rostro del hombre se crispaba y supo que sus palabras habían surtido efecto. En el juego, algo que Miller disfrutaba, un gesto como ese era lo que llamaban una pista. Miller sonrió. Retrocedió varios pasos y contempló la enorme montaña de roca y arcilla.

—¡A cavar con todas sus fuerzas, muchachos!

IIIIIIIII

HUBO UN TIEMPO, en lo que parecía otra vida, cuando Miller había sido un apostador. Normalmente no tenía suficiente dinero para comprar alcohol, razón por la cual ocurrían las apuestas. Si jugaba bien sus cartas o hacía una buena apuesta podía ganar lo suficiente para uno o dos whiskeys. Para toda una botella, si la fortuna le sonreía. Pero entonces el whiskey, que le relajaba la mente y la racionalidad, hacía más probable que apostara de nuevo. Si ganaba en grande, se recompensaba con otro trago, y si perdía en grande, se consolaba con lo mismo, siempre que tuviera dinero de sobra. No siempre lo tenía, y eso era un problema. Pero ambas cosas iban unidas en su mente: el whiskey y las apuestas. Al final, cayó por las apuestas. Aunque en realidad no fueron las apuestas, sino el hombre con el que había apostado. Miller culpaba a ese hombre. Se trataba de un negro a quien Miller había conocido una noche sentado en el bar del Jensen's Saloon, en las afueras de Boise, Idaho. Cada noche durante las tres semanas que llevaba en Boise, Miller había ido allí después de trabajar, para descansar y desahogarse un poco. De vez en cuando, convencía a alguno de los otros hombres de que lo invitara una copa, pero la mayoría de las veces Miller tenía que jugar unas cuantas manos al póker antes de conseguir el dinero suficiente para pagarse su gusto. Lo poco que Miller ganaba en el ferrocarril se lo mandaba a su pobre madre en Carolina del Sur, que era la única mujer por la que sentía algún afecto. Había tenido relaciones con otras mujeres, con más de unas cuantas, pero el afecto no era parte de la ecuación.

El negro sentado en el bar aquella noche llevaba la camisa arremangada hasta los codos y tenía los antebrazos desnudos recargados sobre el mostrador laqueado del bar, como si ese fuera su sitio. Además, traía una bebida en la mano y Miller no, y eso le parecía injusto.

Miller se acercó y le preguntó al cantinero:

—¿Por qué le sirves a este?

—Porque se sentó —replicó el cantinero.

—¿Le sirven a cualquiera que se siente?

—Le servimos si trae dinero.

—¿Y sí trae dinero? —preguntó Miller con amargura.

—Sí.

El cantinero era desgarbado y llevaba un corbatín, algo que a Miller no le había importado antes, pero que ahora le parecía sospechoso. ¿Qué clase de camarero llevaba un corbatín hoy en día?

—Pero ¿le preguntastes de dónde lo sacó?

—¿Por qué habría de hacerlo?

—Nunca se sabe con estas gentes. Puede que lo haya rateado si de verdad lo trae.

—¿Lo rateaste? —le preguntó el cantinero.

—Claro que no —respondió el negro con una voz profunda.

—Ya ves —replicó el cantinero.

—¿Y tú le crees? —preguntó Miller.

—No tengo por qué no creerle.

Miller se quedó mirando al negro que estaba encorvado bebiendo su trago. Miller se relamió al ver el whiskey. Simplemente, no le parecía correcto.

—¿Cuánto dinero trais? —lo cuestionó Miller.

—¿Perdón?

—¿Cuánto dinero trais?

Los párpados del negro parecían pesados. Si estaba tan borracho eso quería decir que traía un montón para gastar y quizá también que traía más. Miller todavía no sabía cómo lo había conseguido, pero ahora su única idea era cómo hacerse con él.

—Traigo lo que traigo —dijo el negro al fin.

—¿Diez dólares? ¿Quince? ¿Veinte? ¿Veinticinco?

El negro, impasible, le dio otro trago a su whiskey.

—Maldita sea. ¿Cincuenta? ¿Trais cincuenta jodidos dólares en el bolsillo?

Miller sacudió la cabeza. ¿Cómo podía ser? El mundo estaba totalmente al revés si este hombre tenía cincuenta dólares en su poder en ese momento y Miller no tenía ni uno.

—A ver —dijo Miller—, te apuesto algo. Te apuesto tus

cincuenta dólares a que no te puedes parar en aquel barandal durante cinco segundo seguidos.

Miller señaló el barandal de madera que rodeaba el borde de un pasaje en el segundo piso por el que se podía ver hacia la cantina, como una especie de balcón.

El negro levantó la cabeza y sonrió.

—¿Me vas a dar cincuenta si me puedo parar en aquel barandal?

—Durante cinco segundos, ni uno menos. Y si no lo logras, tú me das tus cincuenta.

—¿Tienes cincuenta?

—Claro que sí.

El negro se acarició la barbilla como si lo estuviera considerando, luego se puso de pie y subió las escaleras hasta el segundo piso, un poco más estable de lo que Miller hubiera creído. Cuando llegó a la parte de arriba casi todos en la cantina miraban desde abajo. Se subió al barandal, primero un pie y luego el otro. Se soltó y se enderezó, y luego se quedó ahí, de pie, como un rey que los gobernara a todos. Miller contuvo la respiración mientras el cantinero empezaba a contar en voz alta. «Uno, dos...». Luego se unieron todos a coro. «Tres». El negro se tambaleó. Miller apretó la quijada. «Cuatro». Y entonces el hombre se cayó. Algunos se atragantaron. Miller soltó el aire que había estado conteniendo y sonrió. Cincuenta dólares para él. Con eso podría comprar tragos durante casi un año. El crujido que se oyó después pareció correr por las paredes y perforar el aire. La gente se abalanzó alrededor del hombre y Miller estiró el cuello tratando de ver. Alguien gritó. «Se rompió la cabeza». La sonrisa huyó del rostro de Miller.

«¡Le están saliendo ríos de sangre!». Se oyeron gritos pidiendo un médico, unos trapos y que le hicieran espacio al hombre. Miller miró a su alrededor. El cantinero le dijo:

—Ahora sí estás en problemas. —Señaló a Miller con el dedo—. ¡Fue idea suya! —gritó el cantinero, y voltearon a verlo suficientes tipos como para hacer que Miller diera un paso atrás.

Cuando vio que dos hombres venían hacia él abriéndose paso entre la multitud, salió disparado. Lo bueno —tal vez lo único bueno— de estar sobrio cuando los demás no lo estaban era que sí podía razonar y correr. Corrió tan rápido como pudo durante mucho, mucho tiempo.

Nunca le había contado a nadie sobre esa noche, aunque lo perseguía de vez en cuando. Regresaba en sueños que se sentían como si lo condenaran solo por ocurrir. Pero a la luz del día se decía a sí mismo que no había hecho nada malo, que si un hombre era tan tonto como para treparse a un barandal en un segundo piso cuando ya estaba medio pasado de copas, bueno, en realidad era su propia culpa. Miller no era responsable de lo que hubiera pasado después.

||||||||

OMAR ESTABA EXHAUSTO después de una hora cavando. Había empezado el día sintiéndose fuerte, pero la malaria le había robado algo, y para media mañana ya había disminuido su ritmo. Solo confiaba en que Miller no lo notara. Prince silbaba una canción que los otros hombres conocían, y ellos cantaban mientras trabajaban. *Nattie oh, Nattie O gone to Colón.* Berisford animó a Omar a que se uniera al canto, pero Omar sacudió la cabeza y dijo que prefería solo escuchar.

—Anda, vamos —le insistió Berisford.

Omar había oído la canción docenas de veces, las suficientes como para saberse la letra, y para hacer feliz a Berisford abrió la boca y entonó unas cuantas palabras. Berisford gritó de alegría, haciendo sonrojar y reír a Omar. Clement frunció el ceño y les dijo que trataran de pasar desapercibidos y se pusieran a trabajar si sabían lo que les convenía. El sonido del Corte era el mismo de siempre, constante y chillón, así que cuando sonó el silbato del tren ninguno de los hombres se sobresaltó. No fue hasta que Miller les ladró diciéndoles que dejaran lo que estuvieran haciendo que todos miraron a su alrededor, sin saber qué pasaba. Por la cara de los demás, se notaba que estaban tan confundidos como él.

—¡Sostengan sus picos! ¡Hagan fila! —gritó Miller apuntándolos con el dedo—. Y sonrían para que él pueda ver lo felices que están, carajo.

Omar y los otros retrocedieron varios pasos cuando el silbato del tren volvió a sonar. Cuando todos los hombres estuvieron hombro con hombro, Berisford se desamarró el pañuelo y se secó la cara. Fuera lo que fuere, Omar se sintió aliviado de poder descansar un momento. Algunos hombres estiraban el cuello para poder asomarse al final de la vía, pero Omar sabía por el sonido que el tren que venía hacia ellos se arrastraba con lentitud. Solo hasta que estuvo lo suficientemente cerca se dio cuenta de que no era el típico tren sino un vagón negro cubierto de banderines con las mismas barras y estrellas que la bandera de Estados Unidos.

—¿Es el coronel? —preguntó Berisford.

—No, el vagón del coronel es amarillo —respondió Omar.

—Será el tal Oswald, yo creo —dijo Joseph.

—¿Se supone que tenemos que hacer algo? —dijo Berisford.

—¿Algo como qué? —preguntó Prince.

—¿Cómo saludar?

—Cállense —gruñó Clement.

Todos juntos, en posición de firmes, observaron cómo el coche se acercaba soltando un espeso humo gris. Cuando pasó, Omar vio por la ventanilla a un hombre que miraba fijamente hacia fuera, vio su sombrero blanco, el brillo de sus anteojos y la expresión de su rostro, triste y sombrío. Había oído el nombre de Oswald, pero nunca lo había visto. De pie en el barro, con el pico en la mano, a Omar lo invadió una extraña sensación. A la mitad del trabajo, todos los hombres habían dejado de hacer lo que estaban haciendo y se habían hecho a un lado. Era solo eso, nada más. Se hicieron a un lado. Aquí, en el país donde Omar había nacido y vivido todos los días de su vida, había llegado un hombre, y Omar se hizo a un lado.

||||||||

CUANDO SONÓ EL silbato del almuerzo, todos los hombres subieron para salir del Corte y se dirigieron a una de las cocinas con techo de paja donde les daban de comer por el precio de veintisiete centavos al día, que les descontaban de su sueldo. Las cocinas no tenían ni mesas ni sillas, por lo que los hombres comían afuera en el piso, a veces recargados contra los árboles que los protegían del sol y de la lluvia.

—Arroz con frijoles —dijo Berisford cuando salió Omar y se sentó junto a él—. Todo el tiempo arroz con frijoles. ¿Cómo esperan que sobreviva un hombre con tanto arroz con frijoles?

Berisford estaba sentado con las piernas cruzadas bajo un árbol de baniano. Se había quitado el sombrero y lo había dejado a su lado en el suelo mojado. Prince, que también estaba sentado ahí, dejó de sambutirse comida en la boca apenas lo suficiente para decir:

—Tengan cuidado. Te arrestan si te oyen quejarte en voz alta.

—¿Arrestarme?

—Hay muchas reglas aquí —asintió Prince—. Reglas sobre dónde se para un hombre, reglas sobre cuánto puede estar parao ahí. Pronto van a prohibir que questés de pie.

Prince se rio y Omar tomó un bocado de comida. Estaba sosa y el arroz, demasiado duro, aunque al menos estaba caliente.

Clement estaba con ellos, recostado y cubriéndose los ojos con un brazo. Joseph normalmente comía en otra parte antes de asistir al servicio de mediodía en la iglesia.

—¿De menos ta mejor la comida en la penitenciaría? —preguntó Berisford mientras revolvía con tristeza los frijoles de su plato.

—¿Sabes qué comen los yanquis en sus hoteles? —replicó Prince.

—¿Qué?

—Budín de ciruela, crema de tomate y también puré de papa.

Berisford se agarró el estómago y gimió de envidia.

—¡A los españoles y a ellos les dan vino! Comen como reyes.

—¡Y uno aquí comiendo como mendigos! —dijo Berisford.

—Agradezcan qui hay de comer —dijo Clement desde el suelo.

Omar se agachó sobre su plato y espantó las moscas que se acercaban. El almuerzo era la única comida que compartía con los hombres, y a pesar de que se sentaba con ellos y ellos lo dejaban, él nunca decía demasiado. Sin embargo, estaba agradecido por su charla, en especial ahora que las comidas en casa eran tan silenciosas.

Omar escuchaba a Berisford y Prince hablar de los campamentos en los que vivían, de cómo las cabañas tenían goteras, cómo solamente había una repisa larga donde todos dejaban sus cosas; cómo los hombres, decía Prince, estaban más apretados que las pulgas de un perro. Pero lo peor, según Berisford, era el vigilante, que pasaba cada noche a las nueve en punto para asegurarse de que ya estuvieran dormidos, como si fueran niños.

—¿Tú vives en los campamentos? —preguntó Berisford volteando hacia Omar.

—No —respondió.

Prince y Berisford se quedaron viéndolo como si esperaran que fuera a decir algo más.

—Habla como si le cobraran por sílaba —dijo Prince en tono burlón.

Omar sintió que las mejillas se le acaloraban. Berisford le preguntó amablemente dónde vivía.

—Con mi padre. Fuera de la ciudad.

—¿Ciudad de Panamá?

—Sí.

—¿Y vienes a diario hasta acá?

—Sí.

—¿Por qué razón?

—Por la misma razón que todos ustedes —interrumpió Prince antes de que Omar pudiera responder—. Por dinero, por supuesto.

Berisford les contó que cuando tuviera suficiente dinero iba a regresar a Barbados a comprar una casa y luego casarse.

—¿Tienes novia? —le preguntó Prince.

—Naomy se llama, y todo el tiempo ta en mi mente —asintió Berisford.

—¿O sea que no existe? —preguntó Clement, todavía con el brazo cubriéndole los ojos, pero Omar pudo ver que se reía.

—Claro que sí. Vean.

Berisford sacó una fotografía en blanco y negro de su pantalón; la traía con él para poder abrirla cuando quisiera ver el rostro de Naomy que lo miraba. Se conocían desde que eran niños. Solían ir a recoger bayas juntos y Naomy siempre les quitaba la cáscara a las suyas y las masticaba por separado de la parte de adentro. A Berisford le gustaba verla cuando llevaba a cabo ese acto cuidadoso de desenvolver algo. Una vez le preguntó por qué no se las comía enteras y ella respondió que para algunas cosas vale la pena tomarse su tiempo. Eso resultó ser cierto. Pasó mucho tiempo, años y años de no ser más que amigos, antes de que Berisford se armara de valor para decirle lo que sentía por ella, pero, para su sorpresa, Naomy sonrió con timidez y le confesó que ella sentía lo mismo. Estaban sentados afuera y Berisford le dijo: «Me gustaría besarte, ¿puedo?», y Naomy le respondió que sí, y cuando se separaron, todavía con los ojos cerrados, Berisford murmuró: «Me gustaría besarte siempre», y con una sonrisa que él pudo detectar hasta con los ojos cerrados, Naomy respondió: «Puedes hacerlo». Ambos tenían veinte años y estaban listos para casarse, pero Berisford había querido ganar dinero antes para darle una vida cómoda. Naomy se había quejado de su partida, le había rogado que no lo hiciera, pero él le había prometido que cuando regresara de Panamá se tendrían el uno al otro y más.

Berisford desdobló la fotografía y se la pasó a Prince, que hizo un sonido de aprobación antes de pasársela a Omar que dijo:

—Es muy bonita.

—Ya estás, quédate con tu bonita —dijo Clement sin siquiera sentarse para ver la fotografía—. Mi muchacha es bien hermosa. Hermosa como el día es largo.

—¿Ah, sí? ¿Tons qué pasa de noche? —dijo Berisford y luego torció la cara de modo que quedó chueca y fea, con la lengua para afuera y los orificios nasales dilatados.

Prince se rio tanto que al final Clement se incorporó. Berisford torció aún más la cara y a Prince le dio una risa histérica. Omar intentó contener su propia risa sin conseguirlo.

Clement esperó a que los tres se tranquilizaran y dijo con calma:

—¿De noche? Yuuuuujuuuu. Es salvaje de noche.

Clement guiñó el ojo y Prince aulló. Victorioso, Clement se recostó de nuevo en el piso.

15

VALENTINA SE DETUVO FRENTE A LA CASA DE IRINA PRIETO Y SE ACOMODÓ los pasadores de cabello para asegurarse de que estuvieran firmes. Traía el mismo vestido que el que llevaba el día anterior, cuando llegaron a Gatún —no se le había ocurrido que podía necesitar un cambio de ropa—, y, para colmo, sin sus pomadas habituales, su cabello era un desastre. Por lo visto Renata no tenía ni un peine. Sin embargo, a pesar de su falta de arreglo personal, Valentina se había obligado a salir de casa. Decidió que lo primero que debía hacer era hablar con los vecinos, averiguar quiénes de ellos habían recibido el mismo papel y quiénes ya lo habían firmado.

Golpeó con los nudillos la puerta de Irina.

—¡Valentina! ¿Eres tú? —exclamó Irina sorprendida. Tenía noventa años y era sorprendente que su cabello todavía fuera de un tono castaño claro, aunque en su bata de casa ya lucía frágil. Un gato gris se le enredó en los tobillos.

—¿Te acuerdas de Simón? —preguntó Irina.

Valentina se agachó a acariciar al gato, pero este gimoteó antes de alejarse.

—Vaya, no le hagas caso —dijo Irina—. Es más temperamental que yo. Pero ¿qué haces aquí? ¿Quieres pasar por un cafecito? ¿O un dulce?

Valentina sonrió. Sí, le gustaban mucho los caramelos que Irina siempre había guardado en un frasco, pero no, hoy estaba ahí por otra razón.

—Irina, ¿recibiste una notificación donde te pedían que te mudaras debido a los planes para construir una presa aquí?

El rostro de Irina se ensombreció.

—Ah, sí.

—¿La firmaste?

—No, por Dios.

—Qué bien. Solo vine para asegurarme —dijo Valentina, y sonrió de nuevo.

—Díselo, Simón —dijo Irina mientras acunaba al gato entre sus brazos—. Puedo estar vieja, pero todavía no estoy senil.

En la siguiente casa, Salvador Bustos también invitó a Valentina a pasar, pero ella fue directo al punto y le dio gusto cuando, como Irina, Salvador respondió:

—¿Por qué habría de firmarla? No. Absolutamente no.

En casa de Xiomara Vargas, Valentina encontró también a Josefina Santí. Desde que enviudaron, Xiomara y Josefina se habían vuelto las mejores amigas; cuando ambas insistieron en que Valentina entrara, sin aceptar un no por respuesta, vio que estaban bordando un mantel entre las dos.

—Yo lo empecé por un lado y Josefina por el otro —dijo Xiomara—, y la idea es encontrarnos a la mitad, pero ya puedes ver cómo voy mucho más adelantada que ella.

—Sí, y también te puedes dar cuenta de quién son las puntadas mejor hechas —rio Josefina mientras pasaba la aguja.

Valentina las felicitó por su trabajo sin detenerse mucho, antes de preguntarles sobre la notificación.

—¿Te refieres al aviso de desahucio? —preguntó Xiomara.

—Yo lo tiré a la basura —dijo Josefina sin levantar los ojos de su labor.

—Claro, como corresponde —asintió Xiomara y volteó a ver a Valentina—. ¿Por qué lo preguntas?

—Solo quería confirmar. A Renata le llegó una y no la ha firmado, pero me dice que hay otras personas que sí —respondió Valentina sin decir quién.

—Esas otras personas son imbéciles —dijo Josefina.

Xiomara asintió de nuevo, pero volteó a ver a Valentina con nerviosismo.

—¿Son muchas personas? Nos lo puedes decir.

—No lo sé. Eso es lo que estoy tratando de averiguar.

—¿Y qué si es así? —dijo Josefina—. Los que lo firmen se van a ir y los que no, se van a quedar, ¿cierto?

—¿Así es como funciona? No me puedo acordar qué decía el aviso —dijo Valentina volteando a ver a Xiomara.

Valentina se mordió el interior de la mejilla. Había demasiadas preguntas, e ir de puerta en puerta como lo estaba haciendo no era la forma más eficaz de llegar al fondo del asunto.

—Quizá podríamos convocar a una reunión municipal —sugirió.

Xiomara y Josefina dijeron que asistirían. En cada casa después de esa, además de preguntar por el aviso de desahucio, como empezó a llamarlo, Valentina también mencionó la reunión. Gracias a Dios la mayoría de las personas que visitó no había firmado el papel todavía, aunque unas cuantas confesaron que sí lo habían hecho; algunas porque sentían que no tenían opción y otras porque, la verdad, pensaban que la reubicación no estaría tan mal. Este razonamiento dejó perpleja a Valentina. Ambos razonamientos le rompieron el corazón.

Al final del día Valentina regresó con Irina y con Salvador a invitarlos a la iglesia también.

—Maravilloso —dijo Irina—. La iglesia es el lugar perfecto para que nos organicemos y los mandemos al demonio.

|||||||||

EL INTERIOR DE la iglesia de Gatún era de diseño católico tradicional, con quince filas de reclinatorios de madera a cada lado de un pasillo central y un altar modesto frente a un crucifijo igual de modesto que representaba a Jesús clavado en la cruz con su corona de espinas. Había dos ventanas lanceoladas en cada una de las paredes. Además de Renata, Joaquín y Valentina, en este espacio se habían reunido alrededor de una decena de personas, una cantidad que a Valentina le pareció un poco decepcionante. Esperaba que hubiera el doble.

Valentina estaba de pie al frente de la iglesia para ver si entraba alguien más. Sin embargo, los residentes que ya se encontraban ahí empezaban a inquietarse: Dante Bustamientos ya había salido a fumar dos veces. Entonces, el padre Suárez, que estaba sentado en la primera banca junto a Renata y Joaquín, y que le había permitido a Valentina usar la iglesia, sugirió amablemente que tal vez ya era momento de iniciar.

—Amigos —dijo Valentina tras aclararse la garganta. Le habría parecido un sacrilegio pararse en el altar, por lo que estaba de pie frente a él, a la altura de todos los demás—. Bienvenidos, amigos.

Esperó a que la gente guardara silencio. Nunca se había dirigido antes a una multitud; sin embargo, no estaba tan nerviosa como podría.

—Me alegra mucho estar aquí con todos ustedes, pero el motivo de nuestra reunión me preocupa muchísimo. —Se le habían ocurrido estas palabras esa mañana y había estado esperando el momento de decirlas en voz alta—. Todos ustedes recibieron el papel que decía que todo el pueblo de Gatún se verá obligado a mudarse a la rivera este del río antes de abril para que aquí, en donde estamos en este mismo instante, puedan construir una presa para el canal. —Varios asintieron—. Bueno, pues yo por lo menos no creo que eso sea correcto.

—¡Yo tampoco! —gritó Salvador Bustos.

—Ni yo —dijo alguien más, pero Valentina no alcanzó a ver de quién se trataba.

—Bueno, pues aquí estamos, para ver cuáles son nuestras opciones.

—¿Opciones? No tenemos opciones, ¿o sí? —dijo Alfredo Ríos, el barbero local, que estaba sentado en la tercera banca—. Todos sabemos que van a construir la presa. Las obras no se van a detener simplemente porque estemos nosotros ahí.

—Pero ¿no podrían construir la presa en otra parte? ¿Por qué tiene que ser aquí? —preguntó Irina.

—Buena pregunta —apuntó Valentina—. ¿Alguien tiene un lápiz?

En su bolsillo estaba el aviso de desahucio de Renata, que había doblado en cuatro y traído consigo por si necesitaba referirse a él durante la reunión. Lo sacó, lo alisó sobre su muslo y escribió la pregunta con el lápiz que le dio el padre Suárez.

—Una opción sería rezar —sugirió Hilda Sáez.

—Rezar no nos va a ayudar ahorita —afirmó Alfredo.

—Rezar siempre nos ayuda a todos —agregó Hilda con calma.

Alfredo puso los ojos en blanco y el padre Suárez se levantó por un momento y se dirigió a la multitud:

—Tenemos que seguir rezando —dijo sonriendo—, porque en la oración nuestro verdadero yo se comunica con Dios, pero es claro que eso no nos impide hacer también otras cosas.

—¿Cómo qué? —preguntó Alfredo cuando el padre Suárez se sentó.

—Yo estoy de acuerdo con Alfredo —dijo Dante—. No tenemos opciones. Para que la presa exista, el pueblo tiene que desaparecer. Así de fácil.

—Si eso es lo que crees, ¿por qué estás aquí? —le gritó Raúl Saavedra.

—Porque me invitaron, Raúl —respondió Dante.

—Yo no te invité —murmuró Raúl.

El padre Suárez se levantó de nuevo y volteó hacia ellos:

—Caballeros, por favor.

Dante y Raúl tenían una relación antagónica desde mucho tiempo atrás, algo relacionado con una cerca, pero Valentina no quería meterse en eso ahora y agradeció cuando el padre Suárez la volteó a ver y le pidió que continuara.

—Gracias —le dijo, y se dirigió de nuevo a la pequeña multitud—. Según el aviso, tenemos seis meses hasta que se inicie la reubicación. Eso nos da seis meses para pelear. Incluso si hoy no sabemos qué hacer, incluso si algunos creen que no tenemos opciones, seis meses nos da tiempo para pensar en alguna, ¿no?

Todo el mundo se quedó callado. Valentina había esperado que estuvieran de acuerdo, pero volteó a ver a Salvador, que había sido el primero en decir que él tampoco se quería ir, y este tampoco dijo nada. Vio que Josefina cosía en silencio el mantel que había traído. Dante no podía dejar de mover la rodilla.

—¡No nos podemos rendir! —dijo Valentina.

—Yo prefiero rendirme a quedar aplastado bajo una roca —se burló Alfredo.

—¿A quién están aplastando? —preguntó Esmeralda.

—A ti, si te quedas.

Esmeralda ahogó un grito y el padre Suárez se puso de pie por tercera vez:

—Acordémonos de hablar con el amor del Señor en nuestros corazones.

Valentina sintió que la reunión se le iba de las manos. El fatalismo de Alfredo había contaminado el ambiente, y más allá de la pregunta de Irina y de la invocación de Hilda a que rezaran, todavía nadie había tenido una idea de qué podían hacer. Ni siquiera ella. Volteó a ver a Joaquín, pero él solo estaba ahí sentado con su sonrisa beatífica; una sonrisa que por lo general era adorable, pero que en ese momento era irritante al extremo. ¿Cómo podía sonreír en un momento como ese? ¿Sí estaba poniendo atención? Sintió la necesidad de gritar su frase sobre necesitar toda su atención, pero, como estaba de pie delante de tanta gente, no lo hizo. En vez de eso volteó a ver a Renata, con la esperanza de que pudiera intervenir, pero Renata solo miraba a Valentina como si se tratara de una obra de teatro y no de una reunión en la que podía participar. Valentina amaba a su hermana, pero en algunas ocasiones, como esta, hubiera agradecido que Renata mostrara algo de pasión, algo de ímpetu, ¡por amor de Dios! Pero desde que eran niñas nunca había sido así. Más bien, Renata seguía la corriente, un rasgo que a menudo podía ser útil, salvo que en este caso dejarse llevar por la corriente implicaría terminar del otro lado del río.

Valentina respiró profundo y observó los rostros frente a ella. ¿Qué podían hacer? En realidad, ¿qué podía hacer cualquiera de ellos? Pero, tenía que haber algo, ¿no? Estaba a punto de preguntar si alguien además de Alfredo tenía algo que decir cuando, en la cuarta banca empezando de atrás, Justo de Andrade, que ya debía tener unos setenta años, se agarró del asiento delante de él y se puso de pie. Le tomó unos segundos de esfuerzo antes de incorporarse; para ese momento, todos habían volteado a verlo.

—Es una cuestión de respeto —dijo Justo.

Justo tenía un vivero con naranjos, limoneros, caimito y calabaza. Cada año por Navidad, invitaba a los niños de Gatún al vivero para que se llevaran todas las naranjas que pudieran cargar, pero no se valía llevar bolsas o cubetas. Era una tradición que a Valentina le encantaba cuando era niña. Justo prosiguió en un tono lento y mesurado.

—Gatún es un lugar importante. Ha sido importante durante siglos. —Desde la multitud se elevó una pizca de asentimiento y Salvador aplaudió un poco—. Es triste que por lo visto los norteamericanos no lo comprendan. Para ellos, no sabemos nada ni tenemos nada; nada que valga la pena saber o tener, en lo que a ellos respecta. Los he oído decir que la obra que están planeando va a traer cosas como progreso, civilización y modernidad a este lugar, estoy seguro de que ustedes también lo han oído, como si las herramientas que ya hemos creado, los edificios que ya hemos construido, la tierra que hemos cultivado, la sociedad que hemos organizado, de algún modo, no fueran progreso o civilización o modernidad, sino ajenos a esas cosas. Como si no fuéramos más que gente primitiva con unas cuantas chozas primitivas que se pueden cambiar de lugar con facilidad. Todos nosotros aquí en esta iglesia sabemos que eso no es cierto, y aunque ellos no lo sepan, lo que pido es que al menos nos respeten, que nos respeten como nosotros los hemos respetado durante tanto tiempo.

Durante un momento el silencio fue absoluto. Una vibración de estupor recorrió el aire. Justo asintió, como si ya hubiera dicho lo que tenía que decir, y volvió a sentarse en la banca.

—Gracias —dijo por fin Valentina, a punto de llorar.

—¡Justo presidente! —gritó Raúl, con lo que varios se rieron.

—Lo siento —dijo Alfredo una vez que todos voltearon de nuevo al frente—, pero no nos van a dar ese respeto solo porque se lo pidamos.

—Bueno, seguro no nos lo van a dar si no se lo pedimos —dijo Irina.

—Perdónenme —dijo Xiomara—, pero dejando a un lado el respeto, ¿qué les hace pensar a ellos que tienen derecho a sacarnos de nuestras casas?

—Pues que nuestro propio Gobierno les dio ese derecho —dijo Alfredo.

—¿Eso es cierto?

—Sí. Según los términos del tratado original —respondió Máximo Pérez, que era abogado.

—Pero ¿por qué habría hecho algo así nuestro Gobierno?

—¡Porque Estados Unidos les pagó diez millones de dólares! —dijo Alfredo.

—Pero a nosotros no nos pagó nadie —acotó Xiomara.

—Bueno, pues quizá deberían —dijo Salvador—. O nos pagan lo justo o nos negamos a irnos.

—Esa sí es una buena idea —dijo Dante.

—Perdónenme de nuevo —dijo Xiomara—, pero todavía no entiendo. ¿Nuestro Gobierno les dio el derecho de hacer qué exactamente? ¿De construir un canal?

—Y de usar todo el terreno que fuera necesario para propósitos del canal, así es —respondió Máximo.

—¿Y eso es Gatún?

—Sí.

—Pero ¿nosotros no tenemos derechos?

—Tal vez deberíamos preguntar eso también —dijo Josefina, que estaba sentada al lado de Xiomara y había estado cosiendo todo el tiempo.

—¿Preguntarle a quién? —dijo Salvador.

—A nuestro Gobierno. O a la Asamblea Nacional. O a quien sea que esté a cargo.

—¡Les podríamos escribir una carta! —dijo Valentina y levantó el papel y el lápiz que todavía tenía en sus manos.

—¿Una carta? —intervino Alfredo frunciendo el ceño.

—Todos nosotros recibimos cartas, ¿no? Pues ahora les responderemos con una de nuestra parte.

—Una carta de resistencia —dijo Salvador.

—Sí, les podemos hacer una lista de nuestras preocupaciones y preguntar lo que queramos.

—Y luego, ¿qué? —preguntó Alfredo.

Valentina se quedó pensando por un momento.

—Luego mi esposo puede ir a entregar la carta en las oficinas del Gobierno cuando vaya a la ciudad a trabajar. —Volteó a ver a Joaquín, que la miró abrumado, como si fuera un estudiante al que hubieran sorprendido al no prestar atención a la clase—. ¿Lo harías?

Es posible que ni siquiera se hubiera enterado de a qué estaba accediendo, pero Joaquín, Dios lo bendiga, respondió:

—Claro que sí, mi amor.

‖‖‖‖‖‖

EL TREN DESDE Gatún tardaba casi dos horas en llegar a Ciudad de Panamá, que pronto se convirtieron en las mejores dos horas de la vida de Joaquín. Bueno, en realidad las dos horas de regreso a casa después de haber concluido un día de trabajo eran las mejores, pero estas dos horas quedaban en un muy cercano segundo lugar. Dos horas de paz en las que no tenía nada que hacer más que sentarse a descansar.

Le hubiera gustado poder dormir en el tren, pero a pesar de ser tan temprano, se había dado cuenta de que, desde que se estaban quedando en Gatún, nunca estaba lo suficientemente cansado como para ello. Renata les había hecho una cama de paja y pasto en el piso de la habitación que no estaba en uso. Una cama que le había parecido abultada e incómoda, pero después de dormir en ella la primera noche, Joaquín había despertado más descansado de lo que había estado en años. Quizá se lo debía a la cama, o a que Gatún era mucho más silencioso que la ciudad, o a que el aire era mucho más fresco en el suelo de la casa que en su departamento, en el segundo piso, aun con la brisa que le entraba. Lo importante es que en Gatún dormía como piedra. Los efectos saludables del ambiente probablemente se habían extendido también a Valentina, que ya no lo despertaba con sus sueños.

Llamaba la atención que también estaba comiendo mejor de lo que lo había hecho en años. La noticia de que Valentina y él se estaban quedando en Gatún había provocado que un vecino tras otro viniera a la casa con los brazos cargados de pan azucarado, tazones de arroz con pollo y charolas con montañas de tamales tiernos. Además de eso, resultó que Renata era una excelente cocinera. En los últimos años, ahora que Horacio ya no estaba, Valentina había dejado de poner el mismo empeño en la cocina que antes. Al principio Joaquín pensó que algo le había pasado a su lengua para que la comida que antes era tan sabrosa ahora le supieran tan insípida, pero cuando mordía un plátano o una piña o sorbía el jugo pulposo de un coco, todo le sabía igual que antes. Quizá Valentina se saltaba pasos en las recetas o se le olvidaba ponerles sal, pero lo cierto era que ahora cocinaba con menos cuidado que antes, y la comida —y el estómago de Joaquín— pagaban por ello. Pero en Gatún era diferente. En Gatún su panza estaba tan llena como el mar.

En realidad, el único aspecto negativo de la estancia en Gatún era que Valentina no toleraba ningún comportamiento travieso, debido a que dormían en el que antes era el dormitorio de sus padres. A él no le quedaba del todo claro por qué eso habría de impedírselo, pero cuando intentaba algo, Valentina chasqueaba la lengua y decía: «Aquí no». Después de tanto tiempo, su esposa aún lo volvía loco, y le hubiera gustado hacer algo al respecto. Lo más que Valentina le permitía era un beso, pero los besos, lejos de satisfacer su deseo, no hacían más que reforzarlo. Recurrió a ocuparse de sus propias necesidades en la oscuridad, después de que ella se quedaba dormida. Ahora que lo pensaba, quizá esa era otra de las razones por las que había dormido tan bien.

Joaquín se bajó del tren en Ciudad de Panamá y empezó a caminar en dirección al Palacio Presidencial. Los residentes que habían estado en la reunión del día anterior tardaron más de una hora en redactar una carta para los funcionarios del Gobierno de Panamá. Se había discutido a gritos lo que debían incluir, y Joaquín había intentado mantenerse al margen la mayor parte del tiempo. Pero al final redactaron una carta con varias preguntas fundamentales: ¿por qué les había hecho esto el Gobierno? ¿No había ningún otro lugar razonable donde pudiera estar la presa? ¿A alguien, ya fuera al Gobierno panameño o al de Estados Unidos, le importaba la miseria que estaban infligiendo a la gente de Gatún, a la que estaban obligando a sacrificar todo por lo que habían trabajado y lo que habían construido? ¿No se merecían más respeto? ¿Y qué sería de ellos si se marchaban? ¿No tenían derecho a una compensación justa por todo lo que se les estaba obligando a abandonar? ¿Tendrían derecho a protección en el futuro si accedían? ¿Podría alguien garantizarles que después de esto los dejarían en paz?

Para Joaquín, todas estas eran preguntas válidas, y ahora le tocaba a él asegurarse de que alguien las recibiera.

Joaquín nunca había estado en el Palacio Presidencial, y fue emocionante ver las distintas plazas y edificios en el camino. Sonrió al ver las buganvilias en los balcones, e incluso sonrió cuando una mujer se inclinó por el barandal para sacudir una toalla que hizo llover polvo sobre su cabeza. Tenía una idea general de cómo llegar —desde la terminal de pasajeros, hacia el sur, y luego hacia el este, hacia la bahía— y, como las calles estaban trazadas más o menos en cuadrícula, era fácil saber dónde estaba. Pero después de caminar durante diez minutos, Joaquín tuvo la sensación de que, de algún modo, en algún punto, había girado en el lugar equivocado. Se acercó al letrero de la calle más cercana, que decía: «Calle 13 Oeste». Por un momento, eso solo lo hizo sentirse más confundido: «Calle 13 Oeste» no era un nombre de calle que le resultara familiar. Se paró en la esquina y dio vueltas y más vueltas. No fue hasta que vio las bodegas de ganado a lo lejos que todo se aclaró. Era la Calle del Matadero. O había sido la Calle del Matadero hasta que, por lo visto, alguien le había cambiado el nombre. Joaquín volteó a ver de nuevo el letrero de la calle. Era verdad que siempre le había parecido que Calle del Matadero era un nombre asqueroso, y por supuesto que Calle 13 Oeste no sonaba ni remotamente asqueroso, así que incluso se podía decir que el nuevo nombre era una mejora. Pero ¡Calle 13 Oeste! Joaquín sacudió la cabeza.

Hubo una época, durante La Separación, en la que se había sentido esperanzado frente al destino de Panamá. Le había parecido que, libres al fin de los tentáculos de Bogotá, los panameños podrían controlar su propio destino. Les permitirían sacar ventaja de su buena fortuna geográfica y cosechar las ganancias. Y sí, comprendía que no era tan simple, nada era simple, por supuesto, pero había creído que con el tiempo todo funcionaría. Sin embargo, con la carta en su bolsillo y el nuevo letrero de la calle frente a él, Joaquín sintió que se le escurría la esperanza.

Se avergonzó al acordarse de sí mismo encima de un cajón en el mercado de pescado sermoneando a la multitud. Volvió a entrecerrar los ojos mirando el cartel. Calle 13 Oeste. Ningún panameño le habría puesto ese nombre a esta calle. Era tan… insípido. Impecablemente limpio y reluciente. Desconectado por completo de la historia de lo que esta zona había sido durante tanto tiempo, que, sí, sí, era pobre y olía a gloria, pero eso era lo que era. Esa era la verdad. Allí en la esquina Joaquín lanzó un sonido agónico, algo entre un gemido y un rugido. Luego respiró hondo y se dio la vuelta.

Al fin, Joaquín encontró el camino hacia el Palacio Presidencial, una hermosa mansión frente a la bahía. Estaba rodeada de fuerzas de seguridad que no le permitieron entrar, así que lo mejor que pudo hacer fue entregarle la carta a un guardia que dijo que la entregaría, aunque Joaquín realmente no creía que lo fuera a hacer.

||||||||

ESA NOCHE, CUANDO Joaquín entró a la casa en Gatún, se encontró a Valentina en cuatro patas con la cara a unos cuantos centímetros de un periódico abierto en el piso de tierra.

—¿Qué haces? —le preguntó.

Ella no se movió. Al ver su trasero levantado en el aire, él sintió un escalofrío de placer.

—Estoy leyendo el periódico —dijo Valentina.

—Pero ¿por qué estás en el piso, mi amor?

—Porque la mesa está llena de cosas.

La mesa de verdad estaba llena de trastes, utensilios y tazones que Joaquín supuso que Renata había dejado ahí, con lo que cayó en cuenta de que su cuñada no se veía por ningún lado.

—¿Dónde está tu hermana? —preguntó.

—Tuvo que ir a hacer un mandado al pueblo.

—Ah, ¿sí? —sonrió Joaquín. Había tenido un día desalentador, pero, quizá ahora, si estaban solos en la casa…

Antes de que pudiera llegar más lejos con esa idea, Valentina le preguntó:

—¿Entregaste la carta?

—Sí, lo hice —respondió con lentitud.

—¿Eso qué quiere decir?

—Llevé la carta hasta el Palacio Presidencial, pero no me permitieron pasar adentro.

Al fin, Valentina se sentó sobre los talones y alzó la vista.

—Bueno, ¿y entonces?

—Entonces le di la carta a un guardia que me prometió que la entregaría.

—¿Te prometió?

—Me dijo.

—¿Entregársela a quién?

—Al presidente, supongo.

Valentina suspiró. Joaquín sabía que ella esperaba un reporte un poco más esperanzador. Él también.

—Quizá deberíamos pensar en algo más —dijo Valentina.

Joaquín vio a su pobre esposa tirada en el suelo rodeada de hojas de periódico. Sospechó que estaba tratando de recopilar más detalles acerca de la presa. Era una lástima, porque si hubiera estado de otro humor con mucho gusto se habría tirado al piso con ella. No pondría ninguna objeción a ciertas actividades en el piso. Y entonces Joaquín tuvo una idea. No se diría un visionario. Si acaso, Valentina lo era más que él. Pero verla sentada en ese momento frente a él le inspiró una idea.

—Nos tenemos que sentar —dijo.

—¿Qué?

—En frente de la casa.

Valentina frunció los labios como si no tuviera ningún sentido lo que él estaba diciendo.

—Para protegerla. O por lo menos para mostrar que estamos dispuestos a protegerla. —Joaquín alzó la voz porque creía haber dado en el clavo—. Imagínate si todos en el pueblo hacen lo mismo. Imagínate a cada residente sentado en una larga fila enfrente de las casas a lo largo del río. Sería como un muro. ¡Como una barricada! ¡Como una demostración de solidaridad que no pueden ignorar!

Valentina inclinó un poco la cabeza. Joaquín se dio cuenta de que se estaba interesando en la idea.

—Y podríamos corear.

—Sí, sí, por supuesto que debemos corear.

—Y alzar banderas al aire.

—Las banderas son muy simbólicas.

—Y quizá hasta involucrar a más personas. Gente de otros pueblos.

—Cuantas más, mejor.

—Sería bienvenida cualquier persona que crea en la causa.

—¡Y quién podría no creer!

Valentina señaló los periódicos tirados a su alrededor y sugirió:

—Quizá incluso los periódicos escriban sobre ello.

—Deberían.

—No somos un pueblo al que le puedan hacer cosas. —Valentina golpeó con el puño la palma de su mano.

—No.

—¡Somos un pueblo que puede hacer cosas!

—¡Sí! —dijo Joaquín entusiasmado. Le encantaba cuando su esposa se animaba de ese modo—. Esa podría ser la consigna.

—No, es una consigna terrible.

—Por supuesto. Ya se nos ocurrirá otra consigna.

Valentina, su bella esposa, lo miró con una decisión que podría haber estado forjada en acero:

—Entonces ya sabemos qué vamos a hacer. Nos vamos a sentar y no nos moverán de aquí.

16

LOS DÍAS SE ADENTRABAN EN EL MES DE OCTUBRE. ADA LLEVABA TRABA-
jando casi dos semanas bajo el techo de los Oswald y en ese
tiempo ya había enviado a casa la segunda carta junto con la
mayor parte del dinero que le habían pagado hasta ese momento, el equivalente a casi 5 libras. Una carta podía tardar una
semana o más en llegar, pero Ada tenía la esperanza de que
al menos su primera nota ya hubiera llegado para entonces, y
que su madre le hubiera respondido. Todos los días cuando
Michael tocaba a la puerta principal, Ada bajaba las escaleras
corriendo para recibirlo, tomaba los sobres que le entregaba y
los revisaba buscando su nombre al frente de alguno de ellos.

Michael, de quince años, sentía una debilidad por Ada. De
todas las escalas que tenía que hacer en su ruta, lo que esperaba
con más ilusión era subir la colina hasta la casa de los Oswald,
pues sabía que la chica de mejillas altas y redondeadas y ojos
color lavanda vendría a abrir la puerta cuando él llamara. Antes
solía ser la cocinera quien lo recibía, una brusca mujer mayor
que apenas y le sonreía. Para Michael, había sido un cambio
agradable cuando la chica comenzó a abrirle la puerta. Sonreía
con facilidad y estaba ansiosa de ver lo que él iba a entregar ese
día, y aunque Michael ya sabía que no traía nada para ella, dado
que él mismo ordenaba los sobres antes de llegar a la casa, le

dolía ver cómo la expresión de la chica se derrumbaba desde lo más alto de una montaña hasta el valle más profundo al constatar el hecho con sus propios ojos. Él quería avisarle. Quizá mañana. Quizá mañana llegaría lo que fuera que estaba esperando, pero cuando llegaba el día siguiente solo traía consigo la misma nada que el pasado día de ayer.

A pesar de las visitas del médico y de los cuidados y la atención constantes de Ada, el estado de la señora Oswald seguía empeorando. Los ataques de tos llegaban con más frecuencia. Su piel tenía un rubor violáceo. Dormitaba todo el día, debilitada por la enfermedad.

Sin embargo, cuando estaba despierta, conversaba con Ada como al principio, como si estuviera agradecida tan solo de tener con quién hablar. Le contaba sobre los meses que había pasado en Panamá hasta entonces, la hermosa vista desde la veranda, el tedio de las cenas a las que tenía que asistir.

—John quería venir —le dijo una tarde—. Era importante para él. Todos ellos creen que este es el trabajo más importante de su vida.

Ada observó que la señora Oswald tenía dificultad para respirar. Estaba recostada de espaldas, con la sábana doblada a la altura de la cintura. Tenía el rostro bañado en sudor. Miró a Ada y le preguntó:

—¿Fuiste a la escuela?

—Sí.

—¿Qué estudiaste?

—Lectura, escritura y algo de aritmética.

—Qué bueno. Es importante aprender esas cosas. —La señora Oswald sonrió débilmente—. Es importante que una mujer use su propia mente. Antes de conocer a John, yo estudié la ciencia de las plantas.

—¿Hay una escuela para eso?

—Así es. Tengo una licenciatura en Botánica.

—Mi madre sabe de plantas —dijo Ada y la señora Oswald sonrió de nuevo.

—Me imagino que tu madre sabe muchas cosas que a mí todavía me falta aprender.

—Siempre nos está tratando de enseñar cosas a mi hermana y a mí —asintió Ada. Era la primera vez que hablaba de su madre o de su hermana con la señora Oswald.

—Detesto estar confinada a esta cama —dijo la señora Oswald cuando terminó de toser—. Si tuviera la fuerza para ello, tal vez tú y yo podríamos ir a dar un paseo. Me podrías contar las cosas que te ha enseñado tu madre. Y podríamos ver las flores. Las flores de aquí son maravillosas. Ixora, pasiflora, heliconia…

Marian se detuvo al recordar sus primeros días aquí. Estaba tan desesperada por respirar aire fresco que durante una pausa de la lluvia le había rogado a John que la acompañara a dar un paseo. Habían seguido un sendero hacia el siguiente poblado y Marian había visto la orquídea más impresionante, de un blanco cremoso, que crecía en medio de la maleza. Se había salido del sendero y había empezado a caminar hacia ella cuando John le dijo: «¡No, Marian!». Volteó a verlo por encima del hombro y le dijo: «Nada más quiero verla», a lo que John respondió: «Sí, pero no sabes qué otra cosa puede haber ahí». Ella hubiera protestado —no hacía falta que él le tuviera miedo a todo— de no ser porque reconoció la expresión de seriedad en su rostro y, con gran desgano, se obligó a regresar hacia donde él estaba clavado en el sendero.

Marian miró a Ada, al lado de su cama, y le dijo:

—Deberías dar ese paseo tú sola. Me temo que en este estado no te podré acompañar. —Se aclaró la garganta sintiendo ese dolor en el pecho que no la abandonaba—. Pero si vas, prométeme que vas a tomar el sendero que prefieras.

Vio que Ada asentía, aunque Marian pensó que lo que estaba diciendo no tenía mucho sentido.

Al día siguiente de ese paseo, John había vuelto a casa con una orquídea rosa en una maceta y la puso a los pies de Marian, que otra vez estaba sentada en la veranda. «Ahora sí la puedes ver», le dijo. Se trataba de una variedad distinta, ni de cerca tan impactante a la orquídea que había visto entre la maleza, pero era la única vez que le había dado una flor y se lo agradeció. Aún así, siempre se le hizo curioso cómo le podía parecer a John que una flor como esa se veía mejor en una maceta que creciendo en libertad.

||||||||

ESE DÍA, MIENTRAS la señora Oswald dormía, Ada salió a la colina. Era la primera vez que se alejaba de la casa y le sentó bien sentir el sol en la espalda. La conversación sobre las plantas le había hecho recordar que su madre siempre preparaba una olla de té de cerasse cuando alguna de ellas no se sentía bien, y subió de prisa la colina recogiendo tallos del suelo hasta que tuvo suficientes para hacer una infusión fuerte. Rápidamente, llevó lo que había recogido a la cocina, llenó una olla con agua fresca y la puso a hervir. El agua acababa de soltar el hervor cuando Antoinette entró con varios paquetes envueltos en papel. Frunció el ceño al verla.

—¿Qué tas haciendo aquí?

—Estoy haciendo té de cerasse.

Antoinette se acercó a la estufa y se asomó a la olla burbujeante.

—¿Con qué? —le preguntó sin soltar los paquetes.

—Con unas plantas que encontré en la colina.

—¿Afuera?

—¿Hay una colina aquí adentro? —respondió Ada.

Antoinette la miró con rabia. Dejó los paquetes en el piso y alejó a Ada de la estufa sacudiendo las muñecas de un lado a otro y diciéndole que bien podía terminar de preparar el té ella misma, Ada no era la única que sabía de té; un té de cerasse de Antigua siempre sería muy superior a uno de Barbados, así que anda ya, sal de mi cocina y vete por donde viniste.

|||||||||

DURANTE LOS DÍAS siguientes, Ada apenas se separó de la señora Oswald. Estaba ahí sentada, esperando el momento en que la necesitara, rezando que en la siguiente hora fuera cuando mejorara su estado de salud, que su respiración sonara menos como una cáscara de mazorca raspando el suelo. No podía evitar pensar que si la señora Oswald mejoraba sería una señal de que al otro lado del océano Millicent podía estar mejorando también. Cuando estaba despierta, pero demasiado débil para hablar, de vez en cuando Ada le leía pasajes de la Biblia en voz alta. El día anterior había leído Mateo en el Nuevo Testamento, pero había llegado nada más hasta donde Jesús curaba fiebres con solo tocar a alguien, y pensaba que hoy a la señora Oswald le gustaría escuchar las otras cosas que Él podía hacer. Iba a tomar la Biblia de la mesita de noche cuando la señora Oswald, que, fuera de su respiración rasposa, había permanecido en silencio durante los últimos veinte minutos o algo así, dijo de repente:

—Vivíamos en las montañas.

Ada volvió a poner las manos sobre su regazo. El cabello del color del roble de la señora Oswald estaba pegado de sudor.

—¿En las montañas? —preguntó Ada.

—Las Grandes Montañas Humeantes. En Tennessee, de donde somos John y yo. Eran hermosas. —Respiró un par de veces con dificultad—. Llevo toda la mañana pensando en ellas.

La señora Oswald empezó a llorar en silencio.

—Shhhh —musitó Ada.

—Tuvimos una bebé —continuó la señora Oswald—. No alcanzó a nacer, pero la tuvimos. La enterramos en esas montañas.

Ada tomó un trapo del lado de la cama y lo sostuvo contra las mejillas ardientes de la señora Oswald para detener las lágrimas que se escapaban de las comisuras de sus ojos. No sabía qué decir. Solo se detuvo cuando la señora Oswald volteó hacia otro lado.

Llovía de nuevo. A Marian se le dificultaba ver por la ventana en la pared a su izquierda a través de las lágrimas que colmaban sus ojos. Estaba confinada en este cuarto, pero al menos podía ver hacia afuera, y lo que veía eran las cimas de esas montañas humeantes, de un gris azulado, aunque estuvieran a cientos de kilómetros de distancia. Eran las montañas sobre cuyo suelo dorado, cubierto de agujas de pino, había caminado mientras con la mano acariciaba las cortezas de los árboles. Montañas que la tranquilizaban y, de algún modo, le permitían pensar y respirar mejor que cualquier otro lugar en el mundo. Montañas donde, junto a un abedul amarillo, ella y John habían enterrado los restos de la bebé, o lo que quedaba de ellos: los paños empapados en sangre que le había pedido al médico que le dejara, ya que esa sangre era lo único que quedaba de la bebé, pensó. El entierro se había llevado a cabo solo por insistencia de Marian. Ella misma había dispuesto los rígidos paños color vino en una caja que sostuvo en su regazo durante el trayecto en carruaje hasta el lugar donde el terreno empezaba a inclinarse. El cochero los siguió con una pala y, cuando John se lo ordenó, cavó. Tardó menos de un minuto en cavar un hoyo así de pequeño. Fue John quien colocó la caja dentro porque Marian no podía soportarlo. Recordaba haber mirado hacia arriba, por la ladera de la montaña hasta donde alcanzaba la vista, y de nuevo hacia abajo, a la tapa de la caja anidada en la tierra. Asintió y, con la punta de la pala, el cochero empujó sobre la caja la tierra que había soltado. Al caer, hizo un ruido sordo. Cuando la caja estuvo completamente cubierta, John y el cochero regresaron al carruaje. Marian no había sido capaz de marcharse. Se había quedado allí temblando, mirando la tierra que cubría la caja que ahora contenía todo lo que quedaba de la bebé que una vez había tenido dentro de ella. «Vamos, Marian», dijo John desde el carruaje. El cochero y él estaban esperándola. Ella se había agachado para presionar su mano sobre el suelo y dejar una huella. Luego se puso de pie y ella también se alejó. Su vida estaba en esas montañas, y apenas esa mañana había caído en cuenta de que quizá nunca volvería a estar ahí.

||||||||

EL SEÑOR OSWALD estaba en su trabajo y Antoinette estaba fuera recogiendo limones el día que la señora Oswald tuvo el peor ataque de tos que Ada hubiera presenciado. Incluso cuando la tos cedió, la señora Oswald temblaba por la fiebre y se aferraba a las sábanas. Ada se apresuró a traer unos sacos de tela con hielo para ponérselos en la cabeza y en el pliegue de los codos y junto a las plantas de los pies. El doctor llegaría en cualquier momento, gracias a Dios, y Ada sostuvo las bolsas de hielo en su lugar mientras murmuraba: «Todo va a estar bien», una y otra vez. Pero para cuando se hubo derretido el hielo y el agua rezumó por la tela, el doctor todavía no llegaba, y Ada volvió a correr a la hielera y amarró otras bolsas mientras se preguntaba dónde podría estar. Jamás llegaba tarde y no podía imaginar que el Señor le permitiera hacerlo precisamente hoy. La segunda vez que regresó a la habitación, la señora Oswald estaba en silencio a excepción de su respiración dificultosa. Seguía recostada de lado. Ada le puso la mano en la frente. Estaba ardiendo. Le puso la bolsa de hielo y volteó hacia la puerta. No podía esperar más. Le dijo a la señora Oswald: «Voy a salir para traer sus pastillas de la fiebre, pero me apuro a regresar y el doctor estará aquí en cualquier momento, espero». En cuanto vio que la señora Oswald asentía, Ada bajó corriendo a la cocina, revolvió en un cajón de la despensa hasta que encontró el cuadernillo del comisariato, y luego salió corriendo de la casa sin siquiera molestarse en alisar su vestido.

||||||||

PIERRE HABÍA ESTADO sentado en el tren a Empire, pensando qué iría a cenar esa noche cuando de pronto el tren se detuvo. Él y los demás pasajeros se voltearon a ver. Alguien gritó: «¿Por qué nos detuvimos?». La confusión era general y la gente murmuraba; unos cuantos hombres se levantaron para asomarse por la ventanilla y uno de ellos incluso bajó del tren. Después de unos momentos regresó para decir: «Hay una vaca en la vía». El hombre se empezó a reír. Sin embargo, a Pierre no le parecía gracioso. Un retraso implicaría que se le haría tarde para llegar a casa de los Oswald. Era el tipo de cosa que bien podría hacer que John Oswald evitara recomendar a Pierre para algún puesto en el futuro. Y lo más molesto es que en este caso cualquier retraso que hubiera no sería por su culpa.

En su asiento, Pierre lanzó un suspiro. Había más pasajeros asomados y algunos se habían bajado del tren ansiosos por ver lo que Pierre se imaginaba sería una vaca gorda y terca parada en las vías. ¿De dónde podría haber salido una vaca? ¿Habría salido a dar un paseo en la selva y se perdió? Aunque era una idea graciosa, Pierre no se permitió reír ya que ante todo se encontraba molesto. Habían estado detenidos durante lo que parecía un periodo extraordinariamente largo, considerando el tema en cuestión. ¿Cuánto tiempo podría llevarles empujar una vaca y quitarla de las vías? La breve diversión de Pierre se convirtió de nuevo en ansiedad. Se tenía que ir, por amor de Dios. Tenía que estar en otro lugar.

Unos quince minutos más tarde, cuando lograron convencer a la vaca de que se quitara de las vías el tren pudo seguir su camino, la mayoría de los pasajeros estaban exasperados e impacientes por seguir. Pierre se sentía tan nervioso que pensó que iba a explotar. En cuanto se bajó del tren en Empire, subió deprisa la colina. Entró a la casa sin esperar a que le abrieran y subió rápido a la habitación. Cuando entró, se sintió aliviado al ver que Marian Oswald dormía en su cama. Pero cuando volteó a revisar el cuarto vio que se encontraba sola. En silencio, Pierre colocó su maletín sobre la silla. Las cortinas estaban abiertas, por supuesto, pero aprovechó la oportunidad para cerrarlas y encendió la lámpara en su lugar. Supuso que la chica se encontraría en otra parte de la casa. Trató de disfrutar la relativa paz. No había ningún sonido en el cuarto además de la respiración áspera de Marian Oswald. Nadie asomándose por encima de su hombro, nadie haciendo preguntas que no eran de su incumbencia. En un día en que Pierre ya había sufrido un inconveniente, el hecho de poder trabajar sin interrupción, a su paso, fue una agradable sorpresa.

Mientras estaba ahí desaparecieron los rastros de la adrenalina que se le había acumulado del tren y del ascenso apresurado por la colina. Pierre oprimió con cuidado sus dedos contra la parte interna de la muñeca de Marian Oswald. Su pulso era débil. Le quitó el trapo de la frente para ver si tenía fiebre. Era muy alta, más de 39, si adivinaba bien con solo sentirla. La chica tenía que preparar un baño helado. Y ¿en dónde estaba la chica a todas esas? Se le hizo raro que no hubiera regresado todavía a la habitación.

Pierre bajó la vista hacia Marian Oswald y se sintió bastante menos confiado en su pronóstico que al principio, aunque no era algo que quisiera admitir en voz alta. Metió la mano en el bolsillo y frotó su piedra. Sin embargo, aparte de la respiración áspera, ella dormía tranquilamente y tal vez eso era lo que necesitaba más que cualquier cosa que él pudiera ofrecerle en ese momento. Para no perturbar su descanso, Pierre recogió su maletín de la silla y salió de la habitación.

Cuando ya se iba, al pasar por la entrada, se topó con la cocinera, que entraba por la puerta principal con un canasto enorme lleno de limones.

—Doctor —le dijo ella al verlo.

Pierre pensó que ella no lo había visto llegar, lo que quería decir que no sabía que se le había hecho tarde, lo que era una buena noticia.

—*Excusez-moi*. Acabo de terminar de examinarla —dijo, y la cocinera asintió—. Pero la chica no estaba ahí. ¿Sabe usted dónde está?

La cocinera dijo que no, no lo sabía y como no tenía nada más que hacer en la casa hasta que regresara más adelante esa misma tarde, Pierre abrió la puerta y salió. Mientras empezaba a descender la colina pensó que la ausencia de la chica era una cosa más que tendría que reportarle a John.

⁂

EL COMISARIATO DE Empire, como todos los demás comisariatos del canal, se dividía en dos. Una mitad era para los empleados a los que les pagaban en oro y la otra mitad era para los empleados a quienes les pagaban en plata.

Ada tenía muy claro por cuál puerta se suponía que debía entrar: era lo que la gente llamaba «de color», y eso no era lo suficientemente blanco; pero como estaba comprando para los Oswald, en lugar de eso decidió entrar por la puerta de oro.

La cajera, una joven con el cabello rubio más largo que Ada hubiera visto en su vida, alzó los ojos al verla.

—¿Puedo ayudarla en algo? —preguntó, y su voz era totalmente amable cuando lo dijo.

—¿Tienen pastillas para la fiebre? —Ada tuvo que hacer acopio de su valor.

—Tenemos unos frascos pequeños en la pared de atrás —sonrió la cajera.

Ada se dirigió de inmediato a la parte trasera y empezó a revisar los anaqueles. Había frascos y ampolletas de vidrio, polvos diversos, hierbas secas. Buscó y buscó, pero no vio las pastillas para la fiebre.

Otra mujer, blanca y bajita, que traía una bolsita de charol en las manos, se acercó y se paró junto a ella. Ada la vio por el rabillo del ojo, pero la mujer no dijo nada y Ada volvió la vista a los frascos de los anaqueles. Los ventiladores eléctricos que colgaban del techo dibujaban perezosos círculos sobre su cabeza, desplazando el aire caliente.

Entonces, la mujer que estaba a su lado se acercó para hablarle y en voz baja le dijo:

—Creo que te confundiste. —Su tono era comprensivo, como si de verdad le preocupara—. Este es el comisariato del oro.

Ada apretó la quijada mientras seguía recorriendo los frascos con los ojos. Pastillas para la fiebre. Pastillas para la fiebre. ¿En dónde podrían estar?

—La puerta de al lado es la de plata —insistió la mujer.

Pastillas para la fiebre. Tenían que estar por aquí en algún lado.

—¿Sí me oíste? —murmuró la mujer—. Esta tienda es solo para oro.

Ada se detuvo y la miró. La mujer no tendría más de veinte, según sus cálculos. Era bonita, con pecas en la parte superior de las mejillas. Espolvoreada de azúcar, habría dicho su madre.

La mujer esperó. Había otros compradores en la tienda, pero ninguno cerca de ellas en ese momento. Los ventiladores seguían girando.

Entonces la mujer, esta mujer delgada y pecosa, señaló el suelo frente a ella y dijo:

—Oro.

Luego apuntó hacia la izquierda, moviendo el dedo en el aire:

—Plata.

Bajó el brazo aferrándose a su bolso.

—¿Sí entiendes? —le preguntó.

Ada se debatía con una sensación que crecía dentro suyo, una especie de bilis. Claro que entendía. No había ni un alma en el istmo que no lo entendiera. Y, sin embargo, ahí estaba esta mujer, recordándole a Ada su lugar y diciéndolo de tal manera, como si de verdad pensara que Ada se había confundido, o si no, como si creyera que era tonta, lo que la ofendió todavía más. Entre todas las maneras distintas en que la habían descrito alguna vez, tonta no era una de ellas.

Ada gruñó, pero no se movió. Mantuvo las manos a los lados mientras una especie de calor vibraba en la parte superior de sus orejas. La mujer aspiró rápidamente a través de sus bonitos labios color pétalo.

—Disculpe —dijo, llamando a la cajera rubia que estaba del otro lado de la tienda.

A la mitad de una transacción, la cajera levantó los ojos, y la mujer joven y pecosa señaló con el codo hacia donde estaba Ada como para decir: «Esta. Esta no pertenece aquí, mire». Quizá anticipaba solidaridad por parte de la cajera, pero esta alzó los ojos para ver a la mujer y a Ada, solo para devolver inmediatamente su atención al cliente al que estaba atendiendo.

La mujer pecosa suspiró con evidente frustración y dijo, ahora ya en voz alta para que todos los clientes de la tienda la pudieran oír:

—Este comisariato es para Salario de Oro.

Todos en la tienda se quedaron mirando: la cajera y el cliente del mostrador, otras dos mujeres del siguiente pasillo y también una mujer con un sombrero orlado de listón que fue hasta una esquina para asomarse a ver de qué se trataba toda la conmoción.

El calor en los oídos de Ada se dispersó por todo su cuerpo: hormigueaba bajo sus mejillas y descendió hasta las yemas de sus dedos, extendiéndose por su pecho. Pero también había cierto placer perverso en ello, en dejar que la mujer se enfureciera tanto cuando Ada sabía en todo momento lo que tenía que decir para acabar con el asunto. Lo tenía encerrado en su interior como un secreto, y había algo dulce en ello. También podría haber dejado que la mujer continuara, podría haber dejado que se envolviera cada vez más en su espinoso nido de vejación solo para hacerla parecer más tonta cuando Ada dijera lo que estaba a punto de decir; pero la señora Oswald estaba en casa, ardiendo de fiebre, y Ada no tenía tiempo para demoras.

—Soy la cuidadora de los Oswald.

La mujer, que en un principio pareció sorprendida de que Ada hablara, se quedó mirándola con su linda boquita abierta y las mejillas tan rosas que parecía que se las hubieran pellizcado.

—¿Qué dices? —logró preguntar.

—La señora Oswald está enferma.

—Ah, sí, sí… algo oí de…

—Vine a comprarle sus pastillas para la fiebre. Solo las venden aquí, del lado del oro.

Ese último detalle podría haber sido cierto o no, pero hizo que la mujer se retorciera de incomodidad. Ada seguía mirándola a los ojos y vio que en ellos había vergüenza. Vergüenza y rabia de que la avergonzara. Bueno, qué bien. Aun así, el calor seguía latiéndole bajo la piel. El triunfo, por pequeño que fuera, no era suficiente para que todo el encuentro valiera la pena.

La mujer retrocedió y se escurrió hacia otra parte de la tienda, y aunque no ofreció disculpa alguna, Ada pudo sentir la emoción de ese triunfo ínfimo. Miró de nuevo hacia los anaqueles. En la segunda repisa de abajo hacia arriba encontró algo llamado Pastillas Antifiebre Sappington. Llevó el frasco al mostrador, arrancó un billete del cuadernillo del comisariato y lo usó para pagar.

—Saludos a la señora Oswald. Espero que se recupere pronto —dijo la cajera rubia, y Ada asintió.

Afuera de la tienda el sol brillaba y en el aire se escuchó un murmullo repentino que Ada sintió la necesidad de acompañar:

—*It must be now the kingdom coming* —cantó Ada mientras descendía las escaleras del comisariato con el frasco de pastillas en la mano; se sentía bien y en ese momento no le importó quién la escuchara—. *And the year oh jubilo**.

---

* Referencia a la canción *Kingdom Coming*, de Henry Clay Work (1863). N. de la T.

17

OMAR RECONOCIÓ LA VOZ. CAMINABA POR LA CALLE DESPUÉS DEL almuerzo, con las manos en los bolsillos, cuando la oyó y de inmediato levantó la mirada.

Vio a una mujer joven con un vestido de retazos amarillo y café descendiendo por los escalones del comisariato. El pueblo estaba especialmente concurrido a esa hora del día, pero aun en medio del alboroto pudo oírla cantar. Se encontraba del mismo lado de la calle donde estaba ella, y alzó el ala de su sombrero para poder verla mejor. Traía algo en una mano. ¿De verdad sería ella? Aguzó el oído en medio del barullo generalizado, los cascos de los caballos y los carros de madera, mientras la joven seguía cantando. *And the year oh jubilo.* Sí, era ella. En su mente no cabía la menor duda.

Cuando terminó de bajar la escalera, la joven giró hacia la izquierda, alejándose de donde Omar se encontraba. Caminaba rápido entre la gente en la calle, esquivándola. Omar la seguía a corta distancia. Un carro de mulas se detuvo frente a ella una vez y Omar vio cómo se apresuraba a rodearlo por detrás.

La siguió durante toda una cuadra —su vestido se ondeaba a cada paso— antes de sentirse un tonto al darse cuenta de que si quería hablar con ella, tenía que hacer algo más.

Sin pensarlo dos veces salió corriendo calle abajo escudándose entre las personas que pasaban y los carruajes detenidos hasta que calculó llevarle suficiente delantera, se detuvo, giró y caminó de la manera más casual que pudo, para que pareciera coincidencia que se dirigía hacia ella. Se metió las manos en los bolsillos y trató de no tropezar.

La joven se detuvo al verlo. Acababa de pasar junto a un poste al que estaba atado un caballo y se detuvo justo ahí. Omar caminó hacia ella apretando las manos dentro de los bolsillos. No interrumpió el paso. En el instante en que llegó hasta donde estaba ella, se dio cuenta de que no sabía qué decir, pero ella habló primero:

—*It's you.*

Así que se acordaba de él. Omar se quitó el sombrero y lo sostuvo contra su pecho.

—Buenas —dijo en español, y se frenó de inmediato. Había planeado hablarle en inglés, pero estaba tan nervioso que no logró hacerlo. Parpadeó unas cuantas veces para tranquilizarse. No estaba hecho para momentos así.

—El hombre de la calle —prosiguió la joven en inglés.

—*Yes* —dijo Omar.

—No sabía… —dijo ella mientras lo observaba con auténtica sorpresa—. Esperaba que… Bueno, me preguntaba, pero…

—Ya estoy bien.

Justo detrás de ella, el caballo agachó el pescuezo y metió el hocico en el lodo.

—Gracias a ti —añadió Omar.

La joven se encogió de hombros.

—Solo hice lo que los demás debieron haber hecho.

Era extremadamente bonita. Su piel era más clara que la suya y sus mejillas eran altas y redondas. Sus ojos lucían grises a la luz del sol. Nunca había visto a alguien con unos ojos así antes. De pronto Omar se dio cuenta de que quería saber todo de ella, todos sus secretos y sus penas.

—¿Cómo te llamas? —le preguntó.

—Ada Bunting.

—Yo me llamo Omar.

Ella inclinó un poco la cabeza y preguntó:

—Pero ¿cómo sabías que era yo? Tenías los ojos cerrados todo el tiempo que estuve contigo.

—Recordaba tu voz. Me cantaste.

—Que no te oiga mi madre diciendo eso —dijo ella sonriendo, y Omar miró alrededor.

—¿Tu madre está por aquí? —le preguntó, y la sonrisa de la joven desapareció.

—No. Mi madre está en Barbados. Mi hermana también. Nada más vine yo aquí.

—¿A trabajar?

En ese momento, como si le hubieran recordado algo, Ada se sobresaltó y alzó el frasco que tenía en la mano:

—Tengo que regresar. —Y se le adelantó.

—¿A dónde? —preguntó, y la joven dio la vuelta para responder.

—A casa de los Oswald, donde trabajo.

Salió corriendo y Omar se quedó paralizado en medio de la calle, todavía con el sombrero en la mano. Vio cómo ella se alejaba, con el lodo salpicándole la parte trasera del vestido mientras corría.

18

APENAS ACABABA DE PASAR CORRIENDO ADA POR LA ESTACIÓN DEL TREN
en la parte baja de la colina cuando las nubes se desataron
en un aguacero repentino. La gente se abría paso hacia sus
casas en la ladera, pero Ada siguió adelante, con la cabeza
baja mientras veía cómo la falda se le arrastraba en el lodo.
Para cuando alcanzó la cima, estaba empapada. Se refugió
en la veranda, se sacudió los pies y exprimió el faldón de su
vestido. Al alzar la vista, vio a Antoinette de pie en el umbral
de la puerta principal.

—Traje medicina del comisariato —dijo Ada, levantando
el frasco.

Antoinette sacudió la cabeza.

—¿Le bajó la fiebre? —preguntó, y Antoinette de nuevo
sacudió la cabeza.

—Recién… —Antoinette habló en voz tan baja que en
medio de la tormenta Ada no alcanzó a escuchar.

—¿Qué?

—Recién…

Ada vio el temblor en los labios de Antoinette y supo lo
que había sucedido.

—¿Recién? —murmuró Ada.

Antoinette asintió y volvió a entrar en la casa.

|||||||||

CUANDO MICHAEL LLEGÓ, se encontró a la chica de pie en la veranda con cara de total consternación. Traía un frasco de pastillas en la mano y se preguntó por un momento para qué eran. Antes de poder averiguarlo, antes de poder saludarla, la chica al verlo le dijo:

—Ve a buscar al señor Oswald y avísale para que venga a casa. Dile que se apure. Ve lo más rápido que puedas.

Michael, que hubiera hecho cualquier cosa que ella le pidiera, salió disparado de nuevo hacia la lluvia con su pesada bolsa del correo colgada del hombro. Bajó corriendo la colina y se dirigió a una oficina de distrito para preguntar dónde podía encontrar al señor Oswald. «Es una emergencia», les dijo, y un ingeniero de ahí sugirió que tal vez en el hospital de campo, donde era sabido que John Oswald tenía una oficina. Michael corrió hasta ahí y le preguntó al primer doctor que vio, y el doctor le dijo que no lo había visto hoy, pero quizá en el hospital en Culebra, a donde iba con frecuencia, y Michael corrió casi dos kilómetros hasta allá y le preguntó a un joven médico y el médico le dijo que el señor Oswald había bajado al Corte más temprano, por la mañana, pero que no lo había visto desde entonces, y en total Michael corrió a cinco lugares distintos —el correo le iba a llegar tarde a mucha gente ese día— hasta que encontró al señor Oswald sentado solo en uno de los restaurantes del hotel, comiéndose una chuleta de cerdo bañada en *gravy* acompañada de ejotes. Sin aliento, Michael le avisó que había una emergencia en la casa. «Regrese», le dijo jadeando, y así lo hizo John Oswald.

||||||||

ANTOINETTE CAMINABA EN círculos mientras se retorcía las manos y pensaba para sí. «Señor, Señor, Señor, qué cosas tan terribles pasan en este mundo. Señor ten piedad, ¿qué pasó este día? Y ¿por qué tenía que pasar cuando ella estaba ahí sola?». No quería que le echaran la culpa. Antoinette lo repasó en la mente como cuando pasas un dedo por encima de un pescado, tratando de sentir las espinas. La chica no debería haberse ido. Eso para empezar. Incluso el doctor dijo que no la había visto, lo que quería decir que seguro se había ido un muy buen rato. Y ¿dónde había estado? ¿Todo ese tiempo en el comisariato? No podía ser. ¿Cuánto se puede tardar una persona en correr al comisariato, comprar un frasco de pastillas y correr de regreso? ¿Cuánto con esas piernas jóvenes y frescas? No importaba cuánto se debería de tardar, tardó más que eso. Mucho más. Solo Dios sabía qué había estado haciendo la chica allá afuera todo ese tiempo mientras se suponía que debía estar aquí. Y no era la primera vez que se iba. También estaba ese día en que había salido a recolectar hierbas para hacer su miserable té de cerasse. Además de dar vueltas y retorcerse las manos, Antoinette asentía. Era cierto que lo terrible había sucedido cuando estaba ella ahí sola, pero seguro no le podían echar la culpa, y si el señor Oswald llegaba a preguntarle, ya tenía preparada su defensa.

||||||||

MIENTRAS ANTOINETTE CAMINABA allá abajo, Ada estaba arriba en la habitación, de pie, mirando a la señora Oswald. Tentativamente, dio un paso más y acercó su mano a la nariz de la señora Oswald. No había respiración. Nunca había visto un cuerpo fallecido así de cerca antes, y en cierto modo extraño estaba aliviada por lo normal que se veía. La persona que tenía enfrente era la señora Oswald. Eso no había cambiado. Y si había otra vida más allá de esta, como le habían enseñado a creer a Ada, seguía siendo la señora Oswald ahí también. Ada rompió en llanto. La imagen de Millicent recostada en su cama apareció de pronto en su mente. Millicent acurrucada bajo el edredón, respirando bajo. Trataba de ver a Millicent salir de la cama y alisar el edredón y doblarlo como Ada había visto a su madre hacer tantas veces y como su madre esperaba que ambas lo hicieran, aunque la única de las dos que obedecía era Millicent, pero la mente de Ada no cedía y todo lo que lograba ver era a Millicent en cama, en el mismo lugar que estaba la señora Oswald, en el único lugar en que Ada la había visto, y ahora había llegado a su fin, y Ada estaba ahí de pie, y lloraba.

Después de un rato escuchó que se abría y se cerraba la puerta delantera en el piso de abajo. Ada se limpió las lágrimas del rostro y alzó la cabeza. El señor Oswald ya había llegado. Respiró profundo para contenerse. Del otro lado de la habitación, las cortinas estaban cerradas —probablemente obra de Antoinette—, y antes de salir de la habitación rodeó los pies de la cama y las abrió de nuevo. Todavía estaba lloviendo afuera, pero la señora Oswald habría querido que estuvieran abiertas.

〰〰〰〰

EL SEÑOR OSWALD mandó llamar al doctor, que regresó de inmediato a la casa. Quizá esa era la parte más triste de todas, pensaría Ada después, porque llamar al doctor dejaba ver un rastro de esperanza. Como si tal vez, solo tal vez, hubiera algo que se pudiera hacer todavía. Pero cuando el alto doctor llegó y entró a la habitación donde los tres —el señor Oswald y Antoinette y Ada— se habían reunido, no sacó ni una sola herramienta de su bolsa con fondo plano. Todo lo que hizo fue poner una mano sobre su pecho y dos dedos de la otra contra el costado del cuello. Luego quitó ambas manos, volteó hacia ellos y asintió. Ada volvió a romper en llanto y se disculpó al salir.

Todavía se hallaba en el pasillo, sollozando, cuando el doctor salió de la habitación. Se detuvo al verla y cambió de mano su maletín.

—Regresaste, ya veo.

Era más alto que ella al menos por una cabeza y Ada tuvo que alzar la vista para mirarlo a los ojos.

—No estabas en casa cuando vine antes —prosiguió.

—Fui al comisariato...

—¿Al comisariato? —El doctor parecía sorprendido.

—Para conseguir medicina para su fiebre, sí.

—Ah, pero la medicina es mi trabajo. Tu trabajo era quedarte aquí, ¿no?

—Sí, pero...

—Y te fuiste en el momento crítico.

Ada se quedó viendo al doctor, confundida. Quería decirle que él mismo había llegado tarde, y que si hubiera estado ahí a tiempo ella no habría necesitado irse a conseguir pastillas para la fiebre por su cuenta, pero en ese momento el señor Oswald salió al pasillo y cerró con mucho cuidado la puerta de la habitación. Volteó hacia donde estaban los dos en el oscuro pasillo, pero Ada se dio cuenta de que a propósito no la miraba a ella. Solo miró al doctor y le dijo:

—Pierre, quiero hablar contigo, por favor.

||||||||||

EL FORENSE VINO más tarde a confirmar y registrar la muerte, cubrió el rostro de la señora Oswald con la sábana y dejó su cuerpo en la cama. Regresaría al día siguiente, según le dijo al señor Oswald, para prepararla para el entierro.

Llegaron dos hombres de los periódicos, no solo de *The Canal Record*, sino también del *Star & Herald*. Antoinette les trajo vasos de limonada al recibidor, donde conversaban con el señor Oswald, que respondía sus preguntas mientras los hombres tomaban notas. En ambos periódicos se publicó un obituario completo que identificaba a Marian Oswald como la esposa del señor John Oswald y decían que habían estado casados durante once años y no habían tenido hijos. Ninguno de los obituarios decía nada sobre la licenciatura en Botánica de Marian ni del trabajo que había hecho antes de conocer a John, aunque el *Star & Herald* sí publicó una fotografía de ella junto con el anuncio.

El forense regresó al día siguiente con el certificado de defunción. Era un caballero a quien no le gustaba perder el tiempo, con un espeso bigote negro y unas cejas negras igualmente espesas y tan despeinadas que le cubrían los ojos como si fueran toldos. En sus dos años en Panamá, había asistido a una muerte casi cada tercer día. Por lo general lo llamaban al hospital, no era frecuente que tuviera asuntos que atender en una casa particular. Nunca lo diría, pero pensaba que John Oswald, por muy brillante que fuera según los rumores, había hecho mal en tener a su esposa enferma en la casa en lugar de enviarla a que recibiera una mejor atención en otra parte. También había hecho mal en contratar a Pierre Renaud como médico tratante. Renaud tenía buen carácter, pero el forense sabía que tenía un ego que en ocasiones interfería con su trabajo.

Desgraciadamente, lo hecho, hecho estaba. El forense se arremangó la camisa y pidió que le trajeran una cubeta con agua caliente y trapos. Llevó todo a la habitación y comenzó el trabajo de preparar el cuerpo, como lo había hecho tantas veces antes.

19

ADA INTENTABA MANTENERSE OCUPADA. NO TENÍA MUCHO QUE HACER
ahora y suponía que el señor Oswald la despediría pronto.
Tendría que encontrar trabajo en otra parte, pero, hasta que
eso sucediera, no veía razón para no ser útil mientras estuviera aquí. Remojó las sábanas, restregó las bacinicas y guardó
la Biblia. Empapó un trapo con vinagre y frotó los espejos
del recibidor. Limpió las paredes, que estaban empapeladas,
aunque en muchos lugares se había despegado el papel tapiz y
se había enrollado en los bordes. La preocupación se filtraba
en su mente en ciertos momentos, cuando recordaba lo que el
doctor le había dicho en el pasillo, y se preguntaba si el señor
Oswald lo habría escuchado. Una y otra vez se repetía a sí
misma que si él le preguntaba algo al respecto, simplemente
se lo explicaría. Había ido a conseguir pastillas para la fiebre.
Había tratado de ayudar. Lo que no sabía era si esa sería razón
suficiente para que no se enojara con ella.

El sábado, después de haber estado tres días limpiando,
Ada ya no tenía cosas pendientes que hacer. Para escapar del
sentimiento de dolor que se había esparcido por toda la casa,
salió y ahí el aire era más fresco y un viento cálido alborotaba
los árboles. Pasado el mediodía, Ada caminó colina abajo con
su vestido de retazos y sus botas; en esta ocasión, a buscar

flores que pudiera llevar al funeral de la señora Oswald al día siguiente. Encontró muchas flores blancas en forma de estrella que crecían entre los manchones de vegetación, pero no eran apropiadas para cortarlas y pasó de largo. Había pequeñas flores amarillas por todas partes, pero sus tallos medían menos de un dedo de altura y eran demasiado pequeñas para recogerlas. Detrás de una letrina, Ada vio un racimo de llamativas flores color coral, las arrancó, se las llevó y siguió adelante.

Había descendido más de la mitad de la colina, con los ojos fijos en el suelo, cuando oyó que alguien la llamaba por su nombre. Levantó la mirada y vio a Omar a unos cuantos metros. Él se acercó y se quitó el sombrero.

—Me pareció que eras tú —le dijo y señaló con la mano que tenía libre—. Ahora reconozco el vestido.

—Mi madre lo hizo. —Ada estiró la falda para asegurarse de que se viera bien—. Su especialidad es hacer vestidos que llamen la atención. Pareciera que no puede hacerlos de otra manera. Y tú, ¿qué estás haciendo por aquí?

—Es mi hora del almuerzo.

—¿No deberías estar comiendo, entonces?

—Ya comí, pero todos los días salgo a caminar después del almuerzo.

—¿Y caminaste hasta aquí?

Asintió.

—Me dijiste dónde trabajabas. Esperaba poder verte.

Incluso antes de poner un pie en el istmo, Ada había oído decir que los panameños estaban resentidos con los fureños como ella, pero no percibía nada por el estilo de parte de Omar.

—Pero ¿estás ocupada? —le preguntó Omar.

—Estaba recogiendo flores —Ada le mostró lo que llevaba hasta el momento.

—Ah, pluma de gallo.

—¿Qué?

—Así se llama la flor.

Pensar que la señora Oswald hubiera sabido el nombre de la flor, o que le hubiera gustado saberlo, hizo que se le derramaran las lágrimas, pero Ada se las limpió de inmediato.

—¿Dije algo que te molestara? —preguntó Omar mortificado, y Ada negó con la cabeza.

—Las flores son para un funeral mañana. La señora Oswald... —No alcanzó a terminar lo que estaba diciendo.

—Lo siento. —Omar la miró con expresión desencajada—. No sabía.

Ada asintió y de pronto estaba llorando mucho más de lo que hubiera querido. Omar sacó un pañuelo del bolsillo del pantalón y se lo dio. Ada se limpió la cara con el raído cuadrado de algodón y, cuando se lo devolvió, respiró profundo y dijo:

—Mi hermana también está enferma. Después de lo que le pasó a la señora Oswald, no dejo de pensar que... —Se mordió los labios para no volver a llorar.

—¿Por eso viniste a Panamá? —preguntó Omar—. ¿Por tu hermana?

Ada le contó del doctor que había ido a la casa y que consideraba que Millicent necesitaba una cirugía; de las 15 libras, que era una cantidad de dinero difícil de conseguir; que se había ido sin avisarle a nadie; que había viajado en el gran barco ella sola.

—Eres muy valiente. —Omar la miraba con la boca abierta de asombro.

—¿Tú crees? Mi madre dice que soy impetuosa. Ella quisiera que dejara de hacer la mitad de las cosas que hago.

—Mi padre también es así —asintió Omar—. No entiende lo que hago.

—¿Como qué?

—Está enojado de que trabaje en el canal.

—Tal vez solo se preocupa por ti.

—Creo que no entiende. Es pescador, entonces siempre está solo. Pero cuando vengo a trabajar puedo ver gente. Los hombres de mi cuadrilla me saludan cuando llego y se despiden cuando me voy. Me dejan comer con ellos, me hablan y nos reímos. Nunca me había pasado algo así.

—Entonces explícale todo eso a tu padre.

—Mi padre no quiere escuchar nada de lo que le digo. No nos hablamos.

Ada trató de imaginarse cómo sería que su madre y ella no se hablaran, pero le fue imposible. Su madre se podía enojar, por supuesto, era lo normal cuando Ada se comportaba como quería, más allá de los límites de la sensatez, como solía decir su madre, pero incluso en medio de su enojo, Ada sabía, y nunca lo dudó, cuánto la amaba su madre. Una vez, Ada se había caído en una zarza de nueces espinosas y había vuelto a casa chorreando sangre; su madre frunció el ceño y le preguntó qué había pasado, cómo le podía haber pasado si se suponía que Ada estaba haciendo sus quehaceres, quehaceres que no tenían nada que ver con las zarzas, eso seguro. Pero incluso mientras le decía todo eso, sentó a Ada en la silla, presionó cada herida con una toalla hasta que secó la sangre, le puso sábila en cada corte y, cuando terminó tanto sus cuidados como sus sermones, le puso una mano alrededor de la cabeza, la besó en la sien y suspiró.

Con expresión melancólica, como si le doliera hablar de su padre, Omar se puso el sombrero y dijo:

—Ya tengo que regresar a trabajar. —Lucía tremendamente triste, y Ada no sabía qué decir.

—Gracias por decirme el nombre de las flores.

—Siento mucho lo de la señora Oswald —dijo asintiendo.

Los dos tenían sus motivos de tristeza.

Omar tomó el camino de regreso. Antes de alejarse demasiado, Ada le dijo:

—Si tu padre no quiere hablar contigo, puedes venir a charlar conmigo cuando quieras.

Al oír eso, mientras bajaba por la colina, Omar sonrió, tal y como Ada esperaba que hiciera.

〰〰〰〰

ADA LLEVÓ LAS flores a la casa. En la cocina, Antoinette la miró de reojo mientras Ada llenaba un vaso con agua para ponerlas ahí. Antoinette estaba junto a la mesa de trabajo y abanicaba con un paño de cocina un enorme jamón rosa que, por su aspecto y olor, acababa de salir del horno.

—¿Qué haces? —preguntó Ada mientras ponía las flores junto a la ventana para tenerlas listas para el día siguiente.

—¿Tú qué crees? —le respondió Antoinette mordiéndose los labios.

—Enfriando un jamón.

—Eso mesmo.

—Pero ¿de dónde salió?

—De un puerco, ¿pos tú qué crees? —dijo Antoinette, a lo que Ada respondió con toda la inocencia fingida que pudo:

—¿En serio? Y yo que creía que lo hacían con sapos.

—¿No tienes nada más que hacer? —preguntó Antoinette frunciendo el ceño.

—Fui a recoger flores para el entierro.

—Ajá.

—Pero puedo ayudar con algo si quieres. Sé cocinar algunas cosas.

—Yo no ocupo que mi ayude naiden.

Ada se acercó al jamón y se inclinó para olerlo. Se le hizo agua la boca con el aroma, que le recordaba al del lechón.

Antoinette le dio un empujón a Ada con la cadera, se echó la toalla para los trastes en el hombro, cortó dos rebanadas gruesas del jamón y las sirvió en un plato.

—Quieres ayudar, tons llévale esto al señor Oswald.

Ada se quedó mirando el plato. Apenas había visto al señor Oswald los últimos dos días. Cuando no estaban en la casa los del periódico o el capellán, se encerraba en su estudio, y mejor. Le preocupaba que, en medio de su dolor, estuviera enojado con ella, así que, si podía, prefería mantenerse alejada de él.

—Ándale —le dijo Antoinette entregándole el plato, pero Ada negó con la cabeza.

—Me dijiste que no necesitabas ayuda.

20

EL JUEVES ANTES DE LA MANIFESTACIÓN, VALENTINA TOMÓ EL TREN EN
dirección al sur hasta la ciudad. Iba a hacer un mandado que,
sí, podía haberle encargado a Joaquín, pero la última vez que
le había encomendado una tarea semejante —ir a entregar la
carta al Palacio Presidencial— las cosas no habían salido tan
bien como esperaba. En esta ocasión, era mejor que lo hiciera
ella misma, pensó.

Ya había pasado más de una semana desde que Joaquín
y ella habían llegado a Gatún. Todas las mañanas al desper-
tarse, Valentina se sentía invadida por un vigor y una razón
que no había experimentado en años. Gracias a su insistencia, todos se habían reunido de nuevo para organizar una
manifestación; entre todos habían decidido la fecha (lunes
14 de octubre), la hora (10:00 a. m.) y el lugar (frente a su
casa de infancia). Cuando Alfredo preguntó qué pensaban
conseguir con una manifestación, Valentina explicó que se
iban a sentar unos junto a otros para formar una especie de
barricada, aunque el verdadero propósito era llamar la atención para que alguien del gobierno de la zona o del Gobierno
panameño o incluso la Comisión de Tierras fuera a ver qué
pasaba.

—¿Y entonces qué? —preguntó Alfredo.

—Entonces podremos hablar —dijo Valentina—. Podemos expresar nuestras preocupaciones como hicimos en la carta, solo que esta vez frente a frente, y así el impacto será mayor.

Reina Moscoso, la panadera del pueblo, había aceptado traer la comida. Flor Castillo dijo que tenía un barril de agua ya hervida que podía repartir entre la gente en latas y botellas. Raúl se apuntó para traer matracas para «mejorar el ambiente», según dijo. Máximo, que conocía a algunos de los exoficiales municipales, prometió que les contaría los planes. Ya no tenían autoridad real dado que los municipios habían sido eliminados por el gobierno de la zona, dirigido por Estados Unidos, pero tal vez aún había algo que pudieran hacer.

Además de la reunión, mientras Renata y Joaquín trabajaban, Valentina se había fijado la tarea de visitar cada tienda y negocio del pueblo para invitar a los dueños a la manifestación de la semana siguiente. Paraba a la gente en la calle para tratar de ganar su apoyo.

Una vez, incluso había cruzado el río para ver con sus propios ojos el lugar al que los estadounidenses proponían trasladar todo el pueblo de Gatún, y la simple logística que se iba a necesitar le parecía una locura: desmontar casi cien casas, además de la escuela y la iglesia; arrear el ganado, las cabras y los cerdos de todo el mundo por el río; replantar las granjas y rehacer las carreteras. Valentina pasó junto a las palas mecánicas y las tiendas de campaña de los obreros que ya estaban allí y se quedó sola en un descampado, mirando hacia el otro lado del río, desde donde podía ver su pueblo… por ahora. Estando allí, Valentina se dio cuenta de que, si Gatún desaparecía y era sustituido por un enorme dique de tierra, lo más cruel quizá no fuera la desaparición del pueblo en sí, sino el hecho de que, desde la orilla opuesta, la gente de Gatún podría ver el lugar donde solía vivir y tendría que presenciar su entierro día tras día.

Lo único bueno que le había traído aquella excursión había sido ver a un hombre sentado en una caja de madera delante de su tienda. Estaba leyendo un periódico del que ella nunca había oído hablar, algo llamado *The Canal Record*, según le pareció ver tras asomarse discretamente. Cuando se lo mencionó a Joaquín más tarde, él había dicho sí, sí, en la ciudad a veces veía a los estadounidenses leyéndolo. «Perfecto», dijo ella. Y aunque él la había mirado con expresión de sorpresa, Valentina no creyó que fuera necesario explicar. Debería haberse imaginado que los estadounidenses tenían su propio periódico. Tenían su propio todo, pero, aunque fuera por una vez, eso podría representar una ventaja para la gente de Gatún. Los estadounidenses eran precisamente el público al que tenían que llegar.

||||||||||

LA CIUDAD ERA más ruidosa de lo que Valentina recordaba. Tanto escándalo, tanta gente, tanta inquietud pegajosa en el aire. Se había mudado aquí solo por Joaquín, pero, después de los diez días que llevaba fuera, era asfixiante tener que sumergirse en ella de nuevo. Caminó hasta la redacción del periódico. Allí, frente a la puerta, Valentina se alisó el pelo y respiró hondo. Luego le dio la vuelta al picaporte y la puerta se abrió con tal facilidad que entró con un tropezón. Se encontró de repente en una sala llena de escritorios, cada uno ocupado por alguien que, ante su torpe entrada, dejó de hacer lo que estaba haciendo y levantó la vista. Valentina cerró la puerta con el tacón de su zapato y lució su mejor sonrisa.

Un hombre que estaba en un escritorio cercano le dijo algo, o quizá le preguntó algo, era imposible saber si era lo uno o lo otro. Impávida, a pesar de que todas las miradas estaban fijas en ella, Valentina preguntó:

—¿Alguien habla español?

Las personas de los escritorios, tanto hombres como mujeres, cruzaron las miradas, confundidas; algunas se encogieron de hombros y otras movieron la cabeza. En el exterior, Valentina seguía con la sonrisa en los labios, pero en su interior frunció el ceño. ¿Cómo era posible que ninguno de ellos hubiera aprendido español a estas alturas?

—¿Español? —preguntó de nuevo.

Por fin, desde un escritorio al fondo de la oficina, un hombre de traje oscuro se puso de pie y le hizo una seña para que se acercara. Con toda la desenvoltura que pudo, Valentina caminó entre los escritorios mientras todos la observaban. Afortunadamente, cuando llegó al fondo, el ruido de las máquinas de escribir se reanudó.

El hombre, que tenía un hoyuelo muy notable en la barbilla, permaneció de pie y, en un español aceptable, le preguntó qué estaba haciendo allí.

—Soy del pueblo de Gatún, donde, seguro usted ya sabe, hay planes de construir una presa para el canal. Sin embargo, la presa implica que van a obligar a todo nuestro pueblo a desplazarse; eso, como se podrá imaginar, les provocaría a los residentes un dolor considerable. Por lo tanto, nosotros, la gente de Gatún, organizamos una manifestación que se va a llevar a cabo el próximo lunes a las diez de la mañana, para poder expresar nuestras objeciones.

El hombre la miraba fijamente y Valentina no estaba segura de qué tanto entendía. Desde el escritorio de la izquierda, una joven, con el cabello rubio más largo que Valentina hubiera visto en su vida, también la observaba y era evidente que había estado escuchando la conversación. Tenía los dedos sobre las teclas de la máquina de escribir, pero no los movía.

—Tenemos la esperanza de que el periódico escriba una nota sobre ello —le dijo Valentina al hombre.

—Gracias —dijo este asintiendo.

Valentina esperó. ¿Qué quería decir eso? ¿Iba a escribir un artículo sobre la manifestación o no?

—Es muy importante —dijo ella.

—Sí. Gracias.

Otra vez, ¿qué quería decir con eso? ¿Ese «sí» quería decir que estaba de acuerdo en que era algo importante?

—El lunes, a las diez de la mañana —insistió para asegurarse de que al menos el hombre había tomado nota de los detalles importantes—. En Gatún.

—Gracias.

Al tercer «gracias» Valentina sintió que se le apachurraba el corazón. No lo estaba haciendo mejor que Joaquín, por lo visto. Aunque, por lo menos, ella estaba adentro, así que tal vez era un avance, aunque fuera pequeñito. Pero justo estaba pensando en eso cuando el hombre estiró el brazo como si le estuviera mostrando la salida.

—Señora —le dijo tratando de sonar educado.

Se dio cuenta de lo que aquel hombre estaba haciendo. El muy patán intentaba sacarla de ahí simulando ser amable. Pero bueno, había dicho lo que tenía pensado decir, ¿cierto? Y por supuesto no le convenía hacerlo enojar si quería que escribiera el artículo, así que Valentina volvió a sonreír de oreja a oreja, con la esperanza de parecer amigable y sensata. Sin más demora, dio la vuelta y salió por donde había entrado, con la cabeza en alto. Aunque si el hombre hubiera sido de verdad un caballero, pensó, al menos hubiera sido tan amable de acompañarla a la puerta.

∭

DESDE SU ESCRITORIO, con los dedos apenas posados sobre las teclas de la máquina de escribir, Molly vio a la mujer salir de la oficina. Era su segundo día en este trabajo. A principios de esa semana, Molly se había enterado de la triste noticia de que Marian Oswald había muerto. A Molly siempre le había parecido más sincera y menos frívola que muchas de las mujeres con las que solía interactuar. La noticia la sacudió profundamente. La vida era corta. ¿Qué hacía ella al desperdiciar la suya dentro de un comisariato, organizando cupones de pago y acomodando fruta? Mientras tanto, su cámara estaba ahí, empolvándose. Le había preguntado a su padre si podía mover algunos hilos para conseguirle trabajo en *The Canal Record*. No publicaban fotografías, hasta donde sabía, pero un empleo ahí, cualquiera que fuese, podría ser el primer paso para hacer una carrera. Molly pensaba que si tomaba fotografías que llamaran la atención, el periódico quizá podría utilizarlas. Podría ser precursora, como Jessie Tarbox Beals.

Sin embargo, de momento era solo una asistente que hacía un trabajo sin importancia: pasar a máquina las notas de campo de los reporteros con más experiencia. Pero aquel día, una mujer menuda había entrado a advertirle a Mr. Atchison, el editor que trabajaba en el escritorio contiguo al suyo, sobre una manifestación en el pueblo de Gatún. Y Molly, que se había tomado el tiempo de aprender algo más que un poco de español, había escuchado cada palabra que había dicho aquella mujer.

⁙

VALENTINA HIZO UNA escala en su departamento de la ciudad antes de regresar en el tren. Subió al segundo piso y entró. Todo estaba como lo habían dejado: amontonado, desordenado, como la propia ciudad. Abrió la ventana para que entrara el aire. En su habitación, abrió la puerta del viejo ropero de madera donde guardaba sus cosas. Olía a humedad, llevaba semanas sin abrirse, y esperaba que no se hubiera llenado de polillas.

Valentina solo tenía unos cuantos vestidos, y entre ellos, le tenía especial aprecio a uno, su pollera. La sacó del armario y la levantó. Era de estilo tradicional, con una falda larga y amplia y una blusa que dejaba los hombros descubiertos, ambas adornadas con bordados hechos a mano y capas de encaje. Hacía años que no la usaba, pero cuando se quitó el vestido que había estado usando durante semanas para ponerse la pollera, le dio gusto ver que todavía le quedaba. Valentina volvió a la ventana del frente y la cerró para poder reflejarse en el grueso cristal. Sonrió al ver su imagen. Aunque nada más llamara la atención, su vestido seguro lo haría.

21

A LUCILLE LE TEMBLABAN LAS MANOS. DESDE AQUELLA MAÑANA EN LA que despertó para darse cuenta de que Ada ya no estaba, le temblaban al coser y ahora sus puntadas eran tan disparejas como dientes. Hacía apenas unos días se había tardado diez minutos en enhebrar una aguja, porque con una mano no lograba hacer que la aguja se quedara quieta y con la otra era incapaz de seguir el ojo, que subía y bajaba. En realidad, la temblorina no importaría tanto si no estuviera tratando de confeccionar un vestido lo suficientemente fino y elaborado como para poder venderlo por una cantidad que la ayudara a pagarle al doctor para que regresara e hiciera la cirugía a la que se había referido. El hospital, del que también le había hablado el doctor, era poco más que una morgue. Jamás enviaría a Millicent allí. Había oído demasiadas historias de terror que hablaban de delantales de carniceros y de enormes pabellones donde amontonaban a los enfermos y no les daban de comer a los pacientes. No, juntaría el dinero para la cirugía del mismo modo que hacía todo: por sí misma. Todavía tenía tiempo.

Lucille pasaba toda la noche sentada junto a la chimenea, guiando la aguja, uniendo cuadrados de azul intenso y amarillo brillante con toques de negro, tensando volantes y formando fruncidos. Había hecho cientos de vestidos en el pasado, pero se repetía que este era más importante que cualquier otro. Mientras cosía, su mente se sumía en la preocupación. Una de sus hijas se había ido y la otra parecía estarse preparando para irse de otra manera. Le aterrorizaba pensar que podía perderlas a las dos. Millicent y Ada eran todo lo que tenía en el mundo. Eran sus dos astros brillantes en un cielo sombrío. La razón de su existencia. Tiempo atrás había abandonado el terreno de los Camby, el lugar donde estaban enterrados sus padres y sus abuelos. Había dejado toda su vida atrás por el bien de Millicent y Ada. Lucille podría haber enfrentado las sospechas de madame Camby, la forma en que a veces se paseaba cerca de los campos con la boca apretada y los ojos entrecerrados, examinando a cada mujer que veía, preguntándose quién de ellas era la causante de que su marido abandonara su cama en las noches. Que aquella horrible mujer hiciera lo que quisiera, que dijera las peores cosas, que vomitara todo su odio. Pero someter a las niñas a esas cosas, eso sí que no. Entonces salió al mundo con las niñas en brazos y construyó una nueva vida donde antes no había nada.

Hora tras hora, Lucille perforaba la tela con la punta de la aguja y tiraba del hilo. Dependía de ella mantener unidos todos los retazos de su vida. Pero entre la preocupación, el cansancio y la tenue luz de la lámpara, le temblaban las manos y a veces se le nublaba la vista por las lágrimas, y muy seguido las puntadas le salían chuecas. Incluso después de arrancar el hilo y empezar de nuevo, de coser la manga al corpiño y luego el corpiño a la cintura, no conseguía hacerlo bien. Los nervios se apoderaron de ella. Dejó todo sobre su regazo, respiró hondo y trató de escuchar la voz de su madre, pero, como de costumbre, no llegó. Lucille levantó la prenda de su regazo, apretó la aguja entre las yemas de los dedos y volvió a intentarlo.

||||||||

POR LA MAÑANA, Lucille salió de la casa con el vestido bajo el brazo. No estaba tan bien confeccionado como hubiera querido, pero al menos lo había logrado terminar. Cerró la puerta con cuidado. No le gustaba dejar a Millicent sola en la casa; dudó y se detuvo con el picaporte en la mano, pero había cosas que se debían hacer. Millicent estaba dormida. Lucille no iba a tardar.

Cuando bajaba los escalones de su casa vio que un hombre venía subiendo por Aster Lane. Supo que se trataba de Willoughby porque rengueaba. No estaba de humor para Willoughby Dalton aquel día.

Lucille siguió caminando y cuando se acercó a él, Willoughby le sonrió, inclinó el ala de su tonto sombrero y le dio los buenos días.

—Es para usted —le dijo y abrió su mano.

Lucille se detuvo a ver. En la palma de Willoughby había una campanita como del tamaño de un *ackee*.

—La recogí en la calle —le explicó —, pero le faltaba la lengua. No sonaba. La arreglé con una pieza nueva y ahora ya puede cantar. Pruébela.

Lucille levantó la campanita y la agitó. Hacía un sonido sordo y metálico. Le traía cosas tan inútiles. Lo menos que podía haber hecho era traerle algo que costara lo suficiente como para venderlo, pero no. Lucille sintió de repente un nudo en la garganta. No tenía la más mínima intención de llorar delante de Willoughby. Entonces, sin molestarse en darle las gracias como siempre y sin siquiera despedirse, Lucille se metió la campanita en el bolsillo, agarró el vestido que llevaba colgado del brazo y se apresuró a pasar junto a Willoughby camino al pueblo.

⁙⁙⁙⁙⁙

WILLOUGHBY ESPERÓ EN la vereda mientras veía alejarse a Lucille. Lo decepcionó que la campana no hubiera cumplido su cometido, pero eso no logró que disminuyera la felicidad que sentía cada vez que la veía de nuevo. Sabía lo que quería y pensaba seguir intentándolo, con calma y amabilidad, con una paciencia que no tenía la mayoría de las personas que conocía. Solo tenía que esperar y algún día, por la gracia de Dios, las cosas que deseaba se harían realidad.

No tenía motivos para esperar que así fuera. Cuando era niño, Willoughby había deseado tener su propio caballo para montar; un caballo muy grande de pelo negro brillante. Pero el caballo nunca se materializó y Willoughby se había pasado todos los días de su vida yendo a pie a todas partes. De tanto caminar, una de sus piernas se le había desgastado y se le había enchuecado en la rodilla, así que ahora cojeaba con la pierna buena que le quedaba y con esa arrastraba la cansada.

Willoughby había deseado tener una madre y un padre que lo quisieran, y solo le había tocado la mitad de la ecuación. Había tenido una madre que lo había amado de la manera más salvaje posible hasta el día de su muerte, y un padre que simplemente había sido un salvaje. Su padre lo azotaba y en general era cruel con él; Willoughby nunca supo si en realidad lo quería. Había esperado durante años que su padre le dijera que sí, pero esas palabras puntuales nunca salieron de su boca.

Willoughby también había esperado descubrir de qué se iba a tratar su vida, si tenía algún don o talento que el buen Dios le hubiera concedido como una señal para saber a qué dedicar sus días. Sin embargo, eso tampoco llegó, y desde que tenía doce años Willoughby se había dedicado a intentar una cosa tras otra, esperando encontrar algo con lo que se sintiera a gusto. Talló muebles, curtió cuero, martilló herraduras, colocó cercas y les llevó el equipaje a los viajeros en el muelle, pero tras hacer todo eso aún no había descubierto el don que le había dado el buen Dios. Sin embargo, se decía a sí mismo que, si seguía esperando, con seguridad algún día lo sabría.

Desde hacía algún tiempo, lo que Willoughby deseaba era estar cerca de Lucille Bunting, a quien había conocido en la iglesia. No la conocía bien, y eso era parte de su deseo. Quería estar cerca de ella para conocerla mejor, porque lo que ya conocía era hermoso. Además, ella no tenía marido, y eso quizá querría decir que podría haber espacio para él en su vida. Sin embargo, con su pierna floja y al no haber echado raíces en algún trabajo, a Willoughby le preocupaba no tener mucho que ofrecerle. Había intentado compensar eso trayéndole cosas. Un ramito de flores, un lápiz, el ala transparente de una libélula, un tazoncito de barro, frutipán, un par de botas negras de cuero. Como Lucille aceptaba todo lo que él le llevaba, Willoughby regresaba a traerle más cosas. Cuando venía, siempre trataba de decirle algunas palabras. A veces ella se lo permitía, pero otras no, y él no lograba averiguar qué la hacía cambiar entre una visita y otra. Solo sabía que agradecía cuando podían cruzar alguna palabra. Con todo lo que le había ofrecido y que ella había aceptado, lo que realmente quería ofrecerle era a sí mismo. Acépteme, le quería decir Willoughby, pero por supuesto no lo hacía. Era paciente. Esperaba, deseando y creyendo que algún día ocurriría.

||||||||||

EL MERCADO ESTABA desierto; solo había una docena de vendedores y aún menos clientes dando vueltas. Hacía años, cuando Lucille vendía ropa ahí, el mercado era un hervidero. Cuando la gente tenía dinero para gastar, Lucille no había tenido problemas para vender cada semana suficiente ropa para salir adelante. La suficiente para comprar más tela y confeccionar más prendas para la siguiente semana, y le quedaba lo necesario para pagar la escuela de las niñas y comprar comida. Pero como el trabajo estaba tan escaso, poca gente podía gastar y ya no tenía sentido ir a pararse al mercado. Lucille empezó a hacer lo mismo que otras mujeres: a tocar a la puerta de las casas, y aunque al principio le abrían y la escuchaban, últimamente todas las puertas estaban cerradas.

Ese día, cuando llegó al mercado con el vestido, Lucille había esperado que las cosas estuvieran un poco mejor de lo que recordaba. Se le encogió el corazón al darse cuenta de que no era así. En el mercado había un puñado de mujeres, la mayoría sentadas detrás de bandejas con frutas, papas o verduras; una de ellas tenía varios objetos de cerámica acomodados en el suelo. Pasaban algunas personas, pero nadie se detenía a comprar. Afuera, un hombre pasó tirando de un barril de

azúcar con ayuda de unas ruedas unidas por un eje. Parecía
que todo el mundo estaba pasando tiempos difíciles. Aun así,
Lucille se encaminó a su espacio de costumbre, tomó el vestido por los hombros y lo levantó para mostrarlo a quien pasara
cerca:

—¡Se vende vestido! ¡Un vestido hermoso!

La gente volteaba a ver. Algunas personas le sonreían. La
mayoría seguía derecho. Antes solía tener clientes que la buscaban por las prendas que hacía. Ahora no veía a nadie conocido;
nadie la conocía. Era solo una mujer en el mercado que ofrecía
algo que a nadie le interesaba comprar.

Habían pasado unos cuarenta minutos cuando una mujer
se detuvo a admirar el vestido. Lucille se animó y sostuvo la
prenda para que la pudiera ver mejor.

—No va a encontrar nada parecido, mire.

La mujer se inclinó para revisarlo por ambos lados y asintió. Lucille tomó el vestido por los hombros y se lo mostró a la
mujer por ambos lados para que pudiera ver la hilera de botones
que ella misma había forrado meticulosamente con tela a juego
para que combinaran perfectamente y no interrumpieran la
línea del vestido. La mujer volvió a asentir, y Lucille lo tomó
como una buena señal. Tocó la falda con sus abundantes fruncidos y acarició la tela; eso también le parecía prometedor. Lucille
vio cómo la mujer levantaba la falda y pasaba la mano por todo
el dobladillo para luego darle la vuelta. Al hacerlo, Lucille se
encogió. Ahora se notaba cada puntada irregular, cada nudo,
cada pliegue. La mujer se inclinó más para revisar.

—Vea qué colores brillantes —dijo Lucille para tratar de
desviar la atención de la mujer, que no dijo nada, pero soltó

el dobladillo. Lucille insistió—: Los fruncidos son hechos a mano.

—Es un vestido bonito por fuera, pero... —dijo la mujer decepcionada moviendo la cabeza.

—¡Mi hija ta enferma! —exclamó Lucille.

La mujer bajó los hombros como si la compasión por sí sola pudiera hacerla reconsiderarlo.

—Necesita una cirugía. Yo... Es un buen vestido. Yo...

—Pobrecita —dijo la mujer en voz baja, para sorpresa de Lucille, que empezó a llorar.

La mujer la abrazó y Lucille reclinó la cabeza en su pecho. Traía el vestido colgado en su brazo. La mujer la sostuvo en sus brazos mientras lloraba, y le decía al oído «shhhhh, shhhhh». Lucille se secó las lágrimas y alzó la cabeza; la mujer le sonrió:

—Ya, tranquila —le dijo.

Lucille sollozó y respiró hondo.

La mujer sacó una moneda de su bolso y se la mostró.

—Voy a rezar por tu hija y por ti.

En otra época, Lucille jamás hubiera aceptado limosna de una desconocida. Pero tampoco se hubiera podido imaginar que en algún momento se pondría a llorar en público en el hombro de una desconocida, así que, con el orgullo en ruinas, dejó que la mujer le pusiera la moneda en la palma de la mano.

—Que Dios te acompañe —le dijo la mujer al dársela.

Cuando se alejó, Lucille revisó la moneda. Era un penique de pescador, que valía un penique y cuarto. Lucille la metió en su bolsillo, levantó de nuevo el vestido y retomó su pregón con más desesperación que antes.

—¡Se vende vestido! ¡Un vestido de veras hermoso!

Después de unos minutos, un hombre se asomó por detrás del vestido para alcanzar a ver a Lucille.

—Un vestido hermoso y una mujer hermosa, por lo que veo —le dijo sonriendo.

Lucille solo vio su cara por un lado del vestido, que ella sostenía entre ambos como una cortina. Apretó los dientes antes de responder.

—Se vende vestido precioso. Recién hecho. Perfecto para cualquier ocasión que se le ocurra.

—En la ocasión que se me ocurre tú no trais vestido.

—Vete de aquí —dijo Lucille.

—Por otras cosas sí podría pagar. —El hombre frunció los labios por si ella no había entendido lo que quería decir.

Sin bajar la mirada, Lucille lo pisó con su pie descalzo. El hombre saltó hacia atrás y chilló:

—¡Me aplastates el pie!

—Que te vayas, te digo.

—¡Tas loca! —gritó el hombre mientras se alejaba, sacudiéndose el pie del dolor—. ¿Quién te va a comprar un vestido así en estos tiempos?

Por desgracia tenía razón. Después de estar en el mercado más tiempo del que hubiera querido y de no haber logrado atraer a nadie por legítimo interés, Lucille dobló el vestido muy a su pesar y respiró hondo. Había trabajado mucho en él, pero si no podía venderlo, pues no podía y punto. Tendría que encontrar otra solución.

Con el vestido en brazos, se alejó del mercado y cruzó el puente hacia el sur rumbo a la casa de beneficencia de Beckles Road. Se había negado a recurrir a la sacristía de su parroquia para pedir ayuda. Esperaba poder ganar su propio dinero sin tener que mendigarlo. Pero después de lo que había pasado esa mañana, cuando el vestido más llamativo que había confeccionado en su vida solo había atraído la atención de una mujer criticona y un hombre sinvergüenza, descendió un poco más hacia el valle de la desesperanza.

||||||||

EL SACRISTÁN SE había servido su taza de té negro como todas las mañanas y estaba a punto de sentarse a beberlo cuando oyó que llamaban a la puerta. Él era un caballero blanco entrado en años con grandes patillas blancas que le llegaban a la quijada. Dejó su té en su lugar y se acercó a la puerta. Al abrir se encontró con una menuda mujer negra que traía una prenda de vestir debajo del brazo.

—Sí, diga.

—Me llamo Lucille Bunting.

El sacristán había vivido toda su vida en Bridgetown y estaba particularmente orgulloso de conocer todos los detalles de la vida de todo el mundo. Nunca había visto a Lucille Bunting, pero aún antes de que ella tocara a su puerta había oído que una de las muchachitas Bunting estaba enferma. Desechó esa información tan pronto como la recibió porque ya sabía que esas muchachas eran hijas de Henry Camby, y eso quería decir que no les faltaba dinero y por lo tanto no necesitaban nada de lo que daban en la casa de beneficencia.

—Sí, ¿en qué la puedo ayudar? —preguntó el sacristán, que, aunque sabía muchas cosas, tenía la costumbre de fingir que no era así.

—Vengo a pedir ayuda, señor.

—¿Respecto a qué?

—Ayuda médica, señor. Pa mi hija que ta enferma.

—¿Enferma de qué?

—Líquido en los pulmones, señor.

Los dos estaban de pie en la puerta. El sacristán le dijo a Lucille que entrara. Cerró la puerta y al regresar vio su té que seguía humeando en la charola. Cuando volteó a verla, le costó trabajo recordar qué era lo último que le había dicho y después de hacer un esfuerzo se aclaró la voz y respondió:

—Líquido, ¿cierto?

—Eso dijo el doctor. Vino hace unas semanas pa revisarla y dijo que le había quedado líquido en los pulmones.

—¿Quedado? ¿De qué?

—Pulmonía, señor.

—¿Tiene pulmonía?

—Ya no, señor.

—Entonces ya no está enferma.

—Ya se recuperó de lo peor, sí, pero ahorita le quedó líquido y necesita cirugía pa que se lo quiten, señor.

La luz de la sacristía era tenue, pero suficiente para ver que la mujer que estaba frente a él era muy bonita. Quizá incluso lo fuera más hacía veinte años o cuando hubiera estado con ella Henry Camby. Sin duda podía entender que hubiera hecho que Henry, cuya familia conocía el sacristán desde hacía décadas, sucumbiera a la debilidad. Pero bueno, Henry tenía fama de ser débil a veces. Los dueños de otras plantaciones pensaban que era demasiado indulgente con sus trabajadores, demasiado amable, y la única razón por la que lo respetaban era por la familia de la que provenía. Pero eso no venía al caso. El asunto que tenía enfrente —tal cual, enfrente de él— era esta mujer que venía a pedir ayuda.

—Muchas otras personas están enfermas —dijo el sacristán—. Y muchas de cosas peores que… líquido restante. Me temo que no podemos ayudarlos a todos. Tenemos que guardar nuestros fondos para los casos más necesitados. La creación de Dios es abundante, pero no así nuestros recursos.

—Por favor, señor —dijo Lucille.

—Usted tiene otros recursos.

—¿Disculpe, señor?

Debía tener precaución de no mencionar el nombre de Henry, más por el bien de Henry que por el de la mujer; daba por hecho que él preferiría que no se tratara el tema. Ese hueso ya llevaba muchos años enterrado y el sacristán supuso que Henry no querría desenterrarlo a estas alturas. Además, su horrible mujer le iba a querer cortar la cabeza si se confirmaba la verdad. Tal vez ambas cabezas. El sacristán se rio de su propio chiste y al darse cuenta de que había hecho un ruido que podía oír Lucille, se recompuso y le dijo:

—Usted es dueña de su propia casa, ¿no es así?

—¿Mi casa, señor?

—Solo es una idea.

—¿Vender mi casa?

—Es algo que podría considerar.

Lucille lo miró horrorizada, como si el sacristán hubiera sugerido que descuartizara un elefante y lo cocinara para la cena. Por supuesto que él estaba al tanto de que Henry le había dado aquella casa, y entendía que quizá tuviera valor sentimental para ella, pero en esos momentos lo importante era el valor monetario. Vender la casa le parecía una solución muy razonable, aunque lo razonable y las mujeres no siempre fueran de la mano.

El sacristán volteó a ver su té por encima del hombro y se sintió consternado al ver que ya no había vapor. ¿Acaso había algo peor que una taza de té tibia?

—Bueno, entonces… —dijo señalando la puerta.

—¿Señor?

—Ya le di lo único que puedo ofrecerle: mi consejo.

—Pero, señor… —le suplicó Lucille.

—Ahora, si me disculpa…

—Por favor, señor. Nunca había venido… Nunca había pedido nada. He estado sola…

El hombre se dirigió hacia la puerta y Lucille no tuvo otra opción que salir.

—Estoy seguro de que sabrá qué hacer —dijo antes de cerrar la puerta, confiado de que Lucille Bunting sabía a qué se refería.

॥॥॥॥॥

LUCILLE SE ENCAMINÓ hacia su casa con el vestido en brazos y una desesperanza cada vez más grande atorada en la garganta. ¿Qué iba a hacer? No había querido pensar en vender la casa. Había dado unos pasos hacia el valle de la desesperanza, pero aún no caía hasta lo más profundo. Incluso sus hijas no entendían lo que significaba para ella ser dueña de esa casa, lo milagroso que era ser dueña de algo. La abuela de Lucille no había sido dueña de nada, ni siquiera de sí misma.

La madre de Lucille no había sido dueña de nada más que de sí misma, y ahora Lucille era dueña de sí misma y de una casa también. No quería pensar en deshacerse de ella. Claro que había otra opción que tampoco había querido considerar. Si no podía vender el vestido y no quería vender la casa y el sacristán la había echado y Dios era tan caprichoso que todavía no había respondido a sus plegarias, entonces tal vez a eso habían llegado las cosas. Cuando Lucille se fue la primera vez, hacía dieciséis años, había requerido todo el valor y la esperanza que tenía. Regresar ahora iba a requerir aún más. Pero si Ada podía atravesar el océano por Millicent, se dijo Lucille, seguro ella podría hacer eso.

No había pasado un año desde que se había ido de la hacienda con las niñas cuando llegó un mensajero a su casa una mañana. Lucille estaba en el patio y vio que el joven desmontaba de su caballo y se encaminaba a la casa. Traía una bolsita de seda y cuando se aproximó le dijo, tal como Lucille esperaba:

—Vengo de parte del amo Camby, señora. Me encargó que le trajera esto.

Le tendió la bolsita. Lucille se limpió el sudor de la frente y se quedó mirando cómo colgaba en el aire.

—¿No la quiere? —preguntó el joven, que tenía un ojo bizco que parecía como si se le quisiera salir de la cabeza.

Lucille se estiró para tomar la bolsita.

—Dice que es un regalo para Millicent Bunting, para celebrar su cumpleaños.

Estaba cerrada con un cordón y Lucille tardó unos segundos en deshacer el nudo. Cuando por fin miró dentro, vio tres coronas de oro. Rápidamente, tiró del cordón e intentó devolver la bolsa, pero el mensajero levantó las manos.

—Se supone que lo tengo que entregar, no devolverlo.

El mensajero emprendió el camino de regreso. No era exactamente el dinero lo que le molestaba sino la intromisión en sus vidas. Ella había querido cortar por lo sano, había tratado de hacerlo. No le gustaba que él hubiera dejado que la sangre calara hasta los huesos. Se quedó con las monedas y, aunque en la ciudad había un banco que sí atendía a la población libre de color, no quería confiarles algo tan preciado como el dinero, así que guardó la bolsita en un estante detrás de una lata de metal y se negó a volver a tocarla. Quería demostrarse a sí misma que no necesitaba su dinero. Estaba bien por su cuenta. Ya no necesitaba nada de él. Le sorprendió lo fácil que había sido alejarse de Henry cuando se fue de la hacienda. En ese momento, ella ya no quería su amor. Lo había querido antes, había disfrutado su amor durante las noches que pasaron juntos, incluso a veces pensó que ella podría corresponderle, pero para cuando se fue, ese sentimiento había desaparecido; era curioso, pero afortunadamente nunca regresó. Las monedas le habían molestado tanto a Lucille que le mandó decir a Henry que no podía volverse a poner en contacto con ellas. Dentro de unos meses sería el cumpleaños de Ada y Lucille no quería que llegara a su puerta otro regalo. «Déjanos en paz», había escrito Lucille, ni más ni menos, y lo había enviado a la hacienda. Fue la última vez que se comunicó con Henry. El día del cumpleaños de Ada, Lucille se sintió aliviada de que no llegara nada.

Lucille se había acordado de las monedas dos semanas atrás. Movió la lata hacia delante para tratar de sacar la bolsita y descubrió que había desaparecido. Quitó todo de la repisa para buscarla. Lo primero que pensó fue que les habían robado, pero ningún ladrón se llevaría nada más la bolsita y dejaría todo lo demás que había en la casa, aunque no fuera mucho. Entonces pensó que tal vez Ada se hubiera llevado la bolsita, y si ese era el caso, entonces le daría gusto. Al menos Ada habría viajado con algo de dinero. Al menos Lucille habría criado a esta criatura, sin importar lo impetuosa que fuera, para que tuviera algo de sentido común. Sin embargo, ahora que iba de regreso del pueblo, Lucille supo que le hubiera gustado tener ese dinero. No era suficiente, ni con mucho, pero la habría ayudado.

22

HENRY CAMBY ESTABA ASOMADO A LA VENTANA DE SU HABITACIÓN EN LA planta alta de la casa, admirando su hacienda, cuando la vio llegar por el sendero. Su corazón casi se detuvo, pero estaba seguro de que era ella. Un año antes, alguien que se parecía a Lucille se había aparecido en su hacienda, y cuando la vio en pleno día de pie junto a un caobo, pensó, temblando, que podría ser su fantasma. Le había pedido a su mejor amigo, que también era su abogado, que buscara en los periódicos y en los registros, pero al final J. R. le había dicho que Lucille Bunting estaba viva. Dicho hallazgo le había traído a Henry un inmenso alivio. Pero eso implicaba que solo había otra explicación sobre quién era la chica que había estado en su propiedad.

Ahora era el primer domingo de octubre. Henry contuvo la respiración y observó. El cuerpo de Lucille lucía más suave y redondeado que antes, pero reconoció el modo en que se movía: subía por el sendero con la misma determinación con la que se había marchado por allí dieciséis años antes. Él había estado en la misma ventana en ese entonces para verla marchar. Cuando ella se acercó lo suficiente, él se puso de puntas y volteó hacia abajo para alcanzar a verla en todo detalle antes de que estuviera bajo el techo de la veranda. Las persianas estaban abiertas y Henry apoyó su frente contra el

294

cristal para oír cuando llamara a la puerta, preguntándose qué haría en ese momento.

||||||||

GERTRUDE ACABABA DE entrar del jardín trasero, donde había estado sentada a la sombra bebiendo un vaso de limonada. La limonada estaba amarga porque Henry le había dado instrucciones a Sara, la cocinera, de que usara muy poca azúcar o mejor ninguna. Eso era una idiotez. ¿De qué servía que fueran dueños de una plantación si no podían tomar ellos mismos algo de azúcar?

Gertrude había estado en el jardín preguntándoselo mientras se le acumulaba la frustración. Al terminarse la limonada se puso el vaso frío y húmedo en las mejillas. Los lirios todavía estaban floreciendo, y se suponía que debían ser bonitos, pero tenían sus torpes tallos doblados hacia la tierra y Gertrude también se frustraba por eso. Por las flores, por todo el jardín, por la limonada, por su vida. Y ¿por qué no podría volar esa mariposa simplemente en línea recta? Cuando pasó delante de ella la pateó y deseó haberla pisado mejor. Presumida. Volando por ahí. Había puesto el vaso sobre su regazo y le dio curiosidad saber qué tan fuerte tendría que apretarlo para que se rompiera. Henry estaba en el cuarto haciendo solo Dios sabe qué. Ahí se quedaba los domingos, el día de descanso, y aunque decía que necesitaba tiempo para recuperarse de la semana, Gertrude se preguntaba si no sería solo que quería estar lejos de ella. Si el vaso roto la hacía sangrar, ¿bastaría para que Henry bajara?

Gertrude se quedó en el jardín, pensando en todo eso,

hasta que el sudor le perló la frente. Enojada, se lo secó, pero cuando se le volvió a formar, se paró y se fue para adentro; se preguntaba si necesitaría bañarse por segunda vez ese día, que sí, era una exageración, pero era la única manera en la que podía lidiar con la molestia infinita del sudor. Apenas había entrado a la casa con el vaso vacío de limonada en la mano cuando oyó que tocaban a la puerta. Si no hubiera estado tan llena de frustraciones hubiera llamado a uno de los sirvientes para que fuera a abrir, pero como no estaba de humor como para hablar con ninguno de ellos, fue ella misma.

Había una negra parada en la veranda, una negra que se le hizo un tanto conocida. Al instante, la memoria de Gertrude se enfocó. Casi le da un colapso cuando cayó en la cuenta de quién se trataba.

La mujer parecía inquieta, y ninguna de las dos habló durante un momento hasta que al fin Gertrude, en un tono que revelaba su contrariedad, dijo:

—¿Qué haces aquí?

—Señora. —Asintió ligeramente, pero, aun así, miró a Gertrude directo a los ojos.

—Hacía tiempo que no te veíamos —dijo Gertrude con la mandíbula apretada.

La mujer volvió a asentir.

Gertrude no supo cómo se llamaba la mujer mientras había estado a su servicio. Seguro lo había oído un par de veces, pero, aunque así fuera, había sido como una flecha que pasaba de largo frente a su atención: allí un instante y desaparecida al siguiente. Sin embargo, después de que la mujer desmontó su casa y se marchó —un acontecimiento importante en la hacienda de los Camby del que todo el mundo hablaba y se quería enterar—, Gertrude había deducido por fin a quién había estado visitando su marido noche tras noche. Acudió entonces a su abogado, J. R. Robinson, y le preguntó el nombre de la mujer. El hecho de que J. R. se negara a decírselo solo reafirmaba sus sospechas. «Solo quiero saber su nombre, J. R.», le había dicho Gertrude. El abogado siempre le había sido leal a Henry, en extremo, y ella lo agradecía, pero en aquel momento esa lealtad se interponía en su camino. J. R. balbuceó algo incomprensible. Con toda calma Gertrude le dijo: «Te voy a retorcer el pescuezo si no me lo dices en este momento». Por fin, J. R. se lo dijo. «Lucille Bunting». Durante muchos años Gertrude se aferró a ese nombre.

La mujer que estaba de pie en la veranda sin duda era ella. Parecía más vieja, pero todavía era atractiva, según observó Gertrude, y de pronto todas sus miserables frustraciones se convirtieron en furia.

—Bueno, ¡¿qué quieres?! —le gritó.

—Vengo a buscar al amo Camby, señora.

—Sí, según recuerdo es lo que siempre hacías.

Gertrude resopló con desprecio. Quería avergonzar a la mujer, pero admirablemente ella no se arredró.

—Necesito hablar con él, señora.

—No está aquí.

—¿No?

Sin prisas, Gertrude pasó la lengua de un lado a otro

detrás de los dientes apretados. Luego le escupió a la mujer en la cara.

—Vete —siseó Gertrude—. Vete de aquí y no vuelvas nunca más.

Vio que la mujer se limpiaba la cara y esperó para ver si hacía o decía algo como respuesta, pero después de un momento la mujer solo se dio la vuelta, bajó los escalones y se encaminó por el sendero de grava. Antes de que la mujer siquiera desapareciera de su vista, ardiendo en cólera, Gertrude arrojó el vaso que traía todavía en la mano y vio cómo estallaba al estrellarse contra el piso. Sarah, la cocinera, vino corriendo al escuchar el ruido, pero Henry no apareció.

|||||||||

HENRY SE QUEDÓ totalmente inmóvil en la habitación, con la frente recargada contra el vidrio, pero no oyó cuando ella tocó la puerta. No oyó nada, ni siquiera el tictac del reloj de su mesita, que lo había mantenido despierto durante tantas noches. El reloj era una herencia familiar del lado de Gertrude y ella se negaba a deshacerse de él. Quería que estuviera justo ahí, decía que el tictac la tranquilizaba, y aunque Henry sospechaba que solo era porque ella sabía que le molestaba, hacía mucho que había desistido de cambiarlo a otra habitación. Podía haber reclamado —por el reloj, de hecho, por muchas cosas—, pero no era de naturaleza beligerante. Aquella tarde, con el corazón palpitante y la sangre en los oídos, no oyó nada durante un minuto o más. Entonces, con la cabeza apoyada en el cristal, vio a Lucille alejarse. Henry abrió los ojos y, por segunda vez en su vida, la vio marcharse.

Se quedó junto a la ventana, preguntándose por qué habría venido. ¿Sería por él? ¿Después de tantos años? Siempre había soñado que ella volvería. Al principio, después de unas cuantas semanas, Henry tenía un sueño recurrente en el que Lucille estaba en la puerta trasera de la casa, donde la había visto por primera vez; en estos sueños era ingrávido y feliz, pero en cuanto despertaba se sentía abatido de nuevo. Era terrible saber que nada en la vida real sería igual que el mundo de los sueños.

Henry suspiraba bajo el peso de aquello en lo que se había convertido su vida, todo lo que tenía y no quería, y todo lo que quería, pero no tenía. Porque no solo esperaba a Lucille. Desde que dedujo quién era la chica al lado del caobo, una parte de él siempre estaba a la espera de que Millicent regresara también.

Algunas mañanas, al despertar Henry sentía una especie de carga en el aire y pensaba: «Hoy va a venir. Hoy es el día en que la volveré a ver». Esos días, incluso si Henry no tenía nada que hacer fuera de su propiedad, aunque no hubiera ninguna razón para ir al pueblo, le ordenaba a su cochero que tomara el carruaje y lo llevara por el sendero de grava donde la había visto aquella vez. «Despacio», le decía, y los caballos trotaban como si hubieran salido solo a disfrutar los rayos del sol en sus lomos. Desde su asiento, Henry se asomaba para buscar alguna señal de la muchacha. Cuando pasaban por el mismo caobo ponía más atención, aunque sabía que la segunda vez podría aparecer en cualquier parte. Cuando el cochero dejó escapar que Gertrude le había preguntado sobre el motivo de esos peculiares viajes en carruaje por el sendero,

Henry dejó de ir. Ahora solo se fijaba cuando tenía algún asunto legítimo que lo hiciera salir de todos modos. O se asomaba por la ventana los domingos, como ese.

Dejarlas ir fue una de las cosas más difíciles que Henry había tenido que hacer. Sin embargo, se recordaba a sí mismo una y otra vez que era lo correcto. De todos modos, había algo en el aire que logró reposar cuando se fueron. Gertrude, que en esa época había estado sufriendo de unos extraños episodios de insomnio que la hacían dar vueltas en la cama toda la noche casi a diario, de repente volvió a dormir como un lirón por primera vez desde hacía meses.

No había sido difícil saber dónde se habían instalado, por supuesto. J. R. sabía conseguir esa información. Nueve meses después de que se fueron, cuando llegó el primer cumpleaños de una de las niñas, Henry metió tres coronas de oro en una bolsita de seda y mandó que un mensajero la fuera a entregar a la casa. Había pensado que podía hacer eso cada año el día de sus cumpleaños, pero poco después de que lo enviara recibió en respuesta una carta que decía: «Déjanos en paz». Eso era todo. Le dio la vuelta al papel, pero no pudo encontrar más que eso. Se le rompió otro poquito el corazón. Sabía que Lucille había escrito las palabras. Déjanos en paz. Y Henry obedeció.

‖‖‖‖‖‖

HENRY PASÓ INQUIETO el resto del día. Se quedó en la habitación hasta que le pareció que la habitación lo iba a asfixiar; entonces salió al sol, a caminar por el terreno. Un total de 256 pasos.

Los contó y llegó hasta el lugar donde en algún momento se había construido una casa nueva. Suspiró y se alejó.

Hacía calor mientras deambulaba por los campos. La tierra estaba yerma, despojada de tallos de caña. A lo lejos, el gran molino de piedra permanecía inmóvil. Caminó en círculos, sin saber qué hacer; al anochecer Henry había encontrado el camino hasta el sendero y pensó que era el lugar adecuado, ya que era donde había visto a Millicent un año antes y era donde había visto a Lucille ese día. Caminó de arriba abajo hasta que J. R. lo encontró en la penumbra, y le dijo:

—Henry, detente.

Pero Henry estaba perdido en sus pensamientos y al principio no lo oyó.

—¡Henry! —repitió J. R., esta vez más fuerte.

Iba montado en su caballo hacia la hacienda cuando se encontró a Henry que caminaba en medio del aire húmedo plagado de insectos. Desmontó de su yegua, la llevó de las riendas y volvió a llamar a su amigo:

—¡Henry! —Estaban bastante lejos de la casa como para que los alcanzaran a oír.

Por fin, Henry volteó.

J. R. se acercó con su caballo. Se había imaginado que esa conversación se llevaría a cabo adentro, en el estudio, con una copa de brandy o al menos con una taza de té. Pero al fin y al cabo ese momento era tan oportuno como cualquier otro.

—Pensé que querrías saber que… —empezó a decir J. R., pero se interrumpió al darse cuenta de lo terrible que lucía Henry cuando lo vio de cerca.

—¿De qué se trata? —preguntó Henry.

—¿Te encuentras bien?

—Muy bien, perfecto.

J. R. asintió despacio.

—¿Qué es lo que querría saber? —preguntó Henry.

J. R. evaluó la situación. Quizá no era el mejor momento para decírselo, después de todo, pero siempre había sentido que era su obligación ayudar a Henry en todo lo que pudiera; de todas formas, había que decirlo.

—La muchacha está enferma.

—¿Cuál muchacha? —preguntó, y J. R. hizo una pausa antes de responder.

—Tu hija, Henry.

La noche caía y la luz era tenue. J. R. vio que Henry abría la boca y la volvía a cerrar. El caballo hizo un ruido y J. R. se acercó para acariciarle el lomo.

De pie en el sendero, Henry miró a su amigo, su amigo fiel que había guardado su secreto durante todos esos años. Una década después, cuando Henry muriera de influenza a los cincuenta y cinco años, J. R. vería recompensada su lealtad. En su testamento le dejaría algunas acciones y ahorros a Gertrude, pero le heredaría toda la hacienda a J. R., con la confianza de que haría con ella lo que considerara correcto.

—¿Es grave? —preguntó Henry.

—Sí.

—¿Enferma de qué?

—Parece que de una neumonía que todavía no se soluciona.

—¿Desde cuándo?

—Ya lleva un tiempo.

—Pero ¿apenas me lo dices?

—Me acabo de enterar. El sacristán me contó algo sobre una cirugía que necesita. Pensó que quizá querrías saberlo.

—¿El sacristán?

—Yo nunca le dije ni una palabra, Henry. Solo sospecha.

Henry asintió y miró hacia el sendero. «Enferma», pensó. Así que por eso había venido Lucille. No era por él. Se quedó en la penumbra alimentando su dolor.

—Supuse que querrías saberlo —escuchó decir a J. R.—, en caso de que te sintieras impulsado a hacer algo.

«Impulsado» le pareció a Henry una expresión peculiar, y si J. R. no fuera tan buen amigo se hubiera ofendido. Claro que se sentía impulsado, pero sentirse impulsado y ser capaz de seguir ese impulso eran dos cosas muy distintas. ¿Qué podía hacer? ¿Qué se esperaba de él, sinceramente? Suspiró. La propia Lucille le había dicho una vez y por escrito que las dejara en paz. Aunque el hecho de que hubiera venido ahora decía algo más. Sin embargo, aun si él fuera a ofrecerles algo —dinero, una habitación en el hospital—, Gertrude de algún modo se iba a enterar. Henry estaba seguro de ello. Gertrude había empezado a desconfiar de él hacía mucho tiempo; interrogaba no solo al cochero, sino también a los sirvientes de la casa sobre sus idas y venidas, revisaba las carpetas financieras que Henry tenía en la repisa, preguntaba por él en el pueblo. Henry tenía que ser cuidadoso. Si detectaba la primera pista de cualquier cosa que él pudiera hacer en ese caso, la seguiría hasta encontrar a dónde conducía. Y entonces, ¿qué? ¿Se enfrentaría a Lucille? ¿Convertiría las vidas de ambos en un verdadero infierno?

Henry suspiró de nuevo. J. R. estaba esperando que le respondiera, pero a Henry le parecía que no tenía nada que decir. Tenía las manos atadas, ya era tarde, y todo lo que quería hacer era regresar a casa y descansar.

23

OMAR SE DIO UN BAÑO Y SE PUSO SUS MEJORES ROPAS, PANTALONES negros, una camisa blanca de algodón, y se ató un moño negro al cuello. Su padre alzó la vista cuando salió por la puerta de la casa. Por mucho que Omar hubiera querido que su padre le preguntara porqué estaba vestido así o a dónde iba, no lo hizo. Su padre simplemente lo vio y le dio otra mordida a su huevo cocido.

Ya afuera, mientras bajaba por el camino de tierra, se preguntaba desesperado cuándo terminaría por fin el Reinado del Silencio. Suponía que él podría haber sido el primero en hablar, pero sin importar lo que dijera, no tendría caso, ¿cierto? Su padre no lo escucharía. Además, ¿por qué tenía que ser él quien dijera algo? No había hecho nada malo. Su padre no estaba actuando de manera razonable. De los dos, obviamente su padre tenía que ser el que cediera primero. Pero ¿lo haría? No le había dicho nada incluso cuando Omar estuvo fuera durante semanas, y para ese momento Omar se sentía tan desanimado por la relación entre ambos que ya no sabía qué hacer.

Casi al final del camino, Omar pasó cerca de doña Ruiz, que estaba tendida en su hamaca. Se levantó el sombrero para saludarla y le dijo «Buenas, señora», y pensó que tal vez pudiera pedirle consejo. Pero doña Ruiz levantó la mano para saludar desde la hamaca y le respondió «Vaya con Dios», que Omar entendió que quería decir: «Sigue adelante. No me molestes», así que, con las manos en los bolsillos, fue justo lo que hizo.

Ya estaba sudando para cuando llegó a la ciudad. En el periódico leyó que el funeral se llevaría a cabo en la Catedral Basílica Santa María la Antigua, y mientras se dirigía hacia allá le dio un tirón a los botones de su camisa para tratar de refrescarse. No sirvió de nada. El sudor le chorreaba por la espalda. El beneficio de haberse dado un baño esa mañana ya se había esfumado. Aunque se dijo que al menos su atuendo era más presentable que su ropa lodosa del trabajo, que era lo que traía puesto cada vez que había visto a Ada hasta entonces. Desde que supo que trabajaba en casa de los Oswald, había adquirido la costumbre de dar sus paseos después del almuerzo en la colina, primero de ida y vuelta en la base y después de arriba abajo, con la esperanza de verla. Por fin, ayer la había encontrado mientras ella recogía flores y se quedaron un rato en el sol. Le había contado sobre su padre —ella era la única persona a la que se lo había contado— y no había juzgado a ninguno de los dos, no había dicho que ninguno estuviera equivocado. Simplemente lo había escuchado. Y luego le había dicho que podía hablar con ella en cualquier momento, que era exactamente lo que quería hacer ahora.

Omar nunca había puesto un pie dentro de la iglesia. Su padre, que no era creyente, nunca lo había llevado a misa. «El mar es mi iglesia», le gustaba decir a su padre. O era lo que solía decir antes, cuando sí decía algo. Al entrar a la catedral, Omar se encontró con un espacio cavernoso repleto de gente amontonada en las bancas y apiñada en los pasillos laterales. Omar se quedó de pie en la parte trasera, sorprendido por las hileras de columnas de piedra, los arcos que cubrían el techo, el altar que brillaba como si estuviera hecho de oro. Trató de buscar a Ada, pero no la vio por ninguna parte en medio de los dolientes.

No fue sino hasta una hora más tarde, cuando terminó la misa y cuatro marines uniformados trasladaron el ataúd por el pasillo central para sacarlo al sol, que finalmente pudo posar sus ojos sobre ella. El señor Oswald, con un traje negro de tres piezas y sombrero de copa de seda, iba detrás de los marines, y tras él otra docena de hombres de traje; unos cuantos pasos atrás de ellos iba Ada. Traía con ella el ramo de pluma de gallo y tenía puesto el mismo vestido de parches. Omar se quedó tan quieto como pudo, esperando que ella lo viera, pero simplemente salió de la iglesia y para cuando él salió había tanta gente agolpada en el atrio que no pudo ver hacia dónde se había ido.

La plaza estaba rodeada de árboles de guayacán que todavía no florecían y en los edificios de alrededor los niños se colgaban de la herrería de los balcones, las mujeres se asomaban por las ventanas y hacían la señal de la cruz, los tenderos salían a la puerta a observar. Omar nunca había visto algo así, que le pusieran tanta atención a la muerte de una persona.

La procesión comenzó unos minutos después, en cuanto los marines introdujeron el ataúd en la parte trasera del carruaje y el Sr. Oswald, con el rostro aún más sombrío que el día en que Omar lo había visto en el Corte, subió al asiento delantero junto al conductor, que hizo chasquear las riendas para que los caballos avanzaran; pero Omar todavía no había vuelto a ver a Ada. Quienes se dirigían hacia el cementerio formaban una sola fila que serpenteaba por las calles adoquinadas, y Omar se quedó al final. Después de ponerse de puntillas varias veces y de asomarse hacia los lados, por fin la vio cerca del principio. Trató de acercarse a ella, pero de momento no había posibilidad de hacerlo sin llamar la atención.

|||||||||

MIENTRAS CRUZABA LAS puertas del cementerio con la procesión, Pierre cayó en la cuenta de que era el sexto funeral al que asistía en su vida. Unos meses atrás había ido al funeral de un perico llamado Sunshine. La esposa de uno de los doctores aquí en Panamá había adoptado al ave como mascota. Pierre había asistido a una cena sofisticada en su casa y Sunshine había recibido a cada invitado en la puerta, donde chillaba «¡Pasen! ¡Hola! ¡Pasen!». Poco tiempo después, Sunshine voló hacia una olla de leche hirviendo y se murió. Pierre había asistido entonces a un funeral sofisticado en el que la esposa del doctor enterró a Sunshine debajo de un árbol de hibisco mientras su esposo leía con mucha seriedad un largo texto que había escrito en homenaje al ave. Por lo menos se habían reunido treinta personas para el evento, que era muchísimo para un pájaro, pero que palidecía en comparación con la cantidad que había hecho valla en las calles y que se había congregado en la iglesia el día de hoy.

La procesión avanzó sobre la hierba verde, salpicada de pequeñas cruces blancas, hasta que el carruaje que iba al frente se detuvo en la cima de una colina con una ligera pendiente. Pierre observaba bajo el sol a la gente que iba en fila detrás de él. Mientras esperaba, se le acercó un hombre con un alfiler de ónix en la corbata.

—¿Usted era el doctor? —preguntó el hombre.

—Yo soy doctor, sí.

—Pero usted era su doctor.

Pierre asintió.

—Dígame —insistió el hombre—, ¿sí estaba tan mal?

Pierre apretó la quijada. Le pareció detectar cierto escepticismo en la pregunta, como si alguien hubiera tenido que salvar a Marian Oswald y ese alguien fuera Pierre. En una ocasión, unos cuantos años luego de que Pierre comenzara a ejercer como médico, una madre, presa del pánico, trajo a su bebé ardiendo en fiebre y con una urticaria espantosa. El socio de Pierre se apresuró a tomar al niño de los brazos de su madre y, tras examinarlo, diagnosticó que tenía escarlatina. Pero la madre decía que había visto casos de escarlatina y no se veía para nada así. Pierre había escuchado la discusión, y cuando fue evidente que no llegaban a ningún lado rodeó el biombo y preguntó si podía examinar al bebé. Al observar las pequeñas manchas rojas brillantes por todo el cuerpo del niño, Pierre había dicho: «Es rubéola escarlatiniforme». Era un diagnóstico nuevo, sobre el que Pierre había leído en una revista médica. «¿Rubéola escarlatiniforme?», había preguntado su compañero. «¿La conoces?». Contrariado por el hecho de que su compañero pusiera en duda sus conocimientos, Pierre dijo con firmeza: «Es rubéola escarlatiniforme. Estoy seguro». En su memoria quedó grabada la expresión de alivio que inundó el rostro de la viuda. Al final, lo que importaba era la confianza

y la autoridad. Incluso cuando el sedimento de la duda yacía
en el fondo, uno tenía que proyectar certeza.

—De hecho, sí —le respondió Pierre al hombre de la colina—. Fue uno de los peores casos con los que me he topado.
Una evolución típica sería de entre cinco y ocho días. Es muy
poco habitual que una neumonía dure más de once días, como
ocurrió en este caso. Solo por esa razón, la clasificaría como
extrema.

—Entonces, ¿hay una clase diferente de neumonía aquí?
—preguntó el hombre—. ¿Una clase tropical que es nueva
para nosotros?

De nuevo, Pierre se crispó ante la insinuación de que tal
vez no sabía lo que hacía, de que no estaba versado en todo el
espectro de posibilidades neumológicas.

—Puedo asegurarle que, independientemente del tipo,
todos los casos de neumonía son graves. Y le diré también que
hice todo lo que podía hacer por ella, y que no hay un solo
médico en toda la creación que pudiera haber hecho más.

Era lo que a partir de entonces elegiría creer. Lo que había
ocurrido no era en absoluto culpa suya. El hombre asintió.

—George —llamó a otro de los caballeros que estaba ahí
cerca—, ven a conocer al buen doctor.

Uno a uno los hombres se acercaron para estrechar la mano
de Pierre y para expresarle sus condolencias o su agradecimiento. Pierre reconoció a varios de ellos y le agradaba estar
en compañía de tales personajes, incluso en esas circunstancias.
Incluso cuando la conversación viró hacia el beisbol, un deporte
del cual Pierre sabía muy poco. Había una popular liga esta-

dounidense que se había formado en la zona, y el hombre del alfiler de ónix preguntó si alguno de ellos había visto el *home run* que Lucky Brewster había bateado para darle a Culebra el triunfo sobre Empire.

—Me temo que yo no fui al juego —dijo un hombre que tenía una nariz bastante prominente.

—¿No fuiste? ¡Caramba, Richard! Pero ¿qué clase de patriota eres?

—De la clase que tiene que trabajar para vivir —respondió, y todos los hombres se rieron.

—¡No me digas que soy el único aquí que se la pasa bien con el dinero del Tío Sam! —dijo el hombre del alfiler de ónix.

—Si te la pasaras un poco menos bien, Hugh, podríamos terminar antes.

—¿Quién quiere terminar? Tenemos hoteles, clubes, buena comida, brisa tropical en las noches… estamos en el paraíso aquí.

—Estamos en un funeral, Hugh —le dijo otro hombre en voz baja.

Eso cambió el ánimo del grupo y los hombres se quedaron ahí sin nada que decir. Pierre frotó su roca.

—¿Alguien sabe quién es ese? —dijo por fin uno de los hombres, rompiendo el silencio, y todos voltearon a ver a un chico de piel oscura que según se veía estaba solo y venía subiendo por la colina, al final de la procesión.

A Pierre el chico se le hacía conocido. Entrecerró los ojos y lo miró fijamente, pero no pudo hacer la conexión y decidió que no era algo importante. Seguramente era alguien que habían contratado para el servicio. ¿Quién iba a saber? Había miles de chicos parecidos por ahí, y por supuesto no se podía esperar que distinguiera a uno de otro.

||||||||

OMAR SUBIÓ POR la pendiente cubierta de hierba justo a tiempo para ver cómo los marines sacaban el ataúd del carruaje y lo depositaban en el suelo. El sudor le corría por la espalda. Caminó hasta la orilla de la multitud y se quitó el sombrero respetuosamente. Ada estaba al frente, todavía con el ramo de pluma de gallo en las manos, y aunque quería estar a su lado, no estaba seguro de que fuera apropiado. ¿Qué estaba haciendo? No sabía cómo tener amigos. En su solitaria existencia al lado de su padre poco lo había practicado. Quizá si su madre hubiera estado viva habría sido distinto. Quizá le hubiera enseñado cosas que en cien años su padre no le enseñaría. Quizá su madre lo hubiera llevado a la calle, a visitar gente, hubiera hecho fiestas. Quizá dentro de las paredes de la casa hubiera habido más música o risas o conversación, más vida.

||||||||

EL CAPELLÁN, UN hombre bajito de Pensilvania, se adelantó para decir una oración. Le había llegado el rumor de que Marian Oswald tenía ese gusto por las flores característico de las mujeres, así que se propuso emplear versículos de la Biblia como «Ya han brotado flores en el campo, ha llegado el tiempo de los cantos, y por toda nuestra tierra se escucha el arrullo de la tórtola», que era parte del Cantar de los Cantares, o «Sécase la hierba, cáese la flor: mas la palabra del Dios nuestro permanece para siempre», que era del profeta Isaías. Había dado miles de sermones funerarios año tras año, cada uno igual que el anterior, las palabras tan conocidas que las podía repetir en sueños. Normalmente no hacía el esfuerzo de incluir nada personal en dichos sermones, pero dada la importancia que tenía este, decidió hacerlo.

—He aquí, os digo un misterio: todos ciertamente no dormiremos, mas todos seremos transformados. En un momento, en un abrir de ojo, a la final trompeta; porque será tocada la trompeta, y los muertos serán levantados sin corrupción, y nosotros seremos transformados.

Alguien en la multitud empezó a llorar.

—Porque es menester que esto corruptible sea vestido de incorrupción, y esto mortal sea vestido de inmortalidad —exclamó el capellán.

Pensó que, incluso si John Oswald no hubiera notado las partes donde mencionó las flores, el hecho de que hubiera logrado que al menos una persona llorara quería decir que había cumplido su misión.

|||||||||

ANTOINETTE SE QUEDÓ al rayo del sol y en silencio le dio gracias a Dios de que la luz brillara hoy. Era un Dios todopoderoso, capaz de hacer cualquier cosa que él quisiera, y para demostrarlo, esa semana él se había llevado a la señora Oswald a su lado. Uno tenía que creer que él tenía un plan, porque si no sería muy difícil comprender todo esto. Se preguntaba si los planes de Dios incluirían que Ada se fuera de la casa ahora que ya no había razón para que se quedara, ya no había razón para que se pavoneara por ahí, provocando las miradas de todos, desde el forense hasta el cartero, para que viviera gratis en una habitación que nadie había pensado en ofrecerle a Antoinette, y se negara a entregar un plato cuando se lo habían pedido. Ya habían pasado varios días desde que el señor Oswald le había preguntado si de verdad Ada había salido de la casa la tarde que falleció la señora Oswald, y Antoinette por supuesto le había dicho que sí. Sin embargo, por alguna razón el señor Oswald no había despedido a la muchacha. Antoinette tenía fe en los planes de Dios, pero los planes del señor Oswald eran otro asunto. Tal vez el señor Oswald tenía muchas cosas en la cabeza, y despedir a la muchacha era solo una cosa más que pensaba hacer. Bueno, si de eso se trataba, quizá ella pudiera ayudar a acelerar las cosas. Y qué mejor si el señor Oswald pensaba que Antoinette, siempre diligente, solo estaba tratando de ayudar.

PIERRE ALZÓ UNA mano para protegerse los ojos del sol. Era el día más brillante que pudiera recordar, ni una gota de lluvia por ningún lado. Demasiado brillante, quizá. Pierre parpadeó. Ahí no había nada para él, pensó de pronto. Ni la lluvia ni el sol ni el más humilde pabellón de hospital ni un venerado papel como médico de cabecera: nada de esto lo hacía feliz, y no se culpaba a sí mismo sino a Panamá. De repente, sintió que se tenía que ir. Una década después, el doctor Pierre Renaud, de cuarenta y ocho años, se vería invadido por un sentimiento similar. Para ese entonces estaría de regreso en Francia, como uno de los cientos de médicos civiles que se vieron arrastrados a la Gran Guerra. Aquella mañana tibia, mientras Pierre viajaba con la unidad de ambulancias, buscaría su piedra y en su lugar encontraría un agujero en el bolsillo. Pierre tendría la idea, una idea fantasiosa, de que la piedra había viajado de algún modo de vuelta al Indrois y se había acomodado entre las otras piedras que bordeaban la orilla, al regresar a donde él la había encontrado un día templado. Esa idea le haría pensar que ya era momento para que también él regresara al lugar de donde había venido, al Val de Loire, donde el aire olía a rosas y pan. Dos horas después de haber tenido esa idea, Pierre Renaud estaría muerto. Le dispararía una ráfaga de artillería mientras estaba arrodillado en el campo de batalla, vendando las heridas de otro hombre. No sería como lo había imaginado, pero volvería a casa.

〃〃〃〃〃

ADA ESTABA EN el cementerio haciendo todo lo posible por no escuchar nada de lo que decía el capellán. No quería pensar en entierros, no quería tener nada que ver con ellos, ni con este ni con ningún otro. Temía que, incluso por el hecho de estar en este, de alguna manera estaría provocando a Dios, y pensaba que al menos si no escuchaba, si no se enteraba de cómo se supone que debe ser un entierro, Dios no se imaginaría que ya estaba lista para otro. Quería que él supiera que no lo estaba. Se quedó ahí, con las flores que había recogido el día anterior, y mientras el capellán hablaba, se miraba las puntas de las botas que se asomaban debajo del faldón de su vestido. Desde el momento que había puesto pie por primera vez en Empire hacía casi tres semanas, esas pobres botas nunca habían estado limpias. Las había estregado y limpiado, pero por lo visto en Panamá el lodo estaba por todas partes.

Tan pronto el capellán terminó, Ada vio que el señor Oswald se acercaba al ataúd e inclinaba la cabeza. Después de un minuto se alejó. Una a una, otras personas hicieron lo mismo. En silencio, Ada se acercó al ataúd y puso las flores sobre él, soltándolas por fin. Cuando dio la vuelta para regresar a su sitio, vio a Omar en las afueras de la multitud. La sorpresa de verlo de nuevo hizo que se detuviera exactamente durante cinco latidos, lo suficiente para verlo inclinar la cabeza cuando se miraron a los ojos.

||||||||

OMAR SE QUEDÓ en donde estaba, incluso después de que bajaron el ataúd y el señor Oswald subió de nuevo al carruaje y se fue. El sonido de la conversación en voz baja saturaba el aire mientras la concurrencia se empezaba a dispersar. Ada se le acercó.

—¿Qué haces aquí? —preguntó, y él le dijo la verdad.

—Vine a verte.

—Igual que la otra vez —dijo ella sonriendo.

—Me dijiste que podía venir a hablar contigo en cualquier momento.

—¿Le ocurrió algo a tu padre?

—No —respondió Omar, avergonzado de no tener nada en particular que decir.

Solo había querido verla de nuevo, conversar de cualquier cosa en este mundo. Pero, llevado por esa idea, parecía haber escogido un mal momento, un día totalmente equivocado.

—Otra vez, lamento lo de la señora Oswald. —Ada bajó la vista y se apretó una mano con la otra.

—No le va a pasar esto a tu hermana —dijo de inmediato para tratar de dispersar las nubes que se dio cuenta que rodeaban los pensamientos de Ada. Ella alzó la vista.

—He estado esperando una carta, pero todavía no sé nada. Les envié dinero, así que tal vez lo hayan usado. No lo sé. Es solo que odio estar tan lejos de ellas en estos momentos. A veces me pregunto si me equivoqué al venir aquí.

—Estás tratando de ayudar.

—Pero ¿y si no es suficiente?

Omar sentía una conexión con ella; ambos cargaban consigo sus propias penas por alguien a quien amaban. Omar le sonrió.

—Tú me salvaste en la calle, Ada —le dijo—. Si hay alguien que puede salvar a tu hermana, seguro que eres tú.

24

JOHN ABRIÓ LOS OJOS AL OÍR QUE TOCABAN A LA PUERTA.

Estaba tirado en el piso de su estudio. No tenía idea de cómo había llegado ahí. Recordaba que había regresado después del funeral, y la manera en que las penas de ese día lo habían atrapado mientras iba rumbo a la casa en el carruaje que entonces ya estaba vacío en la parte trasera. Podía oír cómo el carruaje se balanceaba y crujía en su vacuidad; John le dijo una vez al cochero que bajara la velocidad para que el viaje fuera más apacible. El cochero tiró de las riendas para hacer trotar a los caballos. Después de eso, el crujido disminuyó, pero el avance más lento significaba que John pasaría más tiempo con el vacío, y eso era casi peor.

El sol inverosímil había resecado parte del lodo y los caballos subieron la colina de regreso con menos dificultad que al bajar en la mañana. John estaba ansioso por poder salir del carruaje para alejarse de su vacuidad solitaria, pero en cuanto volteó hacia la casa se dio cuenta de que también estaba llena de eso mismo, y la pena que lo había atrapado durante el trayecto lo aprisionó con más fuerza. El vacío estaba ahora en todas partes, y seguiría allí durante mucho tiempo.

Se dirigió sin detenerse a su estudio y cerró la puerta. Abrió una botella de whiskey y se sirvió un vaso. Por lo general, se abstenía de beber alcohol. Tenía una mala opinión de los hombres que consumían lo suficiente como para emborracharse; hombres que tropezaban al salir de los burdeles y las cantinas, y caminaban tambaleándose, prácticamente incapaces de mantenerse en pie. Sin embargo, tras la muerte de Marian, se dio cuenta de que ansiaba el efecto anestésico del alcohol, y se decía a sí mismo que incluso los hombres respetables tomaban un trago una que otra vez. De algún modo, «una que otra vez» se convirtió en cinco días consecutivos.

John gimió y rodó sobre su espalda. Debía de haberse quedado dormido. Se había sentado en la silla de su escritorio —de eso sí se acordaba—, pero seguro se había resbalado hasta al suelo, porque seguía con el traje puesto y tenía los anteojos torcidos. Al quitárselos, vio que la patilla izquierda estaba chueca, pues la bisagra de la sien se había doblado. Intentó enderezarla, pero fue inútil. Suspiró y sujetó los anteojos con una mano. La cabeza le latía con fuerza y todo lo que podía ver desde el suelo —el borde de su escritorio, el marco superior de la ventana, el techo liso y pintado— parecía borroso, así que, a pesar de que tocaron a la puerta, volvió a cerrar los ojos y se quedó quieto.

Pensó que tal vez era su culpa. Después de todo, era él quien había querido venir a Panamá, y, como Marian era muy buena, había accedido. Instintivamente, había entendido lo que esto implicaría para su carrera. Y quizá también sabía que era por algo más que eso. Panamá le daría la oportunidad de irse de Tennessee, de llegar a ser algo más que un apellido. Había tenido la esperanza de lograrlo cuando Marian y él se mudaron de Knoxville a las montañas, pero eso solo consiguió que se estirara el cordón. Quería cortarlo y no volver a pegarlo jamás.

Nunca se había sentido como uno de ellos. Era el menor de tres varones y, hasta donde se acordaba, siempre había sido el diferente. Sus dos hermanos mayores, Thomas y James, conspiraban todo el tiempo entre ellos, interesados en actividades que no tenían el menor atractivo para él —pescar, hacer caminatas, dispararles a los árboles con su rifle—. Cuando crecieron lo suficiente, sus hermanos se hicieron cargo de distintas partes del negocio familiar y poco tiempo después ya tenían esposas recatadas y niños de mejillas sonrosadas, y todo era justo como debía de ser, justo como debía funcionar la vida para los muchachos Oswald. Solo que él no estaba interesado en nada de eso. Ni en el trabajo ni en la esposa. Cuando estaba en la universidad, le habían presentado el naciente campo de la medicina tropical y eso había cautivado su mente. Su propósito era lograr que algunas partes de la Tierra que no habían sido saludables antes lo fueran; lugares que hasta entonces eran inhabitables para hombres como él a causa de la enfermedad. ¿Qué otra cosa podría ser más importante? Encontrar nuevos lugares donde los americanos pudieran aventurarse y vivir con seguridad. Ya habían conquistado el Oeste, habían alcanzado los límites de la Tierra. Necesitaban una nueva frontera. Sin embargo, eso solo podría conseguirse si lograban vencer las enfermedades tropicales. John se enteró muy pronto de que eso implicaba entender al mosquito, ese insecto ignorado, ligero como un filamento, que los científicos habían empezado a identificar como el posible vector de transmisión de algunas de las enfermedades más devastadoras que el hombre conociera. La teoría del mosquito era el futuro de la medicina. Según John, podría ser la clave del mismísimo futuro de la humanidad. Sin embargo, para su padre se trataba de una búsqueda ridícula. La medicina era una cosa, pero ¿dedicar toda la vida a estudiar mosquitos? Nunca. No un hijo suyo.

Al salir de la universidad, John se resignó a tener un puesto en la compañía maderera de la familia; un puesto nominal que le permitiera guardar su distancia de la oficina la mayor parte de los días mientras cumplía con lo suficiente para satisfacer a su padre. Una vez arreglada la cuestión del empleo, su madre se impuso la misión de encontrarle esposa. Organizaba picnics y excursiones con muchachas que conocía, hijas de sus amigas, jóvenes recién llegadas al pueblo. Todo eso era insoportable, y no había ni una sola mujer que le pareciera ni remotamente interesante. Nadie con quien pudiera platicar, nadie que pensara en absoluto como él: de manera desapasionada, empírica, interesada en el rigor científico, en los descubrimientos que estaban en ese momento al alcance del hombre. Pero en algún momento John comprendió que su madre no iba a ceder hasta que se casara. Exasperado, un día se dirigió a la compañía maderera con la intención de invitar a salir a la primera mujer que viera, para demostrarle a su madre que había tomado el asunto en sus propias manos y que, por lo tanto, podía renunciar a la misión. En la oficina donde estaban todas las taquígrafas se topó con una joven que escribía a máquina en su escritorio. No era la más atractiva de ellas, pero era lo suficientemente bonita. Le dijo: «Si está usted libre, ¿podría invitarla a salir esta noche?». Directo, sin ornamentaciones. Sintió que todos los ojos de la habitación se centraban en él, todas las otras taquígrafas que tal vez, se dio cuenta entonces, también hubieran querido que él les pidiera lo mismo. Un momento atroz. Nunca había invitado a nadie a salir; durante un instante experimentó el terror de la posibilidad de que ella dijera que no. Ahí, delante de todos. Afortunadamente, dijo que sí.

Él no se había preparado para dos cosas: la capacidad mental de Marian y lo buena que era. Durante la primera velada que pasaron juntos, se enteró de que había ido a la universidad, una universidad femenina, pero, aun así, era una persona con formación académica y, lo que era más importante, podía pensar. Ella *quería* pensar. Tenía curiosidad, en especial en temas de la naturaleza. Sabía referirse a las plantas empleando sus nombres en latín, podía explicar los sistemas de raíces y hábitats en términos científicos. El día anterior a su boda él le había regalado una edición forrada en cuero de *El origen de las especies* con la intención de transmitirle cosas que no sabía cómo decirle: que valoraba su mente, que estaba asombrado de haberla encontrado, que estaría eternamente agradecido de que eso hubiera pasado. No había una mujer sobre la Tierra con quien él hubiera soñado que podría hablar sobre su trabajo. Ella comprendía con facilidad la esencia, la complejidad de los problemas, los retos que enfrentaba. No se burló cuando le contó acerca de la teoría del mosquito. Lo que dijo fue: «Dios mío, ¿y si fuera cierto, John?». No se quejaba de las horas que pasaba él en el laboratorio ocupado en observar muestras de agua y de tierra en el microscopio, en monitorear larvas, en revisar en detalle los registros de hábitos de reproducción y las expectativas de vida y los radios de vuelo, en estudiar los efectos de la altitud y la temperatura del aire y las precipitaciones, en trazar patrones epidemiológicos, en diseccionar mosquitos infectados, en maravillarse ante el hecho de que lo que contenían sus cuerpos tenía la capacidad de alterar tan radicalmente el mundo humano; ocupado en tratar de comprender, en tratar de ver. Marian comprendía la importancia de lo que estaba haciendo, el hecho de que no se trataba solo de investigación científica, sino que era trascendental para el futuro de la civilización. Suponía que esa era la razón por la que ella había accedido a venir aquella fresca noche de finales de otoño, cuando estaban juntos en Tennessee. O quizá era por la otra razón: simplemente porque era buena.

Si tan solo hubieran sabido lo que les aguardaba. Ese primer día cuando bajaron del barco en el muelle, unos bromistas locales habían ido corriendo hacia donde estaban y habían extendido unas largas cuerdas en el aire. Cuando John les preguntó qué hacían, uno de ellos le respondió en muy correcto inglés: «Son las medidas para el sepulturero, señor». El muchacho se había reído. Era solo una broma. Pero quizá él debió haber sospechado algo.

Le había advertido que se quedara en la casa, ¿verdad? Se lo había dicho docenas de veces. Los mosquitos estaban desenfrenados con la humedad. Aunque al final ni siquiera había sido un maldito mosquito, sino otro efecto pernicioso de la lluvia: la neumonía. Entre miles de cosas. Una enfermedad que podía haber contraído en cualquier otro lugar del mundo. Ninguna cantidad de mosquiteros la podía haber librado de eso.

Volvió a escuchar que tocaban a la puerta. Se levantó despacio, se puso los anteojos, pero se acordó de que estaban torcidos y los dejó sobre el escritorio. Seguía lloviendo afuera. Se sirvió un poco de whiskey y se lo bebió de un golpe antes de preguntar:

—¿Quién es?

La cocinera respondió que era ella. Los últimos días le había estado trayendo comida, aunque él no se lo había pedido. Eso era desconcertante. Pensó que ella debería haber entendido sin que él se lo dijera que la comida no era lo más importante que tenía en mente en esos momentos. Y, sin embargo, ella había venido con carne asada, embutidos y estofado, y una vez incluso con una tarta de mango recién hecha. De la tarta sí había comido varios bocados antes de dejar el tenedor. La cocinera abrió la puerta y entró al estudio. Sin sus anteojos, todo estaba borroso, pero aun así pudo darse cuenta de que no traía comida en las manos. Aún más desconcertante.

—¿Sí? ¿Qué pasa? —dijo.

—Señor, quería que usted supiera, creo que la muchacha se fue.

Al oír esas palabras, algo sonó en su mente, pero con la claridad de una campana bajo el agua. John se frotó los ojos. Se acordó de que la cocinera también le había traído jamón una vez. De eso no había probado ni un bocado. ¿Había sido ayer? ¿O el día anterior? El tiempo ya no era algo sólido.

—¿Sí mestá oyendo, señor?

—¿Qué dices?

—La muchacha, señor. Ada.

Había un murciélago en la casa cuando recién llegaron. John no sabía por qué estaba pensando en eso ahora. Después del larguísimo viaje, Marian y él habían abierto la puerta de la casa para encontrarse con una criatura voladora que cruzó el aire. John, aterrado, no supo qué hacer. Se quitó una bota y se la lanzó a esa cosa. Falló, pero levantó la bota y la lanzó de nuevo; mientras, el murciélago, con sus alas plegables como un acordeón, salía disparado y hacía unos ruiditos chirriantes.

—¿Ada? —repitió John; sentía que la cabeza le pesaba demasiado como para que su cuello la pudiera sostener y hubiera preferido estar de nuevo recostado en el piso.

—Sí, señor.

Ya había intentado varias veces con su bota, de ante y fina piel de ternera, hasta que Marian, que no le había gritado ni una vez al murciélago, le gritó a él. «No lo lastimes, por favor». Y él había dicho: «Pero ¡nos tenemos que deshacer de él, Marian! ¿O quieres que viva aquí con nosotros?». Ella no quería eso, pero tal vez, sugirió, habría alguna manera más humanitaria. «¿Tal vez si hiciéramos mucho ruido?». Y empezó a zapatear ahí mismo en el recibidor. Pisoteaba y le gritaba al murciélago que para ese momento se aferraba con todas sus fuerzas de la parte superior del marco de la ventana. A John le parecía absurdo aquel zapateo, pero al ver que el murciélago se movió, estiró el cuello y dobló las alas, él también se puso a zapatear. Vaya espectáculo habían dado los dos, en medio de una casa totalmente vacía, golpeando el piso y gritándole a un murciélago. Pero luego había salido, ¿no? Por la puerta abierta. Oscuridad desatada, o algo así.

En medio de la bruma, John miró de nuevo a la cocinera. No se sentía firme al estar de pie. Buscó detrás de él, recogió sus anteojos del escritorio y se los puso. No le asentaban bien sobre las orejas, pero a pesar de ello mejoraban la visión. Le latía la cabeza. Por un momento pensó que alcanzaba a oír los latidos desde el exterior, pero se dio cuenta de que era solo el ruido de la lluvia.

—¿Qué me estabas diciendo? —preguntó John; ya no se acordaba.

La cocinera repitió que parecía que la muchacha se había ido. Todas sus cosas ya no estaban en su cuarto.

—¿Se fue?

De nuevo sonó la campana, pero John no atinaba a saber qué quería decir. Trató de traer a la mente la imagen de la muchacha. Muy bonita, había dicho un hombre que estaba de visita en la casa una vez. ¿Sería cierto? ¿Era bonita? ¿Se tendría que haber sentido atraído por ella? Ni siquiera había logrado desear a su esposa. Lo había intentado. Había llegado lo más lejos que había podido, tan lejos que lo que sentía por ella —cariño auténtico, confianza en ella, gratitud por su apoyo, a veces afecto— podría confundirse con deseo. El hecho de que no alcanzara a ser como el verdadero sentimiento no era culpa de Marian, era suya. Nunca había deseado a una mujer. No era capaz de sentir algo así. Y ¿por qué no? ¿Qué era eso que estaba tan mal en él? Algo estaba mal. Algo que había intentado esconder debajo de capa tras capa de su pesada alma, algo que había tratado de esconder en un lugar tan lejano que casi podía olvidarse de que estaba ahí. Casi. Pero no. Aunque estaba lejos y en lo más profundo, lo sentía a veces. Una semillita negra que quería crecer. Le quitaba la luz y la privaba de aire, pero la semilla oscura sobrevivía. No se merecía a Marian. Había tenido esa idea todos los días de su matrimonio. Quería que ella fuera feliz, pero hacía mucho que se había dado cuenta de su ineptitud para esto, de qué tan mal equipado estaba como para hacer a alguien verdaderamente feliz, quizá. Ella se merecía a alguien mejor que él. Pero nunca lo dijo en voz alta para no sembrarle esa idea y que, al oírla, pudiera darse cuenta de que era la verdad. Él no la merecía y, sin embargo, no quería que ella se fuera. Resulta que la necesitaba. Como compañera y colega. Sin ella, todo el castillo de naipes se derrumbaría. Él sabía que ella nunca le había confesado a nadie sobre las pocas veces que se habían acostado, sobre las pocas veces que habían estado juntos, solo unas cuantas; encuentros tan poco gratificantes y extraños que John se retorcía solo de pensar en ellos ahora, y luego esas veces cuando habían intentado en vano tener un hijo, algo que él le había querido dar, si no por otra razón al menos para que tuviera alguien que la amara como se merecía. Pero ni siquiera le había podido dar eso. Quince meses seguidos tratando de concebir para que al final el doctor que venía a la casa simplemente les dijera: «No había nada que se pudiera haber hecho». Él lo quería decir como consuelo, pero era una frase terrible, una forma de hacer de la rabia impotencia, una forma de amortiguar un sentimiento que uno no podía dejar de sentir. Había bastado para hacer que quisiera abofetear al doctor, pero por supuesto no había hecho nada por el estilo. En vez de eso, estrechó fríamente su mano y lo vio marcharse, subir de nuevo al carruaje y partir hacia un día cruelmente luminoso.

Y entonces, de repente, lo recordó. La campana despejó el agua. Algo que Pierre le había dicho. La chica se había ido. En el momento crítico. Esa era la frase que de pronto recordó que había usado el doctor. Se la había oído decir a Pierre en el pasillo, y cuando los dos hombres hablaron en privado, volvió a repetirla. «Se fue en el momento crítico, John». Si alguien había tenido la culpa... Estaba recordando todo. Pierre le había insistido en que la denunciara —según él, un descuido así merecía un castigo—, pero John había querido confrontarla primero él mismo. Tenía la intención de hacerlo, pero lo fue posponiendo. Después del funeral, se había dicho a sí mismo. No podía ocuparse de tantas cosas a la vez. Fuera cual fuere la historia, se las arreglaría con la muchacha tan pronto terminara el funeral. Aunque la historia parecía bastante clara. Incluso la cocinera había confirmado que la chica había salido de la casa, que era lo único que no podía hacer. Y al hacerlo, la única persona que le había importado en el mundo, la única persona a quien en realidad le había importado él quizá, ya no estaba. Estaba solo. O tal vez era nada más que el velo se había levantado. Tal vez había estado solo todos los días de su vida —había nacido en una familia que nunca lo había amado, se casó con una mujer a la que no pudo amar— y se quedaría solo todos los días venideros. Así sería. No había manera de evitarlo sin valor, y valor era solo otra de las muchas cualidades que le faltaban. ¿Qué estaba tan descompuesto en él? ¿Y por qué? Cuando se había roto las costillas, Marian le había preguntado con mucha dulzura, «¿Te duele?». Y él había querido gritar, «¡Sí! Algo me duele». Pero no del modo que ella pensaba. ¿Por qué no podía reconfigurar sus pensamientos y ser otro tipo de hombre, que fuera libre de la oscuridad en el fondo de su alma? Que se marchite la semilla. Que se vaya el murciélago. ¿Por qué no podía arrancarlo de raíz de una vez por todas?

John buscó detrás de él y, con mano temblorosa, cogió el

vaso y se lo llevó a los labios. Quería un sorbo de whiskey, pero el vaso estaba vacío. Buscó a tientas la botella, pero también estaba vacía. Vacío y tristeza. Ese era su destino.

—Bueno, ¿y por qué se fue? —preguntó al fin.

—¿Señor? —dijo la cocinera.

—¡La muchacha! —gritó—. ¿Por qué se fue?

Con sus anteojos torcidos, John vio que la cocinera se encogía de hombros.

—Sepa Dios qué se le metería en la cabeza.

25

ERA DÍA DE PAGA EN EL CORTE.

Omar usaba un saquito que se metía en la pretina de los pantalones para guardar sus monedas cuando las recibía. Los hombres recibían su paga cada dos semanas, y hasta entonces, con el dinero que había ganado, Omar se había comprado botas nuevas para reponer el primer par cuando se le partieron las suelas; el resto lo había dejado en una cajita en su casa y suponía que lo ahorraba para algo, aunque todavía no sabía para qué.

El saquito le rozaba la cadera y Omar se detuvo para acomodarlo. El calor ese día en el Corte pegaba durísimo, más de cuarenta grados sin brisa; entre el calor y la llovizna, todo el desfiladero vaporizaba. Omar se secó la frente con una manga y respiró profundo, inhalando el humo y el aire caliente y denso. Alrededor, los hombres empapados paleaban y filas de vagones de descarga traqueteaban en las vías. Siempre había más desechos frente a ellos, más tierra que se tenía que desgajar y transportar.

Omar balanceó su pico. Se sentía completamente recuperado de la malaria para entonces; la malaria de la que su padre ni siquiera se había enterado. Omar pensó que esa era otra montaña frente a él. Siempre había más silencio; seguía y seguía, y no podía entender cuándo o cómo iba a terminar.

—Gran día —dijo Berisford, y con eso sacó a Omar de sus elucubraciones.

—¿Qué? —contestó Omar.

—Hoy pagan —Berisford sonrió—. Pronto voy a tener suficiente pa regresar a casa, comprar una casa y casarme con mi novia.

—Ajá, ¿la novia de tu cabeza? —terció Clement.

—¡Que llega el gran día! ¡Que venga el gran día! —cantó Berisford sin prestarle atención a Clement.

||||||||||

MILLER DABA VUELTAS en la lluvia mientras se fumaba su segundo puro de esa mañana. Eran habanos de 7 centavos cada uno, aunque le parecía poco en comparación al placer que le provocaban. Los puros muchas veces eran lo único que lo ayudaba a pasar los días aquí.

Estaban a mediados de octubre y los hombres seguían trabajando para salir del desastroso derrumbe que los había asolado recientemente. Había tan pocas cosas, observó Miller, que estuvieran bajo su control, y los derrumbes, al parecer, eran solo una cosa más. Ni siquiera los ingenieros eran capaces de predecir cuándo se producirían o por qué. Algo sobre un «ángulo de reposo» que aún no se había alcanzado, según había oído.

Miller se sacó el cigarro de la boca y siguió dando vueltas mientras les gritaba:

—¡Hoy es el día de las cuentas, muchachos! ¡Van a trabajar

de corrido hasta el almuerzo si es necesario, pero lo van a terminar! Y... —Miller se detuvo para observarlos—, si todavía siguen en pie al final, les tengo una sorpresa.

—¿Helado? —le dijo Berisford a Omar y se rio.

Miller creyó haber escuchado algo, recorrió el terreno con la vista y frunció el ceño, pero quería terminar lo que estaba diciendo.

—¡Es día de paga, muchachos!

Se escuchó una ovación, tal y como Miller esperaba. El dinero es la principal motivación. Así es en cualquier lugar del mundo.

Se dio cuenta de que el hombre del pañuelo rojo había sido quien lo había interrumpido. Miller tiró la colilla de su puro y la aplastó. Luego se dirigió hacia él en medio de la lluvia.

—¿Decías algo?

—No, señor —respondió Berisford.

Miller suspiró ruidosamente por la nariz. Ya estaba cansado. Era lo mismo una y otra vez. ¿Era un cirquero o un hombre? Levantó el brazo en el aire como lo haría un cirquero y se imaginó una manada de leones ordenados en algún tipo de formación: una pirámide, tal vez, o diez leones sobre una pelota. Miller nunca había estado en el circo, pero cuando era niño había pasado uno por Carolina del Sur, y lo que decían de él se había quedado grabado en su imaginación. Volvió a suspirar, algo parecido a un gruñido. Se suponía que para ese entonces ya debería ser alguien. En teoría el mundo le había prometido eso. Pero el mundo, que cambiaba más de prisa de lo que él podía seguirle el paso, lo había reducido a eso.

Entonces Miller tuvo una idea. Sacó de su bolsillo el vale

de ese hombre, una hojita de papel que Miller tenía la responsabilidad de darle a cada uno de los hombres si tenían que recibir su paga. Los hombres tenían que entregar el vale al cajero para recibir su salario.

—Te apuesto algo —dijo Miller mientras sostenía el vale en alto sin importarle que se mojara—. Si tú solo, sin ayuda, sacas cuatro vagones de cascajo el día de hoy, te entrego esto, pero si sacas menos, en vez de dártelo lo voy a quemar.

Hubiera querido que su puro todavía estuviera prendido para hacer una demostración, pero ya lo había tirado, y su tercer puro —se asignaba tres al día— estaba en su otro bolsillo y lo estaba guardando para un levantón vespertino.

—¿Ese es mi vale, señor? —preguntó el hombre. Miller lo revisó.

—Si eres el número 360412, así es.

—Señor, yo me gané mi dinero estas semanas.

—No, todavía no. Si sacas cuatro vagones llenos de cascajo hoy, te lo ganas, pero si no… —Miller hizo un gesto con los dedos para simular las llamas.

—Señor, trabajé duro estas semanas.

—Todavía está por verse.

—Por favor, señor.

—Tenemos un dicho en el sur, ¿sabes cuál es?

—No, señor.

—«No cuentes tus pollos antes de que rompan el cascarón». Bueno, más vale que no cuentes tus pollos porque yo tengo los huevos —dijo Miller; cerró el puño con el vale mojado y se rio.

—¿Cuatro vagones, señor?

—Ni uno menos.

—¿Yo solo?

—Tu vale es el único que tengo en la mano.

Había sido una idea brillante, pensó Miller. Era increíble que no se le hubiera ocurrido antes.

—Adelante, que el tiempo se pasa —dijo, y siguió observando hasta que el hombre empezó a picar piedra.

|||||||||

—**¿POR QUÉ ME** tiene que molestar todo el tiempo? —gruñó Berisford cuando Miller se alejó—. ¡Gentuza backra!

—Puedes hacerlo —le dijo Omar.

—Pero ¿por qué razón tengo que hacerlo? Estas semanas trabajé lo mismo que toda la gente, ¿no?

—Porque Miller tiene tu vale, nomás por eso —le dijo Clement a Berisford mirándolo a los ojos.

Berisford dejó caer los hombros y observó la fila en medio de la lluvia.

—Cuatro vagones es un día largo pa mí.

—Siempre son días largos pa todos —dijo Prince—. Días largos y vida corta.

—Yo te ayudo —le ofreció Omar.

Pero la alegría que sentía Berisford antes había desaparecido.

—Hago cuatro vagones, tons me debían dar más que mi sueldo. Cuatro vagones, me debían dar un premio también —dijo malhumorado.

—No hay premio, nomás la gloria —dijo Joseph.

—Ni eso, sacamos el trabajo, pero la gloria es pa ellos —dijo Clement meneando la cabeza.

||||||||

BERISFORD SE PLANTÓ en el lodo y agitó los brazos en el aire. Picó más y más piedra, y el montón de cascajo fue creciendo a sus espaldas; de vez en cuando el cuello de la pala de vapor se inclinaba hacia el suelo y recogía un poco para luego dejar caer la pesada arcilla y el barro sobre el lecho del vagón de volteo justo frente a donde estaba Berisford. Omar, que trabajaba junto a él, de vez en cuando echaba los terrones que recogía en el montón de Berisford para ayudar a su amigo a cumplir su meta. Si Berisford lo notaba, no decía nada. Estaba enfocado en la tarea que tenía entre manos. Solo gruñía y resoplaba.

Miller se paseaba de vez en cuando con una mano metida bajo el peto de su overol. Omar vio que observaba a Berisford, asentía con la cabeza y seguía caminando.

Cerca de las once, a la hora en que cualquier otro día los hombres tendrían que hacer una pausa para el almuerzo, Miller se acercó a Berisford y le dijo:

—Tons ¿cómo vamos?

Omar observaba. Vio a Clement, a Prince y a Joseph que alzaron la vista, mientras que Berisford no. Estaba encorvado, con la camisa mojada pegada a la espalda y los pantalones llenos de barro y seguía moviendo los brazos. Miller se paró frente a Berisford y le dijo:

—Parece que ya vas a terminar tu primer vagón.

—Este es el segundo, señor —respondió Berisford sin interrumpir su labor.

—¿De veras?

—Llené otro antes que este y luego luego se jue.

—¿Cómo puedo estar seguro de eso?

—Porque se lo toy diciendo, señor.

—Este es el primero que veo.

—Pregúntele a Mac allá arriba. —Berisford hizo un movimiento con la cabeza en dirección al operario de la pala de vapor, sentado en su cabina ahí cerca.

Miller levantó la vista. ¿Cómo iba a ser que este hombre de pico y pala supiera cómo se llamaba el operario y Miller no? Eso no estaba bien. Si alguien iba a hacer migas con uno de los hombres de las palas de vapor, debía ser él.

—Tú no conoces a ningún Mac —le dijo Miller.

—Ahí está todo el tiempo. Él le puede decir si le pregunta.

—No me interesa averiguar lo que otro tenga que decirme cuando lo puedo ver con mis propios ojos —dijo Miller y se cruzó de brazos.

—Es mi segundo vagón, señor —insistió Berisford mientras seguía balanceando su pico y rotando su brazo hacia abajo y hacia arriba.

Miller estaba cansado. Últimamente, los días ahí abajo lo llenaban de disgusto. Quería volver a Estados Unidos, al Sur, donde las cosas aún tenían cierto sentido. Estaba cansado de vagar. De pronto solo quería descansar. Poner los pies en alto. Beber una dulce limonada rosa en cualquier lado donde hubiera un sol razonable. Alejarse de este calor, de este barro y de esta maldita lluvia. Volver a ver a su madre, ver cómo le iba.

—Te estoy diciendo que es tu primer vagón. —Miller miró fijamente al hombre.

Omar abrió la boca para decir algo, para defender a su amigo, pero ese ligero movimiento captó la atención de Miller que se quedó viendo a Omar.

—¿Qué tú también tienes algún problema?

Con la cara ardiendo de vergüenza, Omar cerró la boca, se tragó sus palabras y golpeó el suelo con el pico. A su lado, Berisford también seguía balanceándose.

—¡Así se hace! —dijo Miller.

Berisford tiró del pico una y otra vez. Arriba y hacia atrás, abajo y tirar. Su brazo giraba como la rueda de un vagón. Arriba y hacia atrás, abajo y tirar.

Durante casi media hora, mucho después de que sonara el silbato del almuerzo, Miller permaneció de pie con las piernas abiertas, viendo cómo trabajaba Berisford. Y durante esa media hora, Berisford se balanceó sin pausa. Cambiaba de lugar los pies de vez en cuando y gruñía más fuerte mientras seguía trabajando, pero, increíblemente, no hubo ni una sola interrupción en su ritmo. Furioso, golpeaba el suelo con el pico una y otra vez.

Omar también trabajaba un poco más de prisa —de hecho, todos ellos, ya que Miller estaba ahí—, pero sin importar lo rápido que trabajara, no lograba igualar la velocidad de Berisford. De todos modos, daba igual. Miller ya no lo miraba a él ni a nadie más. Solo tenía ojos para Berisford. Miller se quedó ahí mirando. Ladró para dar órdenes una o dos veces. Y cuando por fin se aburrió, suspiró y se enderezó el sombrero empapado que traía puesto, subió al terraplén y se marchó. Berisford bajó el pico una vez más y lo dejó allí, con la punta encajada en el barro. Respiraba con dificultad, resoplaba y volvía a expulsar el aire por los labios. Se inclinó con las manos sobre las rodillas, jadeó durante un minuto y luego vomitó.

—Berisford —le dijo Omar.

Mientras Berisford se limpiaba la boca con su pañuelo rojo, Clement y Omar intercambiaron una mirada.

—Descansa —le dijo Clement, que llevaba ya dos años en Panamá haciendo distintos trabajos y había visto a más de uno desplomarse de puro cansancio.

Berisford jadeaba. Estaba salpicado de lodo y brillaba por la lluvia.

—Berisford —repitió Omar.

Pero Berisford no estaba de humor para escuchar. Se limpió la boca de nuevo, esta vez con la manga de su camisa mojada y se enderezó. Había un charco de vómito a sus pies. Tomó el pico, que todavía estaba clavado en el lodo, y tiró de él para soltarlo. Volvió a echar el mango del pico sobre su hombro y, sin decir una palabra, volvió a balancearlo.

||||||||

LA LLUVIA CAÍA y caía; en su mente, Berisford estaba jugando con ella, compitiendo para ver quién podía seguir más tiempo, la lluvia o él. «Sigue cayendo», dijo, y como se encontraba en una especie de delirio no supo si lo había dicho en su mente o en voz alta, al aire. Mientras la lluvia no se detuviera, él tampoco lo haría. Pensó en Naomy y en lo orgullosa que estaría de cuánto estaba aguantando. Claro que, conociendo a Naomy, siempre había la posibilidad de que dijera que era un tonto por pensar que podía ganarle a la lluvia. Probablemente eso era lo que diría, pero eso no es lo que él quería escuchar, así que decidió creer que Naomy estaría orgullosa. Decidió creer que, si ella estuviera ahí en este momento, sonreiría al verlo trabajar más duro que el propio Dios. Quería ese vale de paga. Necesitaba el dinero que recibiría cuando canjeara el vale. Veinte dólares en plata panameña serían un ladrillo más de la vida que estaba tratando de construir, para él mismo, para Naomy, para los bebés que los bendecirían algún día. Todo eso empezaba aquí. Cavar la tierra en Panamá, comprar un pedazo de tierra al regresar a casa. Si lograba ganar lo suficiente, estarían bien encaminados. No buscaba una fortuna como algunos hombres. Solo quería lo suficiente para encaminarse bien. Por fin podrían casarse, y ese sería un día muy feliz. En su mente veía a Naomy vestida de blanco y hasta con velo, y en algún momento durante la ceremonia él se lo quitaría de la misma manera en que ella les quitaba la piel a las bayas, despacio, tomándose su tiempo, y su rostro bajo el velo sería mucho, mucho más dulce que cualquier baya en toda la creación. Todo lo que él quería se hallaba del otro lado de algo de lluvia y de cavar un poco más. Pero la lluvia no cesaba y, después de un rato —no sabía cuánto—, mientras seguía cavando, Berisford clamó al cielo: «¡No estás jugando limpio!». La lluvia no cedía. Había decidido enfrentarse a un enemigo formidable. Aun así, lo vencería, pensó, porque todo lo que quería estaba al otro lado.

Hora tras hora seguía balanceando el brazo. Arriba y hacia atrás, arriba y hacia atrás. Y hora tras hora, el cielo seguía mandando más lluvia. No se daba por vencido. Berisford alzó los ojos al cielo de nuevo y vio desde abajo todos esos millones de gotas que caían sin cesar y tuvo una nueva idea: solo un descansito. Era lo que necesitaba. Uno tan corto que nadie se daría cuenta, ni siquiera la lluvia, y entonces volvería a la carga, listo para derrotar al enemigo, listo para ganar, listo para alcanzar todo lo que le esperaba del otro lado. Berisford se tambaleó y trató de sacar los pies del lodo. Estaba tan cansado que le era difícil moverse. Era culpa de la lluvia, pensó, refiriéndose a su cansancio y a las interminables planicies de lodo. Ahora estaba enojado con la lluvia y quería salir de ahí sólo para tomar un breve descanso. Seguía tambaleándose de lado a lado mientras intentaba moverse, pero el lodo lo seguía deteniendo. Cayó de rodillas. Se inclinó hacia delante, metió las manos en el barro y sintió que se hundía. «Quizá pueda arrastrarme hasta el otro lado», pensó.

⁙⁙⁙⁙⁙

PARA LOS HOMBRES que lo vieron, Berisford se quebró como una espiga de trigo bajo el azote de la lluvia. Por el rabillo del ojo, mientras seguían balanceando sus propios picos, Clement había visto, Prince había visto y Omar también había visto cómo Berisford picaba y picaba una y otra vez. En un momento gritó algo sobre no jugar limpio, comentario que Omar había dado por hecho que iba dirigido a Miller, aunque no estaba tan cerca como para oírlo. Miller había subido a la colina y todos los demás canteros se habían ido a comer. Solo quedaba su cuadrilla trabajando en el Corte. Sobre todo, Berisford. Había seguido picando hasta que en algún punto Omar lo vio soltar el pico y balancearse hacia las vías del tren detrás de ellos como si le costara trabajo caminar.

—¿Estás bien? —le preguntó Omar.

Pero Berisford, o no lo oyó, o no tuvo fuerzas para responder. Cayó de rodillas y luego colapsó.

—¡Berisford! —gritó Omar.

Corrió pico en mano hacia allá y le dio la vuelta a Berisford para ponerlo de espaldas. Tenía los ojos cerrados y su
cuerpo estaba laxo. La lluvia caía sobre él.

—¡Berisford! —gritó de nuevo Omar.

Clement se acercó de prisa.

—Creo que se desmayó —aclaró Omar.

—¿Ta respirando?

—No sé.

Clement puso su mano bajo la nariz de Berisford. Se agachó para escuchar el pecho de Berisford. Frunció el ceño y alzó
la muñeca de Berisford. La volvió a bajar despacio y miró a
Omar a los ojos.

—Podemos llevarlo al hospital de campo —dijo Omar.

Clement movió la cabeza.

—Sí podemos. No está lejos.

—Demasiado tarde ya.

—¿Demasiado tarde? —balbuceó Omar.

Clement solo se lo quedó viendo como si no hubiera nada
más qué decir.

—Pero…

—Lo más que podemos hacer es empezar a cavar antes de
que venga Miller.

Omar lo miraba como si no comprendiera lo que estaba
diciendo.

—Tenemos que cavar una tumba —dijo Clement.

—¿Aquí?

—Mejor aquí que sepa dónde más lo pongan.

Omar estaba demasiado aturdido como para moverse.
Vio a Berisford tendido en el suelo, inmóvil. No era posible.

Apenas había estado cavando. Apenas había estado trabajando con ellos. Vacilante, puso la mano en el pecho de Berisford esperando sentir un latido, pero no lo había.

—Hay que apurarnos. Vamo. —Clement tomó a Omar del brazo y lo ayudó a levantarse.

Les hizo una seña a Prince y a Joseph para que se acercaran y se pusieron a cavar los cuatro juntos, sin discutir nada. Omar parpadeó para alejar las lágrimas. Clavaron sus picos y palas lo más rápido que pudieron y cuando el agujero fue lo suficientemente profundo cargaron a Berisford y lo depositaron ahí. Lo regresaron a la tierra para que pudiera descansar.

||||||||

SIN PALABRAS, LOS hombres regresaron a la fila; sin embargo, Omar tenía el estómago revuelto y no lograba moverse. Solo se quedó de pie junto a la tierra recién removida, con el pico en la mano. Las montañas se alzaban a su alrededor. La lluvia caía suavemente y calaba el suelo. A la distancia, Omar vio que Miller subía hasta una meseta. Miraba hacia el norte como si estuviera disfrutando el paisaje. En un momento se detuvo y encendió un cerillo para prender su puro. Omar entrecerró los ojos y vio cómo Miller rodeaba la llama con la mano. Tanto trabajo para mantener viva una chispa.

De repente Omar tiró su pico. Sus botas chapotearon en el barro al pasar de prisa junto a los hombres. Subió y no se detuvo hasta llegar a donde estaba Miller fumando su repugnante puro.

Miller volteó, sorprendido y se sacó el puro de la boca.

—¿Qué crees que estás haciendo aquí arriba?

—Alguien murió —respondió Omar temblando.

—Bueno, la gente muere a diario.

—Por culpa suya.

Miller sintió una punzada de preocupación que no había sentido en años.

—¿Mía? Seguro yo no maté a nadie, carajo.

Omar temblaba, pero su voz no vaciló.

—Sí lo hizo.

—Ah, ¿sí? ¿Cuándo?

—Apenas ahorita.

—No sé cómo pudo ser eso si yo estoy parado aquí arriba —dijo Miller en tono de burla.

—Sí lo hizo —repitió Omar.

Miller dio otra calada a su puro. No tenía tiempo para estas tonterías. Había mucho trabajo que hacer. Tiró la ceniza y se quedó mirando al muchacho a los ojos. Era el único panameño de toda la división, nunca un problema hasta ahora.

—No —dijo Miller despacio—. Pero como te ves confundido sobre lo que yo hice o no hice, déjame te explico. Yo vine a este país y les ayudé a hacer algo de él, ¿ves? Nadie en su sano juicio quería venir a meterse aquí antes, y si lo hacían era nomás de paso. Pero ahora todo el mundo quiere estar aquí. ¿Y por qué crees que es? ¿Por algo que hiciste tú? No. Tú y tu gente han tenido este lugar para ustedes solos durante cientos de años y se las arreglaron para hacer de ello un pantano. Pero nosotros nos libramos de la fiebre amarilla, construimos puentes y pueblos. Pavimentamos sus calles y les dimos agua que corre dentro de tubos debajo de la tierra. Eso es civilización, ¿ves? Sacamos a Panamá de la selva y los acercamos a la luz del temor de Dios. *Eso* es lo que hicimos. Les dimos un regalo. Tienes que dar las gracias cuando alguien te da un regalo.

Miller se inclinó hacia adelante. Omar apretó los labios y la barbilla le temblaba de rabia.

—Ahora, dame las gracias.

—No.

—¿Qué dijiste? —dijo Miller dando un paso hacia delante.

—No.

Solo pasó un segundo fugaz de satisfacción antes de que Omar sintiera el golpe; el puño de Miller en su quijada. Omar se tambaleó.

—Te hará bien en la vida ser agradecido. Ahora, inténtalo de nuevo. Dame las gracias.

Omar sintió el sabor a sangre en su boca.

—Dilo.

Pero Omar se rehusó. Se dio la vuelta con la mandíbula latiendo.

—Eso es —dijo Miller—. Ahora, de vuelta al trabajo.

Con lágrimas en los ojos de nuevo, Omar se dirigió hacia la terraza escalonada que subía por la ladera de la montaña. Miller lo seguía gritando, pero Omar no volteó. Paso a paso, subió para salir del Corte.

26

UN LUNES POR LA MAÑANA A MEDIADOS DE OCTUBRE, DOÑA RUIZ SE SENTÓ
a la mesa a comer un pastel de mazorca acompañado de una
taza de café negro frío.

Había despertado esa mañana decidida a llegar al fondo
de un misterio que la había perseguido durante semanas: el
misterio de Francisco Aquino y su hijo.

Durante la ausencia de Omar, doña Ruiz había llevado la
cuenta de todos y cada uno de los días que no había regresado
a su casa. De vez en cuando alzaba los ojos al cielo buscando señales, pero no había detectado ninguna sombra oscura, o
pájaro negro o relámpago devastador, nada de nada que le diera
pistas de que el muchacho estuviera mal. Doña Ruiz sabía que
todo era posible, así que existía la posibilidad de que las señales no fueran correctas, pero como nunca habían errado antes,
tomó la decisión de creer en ellas. Se dijo que Omar regresaría
tarde o temprano. No le había hablado a Francisco de su con-
vicción el día que vino a verla con la cabeza caliente y toda su
preocupación a cuestas. No había mencionado las señales en
el cielo ni le había asegurado que su hijo estaría bien, pero sí
le había dado consejos para que se enderezara. No solo abras la
boca, sino también los ojos. Lo que había querido decir era que
sin importar cuándo regresara Omar, Francisco necesitaba

encontrar a su hijo, encontrarlo de verdad. No se trataba de un imperativo físico, sino de uno espiritual, como ocurre con tantas cosas.

Entonces, una tarde, mientras doña Ruiz cuidaba unos pimientos que había estado cultivando en su jardín, Omar regresó. Los cielos así lo habían predicho, pero de todos modos estaba tan sorprendida que lo único que le impidió pensar que se trataba de un fantasma fue el suave sonido de sus pisadas en el lodoso camino de tierra. Hasta donde sabía, los fantasmas no hacían ruido al caminar. Alzó los ojos; a la primera impresión de asombro le siguió un enorme alivio al verlo bajar por el camino del mismo modo que solía hacerlo, aunque por la manera en que le colgaba la ropa parecía haber bajado de peso en las dos semanas que habían transcurrido desde la última vez que lo vio.

A la mañana siguiente doña Ruiz escuchó de nuevo el chapoteo de los pasos y se asomó a la ventana para ver que el muchacho se dirigía de nuevo a la ciudad. La secuencia se repetía. Llegaba a casa en la noche, se iba por la mañana y todo era igual hasta ayer, cuando doña Ruiz, tendida en su hamaca, había oído de nuevo los pasos y había abierto un ojo para ver pasar a Omar, vestido con sus mejores galas en lugar de su ropa de trabajo, subir por el camino de tierra. Esa era una nueva. Francisco y Omar no iban a la iglesia —doña Ruiz lo sabía y se lo recriminaba—, y ni una vez en su vida había visto que ninguno de ellos subiera por el camino en domingo, vestido para los dioses. Ni una vez en su vida había visto que ninguno de ellos subiera por el camino hacia la ciudad en domingo por ninguna razón. Y, sin embargo, sucedió. El muchacho la había saludado, ella le había respondido con una bendición y él había seguido su camino. Desconcertada, doña Ruiz había estado pensando en eso todo el día, y para el momento en que el muchacho regresó al final de la tarde, ella aún seguía pensando en eso. Medio había esperado que Francisco se le acercara de nuevo, como el domingo anterior, pero, aunque él se había quedado afuera todo el día, disfrutando de los rayos poco frecuentes del sol, y de la ausencia de lluvia, no lo había hecho, lo cual era sorprendente. ¿Qué podía deducir de eso? Todas esas idas y venidas, y la ropa elegante almidonada, y la ausencia de catorce días, ¿y ahora el paseo dominical? Algo no cuadraba y quería saber de qué se trataba.

Entonces hoy, después del desayuno, doña Ruiz se puso su chal sobre los hombros y su sombrero de paja. Por primera vez en toda su existencia recorrió por entero el lodoso camino donde salían disparadas las mariposas en el pasto alto y entreverado, y donde los limoneros crecían de manera tan abundante que llenaban el aire de fragancias. Caminó hasta llegar al punto donde terminaba el camino a orillas de la bahía. Llovía de nuevo, pero aun en medio de la lluvia, el paisaje era impresionante. Más allá de los grandes peñascos y las extensiones de arena del tamaño de una cobija, el ancho y grácil océano se abría hacia el exterior, moteado por las gotas de lluvia, besado por el cielo. El olor del agua salada, la lluvia, el lodo y los limoneros era una mezcla embriagadora. Doña Ruiz hizo una pausa para admirarlo por un momento. Respiró profundo y se preguntó por qué nunca había venido aquí antes, agradecida por el recordatorio de que, de verdad, había maravillas por doquier. Había más maravillas en el mundo de las que cualquier persona se pudiera imaginar.

Doña Ruiz dio vuelta a la izquierda para quedar frente a la casa con techo de paja que Francisco había construido. Se enderezó el chal mojado y caminó hacia la puerta.

Nadie respondió cuando llamó.

—Francisco Aquino —dijo, y nadie salió.

Pero ella había visto el bote amarrado a las rocas. Sabía que estaba en casa.

—¡Francisco! Soy doña Ruiz —gritó desde la puerta, pero solo se escuchaba el sonido de los pájaros y la lluvia.

Empujó la puerta y sintió que cedía. La abrió un poco más. Se asomó por el hueco y vio a Francisco sentado en una silla del otro lado del cuarto, los ojos cerrados, la cabeza gacha, las manos en el regazo.

—Francisco —siseó.

Como no se movió, pensó que podía estar dormido, pero cuando doña Ruiz entró a la casa y empezó a caminar hacia él, abrió los ojos y le dijo:

—¿Qué quiere?

Doña Ruiz dio un grito ahogado y luego dejó caer los hombros.

—¿Qué haces ahí sentado así?

—¿Qué está haciendo aquí?

—¿Por qué no contestaste cuando llamé a la puerta?

—¿Por qué tocaba a mi puerta?

—¿Por qué no contestaste cuando grité tu nombre?

—¿Por qué gritaba mi nombre?

—Uno de los dos tiene que responder las preguntas del otro en vez de seguir haciendo más preguntas —dijo doña Ruiz con un suspiro.

Francisco se encogió de hombros. Todavía tenía la cabeza gacha. El cuarto estaba en penumbra y el aire ahí dentro estaba saturado de una pena inconfundible. Doña Ruiz olfateó. Era una pena antigua y rancia, que había permanecido ahí durante mucho tiempo. «¿Era así como vivían?», pensó doña Ruiz, «¿asfixiados por la pena?».

—¿Qué te pasa? —preguntó doña Ruiz.

Sentado en la silla, Francisco observó sus manos. Estaban curtidas y arrugadas por toda una vida de trabajo en el océano, ásperas por las redes, callosas por los remos, secas por el aire salado. Aquella mañana se había levantado como siempre para pescar. Se había vestido, había bajado al agua, había desatado la barca y se había alejado remando con la red. Pero en cuanto remó lo suficiente y se sentó en la soledad del mar, lo había invadido una sensación de inquietud. Era la culminación de una inquietud que había comenzado casi inmediatamente después de que Omar regresara a la casa tras su desaparición misteriosa de dos semanas y había ido creciendo de manera continua desde entonces. Francisco había estado viviendo con esa sensación toda la semana, pero esa mañana, mientras oscilaba sobre las olas, se volvió más poderosa que nunca. Le revolvió el estómago y le nubló la mente al punto de que no se podía concentrar en su labor. Había amarrado la red con un nudo tan impreciso que se desamarró, se escurrió por la borda y se hundió como una telaraña que se deshace en el mar. Sin pensar, Francisco se había asomado para aferrarse a la red que se hundía y, antes de que se diera cuenta, él también había caído. Estaba tan aturdido que se hundió como una roca hasta que se acordó de nadar. Cuando por fin salió a la superficie, la red había desaparecido y la barca estaba a varios metros de distancia. Nadó hacia ella, estirando los brazos en el agua mientras se le oprimía el pecho. Cuando llegó a la barca, trepó hacia adentro y se desplomó en el suelo. Jadeaba y parpadeaba, todavía con agua en los ojos. Escupió varias veces y se sonó la nariz con la manga. Hacía mucho tiempo que no había estado en el agua. Antes nadaba a propósito, buscándola, pero poco a poco, conforme iba disminuyendo el aroma a violetas, se había conformado con apenas asomarse a diario por la borda. Caerse al agua ese día le aceleró el corazón. Ya estaba viejo, mucho más viejo que antes. Ya había pasado el tiempo. Todavía seguía pasando. Sí, estaba viejo y ahora también estaba asustado. No estaba de humor para pescar ese día. Francisco se sonó la nariz una vez más y luego, algo totalmente inusitado, terminó antes de tiempo su jornada, antes incluso de pescar ni un solo pez, y remó de nuevo hacia la orilla.

Ahora, al ver sus manos viejas y maltratadas, a Francisco le dieron ganas de llorar. ¿Qué había hecho? ¿Cómo habían llegado las cosas hasta ahí? La noche en que Omar regresó a casa, Francisco fue hacia la puerta de la casa y al ver a su hijo se sintió abrumado por los sentimientos más intensos de gratitud, alivio, felicidad y asombro, un estallido de emociones que Francisco no había experimentado en mucho tiempo. Sin embargo, Francisco mantuvo guardado en su interior ese estallido, por más explosivo que fuera. A pesar de todo, de algún modo siguió comportándose de la misma manera en que lo venía haciendo durante los últimos seis meses y no dijo ni una palabra. Debió haberlo hecho inmediatamente, en el mismo momento en que vio a Omar sentado a la mesa. Omar, que solo traía puesta su ropa interior, había alzado la vista y ambos se habían mirado fijamente. En ese momento Francisco debió haber abierto la boca; debió haber dejado escapar al menos una sílaba de todo lo que estaba vibrando en su interior. Se dio una breve oportunidad, una ventana, y él debió haberla tomado, lo sabía, pero había titubeado y cada segundo que transcurrió después había compactado su error hasta que, después de un minuto, todo se había endurecido de nuevo. Habían cruzado un umbral irrevocable. Después de un minuto de su tensa reunión, Francisco y Omar estaban de regreso en el mismo lugar: sin pronunciar palabra.

Ay, pero qué agonía había sido no hablarse después de eso. Dejar de hablar antes, cuando todo lo que Francisco sentía era su propio enojo terco y justificado, había sido más fácil. Cada vez que Francisco veía que Omar regresaba a la casa con su ropa de trabajo, cada vez que Francisco veía las botas que había comprado el muchacho, unas botas cuya sola presencia parecía rechazar por completo el modo de vida de Francisco, su vida como pescador donde nunca, nunca necesitaría botas; cada vez que Francisco veía esas cosas, volvía a inflamarse su enojo. Pero ahora que Omar había vuelto, algo había cambiado. El enojo se había debilitado y a su alrededor se agolpaban todas las otras emociones que Francisco había sentido al ver de nuevo a Omar: gratitud, alivio, felicidad, asombro. Incluso con el paso del tiempo, esos sentimientos no habían desaparecido. Se habían quedado atrapados dentro de él, por lo que ahora, cuando Francisco veía a Omar, no veía solo las ropas de trabajo y las botas, sino también a su *hijo*, a quien extrañaba.

El día que Omar regresó, Francisco se levantó en medio de la noche y se dirigió a la habitación del muchacho para verlo de nuevo. Para asegurarse de que sí, ahí estaba Omar. En medio de la oscuridad, Francisco se quedó de pie en la puerta, descalzo, y se asomó al cuarto. Podía escuchar la respiración de Omar, un sonido milagroso. Francisco se imaginaba a su hijo, su nariz larga, sus ojos oscuros, la forma de medialuna de sus orejas. Se parecía a su madre. En ese momento todos los sentimientos de antes se arremolinaron en su pecho. Y había algo más. Amor. Sentía tal amor por su hijo. Siempre lo había sentido, aunque nunca había sabido cómo expresarlo. Era amor encerrado en dolor —no podía mirar a Omar sin pensar en Esme—, pero era amor, al fin y al cabo, y existía por esa misma razón: porque Omar le recordaba a Esme. Algo brotó en su garganta. Francisco abrió los labios y colocó la lengua contra la parte de atrás de sus dientes. Quería decir algo, aunque fuera ahí en la oscuridad, aunque Omar no lo oyera cuando lo hiciera. Se quedó ahí, con la boca abierta hasta que se le secaron los labios. Luego se tragó el nudo que se le hizo en la garganta y regresó a su habitación.

En el tiempo que había pasado entre aquel momento y esta mañana cuando se cayó de la barca, se habían acumulado la culpa y el arrepentimiento junto a todas las demás emociones que sentía Francisco. Y ese cúmulo de emociones había provocado una sensación de ansiedad aplastante. Era demasiado para poderlo manejar. Francisco había estado pensando ahí, sentado en la silla, que algo tenía que cambiar. Esa mañana en la barca le había recordado algo que él más que nadie debería haber sabido: uno nunca sabe cuánto tiempo le queda con las personas que ama. Sí, algo tenía que cambiar pronto. Tenía que encontrar el modo de hablar con su hijo.

Doña Ruiz, que había venido a la casa para llegar al fondo del asunto, se dio cuenta al ver a Francisco desplomado en la silla, que ya tenía la respuesta a su propia pregunta. Sabía qué era lo que estaba mal. Y sabía que solo había un modo de arreglarlo.

—Vete —le dijo.

Francisco no se movió.

—¿Qué no oíste lo que dije? Dije que te fueras.

—¿Se lo dijeron las estrellas? —dijo en tono burlón.

—No, no me lo dijeron.

—¿Alguna otra magia negra?

—¡No todo es magia! Esto es muy sencillo, zopenco. Tienes que irte.

—¿Irme a dónde?

Doña Ruiz sabía por experiencia que solo se le podían decir las cosas a una persona cierto número de veces. A veces las personas, especialmente los testarudos como Francisco Aquino, necesitaban un empujón.

Doña Ruiz jaló a Francisco del brazo para que volteara hacia la puerta y lo empujó por la espalda.

—Ve con tu hijo —le dijo.

||||||||

POR PRIMERA VEZ en su vida, Francisco abordó el tren. El ferrocarril que cruzaba Panamá había sido construido, hasta donde

Francisco sabía, porque Estados Unidos necesitaba un medio para transportar su correo desde la costa este de aquel enorme país hasta el oeste recién conquistado. Al menos, así empezó. El resto —cómo de repente Panamá se vio invadida de gente que buscaba un atajo hacia el oro, cómo la compañía ferroviaria se apresuró a terminar la vía para poder beneficiarse del paso de extranjeros— era bien sabido por todos los que vivían aquí.

En la ciudad, Francisco había visto las locomotoras, por supuesto, esas descomunales serpientes de acero con sus ojos de cíclope, que bramaban y arrojaban humo. A él le parecían monstruos. Monstruos que les pertenecían a los yanquis, nada menos. Y ahora, por increíble que pareciera, se acababa de meter en la panza de uno de ellos.

Francisco, que traía su ropa de pescar, sandalias y sombrero, todos ellos mojados, se quedó de pie en el pasillo del vagón y miró a su alrededor con suspicacia, las ventanas abiertas, los asientos de madera y la gente que iba sentada. Ninguna de las personas en este vagón era blanca, pero muchos de ellos hablaban inglés, según parecía, y se preguntó si a su vez ellos lo estarían observando a él, si les parecería que se veía tan fuera de lugar como se sentía. Le empezaron a sudar las manos. ¿Por qué tenía que haberle hecho caso a doña Ruiz? ¿Ella qué iba a saber? Meterse sin que la invitaran y sacarlo a empujones por la puerta de su propia casa… ¿qué clase de comportamiento era ese? Y ¿por qué no había tenido el valor para enfrentársele? En lugar de eso había caminado hasta la ciudad, hasta la estación de tren como si fuera presa de un encantamiento. En la taquilla Francisco había puesto una moneda en el mostrador y le había dicho al hombre que atendía:

—Emperador.

Era lo único que Francisco sabía con certeza sobre el lugar donde trabajaba Omar. El empleado del mostrador era un estadounidense que miraba a Francisco, confundido.

—Emperador —repitió Francisco, y el hombre arrugó la frente.

—¿Empire?

Sonaba similar, pero Francisco no estaba seguro en absoluto de que se estuvieran refiriendo al mismo lugar. La parada que él necesitaba se llamaba Emperador, y lo dijo por tercera vez. El hombre de la taquilla respondió por segunda vez:

—¿Empire?

Francisco se sentía perdido, se quedó ahí sin saber qué más decir; por fin, el hombre se encogió de hombros, tomó la moneda y le entregó a Francisco un boleto.

Francisco se secó las palmas sudorosas en los pantalones y regresó a la idea de que todo esto era culpa de doña Ruiz. Ella y sus artes oscuras lo habían llevado por el mal camino. De pie en el pasillo central del vagón de tren, Francisco cruzó los brazos sobre el pecho, firme en la certeza de que estaba culpando a la persona correcta. A su alrededor, subieron más pasajeros a bordo y se sentaron en los duros asientos de madera. Decidió que no se iba a sentar, por cuestión de orgullo. Pero un minuto más tarde, cuando la locomotora salió de la estación, Francisco se tambaleó y estuvo a punto de caerse. Un hombre que iba leyendo el periódico lo volteó a ver y se corrió hacia la ventanilla, haciéndole una seña a Francisco para indicarle que podía sentarse, pero con el mismo orgullo rabioso que había evitado que se sentara desde el principio, Francisco solo se sostuvo del respaldo para tener más estabilidad y pasó el resto del recorrido de pie en el pasillo.

||||||||

CUANDO EL TREN llegó a la estación en Emperador, Francisco estaba tan feliz de poder bajar que casi se le olvida a dónde había llegado. Los demás pasajeros se desbordaron en todas direcciones y Francisco los observó hasta que fue el único que quedó en el andén. Por fin había dejado de caer la lluvia después de toda la mañana.

Varios pasajeros cruzaron las vías del tren en dirección a una calle ancha y asfaltada. Desde donde estaba, si estiraba el cuello, Francisco podía ver que la calle era el comienzo de un pueblo mucho más grande de lo que esperaba. Emperador, por lo que sabía, había sido un pueblo ferrocarrilero desde mucho tiempo atrás, pero lo que vio, ahora era más como un carnaval. Había gente por todas partes, todo tipo de gente, en variedad de formas, tamaños, colores e indumentaria, además de carruajes, mulas y muchos postes de madera muy altos con unos cables negros y gruesos tendidos de uno a otro. Los edificios, en calles que parecían interminables, tenían dos o tres pisos, balcones, toldos y banderas de Estados Unidos. ¡Dios! ¿Cuándo habían construido todo aquello? ¿Y dónde estaba Emperador? Seguro que no era aquí. No podía imaginarse que el pueblo de antes hubiera tenido este aspecto. ¿Pero a dónde había ido? ¿Se lo había tragado Estados Unidos todo entero?

Una nueva consternación invadió a Francisco cuando bajó del andén del ferrocarril y puso un pie en el lodo. Aun desde aquí se podían escuchar los ruidos aterradores de La Boca, lo que le indicó que no estaba lejos. Las palmas le empezaron a sudar de nuevo cuando emprendió el paso.

Si Francisco hubiera girado a la derecha y hubiera cruzado las vías del tren se habría dado cuenta de que, de hecho, el pueblo original de Emperador seguía allí. Cada nuevo edificio y residencia que habían construido los estadounidenses estaba del otro lado de las vías, en un espacio que habían reclamado como propio. Pero Francisco giró a la izquierda, y con cada paso que daba bajo el sol del mediodía no podía menos que preguntarse si debería dar la vuelta. Se decía a sí mismo que si daba la vuelta y regresaba en el tren, nadie sabría jamás que había venido. Podría simplemente hablar con Omar esta noche. Sin embargo, al considerar esa posibilidad —Omar llegaba a la casa y de inmediato se quitaba la ropa de trabajo, iba a la cocina por algo de comer, los dos se hacían a un lado para cederse el paso mutuamente, Omar se llevaba la comida a su cuarto y Francisco lo veía pasar— supo que no iba a funcionar. Ya no creía en esas cosas, pero de un tiempo para acá se preguntaba si doña Ruiz le habría echado una maldición implacable a su casa que no le permitía hablar. Era incomprensible por qué haría algo así. Y después de esta mañana, incluso parecía improbable. Pero era un hecho: no podía hablar en la casa. Su única esperanza era tratar en otro lugar. Por desgracia, este era el único lugar donde Francisco sabía que podría estar Omar.

|||||||||

EL LÍMITE DE la ciudad retrocedía hasta el borde de un acantilado, que fue donde, en poco tiempo, se encontró Francisco. Sin mirar siquiera hacia abajo, por el humo y el ruido, supo que había llegado al sitio de la construcción, y cuando por fin se atrevió a mirar hacia abajo, lo que vio le quitó el aliento. La Boca bostezaba. En los costados, la tierra había sido despojada y esculpida. Había capas de tierra, arcilla y roca de todos los colores: negro, amarillo, azul, marrón, naranja, rosa y rojo. Ardían bajo el sol como una enorme herida abierta, una que no habría de sanar. Pero aún más desconcertante que lo que le habían hecho a la tierra —lo que le habían hecho a su país— era cuántos cientos de hombres participaban en ello. Podrían ser miles por lo que alcanzaba a ver Francisco. A lo largo de las laderas de las montañas, en una meseta de tierra tras otra, había hombres y máquinas, máquinas y hombres, que se movían como si fueran una misma cosa: paleaban y cavaban, levantaban y hacían quién sabe qué. Y, a diferencia del tren de pasajeros en el que acababa de viajar, abajo en el valle Francisco veía trenes de trabajo, interminables marañas de locomotoras negras que remolcaban largas caravanas de contenedores abiertos en forma de caja llenos solo de tierra. Por múltiples vías de ferrocarril, los trenes entraban y salían, daban vueltas y volvían a entrar en un bucle que parecía no tener principio ni un final perceptible. Era sorprendente que junto a ellos hubiera aún más hombres agrupados en cuadrillas, alineados y paleando, mientras los silbatos del tren sonaban y las rocas se desplomaban y salía un humo negro, espeso y oloroso. Intentó asimilarlo todo. Lo que vio a través de aquel inmenso abismo no era simplemente un canal, sino una gran divisoria que partiría Panamá en dos. De repente, todas las emociones que Francisco había sentido durante los últimos cuatro años, desde la época de La Separación, se arremolinaron en un gran nudo, y el nudo no era de ira, como él habría esperado, sino de tristeza. Ver a su país así fue una tristeza extraordinaria que se apilaba sobre todas las demás.

Francisco empezó a llorar.

Era la primera vez que lloraba desde la desaparición de Esme, y la sensación de las lágrimas sobre su rostro le resultaba ajena. Alzó una mano y se las secó de inmediato. Pensar que alguien lo pudiera ver ahí ya era bastante malo, pero pensar que alguien lo pudiera ver ahí llorando era aún peor. Sin embargo, las lágrimas tenían voluntad propia y siguieron brotando durante varios minutos, y en ese lapso Francisco se las secó una y otra vez hasta que se le empaparon ambas palmas. Pero al ver sus manos, viejas y maltratadas, recordó por qué estaba ahí. Omar. Al pensar en su hijo, Francisco se decidió. Echó hacia atrás los hombros y enderezó su columna. Se secó las manos en los pantalones. Había llegado hasta aquí. Se imaginó descendiendo hacia La Boca no como un traidor, o un mártir, o un cordero que se ofrece en sacrificio, sino como un padre cuyo amor era infinitamente más grande que su tristeza o su miedo. Encontraría a Omar y le diría algo. No importaba que no supiera qué sería, el punto era que sería algo, ¿cierto? Podía hacer eso.

No muy lejos hacia su derecha había una larga escalera fijada a la ladera de la montaña. Francisco se dirigió hacia allá y con todo el valor que pudo reunir empezó a descender un paso a la vez. Le temblaban las piernas, tanto por la edad como por los nervios, pero milagrosamente, paso a paso, no cayó. Y cuando al final llegó hasta el fondo y miró hacia arriba, nuevamente se sintió desconcertado. Él, Francisco Aquino, estaba dentro de La Boca.

Volvió a respirar hondo de nuevo y giró hacia la izquierda sin ninguna razón. Había tanto ruido retumbando entre las paredes de las montañas que era difícil pensar con claridad. Traqueteo y estruendo, choques y chasquidos. Una vibración implacable sacudía el aire. ¿Estaban excavando o simplemente sacudiendo la tierra hasta que todo se deshiciera? Vacilante, Francisco empezó a caminar por lo que parecía un infierno seguro.

Francisco traía un par de sandalias de cuero que formaban una X sobre sus pies —unas sandalias que había cortado y martillado él mismo, los únicos zapatos que tenía—, pero, al trepar por las rocas, sus sandalias, que se veían totalmente normales en cualquier otra parte, aquí parecían ridículas. De pronto comprendió la razón de que Omar hubiera comprado unas botas poco después de conseguir este trabajo. En su momento Francisco se había burlado, pero no podía negar que las botas habrían sido un gran avance en condiciones como esas.

Hacia cualquier parte que volteara Francisco mientras caminaba, había algo que ver. Losas rotas de roca negra. Montones de piedra triturada y pulverizada. Máquinas enormes como árboles. Ruedas de locomotora casi tan altas como su casa. Procesiones de hombres cargando cajas sobre sus cabezas. Hombres asomados en las torres de señales, gritándoles a otros hombres más abajo. Casi todos vestían las mismas cami-

sas azules y pantalones caqui que él estaba acostumbrado a
ver vestir a Omar. ¡Y el olor! ¡Ay, Dios! ¡El penetrante olor a
humo era atroz! ¿De verdad Omar venía aquí todos los días?
A Francisco le costaba creerlo. Omar, después de todo, era
ese niño que solía pasar sus días atrapando mariposas, hecho
del que Francisco solo se enteró porque una vez Omar había
retenido una mariposa demasiado tiempo y se le murió entre
las manos. El hecho lo dejó tan desconsolado que se había
quedado todo el día ahí, sentado con la mariposa encerrada
entre las manos, esperando a que su padre regresara a casa
para preguntarle tembloroso qué era lo que tenían que hacer.
A Francisco le habría dado risa si Omar no se hubiera visto tan
angustiado, y al final enterraron a la mariposa en el patio trasero al lado del banano. Omar era el niño que formaba en fila
las conchitas en la arena; Francisco se las encontraba alineadas
cuando sacaba el bote para dejarlo en la playa al terminar la
jornada. Era el niño a quien Francisco oía a veces hablar solo,
murmurando en la oscuridad de la noche, aunque Francisco
no sabía lo que decía. Pensaba que tal vez Omar estaba rezando, y no se animaba a decirle a su hijo lo que él había llegado
a creer después de que muriera Esme, y se trataba de que era
evidente que no había un Dios a quien valiera la pena rezarle.
Nadie los estaba escuchando. Ningún Dios habría dejado que
su madre se fuera como lo había hecho. Cuando ella desapareció, todo lo que Francisco creía sobre Dios, el misterio y la fe
desaparecieron también. Para él, todo eso dejó de existir. Todo
eso se murió con ella. Pero Francisco nunca había dicho nada
de eso, porque Omar también era un niño muy sensible para
saber la verdad: que su madre se había quitado la vida. En vez

de eso, Francisco simplemente le había dicho que había muerto. De enfermedad, le dijo, cuando Omar había preguntado cómo, y después de todo, esa era la verdad en cierto modo. Pero ¿acaso el niño que Francisco recordaba era en realidad el mismo muchacho que trabajaba aquí, en este lugar ruidoso, lleno de humo y de peligros? En ese momento se le ocurrió que tal vez no conocía a su hijo; que, sin darse cuenta, el Omar que de algún modo él todavía consideraba un muchachito se había convertido en un hombre. Entonces, en colisión con esa primera idea, sintió de inmediato la fuerza de otra: tal vez *nunca* había conocido a su hijo. Sabía cosas de él, claro, pero ¿qué sabía de lo que Omar pensaba en realidad, de lo que tenía en su corazón, de la manera en que veía al mundo? Nunca habían tenido conversaciones como esas. Incluso antes de los meses de silencio entre ellos, ¿con qué frecuencia Francisco había hablado con él de verdad? Mientras caminaba entre el lodo, el ruido y el hedor, Francisco por fin lo comprendió. Si en realidad había una maldición en su casa, era él quien la había provocado.

Francisco sintió cómo se acumulaba el sudor bajo el cuello de su camisa. Veía cómo las máquinas con el pescuezo inclinado se sumergían para engullir los montones de piedras rotas que aguardaban debajo. Cuando asía la roca, el pescuezo se levantaba y todo el cuerpo de la bestia giraba. Entonces abría las mandíbulas y la roca se estrellaba contra el lecho de un vagón de tren que solo tenía tres lados. Esto ocurría una y otra vez. «¡Cuidado!», gritaba la gente, y Francisco aprendió rápido a hacerse de prisa a un lado para dejar espacio para un tren que pasaba o una explosión de roca. Sorteaba montones de escombros y se agachaba bajo máquinas oscilantes, mirando en todas direcciones a la vez, pues había tal actividad, ruido y conmoción que tenía que estar alerta, observar por dónde iba y lo que venía hacia él desde todas partes. Levantó la mirada una vez para asegurarse de que las montañas no se habían cerrado a su alrededor y de que aún podía ver el cielo, pero mirar hacia arriba solo lo hizo sentirse más abrumado. Era una experiencia similar a la que tenía a veces en el océano, pero la sensación en el océano era una especie de sometimiento ante la grandeza del mundo. Aquí era diferente. Aquí, seguía pensando, en lugar de rendirse ante la naturaleza, intentaban tontamente que la naturaleza se rindiera ante ellos. Francisco todavía estaba mirando hacia arriba, a punto de seguir caminando cuando, en medio del olor acre del humo percibió el aroma de violetas. Se congeló. No tenía ningún sentido. No había flores ahí abajo. Por supuesto que no había. Pero el olor, un olor delicado justo como lo recordaba era inconfundible. Francisco cerró los ojos y respiro hondo. «¡Dios!», pensó. Y por segunda vez en ese día, por segunda vez en esa misma hora, lloró.

Durante mucho tiempo Francisco había pensado que al perder a Esme había perdido también su fe; su fe en las cosas misteriosas, mágicas, inexplicables. Esas cosas no solo ya no le parecían posibles, como si a raíz de su muerte, la propia imaginación de Francisco se hubiera marchitado y, carente de imaginación, todo su mundo se hubiera encogido al punto de que ya no podía ver más allá de lo que estaba justo enfrente de él. Era consciente, por haberlo experimentado antes, de que había otra dimensión en la vida, pero, por la frustración de no poder tener acceso a ella, había renunciado por completo, había rechazado sus poderes y se había burlado de ella para sentir que no había perdido nada. Se había convencido de que bastaba con vivir en el mundo racional, que era lo que hacía la mayoría de la gente. No había nada malo en ello. Sí, podría ser más reducido y menos prodigioso, pero ¿qué necesidad tenía de prodigios? Había tenido algo maravilloso una vez y no había hecho más que romperle el corazón.

Cuando Francisco abrió los ojos y miró a lo ancho del valle en el que se encontraba, ese extenso abismo rocoso entre los picos de las montañas, vio lo que no había visto antes, lo que ni siquiera había sido capaz de imaginar: un océano que llenaba el espacio donde se encontraba. Ahora, cuando alzaba la vista, no veía el cielo, sino la parte inferior de un enorme barco, cuyo casco de madera café le resultaba perfectamente visible en todos sus detalles. En cierto modo, le asustaba verlo, porque comprendía lo que significaba —el canal estaría terminado, encontrarían una forma de abrirse paso—, pero, más que asustarse, Francisco se sintió anonadado al comprobar que su imaginación había regresado. Casi tenía miedo de moverse, por si su imaginación resucitada estaba atada de algún modo a este punto en particular. Pero cuando alguien gritó y todos los hombres a su alrededor salieron corriendo, él también huyó, mientras una pequeña explosión esparcía guijarros y humo por el aire. Nervioso, Francisco volvió a mirar hacia arriba. Vio, por encima de su cabeza, el casco de otro barco, largo, delgado y gris, flotando en la superficie de un agua que aún no existía. No le gustaba el canal. Nunca le había gustado y se dijo a sí mismo que no importaba cuánto viviera, no cambiaría su opinión sobre eso. Pero ver ese barco en ese momento le trajo un tremendo alivio.

Francisco siguió caminando con renovado vigor.

—¡Omar! —gritó. Era la primera vez en seis meses que decía el nombre de su hijo—. ¡Omar! —seguía gritando, emocionado por cómo sonaba, pero si alguien lo oyó, nadie volteó.

En algún momento, se encontró caminando entre una vía de tren y una fila de hombres. Los hombres golpeaban la montaña con picos y Francisco observaba a cada uno de ellos, buscando la esbelta figura de Omar y su sombrero de paja rodeado de cuerda. Vio cómo los hombres arrancaban escamas de la montaña una y otra vez, un proceso casi tan eficaz, pensó Francisco, como usar un palillo para tallar un árbol.

—¡Omar! —gritó Francisco y esta vez una voz le respondió: —*You! You there! Who are you?*

Las palabras eran extranjeras, enunciadas en un idioma que Francisco no entendía, pero comprendió que el hombre le estaba hablando a él. Era un hombre blanco y robusto que usaba un overol y botas altas de goma; desde arriba, sobre una saliente rocosa señalaba a Francisco, agitando un dedo en el aire. Unos cuantos hombres que estaban cerca como para alcanzar a oírlo dejaron de cavar y voltearon a ver a Francisco.

—¿Omar?

Los hombres, todos ellos jóvenes de piel oscura manchados de barro, lo miraban sin comprender.

—¿Omar Aquino? Es mi hijo —intentó de nuevo Francisco.

Fue una interacción condenada al fracaso desde el principio.

Los hombres que habían volteado se encogieron de hombros o negaron con la cabeza. Uno de los hombres, un hombre con patillas que le llegaban hasta la mandíbula miró a Francisco durante más tiempo que el resto, pero cuando el hombre blanco del overol empezó a gritar de nuevo, todos los hombres de la fila volvieron a su trabajo. Francisco se percató de la inutilidad, pero lo intentó por última vez:

—¿Omar Aquino? Estoy buscando a mi hijo.

Ninguno de los hombres de la fila entendió lo que había dicho Francisco. Ellos oían «Omar», pero ninguno de ellos sabía cómo se llamaba Omar. Si Clement o Prince o Joseph no hubieran seguido el ejemplo de Omar y salido del Corte temprano tras ver lo que había hecho Miller, ellos sí hubieran sabido. Antes de que terminara el día, cada uno de ellos habría encontrado trabajo haciendo otras cosas en la fila. Clement conseguiría un empleo como guardafrenos a 16 centavos la hora en lugar de solo 10 centavos. Joseph trabajaría unas cuantas semanas construyendo un puente antes de irse de ahí para regresar a casa. Prince silbaría al desempacar dinamita en Bas Obispo, y seguiría haciendo eso durante un año antes de que una explosión prematura acabara con él y con otros veinticinco hombres, y ya no silbaría nunca más. Si Berisford hubiera estado ahí, él también habría sabido, pero Berisford estaba muerto. Los hombres lo habían enterrado más temprano ese mismo día. Y cuando el hombre blanco empezó a bajar a grandes zancadas, agitando los brazos salvajemente en el aire, Francisco se apresuró a marcharse.

Francisco vagó por La Boca, caminó de arriba abajo de la fila, pasó junto a hombres que tiraban los durmientes del ferrocarril, junto a hombres montados encima de taladros como saltamontes gigantes, junto a torres de control y vagones de tierra, sobre vías de ferrocarril y rocas, hasta que vio a todos los que creía que podía ver, a veces incluso al mismo hombre más de una vez. Gritaba el nombre de Omar, pero nadie de los que respondieron lo pudo ayudar. Su hijo no estaba por ningún lado. Francisco no sabía qué hacer. Había llegado hasta aquí. La cabeza le retumbaba por el ruido; los ojos le lloraban por el humo. Estaba cansado, lodoso y bañado en sudor. Cuando sonó el silbato del trabajo al terminar la jornada, un enjambre de hombres, ninguno de los cuales parecía ser su hijo, dejaron sus herramientas y salieron del Corte. Derrotado y cubierto de lodo, Francisco también subió y salió de ahí.

27

RENATA, VALENTINA Y JOAQUÍN SE SENTARON TODOS EN FILA, CON LAS piernas cruzadas, en frente de la casa, viendo hacia la orilla del río, que estaba tristemente abandonado. Valentina, que venía vestida con su pollera, sostenía una banderita de Panamá que había cosido ella misma. Traía el cabello trenzado y levantado como si fuera una corona, para tratar de demostrar cierto aire señorial.

Eran las diez de la mañana y los tres llevaban ahí unos quince minutos, contemplando el poderoso río mientras esperaban a que llegaran más personas.

—¿Dónde está todo el mundo? —preguntó Valentina. No había ni un alma caminando hacia ellos por la orilla del río. Ni un alma por ningún lado, hasta donde ella podía ver. Incluso el centro del pueblo, que se alcanzaba a ver a lo lejos, estaba extrañamente vacío.

—Es que vienen en hora de Panamá —dijo Joaquín.

—¿Le recordaste a la gente? —le preguntó Valentina a Renata, ignorando a su marido.

—Toqué en unas treinta casas ayer —asintió Renata.

—¿Y tú? —le preguntó a Joaquín.

—¿Yo? Debo haber tocado en unas cien.

—Hay solo noventa casas en todo el pueblo.

—¿De veras? Entonces debo haber tocado en unas treinta también, igual que ustedes dos.

Después de vivir en Gatún las últimas dos semanas, la impresión que Joaquín tenía del pueblo era distinta. La vida aquí le parecía agradable, como guiada por un zumbido más suave y menos irregular que el de la ciudad. La gente lo saludaba por la calle cuando pasaba. Había un cerdo en particular en la propiedad de Chucho Martínez, un cerdo que tenía una gran mancha café en el lomo, que Joaquín juraba que ya lo reconocía, porque cada vez que Joaquín se acercaba a la valla, corría hacia allá, sacaba el hocico y le gruñía. Justo de Andrade, que tenía un puesto de fruta junto a la estación de ferrocarril, ya le había lanzado una naranja gratis en la mañana un par de veces y, como hacen los padres, había animado a Joaquín a que comiera. Cuando Joaquín había ido puerta por puerta el día anterior, tantas personas habían salido a conversar con él que se sentía como si fuera uno de los vecinos. Incluso Renata se había vuelto un poco más soportable. No le parecía más atractiva o menos sosa, pero por lo menos era una excelente cocinera.

—¿Les avisaste a tus clientes? ¿A todos en el mercado? —Valentina volteó a ver a Joaquín.

—Claro que sí, mi amor. Les dije: «¡El futuro de Panamá está en juego!».

—Bueno, y entonces ¿por qué no están aquí?

—Tal vez vengan en camino.

Valentina respondió con un vigoroso suspiro. Agitó la bandera con el brazo en alto y gritó una vez:

—¡No nos moverán!

Pero no había nadie que los oyera, solo el río torrentoso y las aves en el cielo.

Valentina bajó la bandera y volteó a ver a Joaquín.

—Tenemos que pensar en una consigna mejor que esa.

—Estoy de acuerdo.

—Bueno, y ¿qué propones?

Joaquín se retorció. El lodo le había mojado el trasero y le molestaba admitir que no tenía ninguna sugerencia.

—Pero no depende solo de mí —dijo Joaquín inclinándose hacia delante—. ¿Alguna sugerencia, Renata?

—¿Qué?

—¿Tienes alguna sugerencia para la consigna?

—¿Consigna? Pensé que veníamos a sentarnos aquí para demostrar que estamos dispuestos a hacer lo que sea necesario para salvar al pueblo —le dijo a Joaquín con su mirada vacía como de costumbre—. ¿Acaso no es eso por lo que estamos aquí?

—Eso no suena mal —asintió Valentina.

—¿Qué no suena mal? —dijo Joaquín—. ¿«Estamos dispuestos a hacer lo que sea necesario para salvar el pueblo»? Esa no es una buena consigna. No te ofendas, Renata. Pero mejor nos quedamos con «No nos moverán».

—No, la otra parte. «Estamos aquí». —Valentina levantó el puño e hizo le prueba—. ¡Estamos aquí! —Volteó a ver a Joaquín y sonrió—. ¿Ya ves?

—Ah, sí —respondió Joaquín.

Valentina alzó la bandera de nuevo y los tres gritaron al unísono:

—¡Estamos aquí! ¡Estamos aquí!

POR FIN, A las diez y cuarto, empezaron a llegar algunas personas. Primero Salvador, y luego Xiomara y Josefina juntas. Valentina los saludó entusiasmada y, como era de esperar cada vez que la gente de aquí se encontraba, hubiera pasado un año o un día, los saludos eran jubilosos —muchos besos de un lado y de otro, mucho parloteo— y de nada hubiera servido recordarles que no se trataba de una fiesta, sino de una protesta, porque eran como eran, y las manifestaciones de cariño eran más importantes que las manifestaciones de dolor.

Para cuando los tres se sentaron, uno tras otro a la izquierda de Joaquín, ya habían llegado más residentes. Esmeralda, Irina, Máximo. Justo llegó cojeando; traía un cajón de madera para sentarse y les explicó que ya estaba demasiado viejo como para sentarse en el suelo.

—Incluso si lograra sentarme, nunca me iba a poder levantar.

—¡Gracias por hacerme sentir tan joven, Justo! —dijo riendo Irina, que era mayor que él.

Reina Moscoso llegó con comida, como había prometido,

—Perdón por no llegar antes —dijo, con una enorme canasta a su lado—. ¡Me tardé mucho en hornear sesenta hogazas de pan!

—Pero huele delicioso —dijo Máximo.

—Toma —dijo Reina mientras dejaba la canasta en el piso y le entregaba a Máximo el primer panecito—. Que Dios te bendiga.

—Muchas gracias —respondió, mientras Reina le entregaba una hogaza a cada uno.

Hilda Sáez llegó con su propia canasta, y sacó de ella unas cruces que había confeccionado con largas hojas de hierba, y colocó una cruz en frente de cada uno de quienes ya habían llegado.

Raúl llegó con castañuelas y una vejiga de chivo disecada que iba a utilizar como tambor.

—También traje unos petardos tan poderosos que va a retemblar el cielo —dijo Raúl, e Hilda frunció el ceño.

Elbert Clabber y Solomon Whyte, que habían venido a Gatún desde Jamaica, se acercaron a la multitud cada vez mayor. Valentina sabía que eran granjeros que trabajaban duro sembrando la tierra desde hacía décadas. Les sonrió y les dijo:

—Siéntense los dos. Tomen un pan.

Para cuando la campana de la iglesia dio las once ya estaban los vecinos, provenientes de todo Gatún, sentados lado a lado en el lodo. Carolina y Alonso Rey llegaron con sus cuatro hijos y Alonso soltó una cometa al aire para dejar que cada uno de los niños la sostuviera por turnos. Con emoción, todo el mundo la vio elevarse subiendo y bajando en el cielo. Durante unos minutos, la gente entonó una canción popular. Raúl lanzó un petardo al aire.

Durante todo ese tiempo Valentina volteaba de vez en cuando en dirección a la estación del ferrocarril para ver si llegaba algún reportero, pero todavía no había visto ninguno.

—Recuérdame qué fue lo que te dijo el hombre del periódico —le dijo a Joaquín.

—Ya lo sabes.

—Pero dímelo de nuevo.

Joaquín frunció el ceño. Después de que Valentina le

contó de sus esfuerzos en *The Canal Record*, él había sugerido que quizá *La Estrella*, al ser un periódico panameño,
podría sentir más empatía por la causa. Pero cuando fue a
sus oficinas, el reportero con el que Joaquín habló había sido
displicente; le dijo que no era ninguna novedad que un grupo
de panameños estuvieran molestos —siempre había algunos
panameños molestos— y le sugirió que regresara si pasaba
algo que en realidad fuera digno de un reportaje. Joaquín le
había dicho: «Es que estamos tratando de impedir que pase
algo», a lo que el hombre le había respondido, «Entiendo,
pero el problema para ustedes es que "que pase algo" es lo que
constituye una noticia». Joaquín estaba renuente a hablar y se
aclaró la garganta.

—Dijo que tenía que pasar algo antes de que escribieran
una historia.

Valentina entrecerró los ojos. Joaquín no tenía nada de
ganas de volver a hablar de eso, por lo que se sintió aliviado
cuando oyó un ruido en ese momento, y al voltear por encima del hombro, vio que por la puerta, a dos casas de distancia, salía un hombre. Joaquín les dio codazos a Valentina y a
Renata.

—¿Acaso es…? —preguntó.

—Eliberto —murmuró Valentina.

El hombre que salió, en lugar de parecer un villano, como
Joaquín hubiera pensado, era simplemente un tipo con bigote
gris, cabello gris apelmazado y con la camisa arremangada.
Joaquín sabía que Valentina había estado evitando a Eliberto estas semanas, pero ni ella ni Renata ni Joaquín podían
quitarle los ojos de encima mientras se acercaba. Se puso las

manos en la cintura y echó una ojeada a la multitud. Raúl golpeaba su tambor, los niños de Alonso Rey peleaban para ver a quién le tocaba sujetar la cometa, Reina defendía su canasta de pan de las moscas y casi todos los demás —unas veinticinco personas en total— estaban sentados conversando con quien estuviera cerca. Cabía la posibilidad, pensó Joaquín, de que Eliberto dijera que estaban haciendo demasiado ruido, o se quejara de que la gente estaba sentada muy cerca de su casa, o expresara su contrariedad de alguna otra manera. Sin embargo, después de un minuto, Eliberto avanzó un par de pasos más, se metió entre Irina y Máximo, que lo miraron con una mezcla de irritación y sorpresa, y se sentó.

—Milagro de Dios —murmuró Valentina.

Pero necesitaba otro tipo de milagro.

Como se acercaba la hora de llegada del próximo tren de pasajeros, volvió a echar un vistazo a la estación. Estuvo observando durante varios minutos cuando, por la orilla derecha, se acercó un hombre con pantalones color marfil.

—¿Ese quién es? —dijo señalándolo.

Joaquín alzó los ojos y vio que Li Jie se dirigía hacia ellos. Quién lo hubiera pensado. Cuando Joaquín les avisó a sus clientes en el mercado que no iba a estar ahí hoy y los animó a que formaran parte de la manifestación junto con él, lo hizo con el temor de que cada uno de esos clientes se congregara en el puesto de Li Jie en su ausencia, y de que algunos de ellos tal vez nunca regresaran, pero ¿qué podía hacer? Había cosas más importantes que los peces, que era el argumento que, por supuesto, le había presentado Horacio alguna vez. Quizá el muchacho tenía algo de cerebro después de todo. Pero Joaquín no le había contado a Li Jie sobre la manifestación; eso quería decir que le habría llegado el rumor de alguna manera. Y, lo que era más, cayó en cuenta Joaquín, Li Jie debió haber cerrado su puesto durante el día para poder estar aquí.

Joaquín se levantó de un brinco y lo saludó. En cuanto Li Jie llegó hasta él, Joaquín le dio un abrazo. Los dos se quedaron de pie con una sonrisa boba mientras se saludaban, hasta que Valentina tiró de la pierna del pantalón de Joaquín y le dijo que se sentara. Lo hizo, y Li Jie inclinó la cabeza antes de dirigirse hasta el final de la fila a sentarse.

—¿Y ese quién era? —preguntó Valentina.

«Alguien que creí era mi enemigo», quiso decir Joaquín. En lugar de eso, respondió simplemente:

—Un amigo.

Al cabo de un rato empezó a llegar gente que no reconocían, gente de fuera de Gatún. Un hombre que había navegado río abajo desde la ciudad de Chagres porque había visto la cometa en el cielo, ató su bongo y se sentó también con ellos. Otro hombre, descamisado, se acercó a caballo enarbolando una bandera de la república mientras cabalgaba. Se apeó con una floritura, se plantó delante de la multitud y agitó la bandera de un lado a otro dibujando grandes arcos varias veces, como un conquistador, hasta que alguien le gritó que dejara de alardear y se sentara, por el amor de Dios. Incluso vino una pareja de Limón, diciendo que temían una amenaza similar en su pueblo, no por la presa, sino por el lago que se crearía por la presa, que inundaría el lugar donde vivían. Habían venido a ver un modelo de cómo ellos también podrían resistir.

—Pero ¿cómo se enteraron? —les preguntó Valentina.

—La gente está hablando —respondieron.

—Está funcionando —dijo Valentina, sonriéndole a Renata y a Joaquín.

28

ADA SE ACURRUCÓ EN UN RINCÓN DEL VAGÓN CON LOS BRAZOS ALREDEDOR de las rodillas. Afuera ya era de día y alcanzaba a oír la lluvia. Le hubiera gustado salir y dejar que la lluvia se derramara sobre ella, agarrar algo de lodo y frotarse los codos, las rodillas y la nuca; frotar la arenilla sobre su piel y dejar que el agua se lo llevara todo; quitárselo todo de encima. Pensó que quizá eso la haría sentir mejor, pero en ese momento estaba demasiado asustada como para salir de ahí; alguien podría verla. Quería que solo los árboles supieran dónde estaba.

La noche anterior, después del funeral, Antoinette había llamado a la puerta de Ada. Cuando Ada le abrió, Antoinette le había dicho que estaba a punto de irse por ese día, pero antes de salir pensó que Ada debería estar enterada de que el señor Oswald había venido a interrogarla recién. Le había preguntado si Ada en realidad había salido de la casa aquel fatídico día y, por supuesto, dijo Antoinette, le había tenido que decir la verdad. Hizo una pausa, como si estuviera esperando una respuesta de Ada, pero como no dijo nada, continuó: «Mi pregunto qué ha de pensar que convenga hacer ahora. ¿Mandarte de regreso a Barbados? ¿Hablarle a la policía?». Incluso considerando el hecho de que le desagradaba lo suficiente a Antoinette como para que fuera a decir algo, las mismísimas palabras le habían acelerado el corazón. Logró contenerse y mantener la expresión de su rostro impávido como una roca; decidió no demostrar el pánico que crecía en su pecho, hasta que Antoinette, con una mirada de lástima, se encogió de hombros y le dio las buenas noches.

Su corazón no había dejado de retumbar desde ese momento. Apretó con más fuerza las rodillas contra el pecho. Lo único que se le había ocurrido había sido volver al vagón, pero ¿cuánto tiempo podría permanecer escondida aquí? Se maldijo por haberle contado sobre el vagón a Antoinette. ¿Cuánto tiempo podía pasar antes de que le contara al señor Oswald sobre ello y antes de que él mandara a alguien a buscarla?

El agua se colaba por el techo, pero solo un poquito y lejos de donde estaba sentada. La observaba mientras oía el ruido de las gotas de lluvia que caían sobre los árboles allá afuera. En casa, durante la temporada de huracanes, cuando el viento aullaba y los árboles se agitaban como látigos, Ada solía meterse en la cama de Millicent, que lanzaba su edredón al aire para que cayera sobre ambas. «Esta es nuestra casa para la tormenta», decía Millicent. «Mientras estemos aquí dentro no nos puede pasar nada». Ada le creía. Aunque no fuera nada más que una cobija y una historia, ambas cosas juntas se sentían tan firmes como el acero. Podía haber sacado el edredón de su saco para que cayera sobre ella, pero no lo hizo. No sería lo mismo, no solo porque Millicent no estaba ahí para decirle que nada les podría pasar, sino también porque ya no creía que fuera verdad.

||||||||

MICHAEL SE AGACHÓ para pasar bajo las ramas que colgaban más bajo, con el bolso del correo en la cintura, y apartó los helechos al caminar. Las hojas no dejaban pasar la luz, pero nunca le había asustado la oscuridad y, por lo menos, había una sensación de calma en la penumbra. Había oído que la gente describía la selva como salvaje, como si lo salvaje fuera algo malo, pero ahora que estaba aquí pensaba que la selva parecía más pacífica y acogedora que el resto de lo que llamaban el mundo domesticado de allá afuera.

Se arrastró entre zarcillos y juncos, árboles gruesos y delgados. Vio salir disparadas algunas lagartijas y, una vez vio una rana naranja del tamaño de un cuarto de dólar sentada sobre una carpetita de musgo verde oliva. Conocía las carpetitas porque en la pensión en la que se había alojado durante ocho semanas antes de venir a Panamá había una muy linda, de algodón blanco, en la cómoda junto a la puerta principal. Esa cómoda también tenía dos candeleros de bronce y un pequeño reloj que hacía tictac. Una vez, al salir, se detuvo a palpar las curvas bulbosas de uno de los candeleros, imaginando cómo sería tener una cosa así… cuándo ganara lo suficiente como para comprarse algo por el estilo. Entonces, la administradora de la pensión, una severa mujer blanca que le había dado una habitación solo porque pagaba el doble y que, sin embargo, lo observaba con ojo de águila, le gritó desde el otro lado del cuarto: «¡Eso no es pa ti!». Él había retirado la mano tan rápido como si hubiera tocado algo caliente, y volteó a ver a la mujer que estaba parada en el umbral lejos de él, con los brazos cruzados al frente. «No iba a…», empezó a decir Michael.

«Eso no es pa ti», repitió la mujer. Si solo le hubiera dicho que quitara las manos de ahí no se habría molestado tanto, pero fue el ataque a todo lo que había estado imaginando, el ataque a su futuro, lo que le había dolido. Tenía quince años, sin ningún pariente conocido en el mundo. Huérfano desde muy chico, maltratado a veces, engañado y timado al crecer en las calles. Había vivido lo suficiente como para saber que lo que le había dicho la señora de la pensión se aplicaba a muchísimas cosas; al menos para un muchacho como él. Lo sabía muy bien, pero en ese momento, como una visión borrosa que de repente se enfoca, la señora de la pensión le puso palabras al sentimiento y lo concretó. Para él, siempre habría límites en la tierra de la libertad.

Fue ese día cuando decidió irse, salir a ver qué más le tenía reservado el mundo. En ese momento trabajaba de repartidor de periódicos, y había visto muchos encabezados acerca de un lugar llamado Panamá donde los norteamericanos estaban construyendo un imponente canal. La venta de periódicos había dejado suficiente dinero en sus bolsillos como para comprar un boleto de ida en un barco; se imaginó que allá ganaría lo suficiente como para comprar su boleto de regreso si las cosas no funcionaban. No tenía nada que perder. Había emprendido el viaje pensando que se aventuraba hacia un lugar completamente nuevo, pero en la Zona del Canal se topó con que las cosas no eran muy distintas a al pueblito de Virginia de donde había salido. Claro que el clima era diferente y el paisaje también, pero aparte de eso, se encontró con una especie de reproducción en miniatura de Estados Unidos, como si hubieran llegado ahí para presentar una obra de teatro. Había oficinas postales, barberías, fuentes de soda y bailes de viernes por la noche. Y límites. El mismo tipo de límites. Aquí los llamaban de otro modo, oro y plata en lugar de blanco y negro, pero funcionaba exactamente igual. Junto con todo lo demás, habían importado las actitudes de su país y a veces se preguntaba si alguna vez lograría escapar de todo eso, y se temía que no.

En los cuatro meses más o menos que llevaba en estas tierras, Michael nunca se había aventurado en la selva, pero ese día tenía la misión de encontrar a la chica que residía en casa de los Oswald y que se había ido, según le había informado la cocinera. «Salió volando», le dijo, y cuando él le preguntó a dónde, solo se encogió de hombros y murmuró algo de un vagón en medio de la maleza, hasta donde ella sabía. La cocinera cerró la puerta antes de que siquiera le hubiera podido dar las gracias.

A su alrededor todo florecía, las ramitas y las hojas se desenredaban, las flores brillaban como si fueran a estallar. Había nidos que zumbaban entre los árboles, pájaros trinando y tantísimas lianas largas y colgantes que tuvo que apartarlas para poder pasar. Pero en ningún lugar de aquel espléndido mundo veía un vagón de carga. Y, por lo que él sabía, aún no se había topado con ninguno. Pensaba que se estaba dirigiendo al norte, pero ahora ya no estaba tan seguro. Avanzó unos pasos más y dio vuelta hacia lo que creía que era el oeste, con la idea de caminar un rato en esa dirección. Empezó a contar sus pasos para llevar registro de dónde estaba para, más tarde, poder tener alguna idea de cómo salir de ahí. Después de un rato, cuando ir al oeste no le trajo nada más que muchos árboles y helechos y charcos de lodo, volvió a dar vuelta hacia el norte y siguió caminando en esa dirección un rato. Se preguntaba si debería irse de ahí, pero darse por vencido no dejaba nada bueno, y cuando entró en un claro en donde se filtraban columnas de luz del sol entre la espesura de las hojas e iluminaban todo de tonos cobrizos y dorados, bastó para que quisiera seguir adelante.

Ya había andado en todas las direcciones imaginables cuando al fin lo vio, un viejo vagón de carga. Estaba desvencijado y oxidado, cubierto de helechos, estrangulado por las enredaderas, y su parte trasera estaba hundida en el lodo, como si la selva lo fuera devorando lentamente.

Michael se quedó ahí, aferrado al asa de su bolsa. De repente le dio miedo llamar. Cabía la posibilidad de que ese vagón estuviera ocupado por alguien más, alguien a quien no le diera gusto verlo por ahí. Bien sabía él cómo funcionaba el mundo. Pero había llegado hasta ahí para encontrarla. Michael respiró profundo.

—¿Ada Bunting? —preguntó.

29

HABÍAN PASADO VARIAS SEMANAS DESDE LA ÚLTIMA VEZ QUE MILLICENT
Bunting había sentido el sol en sus pies. Sin embargo, ese día salió de la cama —su propia cama—, cruzó la puerta y se sentó en la mecedora donde por lo general se sentaba su madre, que estaba en el jardín detrás de la casa, cuidando de la cosecha. Millicent descansó un rato. Había gastado mucha energía incluso para salir hasta el porche, pero mientras estaba ahí sentada, iba recuperando poco a poco la que había perdido. Cuando se sintió lista para hacerlo, Millicent se puso de pie y bajó del porche despacio. Todavía traía su ropa de dormir —un camisón suelto color marfil—, pero no le importaba si alguno de los vecinos la veía. Se detuvo en el borde de los escalones, donde el sol le calentaba desde los dedos de los pies hasta la coronilla, y se arrodilló. Con un poco de esfuerzo se dio la vuelta, se tumbó de espaldas, extendió los brazos a ambos lados, las palmas de las manos sobre la tierra, que era pedregosa y áspera, y cerró los ojos. La brisa murmuraba en el aire. Los pájaros cantaban en los árboles. Era un mundo hermoso. Escurrían lágrimas por las comisuras de sus ojos y goteaban hasta la tierra mientras pensaba en cómo había estado a punto de abandonarlo, pero, gracias a Dios, no había sido así.

||||||||

EL DÍA ANTERIOR, temprano por la mañana, una calesa baja había llegado a la casa veloz como un rayo. Cuando Millicent oyó los cascos de los caballos que retumbaban mientras bajaban por el camino, pensó que el final había llegado. El espectro de los cascos de los caballos la había perseguido todo este tiempo, pero ahora el sonido era real. Estaba segura de ello. Recostada en la cama de Ada, enroscaba los dedos en el borde del edredón y tiraba de él para taparse la boca y la nariz mientras su corazón se aceleraba. No se tapó los ojos porque una parte de ella, esa minúscula parte que de vez en cuando era valiente, se sentía obligada a ver.

Millicent esperó bajo el edredón. Los cascos se habían detenido, pero podía escuchar por la ventana abierta cómo resoplaban los caballos. No había la menor duda de que estaban ahí. Luego oyó la voz profunda de un hombre. Millicent apretó con más fuerza el borde del edredón entre sus dedos. Murmullos. No alcanzaba a entender las palabras. Se abrió la puerta y se cerró. Pasos. Venían hacia ella.

||||||||

ERA UN DOCTOR británico negro, guapo, con una voz sonora. Se presentó como el doctor Jenkins. Se quitó el sombrero, lo puso a los pies de la cama, dejó su maletín en el piso, miró a Millicent y le dijo:

—Me dicen que no te has sentido muy bien.

Debajo del edredón, Millicent no respondió ni se movió. Su madre estaba de pie junto al doctor.

—¿Puedo? —preguntó, y se agachó para levantar el edredón, sonriéndole al destaparle la cara—. Me gustaría empezar a revisarte para poder verlo por mí mismo. A partir de ahí, puedo evaluar la situación. ¿Estás de acuerdo?

Millicent volteó a mirar a su madre que asentía.

—Sí.

Leonard Jenkins, de cuarenta y seis años, había estudiado en Cambridge y conocido a J. R. Robinson muchos años atrás, cuando ambos vivían en Londres. Se encontraron por casualidad. Ambos se sintieron complacidos de encontrar un coterráneo en tierras tan lejanas del otro lado del charco con quien hablar de su tierra natal. Durante sus años en Londres, se reunían de manera regular a beber pintas de cerveza Burton y a hacer precisamente eso. Más adelante, cuando ya estuvieron ambos de regreso en Barbados, se habían topado de vez en cuando. Al morir la esposa de Leonard, J. R. le había enviado sus condolencias. Aun así, ya no acostumbraban a pasar tiempo juntos, así que se llevó una sorpresa la noche anterior, cuando, mientras fumaba una pipa, Leonard oyó que llamaban a su puerta y al abrirla descubrió a su viejo amigo. Leonard lo saludó con entusiasmo y lo invitó a entrar, aunque se daba cuenta de que J. R. no estaba ahí para pasar un rato con él solo por amistad. La gente no llegaba a tocar a la puerta del doctor el domingo por la noche por razones como esa. Se sentaron en el recibidor y J. R. le contó acerca de una jovencita que necesitaba atención médica. J. R. le dijo que no sabía hasta qué punto, solo que estaba relacionado con neumonía y que tenía sus razones para creer que la situación era urgente. Mientras sostenía su pipa de barro por la caña, Leonard sopesó si debía preguntar quién era la jovencita. J. R. tenía muchos clientes que podían pedirle que hiciera una diligencia semejante en su nombre, pero Leonard solo había conocido uno tan cercano a J. R. como para venir a pedirle ayuda un domingo por la noche. Le dijo a J. R. que tenía que ver a varios pacientes la mañana siguiente y que no sabía si podría reagendar sus citas. J. R. le dijo que pagaría lo que Leonard le pidiera, siempre y cuando fuera discreto. No podía decir quién lo había enviado, bajo ninguna circunstancia, y era preferible que no dijera nada en absoluto.

—Tendrá que ser pronto —dijo Leonard.

—Cuanto antes, mejor —respondió J. R.

Leonard dobló el edredón hasta la altura de la cintura de la chica y, rodeado por el inconfundible olor de pastel negro en el aire, inclinó el oído hasta su pecho. Mientras la madre observaba, Leonard presionó suavemente con las puntas de los dedos varios sitios en las costillas y espalda de Millicent. La muchacha respiraba con dificultad. Leonard podía escuchar el sonido sordo y percutivo del líquido en el lado izquierdo. Le pidió que hablara, y detectó evidencia de egofonía también en el lado izquierdo. Sin embargo, su corazón latía con fuerza.

—¿Puede realizar la cirugía? —preguntó la madre de la joven.

—¿Cirugía? —respondió Leonard.

—¿No es por esa razón que vino? —Lo miró con esa expresión de esperanza desolada que estaba acostumbrado a ver después de tantos años en ese campo.

—No necesita una cirugía —dijo Leonard.

—Pero vino otro doctor y así nos dijo.

—Supongo que el doctor anterior debe haber estado preocupado por un neumotórax, pero su hija tiene un derrame pleural, que es mucho menos severo. Significa que, aunque sí requiere una intervención, no es una cirugía *per se*, sino una simple aspiración.

—¿Qué?

Cuando vivía, su esposa a veces lo acusaba en broma de hablar en un idioma que nadie entendía. Lo intentó de nuevo.

—Se inserta una aguja en la parte posterior de la caja torácica para drenar el líquido.

—Pero nos habían…

Leonard se preguntó qué tan completa habría sido la auscultación previa, pero no quiso calumniar al otro médico, por lo que se permitió decir:

—La posibilidad de neumotórax era una preocupación lógica, pero no encuentro evidencia de que se haya desarrollado. Solo necesitamos drenar su pulmón.

—¿Está seguro?

—Pondría mi vida en juego por ello —respondió mirando a la mujer a los ojos.

Millicent, que escuchaba desde la cama, sintió que la esperanza crecía en su corazón.

—¿Cuándo? —preguntó la madre en voz baja.

—Puedo hacerlo ahora mismo. Solo me llevará unos diez minutos.

—¿Ahora?

—Tengo aquí todo lo que requiero.

Millicent miró a su madre. Tenía los ojos muy abiertos y empezó a parpadear de prisa, como si estuviera conteniendo las lágrimas, pero no dijo nada. Entonces, aunque el doctor seguía mirando a su madre, desde la cama Millicent exclamó:

—¡Sí!

⊩⊩⊩⊩⊩

LUCILLE CASI SE sentía mareada por la incredulidad mientras ayudaba a Millicent a salir de la cama y la llevaba a la cocina, donde el doctor estaba preparando las cosas. Apenas media hora antes había estado sentada en el porche, hundida en su desesperación, convencida de que la única opción que les quedaba era vender la casa. La casa y la tierra. Su pedacito del mundo. Había estado analizando los tablones del piso para calcular cuánto le podrían dar por la madera. ¿Cuánto por cada panel de ventana, clavo y viga? ¿Cuánto por la puerta del frente, que era de madera sólida? ¿Valdrían algo las piedras que sostenían el porche? Para ella valían mucho —añadir el porche había sido una señal de su éxito—, pero ¿pagaría alguien lo justo por ellas? Al escuchar el sonido de los caballos, alzó los ojos y vio una calesa que se acercaba por Aster Lane hacia su casa. De ella había bajado un hombre, y Lucille se había quedado inmóvil mientras él se aproximaba al porche con una bolsa negra de cuero; incluso cuando llegó al pie de la escalera y preguntó por Lucille Bunting, ella respondió que sí, pero no se levantó. Lucille tenía la horrible idea de que se trataba de un mensajero que venía a decirle que algo le había ocurrido a Ada en Panamá. Apretó los dedos alrededor de los brazos de la silla. El hombre se llevó la mano al sombrero.

—Dr. Leonard Jenkins —dijo.

No era para nada lo que esperaba; fue una sorpresa tan grande que tuvo que pedirle que lo dijera de nuevo. Él repitió su nombre y le preguntó si tenía una hija que requería atención médica. Lucille, ya repuesta, murmuró que así era.

—Estoy aquí para ofrecérsela —dijo él.

—¿Viene de la sacristía? —preguntó Lucille.

—No, tengo un consultorio en el pueblo, pero salgo para consultas como esta.

Lucille asintió despacio. Si no lo habían enviado de la sacristía…

—¿Cuánto? —preguntó insegura.

—No habrá cobro.

Tardaría un tiempo, pero desde ese día Lucille ahorraría cada penique y cada chelín que pudiera. Lo guardaría todo en un frasco de vidrio, y el día que por fin acumulara lo que ella considerara que era suficiente, llevaría el frasco a la hacienda de los Camby —sería la última vez que pondría un pie ahí— y lo dejaría en la puerta principal. No estaría en deuda con él. Eso era importante para ella. Quería ir por el mundo sin deberle nada a nadie, en especial a Henry.

||||||||

EL DOCTOR HIZO que Millicent se incorporara y se inclinara sobre la mesa de la cocina. Le golpeó las costillas con un dedo mientras contaba en voz alta.

—Ahora siéntate muy quieta. —La aguja se deslizó con una punción de dolor agudo y Millicent hizo una mueca, pero intentó no moverse.

—Muy bien —dijo el doctor—. Contén la respiración.

Su madre estaba sentada frente a ella sosteniendo sus manos, y Millicent tenía los ojos cerrados. Podía oír pequeños sonidos: la respiración, el doctor que levantaba una cosa o que dejaba otra sobre la mesa.

—Lo estás haciendo muy bien —repetía, una y otra vez.

Después de un rato le dijo:

—Tararea algo, por favor.

Millicent no sabía qué tararear hasta que escuchó que su madre empezaba, y lo que tarareó su madre fue más una sola nota que una canción. Una sola nota que sostuvo, una nota firme y fuerte que atravesaba el aire. Era la única vez, fuera de la iglesia, que había oído a su madre entonar un sonido remotamente cercano a la música. Millicent tomó aire para igualar la nota y, de repente, sintió otra punzada de dolor.

—Ya salió —dijo el doctor.

Millicent abrió los ojos. Podía sentir cómo el doctor afianzaba el vendaje y cubría la herida. Sus manos eran suaves cuando laboraba. Desde el otro lado de la mesa, su madre todavía sostenía sus manos, mirándola a los ojos.

—¿Eso es todo? —preguntó.

—Es todo —replicó el doctor—. Confío en que se va a poner muy bien.

Millicent vio cómo su madre parpadeaba de nuevo para contener las lágrimas. Apretó las manos de Millicent y murmuró:

—Dios se hará cargo.

Lucille ayudó a Millicent a regresar a la cama, mientras el doctor guardaba sus cosas. La arropó con el edredón y la besó en la frente, y se fue a acompañar al buen doctor. Millicent se quedó ahí sola, acostada. Sintió que la paz la invadía, una paz que había estado tratando de encontrar desde hacía un año y que ahora, según creía, había venido a encontrarla. Su madre nunca le dijo cómo reunió los recursos para pagarle al segundo doctor, y Millicent nunca preguntó. Creía saberlo. Desde la cama escuchó las pisadas de los cascos de los caballos cuando la calesa empezaba a bajar por el camino y se preguntó por qué se habría imaginado que el sonido de los cascos de los caballos era algo que inspiraba miedo. Quizá era algo que había leído alguna vez en un libro.

〰〰〰〰

LA PIERNA DE la que cojeaba Willoughby estaba cansada, pero tiraba de ella y se decía a sí mismo, «Solo unos cuantos pasos más», aun cuando no era cierto, solo para decírselo otra vez. El único modo que conocía para seguir adelante en esta vida era poco a poco. En una mano llevaba una tetera de cobre que en algún momento había sido de la iglesia. Se había desgastado con los años de uso y en la iglesia recién habían comprado una nueva. Sin pena, Willoughby había preguntado si se podía quedar con la tetera vieja, y había dedicado las últimas noches a reparar las abolladuras y soldar el pico que goteaba y, una vez reparó todo lo que había podido, a pulirla con una tela áspera y luego a darle brillo con otra más suave. Ahora era una tetera hermosa y brillante que cualquiera estaría feliz de poseer, aunque solo había una persona a quien Willoughby se la quería regalar.

Era un día templado, rodeado de un buen presentimiento. Willoughby llamó a la puerta. Esperaba que le abriera Lucille, como siempre cuando ella estaba en casa o en el jardín de atrás, pero, al abrirse, lo recibió en su lugar la imagen de Millicent. Willoughby se quedó con la boca abierta. Era la primera vez que veía a Millicent en más de un mes, y todo ese tiempo había estado enferma. Sabía cuánto le preocupaba a Lucille. Ella a veces lo hacía callar cuando lo recibía en la puerta, y le decía que Millicent estaba dormida y que no la debían molestar. Él mismo había traído algunas cosas durante esas últimas semanas que creía que podrían ayudarla a mejorar en su padecimiento, aunque no tenía idea de qué padecimiento era ese. Solo sabía que era algo serio y que Lucille estaba preocupada, y se cuidaba de no preguntar más de lo debido. Unas personas de la iglesia dijeron que la otra hija de Lucille, Ada, se había ido a Panamá para conseguir dinero para la causa, y aunque era cierto que Willoughby no había visto a Ada el mismo tiempo que llevaba sin ver a Millicent, nunca le había preguntado directamente a Lucille para confirmarlo. Trataba de ser respetuoso en ese aspecto. Sin embargo, ahora Millicent estaba de pie frente a él, y Willoughby apenas podía creer lo que estaba viendo con sus propios ojos.

—Buenas tardes, señor Willoughby —dijo ella.

—Millicent —balbuceó Willoughby.

Lucía delgada, muy delgada, había desmejorado, pero, con el tiempo y buena comida, eso tenía remedio.

—¿Quién anda ahí? —gritó Lucille desde dentro de la casa.

—Soy yo, Willoughby —dijo él desde el porche.

Lucille se acercó hasta donde estaba Millicent y le sonrió

a él también. Durante todas las semanas que Millicent llevaba enferma, Willoughby no había visto ni una sonrisa en el rostro de Lucille. Era una maravilla poderla ver al fin.

Lucille puso su mano sobre el brazo de Millicent.

—Ve las buenas noticias.

—Una bendición.

Millicent se ruborizó y murmuró que tenía algo que hacer. Volvió a entrar a la casa, pero aun cuando ella ya no estaba ahí, la sonrisa seguía presente en el rostro de Lucille.

Ante la sorpresa de ver a Millicent, a Willoughby por poco se le olvida la razón de su visita, pero entonces alzó la tetera y se la ofreció a Lucille como le había ofrecido todo lo que se le podía ocurrir desde hacía un año.

—¿Qué es eso? —preguntó Lucille.

—Te traigo una tetera.

—¿Una tetera?

—Una tetera bonita y confiable.

—¿Y qué razón tienes pa creer que yo necesito eso?

—Me imagino que todo el mundo puede usar una tetera, ¿no?

—¿Confiable, dices? —Lucille seguía sonriéndole.

—Te digo la verdad, ya es vieja. La rescaté de la iglesia, pero la arreglé y creo que todavía te puede servir pa muchos años.

—Se ve bien.

Se sorprendió de oírla decir eso y prosiguió:

—Fíjate aquí. Ta hecha de cobre pa que lagua herva más rápido.

—¿De veras?

—Sí.

—Ta bien, me puede servir.

—¿En serio?

—Parece que me demoro mucho en calentar las cosas —asintió Lucille.

Algo en la manera en que lo dijo hizo que Willoughby se preguntara si seguía hablando de la tetera. Se tragó un pequeño nudo que se le había formado en la garganta y dijo:

—Me imagino que esto puede ayudar. —Y le entregó la tetera.

Ahí, de pie en el umbral, vio cómo le pasaba la mano por un lado que estaba casi todo liso pero que todavía tenía alguna abolladura que no le había logrado quitar.

—Gracias —dijo ella.

—No hay de qué.

Willoughby retrocedió. Ya sabía de qué se trataba. Era el momento en que se suponía que debía retroceder, bajar los escalones del porche y agarrar camino. Pero en lugar de decirle adiós, Lucille dijo:

—Te lo agradezco, pero ¿sabes qué otra cosa me gustaría?

Willoughby trató de pensar. En todo el tiempo que llevaba viniendo a verla, Lucille nunca le había pedido nada.

—¿Qué?

—Algo de compañía.

—¿Compañía?

—Puedo preparar té pa que tomemos —dijo Lucille señalando la tetera con la cabeza—. Si es que quieres pasar.

Willoughby por poco se rio y un segundo después pensó

que iba a llorar. ¿Que si quería? Era todo lo que quería. Asintió con la cabeza.

—Bien —dijo Lucille.

Entró a la casa, cruzando el umbral de la puerta delantera, en la que Willoughby había tocado y de la que se había alejado tantas veces. Él entró detrás de ella.

30

OMAR ESTABA PARADO EN EL ANDÉN DE LA ESTACIÓN DE TREN, EN LA
parte superior del Corte. La boca le sabía a sangre y todavía estaba temblando. La misma sensación de repugnancia lo
invadía incluso ahora: lo que le había ocurrido a Berisford, las
cosas que había dicho Miller. Se metió las manos en los bolsillos y se lamió el labio partido e hinchado. Sintió un rugido
en el vientre, como si algo dentro de él estuviera dando puñetazos, intentando salir. Inquieto, caminó hasta la orilla del
andén, se asomó a las vías, caminó de regreso. Cuando llegara
a casa, podría limpiarse, quitarse el sabor a sangre de la boca.

Si hubiera querido, podría haber visto el Corte desde el
andén, pero trató de mirar hacia cualquier otro lado y siguió
dando vueltas mientras allí se congregaba más y más gente para
esperar el tren que iba hacia el sur. No fue sino hasta que dos
panameños llegaron al andén que Omar se detuvo: lo que le llamó la atención no fue solo oírlos hablar en español, sino oírlos
decir algo sobre una protesta.

—Los residentes de Gatún decidieron darles a los norteamericanos una cucharada de su propia medicina —dijo uno de
los hombres.

—¿Qué, acaso no les hemos dado ya demasiado a los norteamericanos? —preguntó el otro riendo.

—¡Precisamente por eso!

Omar se quedó viéndolos y tuvo la idea repentina e irracional de que tenía que ir a Gatún. No tenía idea de qué era lo que estaba sucediendo allá, aparte de lo que habían dicho esos hombres, pero los acontecimientos de esa mañana habían desatado algo en él, algo caprichoso y palpitante, y lo que no hubiera ni soñado hacer el día anterior, de repente le parecía que era exactamente lo que tenía que hacer.

|||||||

VALENTINA TENÍA SUS preocupaciones. Al llegar el mediodía, contó al menos cincuenta personas que se habían reunido sobre la orilla del río, y aunque era maravilloso e incluso milagroso haber congregado a más de cincuenta personas en un solo punto supuestamente con un mismo propósito, ninguno de ellos, hasta donde alcanzaba a ver, era un representante del Gobierno, o un reportero del periódico o alguien de la Comisión de Tierras que pudiera hacer algo de verdad. Por no decir que después de dos horas mucha gente ya ni siquiera estaba sentada. Reina seguía dando la vuelta para asegurarse de que todos tuvieran suficiente pan y agua. La hija pequeña de Isabel Velásquez, una niña que Valentina no había visto desde que era una bebé, tocaba la flauta mientras recorría la fila, poniéndose de puntillas a cada paso. Los hijos de Alonso y Carolina subían y bajaban continuamente, enrollando el hilo de la cometa y volviéndolo a desenrollar. Y el hombre que había llegado con su caballo y una bandera iba y venía todo el tiempo, sobre todo para ver cómo estaba su caballo, que había dejado amarrado a una roca junto a la orilla del río.

—¿Y ahora qué hacemos? —le preguntó Valentina a Joaquín.

—¿A qué te refieres? Estamos aquí sentados, ese era el plan.

Valentina volteó a ver a Renata, que solo asintió.

—Y estamos coreando —continuó Joaquín—. ¿Recuerdas la consigna?

—Sí, claro que recuerdo la consigna —dijo Valentina—. Pero ¿quién nos va a escuchar?

—Pues todas las personas que están aquí —dijo Joaquín y señaló hacia el final de la fila.

Valentina suspiró. Su esposo era tan buen hombre, pero podía ser sumamente ingenuo.

—Estas personas ya están de nuestro lado, pero ¿quién más nos va a oír en realidad? ¿Quién más allá afuera, mi amor?

||||||||

MOLLY JUGUETEABA CON su cámara en el tren de camino a Gatún. La cámara había sido un regalo que venía con su suscripción a *The Youth's Companion*, una revista que solía recibir. Limpió la lente de latón con un pequeño paño de gamuza y quitó el polvo del fuelle y del marco de caoba.

Antes de venir aquí, Molly había visto fotografías de Panamá, pero todas ellas mostraban una de dos cosas: el canal o la selva. Ni una sola vez había visto una imagen de un pueblo; eso se le hacía extraño. Así que cuando vino una mujer a la oficina del periódico a decir que su pueblo iba a desaparecer dentro de poco, Molly tuvo la idea de que debía sacar una fotografía ahí antes de que eso ocurriera. Ella creía que una fotografía era una especie de conservación, una manera de asegurarse de que cualquier momento, escena, persona o pueblo en particular siguiera existiendo, al menos de cierta manera.

|||||||||

OMAR ESTABA SENTADO en el piso en medio de un grupo de personas que, más o menos, miraban hacia la orilla del río en Gatún. Había una hilera de casas detrás de ellos. En lo alto, las nubes se habían retirado para dejar pasar la luz del sol. Llevaba allí sentado el tiempo suficiente para unir los fragmentos de la conversación y comprender a qué se debía la protesta. Todo el pueblo tendría que desplazarse. Eso en sí mismo ya era muy triste, pero lo que lo hacía peor para Omar era darse cuenta de que él era en parte culpable de su dolor. Había trabajado en el canal todos estos meses. Había estado cavando la tierra que iban a traer para erigir la enorme Presa Gatún. Tal vez no fuera exactamente la misma tierra, pero el hecho de que pudiera serlo, que pudiera haber contribuido a su miseria, bastaba para que se sintiera responsable. Y era una razón más para que quisiera ayudarlos ahora si le era posible.

|||||||||

VALENTINA OBSERVÓ LA fila de personas que se habían reunido con ellos y pensó en lo que el reportero de *La Estrella* le había dicho a Joaquín: algo tenía que pasar antes de que escribieran una historia sobre ello. Pues algo definitivamente estaba pasando ahí, ¿o no? Y sin embargo no había nadie del periódico.

—Bueno —murmuró Valentina—, pues vamos a escribir nuestra propia historia entonces.

Joaquín y Renata voltearon a verla.

—¿Qué? —preguntó su hermana.

Valentina señaló la bandera en su regazo. Irse a sentar ahí había sido idea de Joaquín, y aunque era algo totalmente lógico, ahora le parecía que no podían solo estar sentados.

—Nos tenemos que levantar —dijo Valentina.

—¿Me perdí de algo? —preguntó Joaquín.

—Si ellos no vienen hacia nosotros, entonces nosotros tenemos que ir hacia ellos.

—¿De qué estás hablando? —dijo Joaquín.

—Tenemos que tomar el tren hacia la ciudad.

—¿Quién?

—Todos nosotros. Y luego tenemos que marchar hasta el Palacio Presidencial y seguir con nuestra protesta. —Joaquín y Renata la miraron como si estuviera loca—. Créanme.

Valentina se puso de pie. A su derecha estaba Renata y a su izquierda estaba Joaquín junto con otras cincuenta personas más o menos a quienes les gritó:

—¡Oigan!

Salvador, Xiomara y Josefina, que estaban más cerca, alzaron la vista, pero la hija de Isabel seguía tocando la flauta y el caballo atado al peñasco resoplaba y la gente conversaba, por supuesto, y la mayoría de los que estaban más abajo no alcanzaban a oírla por encima de todo ese ruido. Valentina hizo un cuenco con las manos y volvió a gritar, y esa vez más gente levantó la vista; Máximo agitó la mano, porque pensó que estaba saludando. Entonces el sonido de un silbato cruzó el aire y todos, cada persona sentada y cada persona que se suponía debería estar sentada, de pronto dejaron de hacer lo que estaban haciendo y alzaron la vista.

Valentina volteó hacia la fuente del sonido y vio que había llegado la policía.

—Mierda —oyó que decía Joaquín.

—Qué bueno —murmuró Valentina, y todavía sentada alzó con calma su banderita cosida a mano y la alzó por sobre su cabeza.

—¿Quieres que te arresten? —dijo Joaquín, tirándole de la falda.

—Quiero que se den cuenta de que estoy aquí —respondió.

De hecho, solo había llegado un oficial de policía, y Valentina se decepcionó de que no llegara un ejército completo marchando hacia ellos en ese momento. Un solo oficial de policía, un hombre blanco de uniforme color caqui y sombrero puntiagudo que avanzaba soplando su silbato y alzaba la mano izquierda con los dedos extendidos. Valentina no sabía de dónde había salido, pero aun si era solo una persona, al menos alguien les estaba prestando atención.

El oficial recorrió la fila, a lo largo de la orilla del río, inspeccionando a la multitud. Como a medio camino, se detuvo y gritó algo que Valentina no entendió. Joaquín volvió a tirar de su vestido y siseó:

—De veras creo que deberías sentarte.

—No.

Además de Valentina, todos los que estaban de pie cuando sonó el silbato se volvieron a sentar. Ahora, a lo largo de la fila, todos esperaban a ver qué ocurriría a continuación. Durante unos segundos, no se oyó más que el ruido del río. Entonces Valentina gritó:

—¡Estamos aquí!

El oficial volteó de inmediato y fijó la vista en ella.

—¡Ay, Dios mío! —dijo Joaquín.

—¡Estamos aquí y no nos moverán! —gritó.

El oficial sopló con fuerza su silbato y gritó algo desde donde se encontraba, pero hablaba inglés y Valentina no tenía la más remota idea de lo que le había dicho.

—Por favor —le suplicó Joaquín.

Pero Valentina siguió gritando y el policía respondía a gritos también, y se le ocurrió a Valentina que, igual que ella no lo entendía, él no la entendía a ella. Los dos estaban gritándole cosas al otro en idiomas que ninguno de los dos entendía. Lo absurdo de la situación la hizo reír. De la nada, una risa tan grande y redonda como la luna se hinchó en ella y estalló.

—¿De qué te ríes? —le preguntó Joaquín desde el piso.

No era gracioso, por supuesto. No era en absoluto gracioso, pero Valentina no podía dejar de reír, lo que, por lo visto, solo hizo enfurecer al oficial de policía quien, sin duda, creía que se estaba riendo de él. Sopló su silbato varias veces seguidas mientras Valentina inútilmente trataba de contenerse. Se encaminó hacia ella, pero mientras más cerca estaba, todavía gritando cosas que ella no podía entender, Valentina se reía con más ganas. Porque, ¿qué más le quedaba por hacer frente a la catástrofe inminente, más que luchar, llorar o reír? Y ya había intentado las dos primeras.

⁞⁞⁞⁞⁞⁞

—¡ALTO! —GRITÓ OMAR desde donde estaba sentado. Sin embargo, parecía como si el oficial no lo hubiera escuchado. Seguía dirigiéndose hacia la mujer de la pollera que, por razones que Omar no podía comprender, se estaba riendo. Omar se puso de pie de inmediato. Sentía la mirada de la gente que estaba sentada hacia ambos lados de él. A la distancia, por el rabillo del ojo, pudo ver a una chica de cabello rubio, casi blanco por el brillo del sol, que tomaba fotografías en cuclillas.

—*Stop!* —gritó de nuevo Omar cuando ya estaba de pie.

El oficial volteó y puso su mano en el mango de la macana que traía colgada de la cintura. Omar tragó saliva.

—*Please!* —siguió diciendo en inglés—. Aquí nadie está haciendo nada malo. Este es su hogar. Están tratando de salvarlo, eso es todo.

El oficial se detuvo, y por un segundo Omar creyó que quizá sería posible razonar con él. Pero entonces, al final de la fila, la mujer volvió a gritar «¡Estamos aquí!» y el oficial sacó su macana y se dirigió de nuevo hacia donde estaba ella.

El oficial, de nombre Thomas Rowland, se había encaminado ese día hacia Gatún, no porque hubiera ningún reporte de disturbios, sino como parte de sus rondines cotidianos. Su trabajo, más que otra cosa, era hacer presencia, y en los pocos meses que llevaba en el istmo, no había hecho mucho más que caminar por ahí vestido de uniforme para proyectar su autoridad. Aunque él mismo no se sentía con una autoridad particular, se había dado cuenta de que el propio uniforme hacía que la gente se enderezara y actuara como era debido. No estaba acostumbrado a que la gente reaccionara de otra manera, y por supuesto que no estaba acostumbrado a que se rieran de él. Se dijo que se sentiría mejor si podía hacer que la mujer al menos se sentara. Sin embargo, conforme Thomas se acercaba, las personas que estaban a cada lado de la mujer se pusieron de pie y empezaron a gritar también. Luego, como si alguien hubiera dado una señal que no percibió, de pronto cada una de las personas que estaban todavía sentadas se levantó y Thomas se encontró cara a cara con una multitud que coreaba algo que él no entendía.

—¡Estamos aquí! —gritó Omar junto con todos los demás.

Sus voces no iban bien al unísono. Para cuando empezaba la consigna en un extremo de la fila y el sonido la iba llevando hasta el otro extremo, la primera parte de la fila había comenzado a corear de nuevo, y las palabras se sobreponían en el aire, pero sin importar eso siguieron adelante. El oficial, que se dirigía primero hacia ellos, revirtió el curso y fue hacia atrás. Sostenía su macana frente a él, como si se estuviera defendiendo de ellos, y aunque nadie hizo ninguna otra cosa además de estar de pie y corear, el oficial seguía en retirada. Se iba a ir, pensó Omar asombrado. Lo que estaban haciendo iba a funcionar. Y entonces, en la orilla lodosa del río, el oficial se resbaló y cayó en el agua que corría debajo.

Inmediatamente dejaron de corear. La gente se congeló, confundida. No había pasado ni un segundo cuando todos empezaron a correr hacia la orilla del río. Para cuando Omar llegó ahí había tanto caos y tantas voces gritando que no supo qué estaba pasando hasta que vio al oficial unos cuantos metros abajo, aferrado a la vieja raíz de un árbol que sobresalía y así evitó que se lo llevara la corriente.

Joaquín corrió hasta donde estaba el oficial, plantó sus pies en el lodo y le extendió la mano. El oficial, sosteniéndose lo más fuerte que podía a la raíz, apenas lo volteó a ver.

Joaquín extendió su mano más lejos, moviendo los dedos para enfatizar su intención.

—¡Ven, hombre!

Joaquín se resbaló y cayó con una rodilla, quedando demasiado cerca del agua. Cuando se recuperó, el hombre del bongo salió disparado y le extendió la vara que usaba para impulsarse, insistiendo en que se agarrara de ella. Para entonces todo el mundo se agolpaba a la orilla de la rivera y se daban instrucciones unos a otros. Valentina se puso de rodillas al lado de Joaquín y le gritaba al oficial que se agarrara de la vara o de la mano de su esposo, ¡por el amor de Dios! Cuando por fin el oficial hizo un intento por agarrar la vara, el hombre del bongo, junto con otras tres personas, tiró de él con todas sus fuerzas. Joaquín se agacho para asir el codo del oficial y jalarlo hasta la orilla.

Todos observaban al oficial que jadeaba, apoyado en manos y pies. Había perdido su sombrero en el río y estaba chorreando agua, pero fuera de eso parecía estar bien. Todos esperaron para ver si les daba las gracias, los arrestaba o cualquier otra cosa. Sin embargo, después de un instante, el oficial se puso en pie y, sin mediar palabra, se fue corriendo.

A la orilla del río, la gente se daba palmaditas en los brazos, se daban la mano y se abrazaban. Salvador y Máximo felicitaron al hombre del bongo. El de la bandera se paró sobre la roca donde todavía estaba amarrado su caballo y ondeó la bandera varias veces en el aire.

—¡Viva el Istmo! —gritó.

—¡Viva Gatún! —respondieron otros.

Joaquín se sentó sobre sus talones, conmocionado. Habían

hecho algo, ¿no? Se podía decir que solo habían hecho retroceder a un hombre, y si habían logrado ellos mismos esa hazaña o si la habían logrado con ayuda de la Madre Naturaleza era discutible, sí; pero, aun así, por algo se empezaba. Volteó a ver a Valentina, que seguía de rodillas a su lado y sus miradas se encontraron. Parecía como si su hermosa mujer supiera justo lo que estaba pensando porque le sonrió. Joaquín soltó una carcajada y la envolvió en un abrazo, y luego, llevado por el júbilo, se puso de pie y abrazó también a Renata.

Valentina escuchó cómo todos a su alrededor se regocijaban. No habían conseguido lo que ella esperaba. Hablar servía de algo solo si había alguien que los oyera, y en el futuro tendrían que encontrar la forma de hacer que algún funcionario del Gobierno los escuchara. Pero por ahora, por esta tarde, se contentaría con saber que habían dado un primer paso. Todavía estaban a tiempo de salvarse, pensó.

|||||||||

MOLLY TOMÓ CINCO fotografías aquel día. Después de revelar las imágenes las deslizó en un sobre de papel café y se las llevó a Mr. Atchison con la esperanza de que las publicara en el periódico. Mr. Atchison las hojeó rápido y se las regresó. «No son adecuadas para el *Record*», le dijo. Cuando Molly trató de objetar, apuntando que tenían la oportunidad de dar la primicia, ya que ningún otro periódico que ella supiera estaba reportando sobre los conflictos en Gatún, Mr. Atchison sacudió la cabeza. «No cubrimos noticias locales». Y le sugirió que regresara a su escritorio y que se limitara al trabajo para el que la habían contratado.

31

ADA ESTABA ESPERANDO SOBRE LOS TABLONES DE MADERA DEL ANDÉN DE la estación de Empire con su bolsa en los brazos. Iba llena de las mismas cosas con las que había llegado casi un mes atrás, aunque esta vez, a diferencia de la anterior, entre lo poco que había ahorrado para sí misma y la moneda de una corona que todavía conservaba, tenía lo justo para un boleto en el gran barco.

También llevaba, bien guardada en su bolsillo, la carta que Michael le había entregado. Estaba acurrucada en el vagón de carga cuando oyó una voz que decía su nombre, pero como se estaba tratando de esconder, al principio no había respondido. La voz la volvió a llamar, y por fin una cara se había asomado por la abertura. Michael, el mensajero del correo, sonrió cuando la vio y sacó un sobre de su bolsa.

—Me pasé casi toda la mañana buscándola. Sé que había estado esperando esto.

Asombrada, Ada se quedó donde estaba.

—¿No te envió el señor Oswald? —preguntó insegura.

—¿El señor Oswald? No. No hablé con el señor Oswald, señorita. Solo con la cocinera. Cuando fui a la casa me dijo que usted ya se había ido. Casi me da con la puerta en las narices, pero logré preguntarle a dónde se había ido usted y murmuró algo sobre un vagón de carga aquí en la maleza.

—¿La cocinera?

—Sí, señorita. No hablé nunca con el señor Oswald, se lo juro.

Por supuesto, pensó Ada. Se podía imaginar a Antoinette diciendo con petulancia que Ada se había ido de allí. Nunca le había caído bien a Antoinette y Ada de verdad no lograba entender por qué. Le hubiera gustado averiguarlo, regresar a la casa y confrontar ella misma a Antoinette, pero cualquier idea mezquina se disipó al ver el sobre que Michael tenía en la mano. Ada se acercó para recibirlo. La letra de su madre en el anverso hizo que se le llenaran los ojos de lágrimas.

—¿Está usted bien? —preguntó Michael, y Ada asintió, aunque a decir verdad la respuesta dependía de lo que dijera la carta que estaba dentro de ese sobre.

Años más tarde, Michael regresaría a Virginia, su tierra natal, y en un lugar llamado Canton Hills abriría un servicio de entrega de paquetes que dirigiría durante cuarenta y cinco años antes de pasárselo a su hijo. Sería una empresa lo suficientemente exitosa como para permitirle comprarse una casa que llenaría con toda suerte de efectos personales, entre ellos, un fonógrafo, un refrigerador y un juego de candelabros de bronce. Pero ese día se había limitado a entregarle a Ada el sobre, se había aclarado la garganta y Ada lo había visto regresar para salir de la selva con su bolsa del correo colgando.

Ahora, Ada se asomó hacia la vía. Llevaba cuarenta minutos esperando, con la bolsa a sus pies, a que llegara el tren que la llevaría a Colón. Metió la mano en el bolsillo de su vestido, sacó la carta y la leyó de nuevo.

Queridísima Ada:

He estado tratando de escribirte esta desde hace tiempo, sin saber qué decirte y con lo mala que soy para la caligrafía. Tu Partida me causó una impresión, aunque ya sé cómo eres. Sé que siempre has sido desarraigada, no un Árbol, sino una Hoja que se lleva el viento. Mis pensamientos han sido de preocupación, por lo que me puse muy Feliz de recibir tu carta. Me puse Feliz de saber que estás bien y sin daño alguno. Eso me lleva a darte las noticias. Por buena suerte y por voluntad de Dios, vino un Doctor a la casa para llevar a cabo el procedimiento de Millicent. El Doctor considera que irá bien para recuperarse. Ya puedes regresar ahora con nosotras. Estaremos deseando poder verte tan pronto como te sea posible. Regresa a casa. Una Hoja puede crecer de nuevo en el Árbol.

Envío la presente con todo el Amor de tu madre

Ada guardó la carta y apretó los dedos hasta que las uñas se le enterraron en las palmas, tan feliz que pensó que iba a explotar. Había estado tan asustada, tan asustada todo el tiempo, de no ganar suficiente dinero, de que el tiempo se le acabara, de que Millicent no saliera adelante. Pero Millicent estaba bien. Había venido un doctor a la casa. Ni siquiera le importaba que el dinero que había ganado no hubiera servido. Las 5 libras que mandó probablemente apenas les estarían llegando, pero eso no le importaba en realidad. Solo le importaba que Millicent estuviera bien.

OMAR SE ASOMÓ por la ventana mientras el tren daba tumbos y traqueteaba. Después de que se fuera el oficial de policía, la protesta se había convertido en un festival —la gente lanzaba petardos y cantaba—, y aunque Omar estaba tan emocionado como los demás, había sido un día muy largo y por fin estaba listo para irse a casa.

El tren hizo sus paradas habituales y Omar se quedaba mirando todo lo que pasaba: ciudades y postes de telégrafo, palmeras y colinas. Cuando el tren se acercó a Empire, sintió que se ponía tenso. Incluso desde dentro del vagón podía oír el martilleo de los taladros y oler el humo amargo. El trabajo no se detenía nunca. No se detendría hasta que el canal llegara a los océanos, y el Corte Culebra, el tramo de catorce kilómetros en el que había pasado los últimos seis meses de su vida, sería solo una parte de un corte mayor que atravesaría Panamá. Siempre lo había sabido, por supuesto, pero ahora le parecía diferente —menos promesa que dolor— y sabía que jamás volvería ahí.

Omar desvió la mirada. Por las ventanillas del otro lado del tren vio, apenas a través del cristal, un destello amarillo brillante y café. O eso fue lo que creyó ver. Se puso de pie para mirar alrededor y entre los pasajeros que acababan de abordar y circulaban por el pasillo, pero no logró ubicar de nuevo los colores. Conocía solo a una persona a quien podían pertenecer. El silbato del tren sonó. Con rapidez y sin pensarlo dos veces, Omar se levantó de su asiento, se escabulló entre todas las personas que estaban en el pasillo y bajó del tren.

||||||||

ADA NO SABÍA de dónde había salido. Había estado mirando hacia atrás, rumbo a casa de los Oswald, pidiéndole a Dios que ni el señor Oswald ni Antoinette la fueran a ver ahí, y cuando volteó vio a Omar que cruzaba la plataforma hacia donde ella estaba. Su ropa estaba arrugada y enlodada, y cuando se acercó y se quitó el sombrero pudo ver la herida en su labio.

—¿Qué te pasó? —preguntó Ada conteniendo el aliento, y Omar alzó la mano hasta su boca para tocar con cuidado la herida.

—Nada —le dijo.

—Eso no parece nada. No me digas que te fuiste a pelear.

Ada lo decía en broma, pero Omar respondió:

—Algo así.

—¿De verdad? —dijo Ada frunciendo el ceño.

—Estoy bien —respondió.

Ada revisó la herida de nuevo. Era reciente, pero sanaría en poco tiempo. Un poco de hielo ayudaría con la inflamación.

—Bueno, lo estarás después de un tiempo —le dijo suspirando.

—¿Vas a algún lado? —preguntó Omar, y señaló la bolsa de Ada, quien sonrió de oreja a oreja.

—Sí, recibí noticias. Mi hermana está bien.

—¡Qué maravilla! —dijo Omar con alegría sincera, pero luego arrugó las cejas—. ¿Eso quiere decir que vas de regreso a casa?

—Sale un barco hoy en la noche —asintió.

—¿Esta noche?

—Siempre y cuando no lo pierda. Llevo un rato aquí esperando el tren hacia Colón.

Otras personas estaban ahí en el andén con ellos y Ada pensó que era una buena señal: cuanta más gente hubiera esperando, más probable era que el tren llegara pronto. Al otro lado de las vías, Ada podía oír los estruendosos sonidos que había llegado a asociar con el canal.

—¿Y tú? —preguntó—. ¿Vas saliendo de trabajar apenas?

—No —le respondió Omar—. Venía de Gatún, en el otro extremo de la zona.

—¿Qué estabas haciendo allá?

—Los norteamericanos quieren mover el pueblo. En su lugar quieren construir una presa que atraviese el río, para el canal.

—¿Andabas ayudando a construir la presa o...?

—No, hubo una protesta. Me estaba uniendo a la gente de Gatún.

—Estabas uniéndote a la gente de Panamá —dijo Ada sonriendo.

—Sí.

—Eso explica lo que te pasó, ¿no?

—No, esto fue otra cosa —dijo Omar y se tocó de nuevo el labio.

—¿Quieres decir que estuviste en dos peleas hoy?

Omar sonrió con timidez y eso sólo la hizo reír más.

No era la primera vez que Ada pensaba cuánto disfrutaba al conversar con él. En casa, dependía en gran parte de la compañía de su madre y de su hermana, las tres envueltas en su propio capullo, y ella nunca hacía espacio para nadie más. Omar le había mostrado lo agradable podía ser hablar y reír con alguien nuevo. La mayor parte del tiempo él se mostraba apacible, pero había un fragor bajo la superficie que ella podía reconocer.

Ada volvió a echar un rápido vistazo a las vías. Sin duda, el tren no tardaría en llegar, contaba con ello, pero ahora esperaba que tardara unos minutos más en hacerlo.

⁖⁖⁖⁖⁖⁖⁖⁖

NI AUNQUE LA propia doña Ruiz lo hubiera predicho, Omar habría creído todo lo que ocurrió ese día. Había pasado tanto en cuestión de horas que a duras penas podía comprender. Y ahora Ada, frente a él, a punto de partir de Panamá para regresar a casa.

Vio que se asomaba a la vía, ansiosa de que llegara el tren. Estaba feliz por ella, por supuesto. Sabía lo preocupada que había estado. Solo deseaba que eso no implicara que tuviera que irse.

Omar siguió con la uña las fibras de paja entrecruzadas de su sombrero. Sabía lo que quería decir. Quería pedirle que se quedara más tiempo en Panamá, aunque fuera un día más. Había tantas cosas que ver aquí… Le podría mostrar las salamandras de patas palmeadas que trepaban por las paredes de su casa y los cangrejos que se colgaban con sus tenazas de las rocas de la bahía. Podía llevarla al mercado de pescado o a otros lugares de la ciudad que tal vez no conocía todavía: a la avenida Central, a las plazas, a los parques donde se sentaban unas mujeres frente a unas mesas plegables con boletos de lotería acomodados como escamas de pescado, a las carnicerías, panaderías y farmacias, a las cafeterías y los cafés, al

teatro y a la Casa del Cabildo y al rompeolas en Las Bóvedas.
O podía mostrarle la ciudad vieja, la ciudad original, Panamá
La Vieja, y caminar con ella entre las ruinas mohosas y subir a
la torre de la catedral que no tenía techo para ver las estrellas.
Podía mostrarle cómo en Panamá era posible ver salir el sol
en el Pacífico y ponerse en el Atlántico en un solo día. Podía
mostrarle lugares de los que solo había oído hablar, podía verlos por primera vez con ella, los antiguos cañones de Portobelo
y las olas que se estrellaban en Pedasí, las tierras altas y las
tierras bajas, las exuberantes montañas verdes de Boquete y la
hermosa selva oscura del Darién. Podía mostrarle los pantanos del manglar cuyas raíces se habían extendido por el limo
durante miles de años, los tucanes y los resplandecientes quet-
zales en los árboles, los monos aulladores que gemían cada
mañana al amanecer, las ranas de cristal cuyo corazón y huesos diminutos podían verse a través de su piel, las polillas de
seda y las mariposas que encendían sus alas. Podía comprarle
un tazón de sancocho o una empanada o un tamal hervido.
Podían sentarse afuera a escuchar un tamborito en medio de la
luz naranja e índigo del atardecer. No le importaba qué hicieran. Él solo quería seguir estando cerca de ella y por la razón
más sencilla: llevaba toda la vida sintiéndose solo, pero cuando
estaba con ella se sentía menos solo.

‖‖‖‖‖‖

LOS DOS SE sobresaltaron cuando sonó el silbato del tren. Ada
se agachó a recoger su bolsa.

—Creo que quiere decir que ya es hora —dijo Ada con
una enorme sonrisa.

—Ada —dijo Omar.

—¿Sí?

Hubo una grieta en la atmósfera, del tamaño justo para que hubiera podido decir lo que quería. Pero su sonrisa, y la pura felicidad que sabía que sentía ella ante la idea de irse a casa hicieron que se tragara las palabras. En lugar de eso, dijo:

—Quería agradecerte de nuevo. Por aquel día en la calle.

El ruido del motor del tren crecía conforme se aproximaba la locomotora. Se dio cuenta de que a su alrededor la gente se movía hacia el frente del andén para hacer fila. Ada estaba frente a él y traía el mismo vestido de parches. La luz del sol brillaba en sus ojos.

—Bueno, yo también te agradezco —dijo ella— por ser mi amigo.

A sus espaldas, el tren bajó la velocidad hasta detenerse. Con un nudo en la garganta, Omar vio cómo Ada se acomodaba la bolsa entre los brazos.

—Mi mamá y mi hermana me están esperando.

—Como uña y carne —logró decir Omar.

—¿Y eso qué quiere decir?

—Quiere decir que son muy unidas.

—Ah, sí —dijo Ada y su sonrisa, mientras caminaba junto a él y subía al tren, era incluso aún más brillante que antes.

Omar se quedó en el andén, viendo cómo se alejaba el tren. Se puso de nuevo su sombrero, despacio, e intentó desentrañar la sensación peculiar que tenía en ese momento. Había un hueco en su pecho porque no la volvería a ver y, al mismo tiempo, en ese mismo espacio, una alegría serena porque lo había llamado amigo.

||||||||

UNA SEMANA DESPUÉS, el barco atracó en el puerto de Carlisle Bay. Ada desembarcó con una sonrisa tan enorme que hacía que le dolieran las mejillas y se encaminó por el prado, más allá de la fuente, de la Cámara de los Comunes y la Caja de Ahorros. Todo era más hermoso de lo que se acordaba; luego subió por High Street y dobló a la izquierda en Magazine Lane. Cuando percibió el olor a pastel de pescado se detuvo apenas lo suficiente para comprarle uno a una mujer en la calle. Tenía tanta hambre después del viaje que no lo pudo resistir. Se lo metió completo en la boca y era tan crujiente y con el punto exacto de sal que se le llenaron los ojos de lágrimas. Al llegar a Aster Lane, Ada se detuvo y lo contempló a todo lo largo. Respiró hondo para llenarse del dulce aire tan conocido. Entonces echó a correr con la bolsa rebotando entre sus brazos. Pasó por las casas y los terrenos que había conocido durante toda su vida, pasó por la casa de los Wimple, la de los Pennington, la de la señora Callender y su enorme cerezo, y así sucesivamente hasta llegar a la suya. Se detuvo y la contempló. Le parecía la casa más maravillosa, con sus persianas de tablillas y su porche. Pero era más que eso. Ada siempre había pensado que su madre, al reconstruir la casa a solo cinco kilómetros de donde había estado antes, había hecho que su mundo siguiera siendo tristemente pequeño; pero quizá lo que importaba, pensó Ada al verla ahora, no era qué tan grande o qué tan pequeño fuera el mundo de su madre, sino que su madre hubiera logrado conservarlo. No debía haber sido poca cosa hacerse un espacio propio, protegerlo y conservar en él a las personas que amaba.

Para cuando subió los escalones del porche ya venía jadeando. Puso la mano en el picaporte de la puerta delantera, la empujó con cuidado y se asomó. Al oír el crujido de la puerta vio que su madre y Millicent alzaban la vista. Estaban sentadas junto a la chimenea cosiendo. Millicent se levantó y corrió a abrazarla muy fuerte, aferrándose a ella durante tanto tiempo que Ada pensó que nunca la iba a dejar ir. Ada vio a su madre por encima del hombro de Millicent, de pie y parpadeando para contener las lágrimas.

—Gracias a Dios que regresaste —dijo.

Se acercó a ellas y las rodeó con sus brazos, y al estar ahí las tres, bajo la luz de la casa, Ada supo que era ahí exactamente donde quería estar.

|||||||||

EN CIUDAD DE Panamá Omar se bajó del tren y recorrió las calles cada vez más lejos hasta llegar al largo camino que trazaba el sendero a la bahía. El cielo estaba tachonado de estrellas, lucecitas vacilantes.

Bajó por el camino, pasó junto a la casa de doña Ruiz, entre los árboles y los helechos. En la desembocadura de la bahía subió hasta su casa y abrió la puerta. Su padre, que estaba sentado a la mesa, alzó la mirada.

Al ver a su hijo, Francisco se quedó boquiabierto. Lo había buscado durante tanto tiempo. Habían sido horas y horas. Toda una tarde en la que había subido y bajado, ido y venido. Con los pies y las sandalias en el lodo, una tarde inútil que lo había dejado todavía más desconsolado de lo que se sentía al principio. ¿Y ahora? No importaba que la llegada de Omar fuera por completo esperada, que por lo general atravesara la puerta a esta misma hora. Para Francisco, ver a su hijo de pie delante de él solo le confirmaba lo que había sentido antes, la creencia de que la fe y el misterio eran de nuevo parte de su vida. Después de tanto buscar, tal vez había encontrado todo lo que pensó que había perdido.

Francisco parpadeó una vez. Parpadeó dos veces. De su boca abierta, salió una palabra:

—Hola.

32

1913

SEIS AÑOS DESPUÉS, POR FIN LOGRARON CORTAR LA COLUMNA VERTEbral de las montañas. En la base de Corte Culebra, las palas de vapor 222 y 230, que venían cavando desde extremos opuestos, se encontraron en las profundidades. La ruta quedaba libre.

En septiembre, John Oswald, de pie sobre el muro de la esclusa observaba el paso de un remolcador adornado con banderas que se acercaba desde Colón. Estaba rodeado de miles de curiosos, que habían asistido para ser testigos de la primera vez que un navío pasaba por un juego de esclusas. A pesar de las noticias en los periódicos, nadie a su alrededor hablaba aquel día de la creciente posibilidad de guerra en Europa. Estaban enfocados solo en el canal. Un fotógrafo colgaba de un teleférico en medio del canal, esperando a que pasara el pequeño barco. No había una sola nube en el cielo. Entretanto, John pensaba en el reporte que había dejado sobre su escritorio. La malaria había disminuido en la zona, pero no había logrado erradicarla. No todavía, hubiera dicho Marian. La razón para quedarse era la creencia en que podía lograrlo. Quizá aún era posible. Después de todo, cualquier científico solo se encuentra a pasos de un descubrimiento esencial. John

observó cómo el agua, junto con una cantidad considerable
de ranas, burbujeaba por los agujeros del suelo de la primera
cámara de la esclusa. Tardó mucho en llenarse. Pero cuando
el nivel del agua de la cámara fue el mismo que el del mar,
las compuertas de acero de la esclusa —unas enormes puertas
dobles fabricadas en Pittsburgh, según había oído John— se
abrieron de forma paulatina. El remolcador avanzó lentamente.
Una vez en la cámara, las mismas compuertas se cerraron tras
él, y lo encerraron. Se añadió más agua, elevando el barco hasta el nivel de la cámara siguiente. Una vez más, las compuertas
delanteras se abrieron, el barco se desplazó hacia adentro, las
compuertas traseras se cerraron, el agua se elevó y el barco
subió. El procedimiento se repitió una vez más —una escalera
perfecta de agua— hasta que, en la tercera cámara, el nivel del
agua se igualó al del nuevo lago. Cuando las últimas compuertas se abrieron y liberaron a la pequeña barca, la multitud estalló en aplausos. John no se sumó. Era un logro tremendo, un
milagro ver que funcionaba exactamente como los ingenieros
lo habían planeado, pero aun en los días de sol más radiantes,
John existía en una nube de melancolía, y lo más que logró
sacar fue una sonrisa que nadie vio.

Mientras el remolcador atravesaba las esclusas, Lucille hacía
pasar un corte de tela por su máquina de coser, un modelo con
tapa de roble y pedal de hierro fundido que había comprado en
parte con el dinero que Ada había ganado en Panamá. Mientras que antes tardaba una semana en coser un solo vestido, la
máquina le permitía terminar una prenda, a veces incluso dos,
en un día, y esas prendas, todavía con sus característicos estampados atrevidos, estaban tan impecablemente cosidas, con un

acabado tan limpio, que la gente estaba ansiosa por comprarlas. Millicent se sentaba junto a ella en la chimenea y cosía los botones a mano, como le había enseñado Lucille, y su madre alzaba los ojos de la costura para ver cómo avanzaba. Ada no tenía interés en la costura y Lucille había logrado aceptar este hecho. Ada era, y sería para siempre, una criatura a su manera. Sin embargo, Millicent tenía talento para eso y se había convertido en una maravillosa costurera por derecho propio. Ese día estaba empleando una puntada decorativa con los botones que ni siquiera a Lucille se le hubiera ocurrido agregar.

Esa misma tarde, Ada bajó de la calesa del doctor Leonard Jenkins cuando se detuvo en Sweetham Road. Se sacudió el vestido y siguió al Dr. Jenkins a la casa de una mujer que lo había llamado porque tenía un terrible dolor de estómago. Ada vio cómo el doctor presionaba con cuidado el abdomen de la mujer por encima de su blusa. Después de tantos años como su aprendiz, Ada sabía exactamente qué estaba tratando de sentir. La mujer gritó y Ada dijo:

—¿El apéndice?

—Exactamente —dijo el doctor Jenkins sonriendo.

—¿Es inflamación o una obstrucción? —preguntó Ada.

—Buena pregunta. ¿Cómo los distinguimos?

—Si hay presencia de fiebre.

—¿La hay?

Ada avanzó y puso su mano en la frente de la mujer.

—Sí.

Más tarde, durante la cena, Ada les contaría a su madre y a su hermana cómo había diagnosticado correctamente a la mujer. En ningún momento esa noche ninguna de ellas mencionó el logro en Panamá porque, aunque *The Barbados Advocate* había publicado reportajes al respecto, ellas no habían leído nada de eso.

Al terminar su turno, Clement tomó el tren a Gatún, donde el remolcador, que parecía un juguete sobre las inmensas aguas, se deslizaba a través de la última cámara de la esclusa. Cuando la multitud gritó de júbilo, Clement levantó ligeramente el puño y celebró con ellos. Tenía una sensación compleja de orgullo. Era emocionante ver con sus propios ojos que el canal funcionaba de verdad. Sintió el impulso de decir a los espectadores que lo rodeaban que había participado para lograrlo, pero no lo hizo. Cuando los aplausos se apagaron, Clement se alejó de la multitud. Se preguntó qué sería de él ahora que el proyecto se acercaba a su fin. Había ascendido al rango de jefe de maniobras, pero, obstaculizado por diversas lesiones y gastos imprevistos, nunca había logrado amasar la clase de fortuna que esperaba, y le daba vergüenza regresar a Jamaica, donde todo el mundo se daría cuenta. Al oscurecer, Clement regresó al tren haciendo tintinear las monedas de su bolsillo. Al menos tenía suficiente para darse el gusto de una comida de celebración en el Café Antoinette. Era un local modesto pero muy animado, siempre lleno de gente de Jamaica, Antigua y Barbados; gente que, como él, había venido a Panamá y se había quedado. La dueña preparaba el mejor calalú de la ciudad.

A la luz suave del atardecer, Francisco remaba hacia su casa de regreso del mercado, donde Joaquín le había comprado veintidós buenos pescados y se había quejado por los acontecimientos del día.

—¿Lo lograron, entonces? —preguntó Joaquín—. ¿Ya cruzó el primer bote?

Se rehusaba a decir el nombre del remolcador, aunque Francisco y Joaquín sabían muy bien cómo se llamaba: *Gatún*.

Seis meses después de la protesta inicial todo el pueblo de Gatún se tuvo que trasladar a la orilla opuesta del río. Ahora, a Joaquín lo consumía el rumor de que otra vez iban a mover el pueblo, esta vez a un área completamente fuera de la zona.

—¿Sabes para qué quieren usar el terreno después de que expulsen a todos, según Valentina? Para que pueda pacer el ganado. ¡Ganado, amigo mío! Parece que les caen mejor las vacas que nosotros.

Francisco, como siempre, escuchó a su amigo con paciencia y luego se despidió de él.

El aire tibio cubría a Francisco mientras remaba. En algún momento percibió el olor a violetas que ahora lo acompañaba de vez en cuando.

—Hola, Esme —dijo.

Mientras avanzaba en el agua le contó todo lo que había pasado desde la última vez que hablaron. Las rodillas le empezaron a rechinar cuando se levantó en la mañana. El día anterior había tenido el hombro adolorido. Omar estaba bien y había una chica de Santa Ana a la que había estado mencionando bastante últimamente.

—Quizá haya algo ahí —dijo Francisco.

Siguió platicando durante todo el tiempo que olió las violetas porque sabía que Esme estaba ahí con él. Había regresado a él aquel día en el Corte y no lo había dejado desde entonces.

En el piso de la barca, junto con la red y el carrete, había dos pescados blancos que iba a cocinar para la cena de esa noche. Con el dinero que había ganado trabajando en el canal, Omar se había comprado libros, una montaña de libros que estudiaba durante todo el día y toda la noche, porque se había inscrito en un programa que lo estaba formando para llegar a ser maestro de escuela un día. Todas las noches comían juntos mientras Omar le contaba a Francisco lo que había aprendido ese día —que la tierra tenía 2200 millones de años, que las mariposas usan sus patas para percibir el sabor, que los poemas más antiguos los habían tallado en arcilla—, todas las cosas que esperaba transmitirles a sus alumnos y que mientras tanto le transmitía a Francisco. Hablaban y debatían, discutían y se reían. Siempre era la parte favorita del día de Francisco, con el mundo a sus espaldas: remar para cruzar la bahía hasta llegar a la costa y volver a casa.

AGRADECIMIENTOS

Agradezco infinitamente a Sara Birmingham, Helen Atsma, Sonya Cheuse, Miriam Parker, Meghan Deans, T. J. Calhoun, Nina Leopold, y a todas las personas de Ecco por confiar en este libro, y en mí, desde el principio. Estoy en deuda con Martha Celis-Mendoza, Viviana Castiblanco, Edward Benítez y Julia Negrete por darle vida a este libro en español. A mi incomparable agente y amiga, Julie Barer: nunca podré agradecerte lo suficiente.

La investigación para escribir esta novela me llevó años y durante ese tiempo consulté demasiadas fuentes como para mencionarlas aquí, pero sí quisiera dar las gracias de manera muy especial a las personas que leyeron varios fragmentos y borradores del libro: Melva Lowe de Goodin, Velma Newton, Caren Blackmore, Kirkaldy Myers, Dionne McClean, Tita Ramírez, Frances de Pontes Peebles y Nicole Cunningham. Muchas gracias a Mike Oetting y a Martha Kennedy, mis héroes bibliotecarios de investigación. A Yanina Maffla: gracias por estar dispuesta a ayudarme en cualquier momento. Gracias a Carys O' Neill, Jack Neely, Beatrice Murphy, Bridget Kallas, Sheau Hui Ching, Rolando Cochez Lara, y a mis padres por responder a tantas preguntas. En especial, gracias a mi padre por llamar a tantas personas sin previo aviso para presentármelas y por enviarme un millón de enlaces a artículos, sitios web, mapas y videos durante el proceso.

Mi eterno agradecimiento a mi esposo y a mis hijos, quienes me mantienen a flote aún entre aguas turbulentas. Y, como siempre, una montaña de gratitud para toda mi familia, cercana y lejana.